Aribert E.

Im Zwang

ATHENEMEDIA

Die Handlung und alle Personen sind frei erfunden.
Jegliche Ähnlichkeiten zwischen Personen dieses Romans und lebenden oder verstorbenen Personen und zu tatsächlichen Begebenheiten wären rein zufällig und unbeabsichtigt. Für den Inhalt ist der Autor verantwortlich.

Erstausgabe

Umschlagfoto: NASA
Printed in Germany
ISBN 978-3-86992-062-7

Vorwort

„Im permanenten Zwang“ ist nicht nur Erik, die zwangskranke Hauptperson, auch Lavinia, die hübsche, begabte Mathematikerin und deren etwas außergewöhnliche Familie, sowie weitere Beteiligte, die spätestens nach den einführenden Kapiteln in ganz andere Zwänge „geschossen“ werden, und die sie genauso wie den Leser nicht mehr loslassen werden. Versprochen!

Das Metier: Die Erde 2010 bis 2025 – Terrorismus – Weltraumforschung – entfernte Planeten und Figuren – Begierden und Abgründe, religiöse Außenseitervorstellungen und zwischendrin eine Liebesgeschichte.

Unter alles gestreut die außergewöhnlich detaillierte Wiedergabe von Denk- und Gefühlsmustern des von Zwängen geplagten Hauptprotagonisten, die auch für medizinisch Nichtinteressierte keinen Einbruch darstellen dürften, da sie sich gnadenlos in die Abläufe des Geschehens einfügt.

Die Spielplätze sind teils phantastisch, teils der Realität nachempfunden. Autobiographisches des Autors vermischt sich mit breitem Wissen über Zwangskranke – fast ein Standardwerk für Menschen, die verstehen möchten, was sich hinter der Fassade mancher Zwänge abspielen kann.

Die Phantasie, die diese Geschichte, die sich zwischen Wirklichkeit und Märchen bewegt, antreibt, ist mit der wissenschaftlich und für jeden zum Nachdenken anregenden Beschreibung möglicher Hintergründe einer Zwangserkrankung verwoben und bildet ein Gegenstück zu der ernsthaften Persönlichkeitsbeschreibung des Erik Passler.

Und letztlich könnte der psychologisch interessierte Leser selbst die einfachen Phantasien des Weltraummärchens als viel mehr als das deuten. Machen Sie mit, aber geraten Sie nicht in Zwänge.

Aribert E.

Erläuterungen

Lightbraker = erstes Raumschif

Lightbraker Mini = zweites Raumschiff

Pontonen, Silberlinge = Bevölkerungsgruppe auf Ronus

Grumurkunis, Baraden, Fellmenschen = Bevölkerungsgruppe auf Ronus

Die Männer = Bevölkerungsgruppe auf Ronus

Abkömmlinge des Großvaters Ernald = Tochter Garlind (verh. mit Gropper) und deren Tochter Lavinia, sowie deren Halbschwester Billa mit ihren Kindern Ben und Liddi

1

Indian Summer nannte man dieses Wetter. Winidial lag unter märchenhaft blauem Himmel und gelegentlichen zarten Brisen.

Die Straßen leergefegt, beinahe gelangweilt aalte sich dieses kleine Stück Vorzeigeamerika an diesem Samstagnachmittag in der Sonne eines gütigen Herbstes.

Ernald lehnte den Kopf zurück und strich sich den Bartflaum seines Halses entlang, da entdeckte er sie. Drei Exemplare, kaum erkennbar, unendlich hoch im menschenleeren Himmel. „Menschenleer", grummelte er in sich hinein, verzog seine Mundwinkel und kehrte zur Normalität zurück, als wäre sein Einwand wieder verflogen.

Mit einem Ruck nach vorne befreite sich der kleine ältere, ja alte Mann, der trotz alldem noch fidel wirkte, aus seinem Schaukelstuhl, rannte oder besser hoppelte übers Gras durch die weite Tür seines Hauses, kehrte schnell zurück und fletzte sich, mit einem Fernglas bewaffnet, wieder in den hellen Korb mit den durchgedrückten rotbraunen Kissen. Wie er das große Fernglas an die Augen drückte, zog er seinen buschigen grauen Schnauzer kurz nach oben und seine freundlichen Lippen verzerrten sich, als er die Feineinstellung betätigte.

Jetzt sah er sie in voller Größe, drei Raubvögel, die sich über dieses Wohngebiet verirrt hatten oder es extra aufsuchten. Wie breit waren ihre Schwingen – und dazwischen der Vogelleib. Seltsam, über was kreisen sie? Oder genießen sie einfach die lauen Lüfte? Er blickte, das Fernglas herabnehmend, nachdenklich auf die Schlagzeilen der durchgeblätterten Zeitung, die auf dem Gras lag und sich ab und zu aufblähte, wenn Luftschwaden durch den Garten strichen. Da quoll ihm eine Träne über die Wange. Sein kleiner Körper begann sich nach unten, der Zeitung zu, zu krümmen, die Füße hielten ihn am Boden fest, dabei weinte der alte Mann eine weitere dicke Träne die nun auf das große „D" der „Daily Letter" tropfte.

„Meine Lavinia – meine Lavinia." Bilder seiner Enkelin durchströmten ihn. Er lehnte sich wieder zurück, der Stuhl wippte nach hinten, und er blickte mit seinem ganzen alten, gütigen Gesicht in die Fülle des frühherbstlichen Blaus.

Statt der Raubvögel schwebten Raumgleiter, Raumkapseln und immer wieder Lavinias Antlitz von links nach rechts durch seine Stirn. Seine eigene Tochter Garlind erschien ihm nun in Lebensgröße in diesem Phantasiehimmel, wobei sein Brustkorb wieder ruckelte, der Erregung wegen, die ihn nicht mehr losließ.

Dann dachte er an Gott, den es womöglich doch gibt, und dem, wie so oft, scheinbar alles egal war, was sich in seinem nun schon alten Menschenherz zusammenbraute. Es hatte ja nichts mit Gottes Vorhaben zu tun, dass dieser Raumflug begann, vor 3 Jahren, vor langen 3 Jahren. Es war der Menschen Sache, von einem Gott nicht verurteilt und nicht begünstigt. So begnügte er sich, während er resümierte, dass die Zeit schneller verging, je älter er wurde. Doch wie ging es seiner Tochter, seiner Enkelin? Würde sie ihren angetrauten Freund im All verlieren oder kommen sie als festes Paar zurück? Zurück, ist das nicht das Wichtigste? Wieder versenkte sich sein Blick depressiv. Wieder begannen die Gedanken zu kreisen, mitten unter der langsam ihre Bahn ziehenden Sonne.

Ernald ging es nicht darum, ob diese Crew neues Leben außerhalb der Rowdengasse finden würde. Zu sehr haftete sein Weltbild an dem, was er als Sohn von Bibelforschern in seiner Jugend lernte. Oh, wie erwarteten diese das Ende dieser Weltordnung und wie einfach war das alles zu erklären, logisch und überzeugend, wenn man sich darauf einließ, bis Lavinia auf der Uni landete und von diesem Staat quasi für seine Zwecke verführt wurde, aus Sicht seiner Glaubensgenossen.

Gut, sie wollte nach dem Tod zweier ihrer Männer nichts mehr mit der Liebe zu tun haben. Sie sah ihren Lernstoff, sie sah sich gebraucht, ihr Talent gebraucht, und dann gab sie sich der Aufgabe hin, die „diese Welt“, so hieß es bei den Bibelforschern, die sich in Ernalds Kindheit, also seit 1935, Jehovas Zeugen nannten, ihr bot. Und Garlind, ihre Mutter und seine Tochter, sie ging zwar noch ab und zu in die Versammlungen, aber vielleicht war sie „zu gut“, um Lavinia den Wert dieses Weltbildes einzuflößen. „Der Wert vergeht, wenn er befohlen wird“, meinte sie immer wieder. Und außerdem fühlte sie sich bei den Zeugen nicht ganz so wohl. „Wer zu geschäftig Gutes tut, hat keine Zeit, gut zu sein“, damit verkürzte Garlind das Problem für sich. Den Spruch schnitt sie sich aus einer Zeitung aus, als wäre er für sie abgedruckt worden. So wird sie wohl auch im Weltraum noch sein – Ernald musste schmunzeln – wenn sie noch lebte, schob sein Gehirn logisch nach. Er wusste, dass die Zeugen im Allgemeinen gut waren, aber er wusste auch, was seine Tochter meinte. Seine Stirn runzelte sich und sein Blick blieb stecken, und schon sah er sie wieder, als Köchin, als Weltraumpflegekraft im Raumschiff. Ja, so wird es sein, sie wird aktiv sein, nicht an all das

Depressive denken, was ihn, ausgelöst durch den Flug der Raubvögel über seiner Siedlung, befiel.

Und da war ja noch Gropper, sein Schwiegersohn, der Lavinia von klein auf in seine Welt, die Raumfahrttechnik, hineinließ und so schon früh eine Seite Lavinias ansprach, die Garlind gern zugedeckt gehabt hätte. Jetzt war sie dort, wo sie immer hin wollte, ein Rechengenie, inmitten von Wissenschaftlern und das nicht nur auf Erden, sondern im Raum. „Puh, vielleicht schon verglüht? Vielleicht denkt sie aber auch jetzt gerade an mich." – Ernald presste seine Zähne aufeinander, als ein kleiner Blondschopf zögernd auf ihn zuging. „Opa! – Opa?" Der alte Mann hob den Kopf, drehte sich zur Seite und wischte sich das Nass der Tränen aus dem Gesicht, die vorhin über es gekullert waren. Billa, was tut das Biest hier, durchfuhr es ihn, ohne besonders zornig dabei zu sein. Die Kinder können doch nichts dafür. Sie muss aber da sein, Ben käme doch nicht allein auf ihn zu. Der Junge reichte ihm die kleine weiche Marzipanhand. „Mama da", lallte er und etwas misstrauisch lächelte auch Liddi aus der offenen Terrasse in den Garten. Schließlich kam auch Billa nach.

Ernald wohnte im Anwesen seiner Tochter Garlind, eigentlich brachte es Gropper, ihr Mann, mit in die Ehe. Eine Haushälterin versorgte ihn seit dem Start der TS-1-Rakete, TS-1, weil der Flug „top secret" war und niemand darüber informiert werden sollte damals, aus politischen und finanziellen Gründen.

„Hallo Ernald!" Das blasse Gesicht mit den langen dünnen blonden Haaren stand nun direkt neben ihm. Ernald erhob sich etwas wackelig, dem „Bleib doch Sitzen" trotzend, aus seinem Schaukelstuhl, umarmte Billa, bot ihr Platz an, und ehe er den braunen Holzstuhl, der um die Ecke am Geräteraum stand, holen konnte, meinte Billa: „Du, bemüh dich nicht, ich muss noch rein, hab noch was mit meiner Firma zu klären." – „Gehst du schon wieder?" – „Nein, telefonisch." Ernald stand verlassen in seinem Garten, lose umgeben von zwei niedlichen Kindern, die auch nicht recht wussten, was jetzt ist.

„Was macht euer Papi?", entkam es Ernald, dummerweise, wie er sich eingestand, aber es interessierte ihn halt. „Papi – Papi." Hilflos lächelte Liddi, weil ihr Papi Russe war, zu ehrlich, zu direkt und zu sensibel für Billa. Ob das Kind davon etwas ahnte? Deshalb lebt er nun in Ostdeutschland bei Verwandten und Billa in Clocktown, der nächsten Stadt von Winidial aus. Sie arbeitete dort als Buchhalterin in einer kleinen Firma, hätte aber Schwierigkeiten bekommen. Ernald wusste noch nichts Näheres darüber und wollte jetzt auch nicht fragen.

Das, warum Ernald mit Billa nicht klarkam, war Erik. Na ja, letztlich ihre Art, die nicht zu seiner passte. Er verstand Vladimir, ihren geschiedenen Mann, so legte er es sich zurecht. Erik war einst Lavinias, also Ernalds Enkelins Freund, jemand, den Ernald sehr gern hatte. Sie lernte ihn kennen, kurz nachdem ihr zweiter Mann bei einem Autounfall ums Leben kam. Billa war ihre Halbschwester.

2

Santar starrte in den unendlichen Weltraum, die Crew schlief zu großen Teilen, nur die wichtigsten Plätze waren besetzt. Es war ruhig, totenstill. Alles lief nach Plan. In nun absehbarer Zeit würde man sich der Rowdengasse nähern. Dann käme es darauf an. Auf seinem Pult, eingeschweißt in eine Waffe, Lavinias Bild, darüber das Leit-Buch über diesen Flug, der einerseits als überaus geheim galt, aber schon darin, als technische Erklärung, abgebildet war. Diese stammte von der PAN, die unterdessen die Welt beherrschte. PAN ist nichts Beeindruckendes. Es ist der Zusammenschluss der Amerikaner mit einer modernen, nüchternen chinesischen Regierung, die sich in den letzten Jahren herausgebildet hatte. Lavinia, PAN, neue Ziele, Santar, Ernald, dieser Alte, Alte im versöhnlichen Sinn. Sagte er nicht, er wisse durch die Zeugen, dass sie meinten, die PAN könne der achte König werden, weil China für eine autonome UN eintrat, und weil doch in der geheimen Apokalypse stünde, nach den sieben Weltmächten, wovon Angloamerika die letzte war, würde ein 8. König erscheinen, der dann die Dinge so leiten würde, wie Gott es wollte, was zum Weltgericht führen sollte. (Anmerkung des Autors: Diese Gedanken sind wie die politischen Erklärungen natürlich teilweise in die Abläufe dieses Phantasieromans hineinphantasiert, sind aber vom Prinzip her nahe an den Deutungen und beispielhaft für die eifrigen Versuche der Bibelforscher, prophetische Dinge aus der Offenbarung, verstehen zu wollen.) Ernald berichtete einmal von dem Gedanken, was wohl mit Santar und Lavinia wäre, wenn sie inzwischen irgendwo im Milchstraßensystem wären und Gott über die Erde Gericht hält?

Santar musste in die Weiten des Alls lächeln, an welche Aussprüche man sich erinnert . . . Er war ungläubig und Brite mit mexikanischen Wurzeln. Deshalb suchte er ja auch nach vorhandenem Leben im All, um diese Gläubigen endlich überzeugen zu können, dass es Gott nicht so gab, wie es ihre Bibel ihnen vorgaukelte. Das war sein Glaube. Diese Christen, sie hatten ihren Gott und ihre Engel im All, und wir, wir suchen verzweifelt danach, und zu welchem Zweck? Na ja, immerhin können wir uns damit einen Namen machen und Geld verdienen, mehr, als würde ich mit einem Kirchenblatt oder gar dem Wachtturm die Leute auf Engel und Götter hinweisen. Das war Santar und seine Logik.

Lavinia und Gropper hingegen, die in ihren Kabinen ruhten, waren technikinteressiert, deswegen waren sie dabei. Gropper ging es um die Ausstattung der Raumfahrzeuge. Es könnte ja auch eine Landung vorkommen. Es könnten andere Wesen da sein oder die Terroristen, von denen man hörte. Es könnte doch sein, dass man Neues bauen muss, man war auf alles vorbereitet, Gropper und seine Mannschaft. Lavinia? Sie entwickelte sich immer mehr zu einer modernen Einsteinerin. Sie war das Rechengenie der Crew, sie konnte es mit fast jedem Computer aufnehmen, sagte man ihr nach.

Santars einziger Vorgesetzter, Kapt'n Weight, war der Kopf der Mannschaft, der quasi von allem etwas intus hatte, er war Chinese, ein Allroundgenie! Auch hieß er nicht umsonst Weight, witzelte man. War er doch eines der Kinder, die direkt nach der Geburt einen Computer als Geschenk bekamen, hineingeboren in eine aufstrebende chinesische Familie aus einer Schicht, die das Sagen hatte in der frühkapitalistischen neuen Epoche. Er wuchs fast wie ein amerikanischer Junge auf, in einem Land, was selbst heute noch von Armut tropft und womöglich schon durch die Alterstruktur weiter davon betroffen sein wird, denn wo sollte der Nachwuchs herkommen, der die anderen ernährte, wenn die Geburtenregelung so weiterginge? Er jedenfalls schaffte den Aufstieg an Körperfülle und Geist. Es war wohl ein Gemisch von Erbmerkmalen und Umgebung, das für sein Fortkommen sorgte. Sein Umfeld war brisant, politisch, und man hatte beste Verbindungen zu amerikanischen Beamten. Mit seinen fünfunddreißig war er ein Genie, wie fast alle an Bord dieser geheimen Mission.

3

Es war unterdessen vier Uhr nachmittags, als Billa Ernald den Grund ihres Kommens erklärte. Ihm war klar, dass sie ihn als Zwischenstation benutzte, um ihre privaten Ziele zu verwirklichen. Sie erklärte Ernald alles Mögliche, nur nicht die Wahrheit, die Wahrheit, dass sie kurz davor war ihre kaufmännische Stelle zu kündigen und sich mit jemand einzulassen, den sie in der Roten-Kreuz-Niederlassung am Ortsrand von Windial kennenlernte. Irgendwie liebäugelte sie dort mit Arbeit, auch des Mannes wegen, der sie so in ihren Bann zog. Doch darüber konnte und wollte sie noch nichts sagen. Ernald ließ ihre Wünsche, seine Wohnung zu benutzen, zu, schon der Kinder wegen, die ihm doch ans Herz gewachsen waren, und letztlich war Billa ja doch seine zweite Enkelin. Trotz ihrer Andersartigkeit erinnerte sie ihn in gewissen Dingen und Gesten an Lavinia. Ihr langes ölglattes, blondes Haar, das sie pflegte wie einen Schatz, tauchte an einer Stelle in den Kaffee ein, den sie ihm jetzt reichte. Die Sonne spiegelte sich im Glas der Schiebefenster der Terrasse und Billa stürmte ins Bad, um den Kaffee aus dem „Goldhaar" zu entfernen. „Halt – Ernald", sie stürzte wieder heraus, um ihm eine neue Tasse einzuschenken, der Haare wegen, und war entsetzt, dass er schon ausgetrunken hatte. „Also Ernald!", kam es ungläubig aus ihr, während sie schon wieder geschäftig an dem verunreinigten Zipfel Blondheit herumarbeitete.

Sie würde also hier übernachten. O.k., ist auch recht, besann sich Ernald, Ben auf dem Schoß, und Liddi vor seinen Füßen, die es nicht lassen konnte, seine Schnürsenkel aus den gealterten Schuhen zu fummeln, die er hier draußen trug.

4

Im guten alten Europa tobten Herbststürme von West nach Ost und gegen die zweigeschossige Dachwohnung peitschte unaufhörlich atlantisches Nass. Erik zog die Zudecke noch einmal fast bis über den Kopf und schlug seine Füße in die Wolldecke, die er gestern erstmals aus dem Hochschrank holte. Der Sommer schien unwiederbringlich vorbei zu sein. Nach Hamburg zur Ausbildung musste er seit zwei Monaten nicht mehr. Er war geschult, topfit und trotzdem ausgezehrt; seine Ängste schienen wieder Platz zu gewinnen. Ihm fehlte die Herausforderung oder besser gesagt, sein Platz in der Gesellschaft. Gut, er hatte, was seine potenziellen Arbeitgeber begehrten, mehrere Top-Ausbildungen, aber käme das Gelernte und Geübte nicht zum Einsatz, würde es altern und er kein Geld verdienen. Wollte er aber wirklich in Einsätze? Womöglich ins All oder in Kämpfe mit den Rebellen, den Terroristen oder was immer sich dort oder auch auf Erden herumbewegte?

An diesem Morgen versteckte er sich vor der Welt. Es war angesagt, aber dass das Wetter dermaßen krass ausfiel, wer ahnte das schon? Man war doch wochenlang nur Wärme gewohnt, so schmeichelte dieser Herbst bisher den Menschen. – Auf seinem Nachttisch lagen noch die Überbleibsel eines Gedichtes, an dem er im Spätsommer arbeitete, nach einem langen Tag an seinem See, Verse in die er seine Gefühle legte. Er schrieb in die Dunkelheit auf kleine Zettelchen, und dann hat er es daheim lesbar gemacht.

Es hieß „Dämmertränen"

regungslos
legt sich
die späte augustnacht", so las er sich seine eigenen Zeilen vor,
„über den schon seichten
letzten sommertag

romantische milde
versteckt in der einsamkeit
des weiten sees
säuselt gegen die wehmut
entgleitender fülle

halber mond
schminke einer schönen
die niemand sieht
die verglimmt
ohne einen hauch

stille
schmiegt sich
wie tränenfeuchte
um die nie
erfüllten träume
und dünn ist das sternenzelt
was einst so hoffend machte
und weit und fern
während es lau ist
auf der haut

ab und zu ein lupfen
fische gefühle sekunden

durchdringen
zurück
in die tiefe

baumwipfel sandkörner dunkelheit
unendlich schwarz erstickt
das grab der nacht
selbst dämmertränen
in bohrendes nichts."

Da war's noch warm. Melancholie kann bitter sein und manche Menschen hat sie schon in den Freitod getrieben, doch Erik wusste . . . nein, für Erik war sie angenehm, wie eine Erinnerung an gute alte Zeiten, denn er kannte die Hölle, die Hölle der Angst, Angst, die sein Leben zunehmend zerstören wollte, weil sie nie wich und Lösungen nie zuließ, sondern stecken blieb, sich querstellte, sodass er irgendetwas, was zur Lösung der Angst beitragen sollte, oft bis zur Erschöpfung wiederholen musste. Sie ging erst dann, wenn sein Körper, nicht sein Wille, sagte: „Jetzt ist's gut."

Logischerweise vermied Erik so immer mehr Situationen, die Angst auslösen konnten. Er war aber kein Phobiker, nein, sein Lebensdrang war mindestens genauso groß wie seine destruktiven Seiten, und so griff er immer wieder an, ging unter die Leute ins Leben, und alle Angst begann tausendmal von vorne. Dafür hatte er sich eine Schutzfunktion angewöhnt. Eine teuflische Schutzfunktion, die ihn vorerst vor Angst bewahrte, dann aber zu einem ständigen Fallstrick wurde, der ihn wie Schlingpflanzen festhielt. Er schrieb sich Angst auslösende Situationen sofort auf, um die feinen Details festzuhalten, die ihm beweisen sollten, dass ein Geschehnis nur ein „Beinahezusammenstoß" war. Mit der Zeit füllten diese Zettel ganze Büchertaschen voll. Wenn er sich dann erinnerte, kam es vor, dass er anfangs stundenlang irgendeinen Zettel suchte. Fand er ihn nicht, bedrohte ihn eine Angst, die vielleicht schon vier Wochen oder älter war, aufs Neue. Wie viel kostbare Lebenskraft er dadurch verlor, das würde niemand ahnen, sagte er sich immer wieder und wusste sich doch nicht ohne diese Zettel zu helfen, die ihn jeweils für den Moment entlasteten.

Jetzt muss man sich Erik nicht als einen blassen, blonden Hypochonder vorstellen, oder welches Bild man immer davon haben mag. Nein, er war der, der die Menschen polarisierte. Die einen sahen nur seinen finsteren Blick, sein kohlschwarzes Haar, die markanten Wangen und die ein Meter und sechsundachtzig Zentimeter seiner Statur. Wer nicht genau hinsah, übersah sein Grübchen im Kinn, übersah, dass er kein „Muskelassi" war, vor dem man fälschlicherweise Angst haben könnte, auch nicht so ein fleischiger Typ, der alle um- zuremplen scheint, sondern einfach ein gut durchtrainierter kräftiger Mensch, der zusätzlich noch einen monströsen inneren Kampf zu führen hatte, den er „tausendmal" gewann, was keiner merkte, und „zehnmal" verlor, was ihm dann vorschnell als Schwäche ausgelegt wurde.

Auch kämpfte er schon vor seiner Angstproblematik zwischen einer sehr feinfühligen Seite in sich und einer rustikalen. Er war der sensible hochdeutsche Poet und ein ländlicher Holzhacker, den man nicht wieder erkennen mochte, wenn er seinesgleichen in entsprechender Atmosphäre traf. Erik war viel, was man ihm nicht ansah. Nur die, die ihn näher kannten, die seine anziehenden Seiten suchten, verliebten sich in ihn, na ja nicht immer Männer, sondern eine bestimmte Sorte von Frauen, und derer gab es noch welche auf der Welt, zum Glück, meinte er immer. Männer hätte er auch gemocht, nicht sexuell, aber er fand nicht die, die ihn nicht erschreckten, das heißt seine einfühlsame Seite, und wenn er sie fand, wollte **er** sie nicht festhalten, ebenfalls nicht „erschrecken".

Er hat es auch nie gewagt, eine längere Beziehung einzugehen, weil er sich davor fürchtete, dass man sein Leiden erkannte. Ihn in seiner entsetzlichen Not zu sehen, passte nicht zu dem Softmacho, wie eine seiner näheren kürzeren Bekannten, wie er sie nannte, ihn bewundernd nannte, wenn es nicht gerade eine war, wie diese verwöhnte Göre, wie Billa. Irgendwie geriet sie nun ins Visier seines Halbschlafes dieses düsteren Tages und in der Folge auch Lavinia.

Die beiden symbolisierten die, die ihn liebten und hassten, so wie er sowieso nur die anzog, die an sich und der Welt auf irgendeine Weise litten, die ihn verstanden und die er verstehen konnte. All die anderen waren ihm suspekt und er ihnen.

Für Billa war er ein egoistischer Rüpel, für Lavinia der verständnisvollste Mann, den sie kannte, jedenfalls damals, vor Santar, schoss es ihm quer durch den Kopf. Aber das war etwas anderes. Sie war doch so verliebt in ihn gewesen und nicht nur in sein Wesen. Das war vor vielen Jahren, hm . . . gut drei ist sie jetzt schon im Weltraum verschollen. Vor fünf, sechs Jahren, rechnete er durch, waren sie noch ein Paar. Sie war die, die er nicht wie viele andere wieder vergaß, er liebte sie noch auf eine andere Weise als all die anderen.

Erik riss die Augen auf! Ihr Bild auf dem Regal wurde von fahlem Morgenlicht getroffen. Eigentlich sah er vom Bett aus nur ihre mittelbraunen, langen gewellten Haare, damals hatte sie blonde Strähnchen drin, jetzt wird es naturbraun sein im Weltraum, oder färbte sie sie sich für Santar? Er verdrängte den Gedanken. Mein Tauwind dachte er und versuchte sich ein Gedicht in Erinnerung zu rufen, das er am Anfang seiner Beziehung mit ihr erstellte. Lange Zeit behauptete er, es sei sein Lieblingsgedicht. Er würde es gern jetzt noch einmal lesen. Er stand, wie er war, auf, kramte in seinem Büro herum und huschte ins Bett zurück. Ein paar raschelnde Blätter und er hatte die Seite gefunden:

mein tauwind

kalt und leer ist mein verließ
und eingefroren ins symbol
illusion die schmerz verhieß

doch mein tauwind zartes du
lässt tropfen schon was harschig war
hauchst leben auf mich zu

liebstes herz ist dein gesicht
und milde nur war deine haut
und hoffend stilles licht

denn was weich macht fließt aus dir
im traum schon als ich weinen musst'
war's erstes zartes wir

Und dann verlief sich all das. Sie ging zurück nach Amerika. Ihre Bestimmung sei die Mathematik, die Raumfahrt, und er steckte mitten in seiner Ausbildung zum Hochleistungspilot im europäischen Raumfahrtzentrum, dazu seine Therapeuten-Lehrgänge, in die man ihn steckte, als man seine Begabung, zu vermitteln, entdeckte. Immer wieder wurde er als Mittler herangezogen, von Kriminalität bis zum Konkurrenzkampf in seinem eigenen Milieu, und er lernte bereits damals viel über den galaktischen Terror, von dem man wähnte, dass er käme, worin man recht behalten sollte. Ja, das Leben forderte damals eine Trennung dieser ruhigen, ja teils schon in der Seele verankerten Liebe. Und dann das Unfassbare: Nur ein Jahr danach erfuhr er, dass sie einem Santar zur Ehe versprochen wurde. Erik verstand und verstand doch gar nichts. Hier stoppte er den

Traum, nein, davon wollte er jetzt nicht träumen, dann lieber schlafen. Es war halb zehn Uhr vormittags, als er erwachte.

5

Dieser Santar lebte tatsächlich, und da, wo er war, war es ruhig, wenngleich er wusste, dass Aufregendes bevorstand. Mit einem Funkspruch bat ihn jemand um Einlass. Es war Kapitän Weight, der behauptete, nicht schlafen zu können, angesichts der vor ihnen liegenden Zeit. Seit Langem war der Kontakt zur Erde abgebrochen. Sie standen für sich und jeder verarbeitete die Dinge anders, mal so, mal so. Sie waren ihre eigenen Götter und Geschöpfe und suchten nach Ihresgleichen. Sie wurden ja nicht einmal wahrgenommen von anderen.

„Hast du den Namen unseres Schiffes je kapiert?" –

„Ja, in gewisser Weise", meinte Käpt'n Weight mit einem unsicheren Schmunzeln. „Heutzutage versteht man nicht mehr alles, man muss auf andere vertrauen", konstatierte er.

„Lightbraker", was für ein Name, hauchte Santar in sich hinein, der in seinem Pilotendress jung, frech und ehrfurchteinflößend in einem wirkte, irgendwie wie vor langer Zeit dieser Mythos Elvis in seinem weißen Anzug. Bei ihm war es nur Show, Santars Anzug hatte eigentlich berufliche Zwecke zu erfüllen. Weight gab auf Santars Sperenzchen nicht viel, aber immerhin auf den Rest des Weltraums und auf Lavinia, so hoffte Santar, machte er Eindruck.

„Wir fahren auf einem Lichtstrahl. Wie geil!", fügte er hinzu. „Niemand kann uns sehen und doch benutzen wir dieses Schiff, als wäre es sichtbar." – „Du siehst es doch", konterte Weight, „es kann sichtbar sein, während es unsichtbar ist. Modernste Technik eben, die ich selbst nicht ganz verstehe." – „Stell dir vor", erwiderte Santar, „wir hätten dieses Brake-System nicht". – „Brake-Mechanism", wiederholte Weight. „Ja." Es entstand eine Pause. Sie starrten in das Nichts des Alls. „dann würden wir dem Licht folgen, ins Unendliche steuerungslos." – „Ist schon der Horror, auf was diese chinesischen Forscher kamen", fügte Santar hinzu. Er kratzte sich an seinem Kurzhaarschnitt und nahm das PAN-Buch zur Hand. Weight dachte darüber nach, wie eine frühere Crew auf Xin vor noch gar nicht so viele Jahren dieses Scheinmaterial, aus dem ihr Schiff nun bestand, gierig förderte, bis sie von Terroristen vertrieben wurden und der kleine Planet ins Nichts zusammensank. Keiner wusste, warum die

Staatshaushalte ruiniert waren, man schob es dem Raumterror in die Schuhe, der überhandnahm, doch in Wirklichkeit waren es die immensen Summen, die man brauchte, um das Material dafür zu nutzen, dass sie nun weiterhin in die Tiefe des Alls fliegen sollte, die nie zuvor jemand erreichte. Spielerisch ging das alles, wenn da nicht noch die Rowdengasse wäre . . .

6

Billa war länger bei Ernald als geplant. Sie tat alles für ihn. Die Kinder lieferten die Wärme, die sie trotz aller Taten nicht in sich hatte. „Na ja, vielleicht sehe ich das nur so“, grummelte Ernald in sich hinein, dann klingelte es. Ein Motor und ein Ruckeln. „Post!“, rief Ernald aus der Küche durchs Haus. Ben schlich sich zur Tür hinaus und streckte sich bis hinauf in diese Röhre, stocherte an einem Stock hinein, und nach ein paar Versuchen, fiel der schmucklose Umschlag auf den Dreck unterhalb der Steintreppe. Der Bub bückte sich, dann hatte er ihn. „Hab Post“, hüpfte er fröhlich lallend in den geräumigen, gefließten Flur zurück, und Billa mahnte, als er mit schmutzigen Schuhen zwischen und über die Teppichläufer tippelte: „Du sollst doch nicht an Opa Ernalds Postkasten gehen.“ Im selben Moment schnappte sie sich siegessicher das Angekommene. „Erik“, kam es wie Rauch aus ihrer Nase. „Was ist“, brummelte Ernald auf seinem Küchenstuhl. „Nur dieser Arsch wieder“, babbelte sie vor sich hin, als sie, wie abwesend, zurück in die Küche, in der ihr Opa gerade noch die letzten Marmeladebrötchenbissen zerkaute, spazierte. Dann warf sie den ungeöffneten Brief wortlos in einen blauen Behälter. Paperwaste stand auf dem Deckel.

Ernald schluckte, blickte unsicher, getroffen und doch nur die Hälfte verstehend, erwiderte aber nichts.

Er wusste von Eriks Beziehung zu seiner Enkelin Lavinia, er wusste auch, dass sie sich trennten, weil das Leben für beide andere Aufgaben hatte, so sagte Lavinia immer, als die Trennung näherrückte, und er wunderte sich, warum Erik sich so rar machte, aber an Billa immer wieder Briefe schrieb, von denen sie nie erzählte. Dreimal hatte er ihr schon Briefe an sie ausgehändigt, die an seine Adresse kamen, ohne zu fragen oder sich einzumischen. Aber irgendwas passte da nicht zusammen, fing das Gehirn des Alten an zu resümieren.

Kaum war Billa aus dem Haus, fischte er sich den Brief heraus. Wieder von Erik über seine Adresse geleitet! „Diese Marke“, durchfuhr es ihn, hätt ja mal was sagen können, und dann ritzte er ihn mit dem Marmelademesser, was er vorsorglich noch mal abschleckte, vorsichtig auf. Keine Handschrift, aus dem Computer, aber Eriks Adresse oben links, Paletzerstraße 77, eine verschmierte Postleitzahl, dann Regensburg, Germany. Etwas enttäuscht fing er an, das unpersönlich wirkende Schreiben zu lesen. „Bitte, bitte verzeih mir Billa, dass ich schon wieder schreibe. Da Briefe an deine Adresse immer zurückkommen, benutzte ich seit einiger Zeit Ernalds Adresse und hoffe, Ernald hat dir den Brief gegeben. Du hast mir meine Fragen zwar schon mal beantwortet und mir geschrieben, dass . . .“ Er überflog den medizinischen Frageinhalt, der etwas kompliziert und langatmig war, und stieß dann auf den Passus: „und dass du nicht mehr antworten wirst, aber ich hoffe, dass du einsiehst, dass ich in großer Not bin und es mir zuliebe doch noch einmal tust.“ Ernald las zu Ende, presste die vollen Lippen unter seinem Schnauzer zusammen und schüttelte den Kopf. Wie konnte ein erwachsener, intelligenter Mann sich mit solchen Fragen demütigen und dann noch vor Billa, die ihn sowieso auf dem Kicker hat. Fragt er sie doch, ob sie von seinen Ärzten etwas über ihn erfuhr! Wie konnte er davor Angst haben, es gab doch ein Arztgeheimnis und außerdem, er selbst musste doch am besten über sich Bescheid wissen! Ernald wusste aber von Lavinia, wie oft sie selbst von ihm mit solchen Fragen konfrontiert wurde und dass er einen erbärmlichen Kampf gegen diese ihm unverständliche Angst führte. Was er nicht wusste, dass Erik jetzt sogar Psychologie studierte und von den Behörden bereits erfolgreich in Truppen wirkte und lernte bei Terror oder Gefahren durch Verrückte, Vermittler zu sein. Zunächst hatte er ein Medizinstudium begonnen, es zwar später aufgegeben und Raumfahrt studiert und dies abgeschlossen. Erik war außerdem Lavinias Freund. Er konnte weder dumm, verrückt, kalt, böse oder sonst was sein, versuchte Ernald nachzufühlen.

Abends, als Billa Liddi zu Bett brachte, meinte das Mädchen: „Mama, ich hab was gesehen.“ – „Was denn, erzähl!“, hakte Billa nach. Liddi presste die Lippen und zog die Nase hoch. „Der Opa.“ – „Was?“ – „Der hat den Abfall . . .“ Billas Blick wurde stechend: „Was hat er?“ – „Na ja, er hat den Brief rausgeholt, den du weggeschmissen hast.“ „Nnn . . . .“, Billas Blick blieb hängen. „O.k.“, fasste sie sich, „Ich frag ihn danach“. „Nein, bitte nicht“, flehte das Mädchen aus dem Sofa des Gästezimmerchens, auf das es gebettet war. „Ich sag schon nichts von dir“, fügte Billa hinzu, „kannst sicher sein“, und schloss die Tür mit einem sanften „Gute Nacht, mein Schätzchen“.

Am nächsten Morgen war es Ernald, der Billa beiseitenahm, bevor sie es wagte. Nach einem aufgesetzt wirkenden Streit über Ernalds Frechheit, ihre Post aus seinem Abfall zu holen, entspann sich jedoch dank Ernalds echtem Interesse bald ein Gespräch über Erik. Billa meinte: „Dieser Egoist, quält seit Jahren alle möglichen Leute mit seinen beknackten Fragen. Er bräuchte mal jemand“, so fauchte sie, „der ihm zeigt, wo‘s langgeht. Er sei doch nicht allein auf der Welt und andere hätten auch ihre Probleme . . .“

„Wie lange dauert denn die Beantwortung so eines Briefes?“, wagte es sich Ernald nun zu fragen. „Ach, es geht doch immer um dasselbe.“ – „Das heißt, in ein zwei Minuten wäre es geschehen?“, hakte Ernald nach. „Ja“, meinte Billa genervt und unsicher „Und was soll die Frage?“ – „Einen Moment bitte“, erwiderte Ernald. „Was ist jetzt schon wieder?“, quängelte Billa, die dem Gespräch offensichtlich ausweichen wollte. „Lavinia hat mir einen Gedichtband anvertraut, den sie damals von Erik bekam. Er ist unveröffentlicht, es ist eine Art Tagebuch von Erik. Aber ich kann’s dir auch so erklären Billa. Ich . . .“

In dem Moment dröhnte die Stimme eines Nachrichtensprechers durch alle Zimmer „Ben!“, schrie Billa laut, die wusste, dass ihr Sprössling nach Sprösslingsart wieder an Ernalds altertümlichen Geräten herumspielte. Ihr Blick verengte sich zu dieser bösen Ernsthaftigkeit, von der man nicht wusste, ist es eine Maske oder gerechter Zorn. „Aus gut unterrichteten Kreisen drang, dass es Anlass für die Befürchtung weiterer terroristischer Aktivitäten aus dem Weltraum gibt. Es wird vermutet, dass die 2009 erstmals gesichteten Raumpiraten sich mit irdischen Terrororganisationen kurzgeschlossen haben, mit dem Ziel, die Erde zu verunsichern und die von den USA und China besetzten Planeten und deren Reichtum von Rohstoffen zu übernehmen. Beweise für diese Annahme liegen allerdings nicht vor. Paris: In Paris . . .“, da verflachte der laute Ton und Ben kam trottelig herein gestolpert „Radio . . . Radio“, grinste er mit etwas Angst bespikt, den Kopf hängen lassend. „Ja, ja“, nickte Billa, den Knaben angesichts der erfahrenen Vermutungen verschonend. „Meinst du, Ernald, dass das Probleme gibt?“ – „Na ja, wir wissen ja nicht, was hinter den Nachrichten steckt.“

7

In der Lightbraker begann der Tag, das heißt der irdische Tag, den man beibehalten hatte. Es gab Dunkelräume und Lichträume. In den entscheidenden Kommandoräumen gab es kein Licht, nur eine künstliche Beleuchtung, die das Arbeiten erlaubte.

Jeder wusste, was sie in der Rowdengasse erwartete: Es war der letzte Zipfel unserer Milchstraße und der Beginn einer der Milchstraße ähnlichen Konstellation, dessen letzter Zipfel wiederum der unseren ziemlich nahe kam, so wie Afrika Europa bei Gibraltar ziemlich nahe- kommt. Hätte man diese Stelle passiert, wäre freie Fahrt ins Nichts angesagt, jahrelang. Das war der Wahnsinn der Mission, bis irgendwann neue Sternenhaufen auftauchen, an deren so nahe Erkundung vorher nie ein Mensch zu denken wagte. Und die Lightbraker sollte in diese neue Welt vorstoßen.

Wellen erschütterten das Schiff. Lavinia befand sich im Morgenlichtraum und schminkte sich, als ihr der Kajalstift ausrutschte. Zuerst reagierte sie gar nicht, dann der Warnton und die Schiffsansage: „Besatzung! Besatzung! Bitte begeben Sie sich in ihre Arbeitsräume! Uns treibt es direkt in den Kurs auf Undarium!“

Der orange Planet, durchzuckte es Lavinia. Sie hatte viel darüber gelesen. Noch nie durchquerte eine Crew die Rowdengasse. Lightbraker sollte die Kraft haben, die Mitte zwischen Undarium und Ronus zu finden, doch alle Berechnungen erwiesen sich als falsch. Lavinia war an diesen Berechnungen beteiligt gewesen, deshalb traf sie der Schock doppelt. Hat sie dazu beigetragen, alle in Gefahr zu bringen?

Der Gleiter, die Rakete, das Nichts, das Raumhaus oder wie man es nennen wollte, beruhigte sich. Die gesamte Besatzung sprach nun über Undarium. Lavinia erinnerte sich an Jehova. Der jüdische Gott, von dem es über den Planet Erde hieß: „Und Geist des Herrn bewegte sich hin und her in der Finsternis seiner Oberfläche.“ So etwas konnte sie nicht mit Santar besprechen. Aber jetzt schien es ihr, als ob der Punkt gekommen wäre. Nach einem elektronischen Anklopfen bewegte sie ihre Materie in den Kommandoraum. Das konnte man in Lightbraker, tat es aber doch selten. Ach ja, die Lippen hatte sie sich noch fertig geschminkt, bevor sie die Technik bemühte.

Sie hatte ihren Midirock angezogen und das blaue anliegende Top, das dunkelblaue, so wie auf der Erde, wenn sie in die Kirche ging oder zu den Zeugen, um Ernald, der einmal im Jahr zum Gedächtnismahl (Abendmahl des Herrn) ging, zu begleiten. Ja, sie fühlte sich schon wohl in Santars Nähe. Er war etwas jünger wie sie und schon voller Autorität, und diese war abgestützt durch seinen Vater, der in der US-Regierung eine angesehene Stelle innehatte. Man konnte schon wegen des Geldes nicht auf seinen Sohn verzichten. Außerdem war sein Vater Mexikaner und hielt so ganze Teile Mittel- und Südamerikas bei der Stange, als es damals darum ging, das Projekt finanziell durchzusetzen. Sein manchmal großspuriges Auftreten hatte Santar vom Vater. Dass er noch nicht in Skandale verwickelt war, verdankte er eher seiner italienischstämmigen Mutter, die nie etwas anderes war als Hausfrau. Sie war katholisch, gutmütig, einfältig im positiven Sinn und immer für Santar oder Senator Brazela, ihren Mann und Santars Vater, da. Dass er selbst Brite war, hatte mir seiner Geburt und der Politik seines Vaters zu tun, war aber für niemand so richtig nachvollziehbar.

„Hallo Santar", sie sah ihn etwas schüchtern an, oder war es Unsicherheit? „Lavinia, mein Eigentum, mein Schatz!", so müsste man den Inhalt seines spanisch ausgesprochenen Empfangs übersetzen der feurig aus dem gerade noch Vertieften kam. Er fasste ihr dabei gönnerhaft um die Taille und bot ihr Platz zwischen sich und Weight an, dem das gar nicht unrecht schien. „Und was sagst du jetzt zu Undarium?", fragte sie ihn zurückhaltend und doch ironisch auf seinen Atheismus abzielend. „Ah, deine Kindheit kommt durch und dein Opa Erhard!" – „Nein, Ernald", verbesserte sie. „Ein paar Wellenbewegungen und dein Gott ist wieder aktiv, ha!", spöttelte es aus ihm, während er sie begehrlich an der Hüfte zu sich zog. „Na ja, noch sind wir nicht durch", meinte sie und es schien ihr, als würde sie erröten. „Und wer hat sich verrechnet", grinste er sie an, „und wer hat alles korrigiert, der gute Santar!" „Hey, hey", sie wusste, dass es hier nichts zu korrigieren gab. Die Gesichtsröte verschwand so schnell, wie sie gekommen war. „Die Welle hat uns wieder herausgeschleudert, weg von Undarium", konterte sie. Nachmittags, jedenfalls nach ihrer Einteilung, sah man erstmals etwas vom nahen Undarium, von dem man sich aber bereits wieder entfernte. Das heißt, man stieß auf ihn zu, aber wich ihm seitlich aus. Bald musste auch Ronus auftauchen. Was hieß hier bald, in einer Erdwoche, und das bei dieser Geschwindigkeit. Irgendwie war das da am Horizont, was sie gerade durchschüttelte, schon organe. Orange – dachte Lavinia, als sie Santars Schnürsenkel, die organe unter seiner silberweißen Raumhose hervorblitzten, wahrnahm. Sie küsste ihn auf die Wange: „Es wird schon werden." – „Komm, setz dich wieder, Lavi." Und er begann zu erzählen . . .

8

Erik bekam in N/TV – Info/TV die Meldung über die eventuelle Rückkehr der Terrorschiffe zur Erde zur Kenntnis, aber er war so in seine eigenen Geschichten verwickelt, Terror, Terror, Terror, war da nicht täglich was? Er blickte auf die Liste, auf der stand, von wem er Antwort hatte und von wem nicht. Billa schien eine derjenigen zu sein, die ihn verachteten, drang es in ihn. Schon zweimal hat sie sich nicht gerührt, und der neuste Brief müsste auch schon da sein . . . Na ja, er würde es aushalten. Viel schlimmer war das, was seine Nachbarn ihm antaten. Er hatte ja ein bis zwei Antworten von Billa. Natürlich war viel passiert, was dies alles in Frage stellte, aus der Sicht seiner Zwangserkrankung, aber er hatte irgendwie das Gefühl, das aushalten zu können. Aber was war da drüben los. Seit mehreren Wochen schrieb er den Nachbarn eine Frage immer wieder auf, aber in seinem Sinn und Gefühl beruhigte sich nichts, auch wenn sie ihm seine Angst lösten, durch Antworten. Immer wenn bestimmte Wortteile fielen, tobte die Angst in ihm, sie könnten doch irgendwas von der Person wissen, von der er glaubte, sie wüssten etwas durch sie über ihn, weil doch auslösend mal ein Wort fiel, was dem Namen eines Arztes glich, der Erik untersucht hatte und der jetzt verzogen war, unbekannt. Das war genau das, was seine Ängste auslöste. Er hatte zwar die neue Adresse inzwischen herausgefunden, aber dieser Arzt meinte wohl auch, er täte etwas Gutes, Erik einfach zu ignorieren und so konnte Erik seine Fragen nicht an der richtigen Stelle loswerden. Als Folge dieser Fehleinschätzung des Arztes von Eriks psychischem Notstand vervielfachte sich Eriks Angst, er sah diesen Arzt nun überall, hörte überall Worte, die, wenn sie von ihm kommen würden, für ihn lebensgefährlich wären, und sah den Arzt in allen, die ihm auch nur entfernt ähnlich sahen. Und so kam es auch, dass die Angst ihm einredete, diese Nachbarn könnten etwas von dem Besagten wissen und wiederum meinen, er Erik, wüsste das ja sowieso und darum nicht offen mit ihm darüber sprechen. Das zwang ihn, selbst die Initiative zu übernehmen, zum x-ten Mal zu fragen. (Erik gewann solche Attacken, wenn auch unter schweren Kämpfen, meistens, aber die, die er nicht bewältigte, reichten, um sein Leben zu zeichnen, und um lieber beschämt nach Hilfe zu fragen, als unter ungelöster Angst schnell auch körperlich abzubauen und schlimmstenfalls fiebernd, verängstigt, depressiv im Bett liegen zu müssen.)

Er wusste, dass sie da sind, aber sie öffneten nicht mehr. Er hatte Angst, zwingende Angst, deswegen brauchte er sie. Doch nun wich seine ursprüngliche Angst einer neuen Angst, die ihn noch umfassender in depressives Bangen versetzte. Sie hatten ihn doch bisher verstanden, ihm geholfen. Was war geschehen?

Draußen piepsten Vögel, aus der Wohnung unter ihm drang Backgeruch und an seinem Computer warteten interessante Arbeiten auf ihn. Doch er tastete sich wie betäubt durch den Tag. Spät abends passte er die Freundin seines Nachbarn in der Tiefgarage nebenan ab, die sie gewöhnlich um diese Uhrzeit verließ, um in ihre kleine Wohnung zu fahren, da sie nicht fest bei ihrem Freund, seinem Nachbarn lebte. Seine eigentliche Angst, weswegen er sie oder ihn brauchte, war nebensächlich geworden. „Entschuldige", bat er, als sie vor dem Ausfahren noch kurz anhielt, um an der Plastikkette zu ziehen, die das schmale Tor öffnen half. „Jo?" – „Entschuldige, darf ich dich morgen zwei Minuten sprechen wegen meiner Angstfrage?" Pause. Jetzt würde sich entscheiden, was entschieden werden musste. Hatten sie ihn zu hassen begonnen, ihn, den sie jahrelang als Freund und Nachbarn hatten, bevor er ihnen seine Schwäche offenbarte, aus einer Not heraus? Hatten sie ihn zu hassen begonnen, ihn, den seine Eltern in Sommernächten küssten, weil man sich verbunden fühlte? Hatten sie ihn zu hassen begonnen, ihn, der ihnen seine Gefühle in Gedichten offenbarte, den, der mit ihrem Kind spielte und lachte, den, der ihnen längst erklärt hatte, wie seine Angst ihm zusetzt, und der dankbar war, dass sie ihm anfangs ein- bis zweimal in der Woche eine Minute schenkten, wenn er sie Dinge fragte, die er schon mehrmals beantwortet bekam, den, den nichts mehr plagte, als peinlich darauf zu achten, ihnen möglichst nicht auf die Nerven zu fallen, den, der auch Begrenzungen seiner Angstfragen in Kauf genommen hätte, wenn man ihn nur nicht als Mensch wegwirft, weil er an Ängsten leidet. Hatten sie ihn zu hassen begonnen, den, der im tiefsten Inneren wusste, dass etwas Furchtbares passiert ist, was der radikalen Umstellung einer Großwetterlage glich?

Was er sich erlaube, fing sie unvermittelt an zu schnauben. Seine Gegenrede war nutzlos. Nach oben muss ihr Ausbruch geklungen haben, als wolle sie und ihr Kind jemand dort drüben in dem unterirdischen Betonbunker vergewaltigen, so wehrte sie sich gegen einen Erik, der zitternd und schüchtern, aber voller Angst vor ihr bat. Besonders wohl für ihren Freund, der sich vor Eriks Klingeln heute schon den ganzen Tag durch die Tochter verleugnen ließ, war das, was er zu hören meinte, Anlass, seine Wut nun zu leben. Schnaubend stürmte er auf Erik zu, ballte die Fäuste, richtete seinen Oberkörper auf und produzierte sich vor ihm wie eine Raubtiermutter, der man die Jungen nimmt. Dass Erik ihn aufgrund seiner Körperkräfte hätte ruhig stellen können, negierte er. Erik zog sich zurück, unter Schimpfkanonaden und eigenen verbalen Aufbäumungen, die erst leise wurden, als sich seine Wohnungstür schloss.

Drei Tage danach bat Erik ihn schriftlich, ihm doch wenigstens einmal seine Frage zu beantworten, damit gehe zwar seine Angst wahrscheinlich wieder nicht weg, aber er wisse dann doch zumindest, dass er ihn erneut freundlich als Nachbarn begegnen könne, wenngleich er es trauernd hinnehmen müsse, dass er wegen seiner sich wiederholenden Angstfragen nicht mehr geholfen bekäme. Doch das war Erik nicht gegönnt. Wieder einmal hatte seine Angst, die auf einer Ebene eigentlich um Halt und Angenommenheit suchte, das Gegenteil erreicht. Trennung, abgelehnt sein, Gewissensbisse, Todesangst, die sich immer breiter- machte.

Was war nur mit Erik los? Nein, er konnte sich jetzt nicht gehen lassen. Er zog sich um, um zu joggen, seine zehn Kilometer. Zettel und Stift waren immer dabei, es könnten ihm ja Leute begegnen, er könnte Teile ihrer Erzählungen mitbekommen und auf sich beziehen, und schon stände er wie gelähmt unter Panik, müsste die Personen, denen die Passanten glichen, erneut aufsuchen, sich deren Unwillen zuziehen, womöglich Untersuchungen wiederholen mit all dem Stress, der damit für jemand wie Erik verbunden war. Nein, nicht noch eine Front, bitte, ging es in Eriks Seele vor, als es doch passierte. Hätte er lieber die Passanten einfach angesprochen und sie gefragt: „Sind Sie . . .?“ Aber dabei hatte er schon furchtbare Erfahrungen gemacht, die Leute haben Angst, sie nehmen ihm, dem gut aussehenden Jogger nicht ab, dass sie ihm durch eine Antwort auf diese oder eine andere banal wirkende Frage viele Stunden Angst, Stress und Wiederholungen ersparen würden. Dieser Fall hier war noch zu deichseln. Zum Glück betraf es Randgebiete, so tickte es in seinem Kopf. Er schrieb sich während des Laufens ein paar entlastende Notizen nieder und baute sich neu auf, um weiter zu können.

Nach einer Stunde kam er zurück, sah ein Nachbarkind an der Tiefgarage spielen und hielt inne, zumal die Sonne seinen nassen Rücken trocknete. Die Leute waren neu eingezogen, Ausländer, die seltsam beäugt wurden vom Stamm der Bewohner. Erik beschäftigte sich 20 Minuten mit dem niedlichen Stöpsel in Schwarz und seine Mutter bedankte sich gleich drei Mal, so freute sie sich, dass sich jemand für ihren Knirps interessierte. Danach machte er sich sein Bad zurecht, was er zelebrierte. Wenn die Wanne immer heißer voll lief, alle Türen und Fenster zu waren, fühlte er sich wohl, geborgen.

Nach dem Bad würde er gern Evelyn mailen, vielleicht auch chatten, einiges los werden wollen über seine Not, die Suche nach Nähe und seine Bedenken vor Nähe und über seine Geburt als Sohn schwedischer Diplomaten im osteuropäischen Krisengebiet und wie er angstkrank wurde und was er jetzt lernte außer Raumfahrt und Psychologie. Auch bewegte ihn, mit ihr darüber zu diskutieren, wie die Leute sind, zu Zwänglern.

Geborgen – es schien eine Wurzel seiner Erkrankung zu sein, diese Geborgenheit als Kind nie gehabt zu haben und sie jetzt in Ecken zu suchen, wo sie nun wirklich nicht zu finden ist. Aber wenn er es auch alles wusste, er stand nicht drüber, nein, gar nicht. Es war schon halb zwei, als er seiner Internet-Freundin zu schreiben begann. Dies war keine Freundschaft, wie sie zu Lavinia bestand, nein, gar nicht, es war auch keine Nähe, wie er sie spürte, wenn er eine nette Frau beim Tanzen oder auf der Straße kennenlernte. Nein, es war irgendwie ein sozialer Dienst, denn Evelyn war noch schlimmer dran wie er. Sie geriet in eine Lage, die niemand mehr verstand außer vielleicht Leute wie Erik. Er selbst wurde ja auch nicht verstanden. Wer verstand denn seine Not, wenn er noch Sport trieb, wenn er Ausbildungen machte, wenn der das Zeug hatte, Leute, gar Frauen auf der Straße anzusprechen und kennenzulernen. Statt zu sagen, toll, was du tust in deiner Lage, unglaublich, wie du versuchst im Leben zu bleiben, sah man ungläubig auf ihn herab und entwürdigte ihn dadurch zusätzlich, wenn jemand von seiner Angst erfuhr, weil er ihn brauchte. Er hatte und bekam nie die Anerkennung, die ihm gut getan hätte, und Evelyn musste dies noch deutlicher spüren. Und sie verstand auch ihn, so wie niemand ihn verstand. Sie wusste welche Lasten hinter jedem Wort standen und so fiel es ihm leicht, ihr heute zu mailen, wie alles begann. Seine Kindheit und seine Gegenwart müssen miteinander zu tun haben, da waren sie sich später einig. Sein Leben begann ja bereits mit dem Sterben, als er als Sohn schwedischer Diplomaten, genau genommen einer Mischung aus dem rumänischen Vater und der schwedischen Mutter, in einem osteuropäischen Krisengebiet zur Welt kam und schon im Leib die Sorgen der Eltern mitfühlen musste, die sie wegen ihm bekamen. Über fünf Ecken erfuhr er einmal, dass seine Mutter damit rang, ihn abzutreiben, es aber dann wegen der Menge der Ereignisse, die über sie rollte einfach nicht schaffte. Er erzählte, wie sie ihn nach dem schweren Bombenangriff auf das Botschaftsviertel in Panik und Unruhe verloren und wähnten, er sei tot. Er schrieb, wie er wohl litt, als er dann doch überlebte und in ein grausiges Krankenhaus kam, ohne Mutter, zum Versuchskaninchen grober Ärzte wurde, wie er vernachlässigt wurde und heute noch den Rücken voller Narben dieser grauenhaften Untersuchungen hat, da Rückenmarkuntersuchungen, so meinte er, nur ohne Betäubung durchgeführt wurden, dazu kamen dann Entzündungen und seelische Not, die Panik des verlorenen Kindes. Wie viel Aufgehobenheit ging ihm wohl schon hier ab, konstatierte er, sich selbst verteidigend, weil es ja sonst keinen interessierte, was da war. Man sähe nur seine Gestalt, seine Noten und meinte, was könne einem solchen Menschen nur fehlen, dass er sich so anstellt. Seine Lebenskraft, so setzte Erik fort, half ihm damals wundersam, zu überleben, nachdem er schon auf den Totenlisten geführt wurde, dies habe er später durch seine Eltern erfahren. Ach ja, seine Eltern, wie fand er sie wieder? Es waren Briten, die das Land später besetzten und so konnte den suchenden Eltern geholfen werden, ihn ausfindig zu machen und aus dem Verlies zu befreien, in dem er gerade begann, sich daran zu gewöhnen.

Später bekam er aber keine Liebe, sondern Drill als Nahrung, schrieb er, als wäre es alles eine Geschichte von jemand ganz anderem. Seine Eltern hatten nur ein Problem, ihr Leben zu bewahren, nach der Verstrickung in lebensgefährliche Agentenarbeit. Was zählten da schon die Gefühle eines frühgeschädigten Kindes? Er musste funktionieren, wurde dazu geprügelt, und ihm wurde gedroht, zwischen ein und fünf Jahren, wohlgemerkt, so lange, bis er seinen Trotz und seine Aggressionen, die sich durch seine viel zu frühen Traumata ansammelten, dem Überlebenswillen wegen aufgab. Er sollte schon in dieser Zeit geformt werden, so der Fanatismus seiner nach außen hin wohlwollenden und gesellschaftlich anerkannten Eltern, wobei die Mutter zusah, wie der Vater zuschlug, und dann die Angst des kleinen Erik nutzte, um ihn so zu haben, wie sie ihn brauchte. „Woll'n wir wieder?", dabei verzerrte sie ihr Gesicht zu einer Furie und fuchtelte mit dem Finger, so einfach kann Erziehung sein.

Er sollte das, was die Eltern verpassten, werden, Raumfahrer und / oder ein berühmter Arzt. Alles, wovon sie dachten, es schade seiner Karriere, die sie sich in den Kopf gesetzt hatten, wurde ihm ausgetrieben, Versuche in die Richtung zertreten und abgewertet. Seine Eltern waren Kinder skandinavischer Nationalisten, na ja, zumindest seine Mutter. Man drohte ihm, setzte er fort, mit erneuter Weggabe in ein Heim zur Erziehung bösartiger Knaben irgendwo im Norden Englands, wenn er nicht die gestellte Forderung lächelnd erfüllen würde, Forderungen, die einen Dreijährigen überfordern mussten, schrieb er sich von der Seele. Einmal schickte man ihn dick angezogen mit einem Überlebenspäckchen weg, einfach weg, wohin er wollte, um ihm zu zeigen, wie man ihn verabscheute, oder besser, um ihn zu erziehen. Erik ging damals. „Sie mussten mich dann lange in die Nacht hinein suchen und bekamen vor ihrem eigenen Verhalten Angst. Sie wollten mir ja nur einen Schock einjagen, stattdessen ging das Ding nach hinten los." Der Schock saß trotzdem und wirkt bis heute, heute wisse er es, „weint" er in seinen Computer hinein.

Als er dann fügsam wurde, fing man an, ihn zu unterrichten, ja man formte ihn – und er war gehorsam. Damals wusste er nicht, was da geschah, heute weiß er es. Evelyn schrieb ihm zurück, sie wisse es auch: Er wollte Liebe und sich vor einer weiteren Weggabe schützen, war er doch durch den Zusammenhalt der tyrannischen Eltern schon mit drei bis sechs Jahren völlig allein auf dieser Welt. Sterben, wieder sterben, oder sich an den Gehorsam klammern und abschalten, gehorchen und akzeptiert werden. An diesem Tag gab es einige Hin-und-Her-Mails. Dass er langsam begreife, dass er damals zugemacht hat und es ihm bis heute nachhängt, sich niemand hingeben zu können, schrieb er. Irgendwie hätte er Systeme entwickelt durch Gehorsam und den Halt der Anerkennung einerseits und durch die Liebe seines Selbstbildes, seines intakten starken Körpers, auszukommen, die lange hielten, ohne dass es zu Zwängen als Aufrechterhaltungsmechanismus des zerfallenden von Natur aus labilen Selbstbildes kommen musste. Evelyn meinte dazu, dass es bei Magersüchtigen, wovon sie einige kenne, in den Familien auch oft um alles Mögliche ging, aber nicht um das Kind. Sie sähe da Zusammenhänge. In einem Buch einer Magersüchtigen stand deren Hauptsatz: „Ihr kriegt mich nicht." Erik war perplex, das zu hören, dies war doch fast wie sein Satz: „Jetzt haben sie mich". Er fühlte sich „gehabt", wenn eine Angst in ihm wütete und er nichts dagegen täte. So tat er etwas, denn „gehabt wollte er nie sein". Was „gehabt" bedeutet, fragte Evelyn nach. Böse zu sein, ganz einfach böse zu sein, das zu sein, was seine Eltern ihm bewusst und unbewusst in früher Kindheit andichteten, als er, längst aus der Säuglingszeit geschädigt, nicht gleich mit ihren Erwachsenenzielen mitzog. Oder heißt es, beschämt untertan sein zu müssen, zu kuschen, sich aufzugeben, um weiter „geliebt" zu werden? – Irgendwo zwischen dem goldenen Tablett mit den raffiniertesten Werkzeugen des Lebens versehen und dem Wegspülen im Klo, wenn er nicht spurte, das waren Eriks Gegensätze, die er aushalten musste, die ihn zu einer Figur machten, die Unkundige kaum in eine Schablone stecken konnten. Völlig verunsichert und doch voller Mut, narzisstisch missbraucht, gebrochen, versehen mit einem falschen Ich, das ihn über die Runden brachte, Traumata ausgesetzt, sensibel und hart und sich seiner Lage Jahre nicht bewusst, von Zwängen und dem Lebenwollen und nicht können zermalmt, nach Selbstbewusstsein als Ersatz für fehlende Urangenommheit suchend, greifend und es ständig verlierend, da es sein wahres Ich nicht erreichte, offenbarte er nun ebenfalls narzisstische Züge, obwohl er beileibe kein Narzisst im herkömmlichen Sinn war. Doch gehen wir wieder zurück in die Entwicklung.

An diesem Abend schrieb er schon wieder, es lenkte ihn von seinen unmenschlichen Nachbarn ab und dem sturen Arzt, der letztlich dafür verantwortlich war, dass er sich überhaupt an Nachbarn wandte, weil er ihm nicht eine Silbe auf seine Fragen antwortete. Erik fühlte sich von Evelyn verstanden, mehr noch als von Lavinia, die er zwar einmal liebte und die noch einen Platz in seinem Herzen hatte, aber der er immer wieder Dinge vorenthielt, um die Beziehung zu schützen. „Und wie ging es dann weiter?“, wollte Evelyn wissen. Und dann schrieb sie etwas sehr Interessantes in ihrer Mail: „Heutzutage werden immer mehr Kinder zwangskrank. Es sei wohl, weil sie keine stützenden Eltern hatten, ihr ES lebten und kein Über-Ich entwickelten und somit auch keine Notwendigkeit zur Ich-Bildung hatten, damit labil blieben und auf die Zwänge als Halt angewiesen. War es bei dir nicht umgekehrt? Hattest du als Kind überhaupt Spielraum, ein ES zu leben, hattest du nicht nur dein Über-Ich, und von daher auch keine Notwendigkeit, dein Ich stabil sich an beidem reibend auszubilden?“ Erik dachte darüber nach, denn irgendwie hatte sie Recht. Wenngleich er sich fragte, ob er wirklich kein ES leben konnte. Aber eines war sicher, dass er sich damals unbewusst schon früh von den Eltern zurückzog, sie nicht mehr in sich hineinließ und somit den wahren Halt verlor, den man als Kind braucht, und sich selbst Halt verschaffte, durch seinen Gehorsam, seine Genauigkeit, sein rigides Pflichterfüllen. So wurde er letztlich Arzt, und sofort nach der Ausbildung schickte Vater ihn in ein Krisengebiet zum Einsatz – zum x-ten Mal war er von dem bisschen Geborgenheit, was die strenge Familie bot, gelöst. Als er zögerte, schlug sein Vater mit der starken Faust auf den Tisch. „Na gut, dann bleibst du halt hier und versauerst!“, schrie er auf ihn ein, was für Erik so klang wie „du mistiger Versager!“ Alles nur, weil er noch Zeit und Liebe gebraucht hätte und vielleicht etwas Rücksicht auf seine Konstitution, die zwar alles wollte und konnte, aber dabei anfing Schaden zu nehmen. Das sah niemand, und er selbst lange, lange auch nicht.

„Na ja, und dort allein . . .“, so tippte er in die Tastatur an diese Evelyn, die ihn zu verstehen schien, der auch er schon so viel Halt und Verständnis entgegenbrachte „allein im Kriegsgebiet unter europäischen Schutztruppen und mit dem Elend konfrontiert, brach meine Angst aus. Du musst bedenken, ich war gerade ein Jahr weg, da erlitt mein Vater völlig überraschend einen Schlaganfall. Ich trauerte damals nicht, ich nahm das ganz stoisch und kam mir noch ganz cool dabei vor. Der Verlust, dieses Treibers, der aber trotz allem mein Stützgerüst war, mein Lebenshalt, nagte anders an mir. Du musst bedenken, damals war ich mir meiner labilen psychischen Lage nicht im Geringsten bewusst. Ich war damals einfach unsicher geworden, ob des Verlustes des ‚Chefs', dem ich abgeben konnte, was er wollte, um mir dann meiner Existenz sicher zu sein. Diese Unsicherheit schlug sich auf meinen Körper, ich wurde innerlich ‚zittrig', und statt es auf diese Dinge zu schieben, begann ich mich zu beobachten und fand auch schon dies und das heraus, was überprüft werden sollte, als wenn ich die ‚Inspektion' bei dem nun toten Vater bräuchte, kann ich nun lange danach sagen. Dazu kam, dass bei der Arbeit mit schwerstkranken Menschen, Infizierten, Drogenabhängigen der Verdacht auf mich fiel, mir eine Infektion zugezogen zu haben. Jetzt zog man die besten Militärärzte heran, die sich über mich beugten, das Schlimmste diagnostizierten und darüber tuschelten und immer mehr Kollegen riefen. Ich war ein FALL für all diese geworden.

Überlege mal, Evelyn, genau so was erlebte ich ja schon als Säugling und jetzt wieder, doch diesmal bewusst. Dann wollte man mich sezieren, so klangen die Dinge für mich, die sie vorhatten. Ich weigerte mich, erstmals, weigerte ich mich. So ließ man mich von anderen Spitzenkräften der NATO untersuchen. Ich wurde ein aufsehenerregender Fall, mit dem Ergebnis, dass das alles wohl, ich unterstreiche, wohl eine Fehldiagnose war.

Aber dies äußerte man erst fest, als ich durch alle Höllen gegangen war, und sich diese Gedanken, unheilbar und äußerst kompliziert erkrankt zu sein, in mir längst tief festgesetzt hatten. Fortan glaubte ich niemand mehr, nicht mal mir selbst oder vor allem mir selbst nicht. Mir selbst nicht? Na ja, ich als Betroffener musste alles ankurbeln, bis man das Versehen herausfand. Tat ich zu viel, mischte ich mich da in Kompetenzen anderer ein? Weißt du, das waren ja die Zweifel meiner Kindheit und jetzt hatten sie ein Feld, auf dem sie wüteten und wüten würden. War ich nun ‚böse' oder nicht? Es war kein Vater mehr da, der mir als Ergebnis meiner guten Arbeit signalisieren konnte, dass ich o.k. war. Die Forderungen meiner neu entstandenen Angsterkrankung waren jetzt das Gerüst, was einst mein zwar „pervers" erziehendes, aber doch Halt gebendes Elternhaus war. Von meiner Mutter war kein Halt mehr zu erwarten. Sie war selbst vom Tod des Übergottes Vater gekennzeichnet und ihre frühere Unsicherheit, die sie durch ihren Mann kompensiert hatte, drohte durchzubrechen. Sie überwand sie mit Starrsinn, mit einem Stehenbleiben, wie das einer Uhr. Sie war nett zu mir, solange ich nichts kritisierte, aber es gab keinen Zugang, der frühere Halt durch beide war so nicht mehr da.

Meine Gefühle, mein Leben, das war meinen Eltern immer gleich gewesen. Na ja, vielleicht nicht wirklich. Vielleicht hatten sie zu viel Angst davor. Um zu überleben, musste ich autoritätenhörig werden und mich für eigene Gedanken schämen. Warum man mir das nicht anmerkt? Klar, man hatte mir eine lebenstüchtige Maske aufoperiert in der Erziehung von zwei ehrgeizigen und selbst unter Versagensangst stehenden Eltern. Mein eigenes medizinisches Wissen wurde mir zum Verhängnis. Ich fing an, mich so sehr in die Lehre von Infektionen zu vertiefen, bis ich den Überblick verlor, nicht technisch, aber ich fand keinen Abstand mehr dazu. Und so musste es kommen, dass in den Momenten, wo ich die Grenzen erforscht hatte und durch war, ich meinte, die Angst besiegt zu haben, sich die Dinge schwuppdiewupp in andere naheliegende medizinische Gebiete verschoben, und davon gab es genug, glaube mir, im Körper hängt so viel zusammen.

Nach Jahren der Therapie, die ich später wegen der wirklichkeitsfremden, mir aber panisch nahen Ideen über mich brauchte, fing ich an, Raumfahrttechnik zu studieren, und ich verließ die Truppe, was man mir immer wieder nahelegte. Das war so, weil man mich aufgrund meiner Ängste drängte, den Job zu wechseln. Immer noch glaubte ich damals, hier in der Truppe als Arzt meine Bestimmung zu finden. Ich glaube, von allein hätte ich es nicht geschafft. Ich brauchte diese äußere Gewalt, um gegen die Gewalt der Gebote und der Vorstellungen meiner Eltern, ein berühmter Arzt zu werden, zu steuern, die mich beseelten, selbst wenn sie zu dieser Zeit gar nichts mehr sagten."

Erik fuhr fort zu schreiben, dass er Deutscher sei und warum er kein Schwede sei. Das hat mit seinen Eltern zu tun. Sie wurden nach ihrem Einsatz krank, mussten in eine Klinik in München und wohnten bei Bekannten in Regensburg. Dort fassten sie Fuß, weil ihr Fachwissen dort zu Geld zu machen war. So wuchs er in Bayern auf.

Und jetzt lernte er noch diese Psychosache, das sei interessant und ganz sein Ding. Er kommt halt nicht davon los, von dem, was seine Eltern von ihm wollten, nur hat er es nun auf Gebiete verlagern können, die ihm besser bekommen.

Evelyn, ließ sich die Tage darauf auf ihn ein und stellte beim Chatten Fragen wie, ob ihm denn gar keiner helfen würde und ob er nicht wisse, dass man Zwänge auch verhaltenstechnisch bekämpfen müsste, aber sie fragte auf eine freundliche, interessierte Art und Weise, die es ihm zur Freude machte, etwas loszulassen, was er schon lange in sich trug.

„Weißt du, ich habe eine Anzahl Ärzte, die sehr, sehr freundlich zu mir sind, und einige Leute, in die sich die Angst verfing, helfen mir, wenn ich sie anschreibe jederzeit wie selbstverständlich. Solche Menschen möchte ich gern als Freund haben, doch kann ich mich ihnen wegen meiner Angst nicht so recht annähern. Sie merken auch, dass die Angst immer wieder kommt, aber sie verzweifeln nicht daran und werfen mir das nicht vor. Dadurch helfen sie tatkräftig, dass die Ängste sich nicht auf alle möglichen Menschen ausdehnen und dass ich nicht zu den Ängsten um meinen Körper noch Ängste vor Menschen entwickle und verkraften muss, wie sie mich kalt abweisen, wenn ich sie brauche. Und das ist viel, so viel, dass ich jeden Gott der Welt darum bitten möchte, diesen Menschen seinen Segen zu geben. Du verstehst schon, früher sagten die Leute „Vergelt's Gott!", und sie meinten dies sehr innig!

Andere Menschen wiederum sind so böse und lassen mich im Regen stehen. Du kannst dir nicht vorstellen, wie sich an so etwas die Geister scheiden. Wenn es nicht so schlimm wäre, würde ich es einführen als Prüfstein für alle hohen Stellenbesetzungen der Welt, wer ihrer würdig ist.

Das sieht man Leuten ja von außen nicht an. Die liebsten mütterlichsten Personen offenbaren dadurch plötzlich ein inneres Biest. Glaube es mir, man sieht es niemand von außen an, was in ihm steckt, wenn er um Hilfe gebeten wird, wenn es um sein wahres Sein geht und nicht seine Hülle, mit der er mitunter sein Leben lang für sich lebt. Neulich las ich ein Buch von und über Viktor E. Frankl, den bekannten Psychoarzt, dem es nicht erspart blieb, KZ-Erfahrungen zu machen. Er beschreibt eindringlich, wie dort unter schwersten Belastungen der wahre Kern von Menschen sichtbar wird. So weit zurück muss man gehen, um von anderen zu lesen, was ich immer sagte, Evelyn. Mir tat es gut, mich so bestätigt zu finden. Natürlich bringen Menschen alle möglichen Ausreden daher, die einen Laien überzeugen könnten und die ihr egoistisches Handeln verständlich machen sollen. Einige meinen, die Verhaltenstherapie lehrt doch, dass solche Patienten Angst aushalten lernen müssen. Dass es aber dabei um Vertrauensverhältnisse zwischen Therapeuten und Patienten geht, um Abmachungen zwischen beiden und darum, dass der

Therapeut für den anderen da ist, wenn er sich so einer Abmachung aussetzt, das und viel mehr vergessen sie bewusst in ihrer Apothekenblättchenschläue, die so und so nur dazu da ist, sich zu entschuldigen. Wie hart und wie anders, als man erwartet sieht es in vielen Menschen innen drin aus, ja, das merkst du, wenn du wirklich Hilfe benötigst, Hilfe, die vielleicht etwas ungewöhnlich ist oder Verständnis und Toleranz für etwas abverlangt, was leider nicht salonfähig ist. Da werden Menschen schnell zu so einem, wie ganz andere Menschen einst zu Juden wurden. Vielleicht wissen sie gar nicht was sie da tun. Das sagten jene anderen ja auch nach dem Holocaust. Entschuldige Evelyn, dass ich diese Vergleiche ziehe, ich sollte das vielleicht nicht tun . . ."

Evelyn unterbrach sein wahres, aber auch von überschäumendem Gift beladenes Resümee. Wäre es nicht besser, wir rufen uns an?

Darf ich dir einen Spruch vorlesen, meinte Erik, als sie ein wenig über ihre Stimmen sprachen, die sich nun erstmals hörten. „Ja, gern." – „Er heißt, ‚Das Mittel'", erwiderte Erik:

„Härte ohne Liebe ist Egoismus pur!
Liebe ohne Härte, ungewolltes Schwachsein nur?
Echte Liebe doch, darf auch mit Härte heilen."

„Von wem", fragte Evelyn nach. Sie sah Eriks Träne nicht, die ihm über die Wange kullerte. „Egal, wie findest du ihn", fragte er sie dann. „Von dir! Sag's doch gleich", gab sie freudig zurück. „Interessant."

Ja klar, solche Sprüche habe ich selbst erlebt, sie sind aus Erfahrungen gewachsen. Dann erzählte er ihr von seinen Gedichten. Sie wollte unbedingt mehr hören und lauschte ganz wach, Eriks Seele zu.

Es waren zwei, drei, die er loswerden wollte. „Ich les einfach mal vor, ja?" Es raschelte etwas durch die Leitung. Erik war ein wenig nervös angesichts dessen, dass er Evelyn das erste Mal persönlich sprach. Gab es da auch eine Anziehung der Geschlechter? Oder war es ein Insidergespräch zweier Menschen, die sich durch ihr Leid verstanden? Da war die gesuchte Seite und er freute sich, dass jemand ihn ernst nahm und sich für seine Kunst, die so tiefe Lehren enthielt, interessierte. „Es heißt: ‚KZ der Seele'", sagte er ganz leise. Dann las er:

„Konzentrationslager der Seele

Wie lang hält man Zerreißung aus,
wie lang, dass niemand es versteht
und würdelos die Zeit vergeht?

Wie oft weist man die Liebe ab,
wie schockt man den, der helfen will,
wobei man Zärte sucht im Drill?

Perverser als die Diktatoren
treibt es der Zwang mit mir im Still'n.
Korrupt geschieht´s mit meinem Will'n.

Und keiner weiß noch, wer mich treibt,
weiß ich es denn, doch hilft's mir nicht,
denn karger Nutzen trennt vom Licht.

Seh ich, wie einer andren hilft,
roll'n Tränen aus der Seele mir,
und traurig blick ich aus nach dir.

Sekunden sind's, dann brüllt's in mir,
im Gleichschritt zwanzig Stunden lang,
frisst er mich auf, der euch so unbekannte gottverdammte Zwang.

Wer flieht verglüht am Lagerzaun,
den treffen Kugeln ins Genick
und Folter droht und Galgenstrick.

Da fügt man sich, zwar knirscht der Mund,
doch Peitschenknall und Angst und Schreck
zieh'n alle Wünsche durch den Dreck.

Und keiner recherchiert das Leid,
zu unbekannt, zu klein die Zahl
der armen Seelen Höllenqual.

Auch leider bin ich nicht verrückt
und spüre mehr wie ihr den Wahn,
den auferlegt mein Herz bekam."

Evelyn kam gar nicht richtig zum Atmen, da kündigte er „noch eins?“ an. „Ja, o.k.“, gab sie ihm zu verstehen und hörte:

Nie kam bei mir die Botschaft an . . .

Wieder mal von Angst geschlagen,
wieder mal gekämpft, verloren,
wieder mal ließ ich das Leben fahren.

Diesmal ganz dem Schluchzen nahe,
diesmal könnt ich mich erschießen,
diesmal schmeiß ich alle Vorsicht hin.

Was wär, wenn das, was Angst erregt,
das heißt die Worte, die so fall‘n,
mich kalt lässt und auch juckt nicht mehr zum Trotze?

Wieso muss ich denn prüfen, ob was
mich betrifft, wo’s mich doch nur verführt
verführt zur Angst zur Sorge ganz um nichts?

Wieso hab ich die Welt zu tragen,
aus Angst, sie bricht sonst gleich entzwei,
dann wär‘ der Spaß vorbei, schreit´s laut in mir.

Hab ich denn jemals Spaß gehabt,
hab nur gekämpft, als wäre Krieg,
hab jedes Wort geprüft und rein gemacht,
die ganze Welt hab ich gesiebt,
als wenn ich Kräfte hätt´ wie Gott.
Nie kam bei mir die Botschaft an,
dass ich einfach leben kann.“

Da ließ Evelyn den Hörer fallen, furchtbares Geschrei drang die Treppe herauf und besorgte Worte von Evelyn erreichten entfernt sein Ohr.

Nach einer Weile war sie wieder da, nebendran ein Wimmern. „Sie ist die Treppe hinabgefallen, ... war ihr wohl zu langweilig, das lange Gespräch und jetzt muss ich mich um sie kümmern. Wir hören wieder von uns und danke Erik. Ich werde eine Zeit brauchen, um alles noch mal . . .“, da riss etwas am Kabel, knallte und die Verbindung war aus. Klar, das Kind war vernachlässigt, weil wir so lange über unsere Vernachlässigungen . . . Erik war traurig, aber es war ihm auch klar. Er hatte gesagt, was er sagen wollte, aber die so dringend nötige Resonanz blieb wieder einmal aus, wenn auch völlig unbeabsichtigt. Draußen war es tiefe Nacht.

9

In Winidial war es immer noch Spätherbst, das Licht war nicht mehr so grell, die Luft in den Räumen wurde dickflüssiger, und nur zwischendurch, von einem Wind erhellt, leuchtete alles einen Tag lang auf, als würde jemand noch einmal zeigen wollen, was da war.

Billa war fast schon so etwas wie bei Ernald eingezogen. Etwas hielt sie in Winidial – Ernald beobachtete nur, dass sie irgendwie anders war. Er fühlte sich wohl, hatte er doch nun zwei Kinder im Haus, die ihn liebten, Liddi besuchte die Schule in Clocktown. Billa oder Ernald brachte sie täglich zum Bus, so konnte er sich immer wieder mit dem kleinen Ben beschäftigen. Beide lernten den Garten mit Schuppen oder den Schuppen mit Garten neu kennen und wurden ein Alberei- Handwerkerteam, denn für beides gab es genug Anlass.

Am Sonntag drückte Nebel auf die Stimmung. Billa lag auf der Couch und hatte überraschend Zeit, da „jemand", so nahm es Ernald auf, abgesagt hatte. Ernald war mit den Kindern zu einem Herbstfest gegangen, nach Clocktown. Eine Schwere zog sich durchs Haus. Da tippelte Billa in Ernalds Zimmer. Etwas trieb sie. Unerlaubterweise drückte sie die hölzerne Rolltür an Ernalds Schrank nach oben, knarren konnte es, es war ja keiner da. Da ragte es heraus, mit einer roten Spitze. Sie hob den Wust darüber leicht an und hatte es in der Hand. Eriks Gedichtband über Angst. Abschätzend brach sie es in der Mitte auf. „Ungerechte Logik." Sie hielt inne, wie gelähmt, dann fing sie hastig zu blättern an, als suche sie etwas. Was sie fand, war die letzte Seite, das Abschlussgedicht, es hieß „Gebet". Sie hielt den Finger dazwischen, als wäre es für sie bestimmt und wanderte in die Wolldecke auf die Couch zurück. Hier fühlte sie sich besser. Dort im Büro, bei dem Schrank mit den Texten, die sie überflog, das fühlte sich zu hart an für sie.

Auf Seite 75 stockte sie, „Konzentrationslager der Seele", wollte ihr da eine Träne ins Auge schießen? Nein, es war nichts, nein, nur die . . . sie wusste es nicht und wollte es nicht wissen.

Billa blätterte in dem Angstbuch und entscheidet sich, Erik zu schreiben, dass sie ihm keine Antwort gibt. Neugierig war sie und ein wenig durcheinander, redete sie sich ein. „Sind Zwängler Hexen für uns?", hieß ein weiteres Kapitel. Die alte Wut kam wieder auf. Dieser Egoist! Alles dreht sich um ihn! Sie wollte etwas schlafen, drehte sich um, erinnerte sich an das Buch, stand auf, verstaute es wieder, eilte zurück, wickelte sich ein, stand wieder auf, die Tür, na klar, die musste zu sein. Und dann setzte sie sich auf die Couch, nachdenklich starrte sie in den undurchdringlichen Nebel über dem grünen Gras, das war das Einzige, was man hell sah, das grüne Gras. Erik – was sah sie von ihm eigentlich?

„Erik, wie du gemerkt hast, habe ich deine Fragen nicht beantwortet. Ich kann dir damit doch nicht helfen. Gehe bitte endlich in eine entsprechende psychiatrische Behandlung."

Sie fühlte sich wohl. „Puh, das hätten wir geschafft", so kreisten ihre Gedanken, als sie zwei Tage später endlich diesen Brief beantwortete, der eigentlich schon im Abfall gelandet war. Was bin ich doch für eine tolle Frau, ich reihe mich nicht denen zu, die ihm verhaftet sind, ich geh an die Wurzel! Sie knipste den Fernseher an, lief noch schnell zur Tür und entschied sich, dass das Ganze auch noch Zeit hätte bis Montag, setzte sich, und stierte ein zwei Stunden in die verschiedensten Fernsehprogramme dieser werdenden Nacht und las diverse herumliegende Reklameblättchen zum x-ten Mal. Zeit hatten sie also, die Leute, während Erik sein langes Wartenmüssen und die Leute, die ihn missachteten damit entschuldigte, dass diese Leute wohl zu wenig Zeit hätten. Er dachte nur gut über die Menschen, lange Zeit.

10

In Europa, in Deutschland, in Regensburg, ging das Leben seinen Weg. Erik hörte wieder aufmerksamer auf die Nachrichten. Da war doch was gewesen mit Terror. Er suchte in den Suchmaschinen und fand etwas. Hatte er es überhört, vor lauter eigener Not? Es schien um den Weltraumterror zu gehen. Er stiefelte an diesem Montag die Treppe herunter. Das schlechte Wetter hatte aufgehört. Ein milder Föhnwind zerstob die Wolken, und Erik war in sich gespalten. Irgendwie malte er sich aus, wie man an ihn herantreten würde, wenn es um seine raumfahrttechnischen Fähigkeiten als Astronaut, als Arzt und Psychotherapeut, na ja, psychologischer Berater, stapelte er tiefer, ging und um das Thema Raumterror. Er müsste bis dahin unbedingt seine Zwänge in den Griff kriegen. Wie oft hat er schon versucht, davon wegzukommen, wie viele Jahre Therapie lagen hinter ihm, nicht die, die er zusätzlich besuchte, wegen seinem Beruf, nein, die bei Dr. Powlman wegen seinen Angstzuständen und den Zwängen. Er wusste, worum es geht und er hatte sich auch nie bewegen lassen, sich mit Tabletten zu retten. Nein, er suchte die Wurzel und einen Ansatz . . . Und immer wieder fiel er, und das merkte die Umwelt. Was er tat, wie er sich wieder aufrappelte, das merkte niemand, auch Dr. Powlman nicht, der zuletzt immer fordernder wurde und gar nichts mehr verstehen wollte. „Kann ja nicht so schlimm sein, er steht ja im Beruf", hieß es, „hat mehrere Ausbildungen, hat sogar schon poetische Bücher geschrieben", erinnerten sich manche, und welche Schmach es gerade deshalb für ihn war, immer wieder zu fallen, Menschen zu brauchen, welche Angst ihn quälte und band, darüber dachten die Zeitgenossen nie nach, schien es ihm. Viele verurteilten ihn in Bausch und Bogen, meinte er, als einen, der sich mal zusammenreißen sollte oder sie wiegelten alles ab und verstanden auf diese Weise nichts.

Er wartete jetzt schon 3 Wochen auf einen Satz eines weiteren Arztes, der ihm dadurch geholfen hätte, aber diese Person rührte sich einfach nicht, als hätten sie es untereinander abgesprochen, ihn auszuräuchern. Aus dem Briefkasten quoll Reklame, ein Brief war dabei, der wie eine Antwort aussah. Nervös zog er ihn hervor, kontrollierte voller Anspannung den Boden, damit nicht noch einer dabei war und evtl. verlorenging, das würde er nicht aushalten, und stürmte dann plötzlich wie gestochen die Treppe hinauf zurück. In der Wohnung angekommen, zog er zuerst einen Bogen Papier aus dem Vorrat und begann zu protokollieren, wie er den Brief bekam, dass es still war dabei, dass, dass, dass. Nun erst sah er den Absender an, nun, nachdem er alles festgehalten hatte, was den Brief hätte „entwerten" können. Hatte sich doch auch diese Scheißangst entwickelt, jemand könnte beim Postrausholen dabeistehen und etwas flüstern, was den ganzen Brief neu nötig machen würde.

Ein Ansatz von Freude und äußerster Spannung bahnte sich an, als er feststellte, dass es doch der befragte Arzt war. Waren nicht alle so kalt? Jetzt hieß es, ruhig zu bleiben und das Öffnen zu überstehen, damit er sich ja nicht wieder einbildete, der Brief wäre schon offen gewesen und etwas Wichtiges könnte auf dem Transportweg entwichen sein. Dann wäre alles umsonst gewesen, und er würde noch mal anfragen müssen, getrieben durch die paranoide, sagen Experten manchmal, Vorstellung, der Absender könnte ihm etwas mitgeteilt haben, was nun verlorenging. Der Absender würde sich gut fühlen und nie mehr damit anfangen, aber er hätte die Notiz verloren und würde vielleicht dahinsiechen, weil er von der Stellungnahme nichts weiß.

„Hören Sie auf, lassen Sie sich von Fachleuten behandeln, damit ist unser Kontakt beendet", las er entgeistert um die kleine zierliche Unterschrift, die da doch so energisch stand. Batsch! Voll ins Gesicht, so empfand er dies. Wie kalt diese Leute sind und wie brutal! Erik wurde von Wellen des größten Unverstandenseins überrollt. Der Angstspiegel stieg an, und auch die Wut: Was soll denn noch getan werden, das dreht sich doch im Kreis. Gerade ich, wo ich doch alles tat und tu und täglich grabe und arbeite, um die Dinge fassen zu lernen. Er zitterte innerlich und fing an, seine Unterlagen zu sortieren. Wenigstens diese sollten in Ordnung sein. Den Rest des Tages verbrachte er dann damit, fünf anderen Leuten zu schreiben, um die Lücke, die ihm dieser Arzt beibrachte, aufzufüllen, denn er musste die Antworten nun weit, weit her und anders einholen. Womöglich langt das nicht, dachte er, sollte er wirklich diese körperlichen Untersuchungen wiederholen lassen, um die es in den Fragen ging? Er begann das Für und Wider an den Fingern abzuzählen. Es ging ihm darum, schuldfrei zu sein, oder schuf er sich ein Forderungsnetz, wie das seine Eltern um ihn aufbauten, damals, als er gefangen, aber noch nicht angstkrank war?

Am nächsten Morgen baute er sich wieder leichte Hoffnung auf. Billa und einige andere schrieben wohl gar nicht mehr zurück. O.k. er versuchte, es so einzuordnen, dass sie ihm nichts Gefährliches zu schreiben hatten, was blieb ihm, als dies anzunehmen und für irgendwann Wiederholungen all der Untersuchungen anzuordnen. Hätten die Leute geantwortet, könnte er sich auf Gewesenes stützen und müsste sich nicht neuen nervenaufreibenden Untersuchungen unterziehen. Aber diese weisen Heiler wollten es ja so, sie wollten ihn heilen, dabei trieben sie ihn immer tiefer ins Elend. Oder wollten sie nur ihre Ruhe vor ihm?

Und dann der Schock, der Brief von Billa kam im Lauf der Woche, sie hatte ihn tagelang liegen lassen, für sie ging es ja um nichts. Ja, so müssen die Leute ticken. Er rang oft tagelang darum, was die Leute wohl fühlen, wenn sie so kalt sind, und drehte sich damit im Kreis. Für ihn war das verbrecherisch (er wusste, dass er das nicht laut sagen darf), auch wenn ein paar Freunde immer meinten, nein, die meinen das nicht so, sagte Erik darauf: Wenn das so ist, wieso lassen sie es sich dann nicht erklären, warum es für mich so wichtig ist, warum fragen sie nicht nach, wenn sie etwas anscheinend nicht verstehen? Warum hat sich bis heute keiner von denen, die mich so ablehnen, wenn ihnen dies auch unbenommen bleibt, doch wenigstens darüber mit mir unterhalten, gleichberechtigt, auf Argumente eingehend? Warum beenden Sie Freundschaften und Beziehungen schweigend, wenn sie an diesen Punkt kommen?

Billas Brief klang fast wie der des Arztes. Wut machte sich breit. Was kennen die zwei mich? Gar nicht! Aber schlaue Sprüche. Er holte seine Angstpoesie heraus, die an so vielen ähnlichen Situationen gewachsen war und las sich „Herr, verzeih ihnen“ vor:

„Herr, verzeih ihnen“

Freundliche Leichtgewichte,
die ihr alles versteht,
die ihr für alles Lösungen
im Halfter habt:

Ihr,
die ihr nichts
besser könnt,
als eure blumige Welt
rein zu erhalten,
rein von dem,
was dahinter steckt:
Maskenverdicker!

Ihr, die ihr misstraut,
die ihr euch vor eigenem
Schmutz schämt;
sähet ihr jemandem
in die Tiefe nach,
eure selbst verschuldete Hilflosigkeit
brächte ihn aufs Schafott.

So harren sie,
in vergessenen Heimen,
unter unheimlichen Drogen,
den Löffel abgegeben
an Geschäftige,
die sich darum kümmern,
in eurem Namen.

Blinde Augen
lasten wie ein Gebälk
aus Gelächter auf jenem,
der sich wehrt,
der vordringt in sich,
wie Forscher ins Moor,
in grausame Verstrickungen,
um den Schopf zu finden,
sich herauszuziehen
im Abseits eures Wohllebens,
auf Schlachtfeldern der Zwischenhölle.

Ständiges Fallen
lässt euch härter höhnen,
diesem, der noch lebt.
Warum fällt er
uns auf die Nerven
angesichts
dessen, was wir vorschlugen?
Heilung aber ist neue Schöpfung.
Ein halb entwickeltes Auge
sieht nicht,
und sei es noch so genial.

Erst nach dem
x-tausendsten Versuch
wäre es ihm gelungen,
aber ihr wart
nicht dabei.
„Herr, verzeih ihnen",
denn wissen sie, was sie tun?

Er bräuchte so sehr diese Antworten. Sie würden ihn augenblicklich aus der Depression holen aus der Angst holen, und fröhlich machen.

O.k., es kann sein, dass der Zwang dann einschnappt und alles x-mal wiederholt haben will, weil er plötzlich irgendwo Lücken in der Antwortübertragung ausmachte. Die Angst hat alle Möglichkeiten, wenn sie einmal stark genug war, und sie nahm an Kraft zu, wenn Leute auf sich warten ließen, aber manchmal auch, wenn sie jemanden trifft, an dem sie meint, sich abarbeiten zu können. Im Falle von nicht aufhörenden Wiederholungszwängen täte es ihm manchmal gut, wenn jemand das stoppen würde, auch mit Härte, aber wie soll der andere wissen, wann er wie reagieren muss, die Menschen müssten miteinander reden, das war es wohl. Warum sich Dinge aus den Fingern saugen. Trotzdem ist man froh, wenn jemand nicht wegläuft, wenn er standhält, bis man wieder zu sich findet. Man hat wohl ein Leben lang solchen Menschen gegenüber ein dankbares Gefühl. Doch selbst unter denen, die seine Gedichtbände gelesen haben, waren einige, die ihn später ohne Worte sitzen ließen, als er sie so gebraucht hätte. Ist sein Leiden das einzige auf der Welt? Konnte er sich nicht ausdrücken oder stellte er daran fest, wie böse und wie gut Menschen in Extremsituationen werden können? Erik wusste und konnte anderen helfen, und Evelyn dankte ihm, weil er sie so gut verstand, weil er wusste, wie er mit ihren obsessiven Liebesvorstellungen umgehen musste. Erstmals erfuhr Evelyn, was es heißt, verstanden zu sein, nicht abgewiesen, Gefühle äußern zu dürfen und trotzdem gehalten zu sein. Die Festhaltemethode, ging es Erik durch den Kopf. Als wenn wir alle noch Kinder wären. Furchtbar. Aber wie viel dümmer war es, dass wir als Kind dieses nicht erfuhren, was Liebe und Härte ausmachen kann, wenn sie richtig dosiert werden und aus Selbstlosigkeit kommen, nicht aus „keine Lust“ oder anderen Ausreden.

Erik wusste, dass verschiedenste Umstände dazu führten, dass er letztlich einen Mangel an echter Mutterliebe erfuhr. Natürlich, er zog sich auch schon früh in gewisser Weise von ihr zurück, aber auch das hatte ja Ursachen. Urvertrauen konnte sich wohl nie so, wie es nötig gewesen wäre, aufbauen. Er wurde immer als gefährlich angesehen, lebte in einer Atmosphäre, in der man ihm aus sich selbst nichts Gutes zutraute, sodass er nun wohl oft von völlig fremden Menschen eine Art Ersatzliebe dafür wollte und auch die Gutheißung seines Daseins, so wie es Evelyn krankhaft auf viel direkterem Weg einforderte, wenn sie Verliebtheitsobsessionen hat und Menschen nicht mehr loslassen will, in die sie sich verrannte, sodass sie Mittel zum Zweck werden sollten, so wollte er es über den Umweg der Lösung von Angst durch Leute. Danach brauchte Erik niemand. Er war kein Hän-ger, er konnte sein Leben wirklich allein in den Griff bekommen. Dies war sogar seine Stärke, aber sie hing am seidenen Faden, an dem Faden, seine Ängste gelöst zu bekommen und keine neuen einzufangen. Jemand wie Evelyn brauchte ständig jemand, Erik niemand, und doch konnte er nur leben, wenn die Menschen ihm halfen, seine Fragen zu beantworten, und dann war da ja noch das Tauwindgedicht, in dem steckte, was etwas in ihm suchte .

. . Waren Evelyn und Erik sich letztlich ähnlicher als man zunächst denkt?

Doch all das, was die Menschen sehen konnten, wurde ihm von den meisten übel genommen, dafür wurde er abgestraft, immer und immer wieder. Andere, deren Organe nicht funktionierten und die eine Dauerbehandlung in Anspruch nehmen mussten, wurden dafür getröstet, man hatte Mitleid allerorten mit ihnen. Aber er, der etwas Psychisches suchte, erntete Verachtung und Unverständnis, ganz davon abgesehen, dass seine Ängste offen blieben und damit seine Grundspannung hoch blieb und die Ruhe nie einkehrte, selbst zu erkennen, dass die Stillung dieser Ängste ihn natürlich nicht dauerhaft befriedigen konnte, dass da noch viel Tieferes zu lösen war.

Es ging doch, es gab eine Handvoll Menschen, auf die er sich verlassen konnte. Für solche Treuen kämpfte er auch gegen seine inneren Gespenster. Er wurde sogar zeitweise erfolgreich darin, diese und sich natürlich auch, nicht mehr mit neuen Fragen zu quälen. Das wäre ein Weg der Heilung aus sich selbst heraus, wenn da nicht immer irgendwas passieren würde, wenn er nicht immer wieder mal Menschen brauchen würde, die, wenn sie sich ihm widersetzten, innere Kettenreaktionen in ihm auslösten, weil er keine Antwort bekam. Betonköpfe nannte er solche, die durch ihre Sturheit dazu beitrugen, dass sein ganzes Konzept wie ein Baugerüst, aus dem man einige Streben nahm, zusammenbrach. Und alles fing von vorne an.

Weil ihn irgendjemand hängen ließ, musste er wieder an die gehen, die ihm immer halfen, und das bisschen Vertrauen, was bereits aufgebaut war, was ihm hätte helfen können, diesen zu vertrauen, war nicht nur weg, sondern der Kelch war mit Misstrauen und Verlassenheitsängsten neu gefüllt. Statt zu sagen, helft so jemand nicht, das bestätigt seine Zwänge, sollte man den Menschen sagen: Helft solchen unbedingt, und wenn es auszuufern beginnt, dann macht mit ihnen aus, wie ihr den Zwang begrenzen könnt, aber doch bitte nicht von vornherein, damit schockt ihr sie doch so sehr, dass ihr gestörtes Vertrauen zu sich und der Menschheit, was sie ständig aufzubauen versuchen, wieder voll zusammenbricht. Das gilt natürlich nur für solche, die wie Erik alles tun, um voranzukommen. Wenn jemand nichts tut, mag es mitunter nützlich sein, ihn zu schockieren, das ist schon richtig, aber irgendwie bringen die Menschen alles durcheinander. Sind sie zu dumm, oder ist ihnen das gerade recht?

11

Basel 22. Dezember 2017: Ein Taxi kämpft sich durch die raureifbedeckte Stadt und fährt mitten durch die weihnachtlich geschmückten Straßen ins Zentrum. An einem großen altertümlichen Gebäude steigt ein mittelgroßer Mann mit einem grauen Hut mit grünem Hutband aus, in seiner linken Hand eine Mappe oder war es eine Ledertasche. Das Taxi brauste davon, hielt aber an der nächsten Ampel schon wieder. Dies sieht der Fahrgast, als er sich die Treppen des Hauses, Wiedelstraße 15, hinaufbegab, vom ersten Fenster. „Das hast du vom Brausen", denkt er in leichtem Schwyzerdeutsch in sich hinein, noch schnaufend vom Treppensteigen, dreht sich um und nimmt auch die nächsten zwei Stockwerke, während er seine Mappe in die rechte Hand legt. Der Mann geht zügig, wirkt körperlich fit, ist aber ein eher rundlicher Typ. Unter dem Hut anthrazite lockige Haare.

Im dritten Stock das Messingschild: „Jeff Powlman, Psychotherapeut", und dazu einige Titel. Der Besucher wechselt seine Tasche wieder zur linken Hand.

„Ja, der Doktor wartet auf Sie. Bitte nehmen Sie doch noch Platz", weist ihn eine beflissene Empfangsdame in einen kleinen Warteraum, in dem nur er zum Sitzen Einlass bekam. Andere Räume in dem langen Gang ließen sie links liegen. „Einen Tee?" – „Ja, wenn es noch etwas dauert, gern", entgegnet der Fremde.

Kaum fing er an, den dampfenden Tee zu schlürfen, öffnete sich eine dicke Tür, schräg gegenüber. Sie war über und über mit Schaumstoff bezogen, wie die Tür eines Tonstudios. „Herr Schwoppmann!", rief ihn eine zuversichtliche Stimme auf. „Nehmen Sie den Tee gern mit. Warten Sie, ich halte Ihre Tasche."

„Grüazi, Herr Dr. Powlman." – „Grüß Gott", entgegnet dieser in amerikanisch-bayrischem Akzent. „Nachdem Sie hier in die Schweiz gezogen sind, muss ich Sie einmal kennenlernen", sagt nun der Mann im Mantel, der seinen Hut unterdessen in der Hand hält. „Please take your hat and your coat duast do hear". Schwoppmann wusste, dass Powlman Amerikaner war, der lange Zeit in Regensburg praktizierte, daher das Kauderwelsch mit dem bayrischen „duast do her"(legen). Dort in der Nähe von Regensburg wiederum, in Cham, hatte Schwoppmann eine Halbschwester, die auch aus geschäftlichen Gründen mit einem echten Bayernwald Original verheiratet war.

„Ich war letzte Woche erst in Regensburg", erzählt ihm Powlman, als beide sich um Hut und Mantel kümmern. „Noch pendle ich von Ort zu Ort, aber das werde ich nicht mehr lange durchhalten, dann muss Ihre Schwester, ah . . . Halbschwester hierherkommen. Oder sie nimmt, wie ich, den Hubschrauber." Powlman grinst hämisch. „Ich bezweifle . . .", entgegnet der Schweizer mit dem festen Körper.

„Ich weiß, es muss etwas geschehen", setzte der Schweizer gleich darauf fort. Der andere blickt ihm kühl ins Gesicht. „Sie wollen von mir wissen, wie es mit ihrer Schwester weitergeht, weil Sie lange verreisen werden?" – „Ja, und ich wollte", er kramt in der Mappe, die wie eine Tasche aussieht, und übergibt dem Arzt ein Kuvert. „Das ist nett, dann sind wir quitt, danke." Damit legt er das Kuvert auf ein Abstelltischchen gleich neben sich, erleichtert, das Geschäftliche getan zu haben.

„Ja", der Schweizer Besucher zögert etwas, als wolle er etwas verbergen, er würde lange verreisen, gibt der Fremde, der Schwoppmann heißt, dann zu und scheint sich auf die Zunge zu beißen, spürt Powlman in sich hinein. Powlman ist ein langer schlacksiger, fast sechzigjähriger Therapeut. Er trägt eine lose graumelierte Strickjacke, über einem weich fallenden Oberhemd und einer Hose, dunkelblau, mit einem auffälligen Messinggürtel. „Ihre Schwester leidet an einer schweren Form einer Persönlichkeitsstörung, mit sekundärem, erheblich beeinträchtigendem Zwangssyndrom."

Lange Minuten erklärt Powlman nun Schwoppmann den Stand der Therapie. Schwoppmann hatte einen unterschriebenen Zettel seiner Schwester mitgebracht, der es Powlman erlaubte, über sie zu sprechen. Sie bräuchte dringend weitere Hilfe, eröffnet er dem Schweizer, da sie zunehmend andere Leute in ihre Zwänge einbeziehe, müsse man sich überlegen, wie man sie entwöhne. Nicht, dass es so wird, wie bei Passler, sagte er. „Wer ist Passler?", fragte Schwoppmann nach. „Sorry, ist mir nur so rausgerutscht. So viel derart ähnliche Zwänge gibt es nicht, wenngleich die reinen Sympthome wieder mit Sympthomen eines ganz anderem Krankheitsbildes identisch wirken. Schwoppmann wusste, dass kein Arzt über andere Leute plaudern dürfte. Dass ihm der Name rausrutschte, zeigt, dass dieser Passler ihn sehr beschäftigte. Immer wieder dreht Schwoppmann den Namen in seinem Kopf hin und her. Hat er diesen Namen nicht schon gehört. Natürlich, der Mitarbeiter in dem Raumprojekt, aber . . .

„Ich denke", wird nun Powlman energisch, „manchmal müsste die Gesellschaft zusammenhalten und solchen Menschen, deren Zwänge sich auf alle möglichen Leute beziehen, die die anderen in ihre

Neurose einspannen, aushungern. Man müsste die Möglichkeit haben, allen zu sagen, dass sie so eine Person links liegen lassen müssten, damit so ein Mensch ein für allemal merkt, so geht es nicht. Leider haben wir nicht die Befugnis, jemandes Privatleben zu erforschen und die Leute zu warnen, die ihm helfen." – „Ich weiß, so lauten die Ratschläge vieler älterer Bücher und so dachte eine ganze Generation von Ärzten. Dies hat sich auf die Laien übertragen und die Leidtragenden sind die Patienten." – „Wieso leidtragend?", entgegnete der Therapeut selbstsicher. „Dann können sie doch zu uns kommen, und sich behandeln lassen. Dann haben wir eine Chance, wenn sie in tiefer Depression, bar jeden Stolzes kämen." Schwoppmann dachte darüber nach, wie enttäuscht das klang, was Powlman da sagte und meinte: „Also, es gibt keinen anderen Weg für Sie?" – „Nein", sah ihn Powlman an.

„Wissen Sie, Herr Dr. Powlman", setzte Schwoppmann an. Ich bin auch . . ." – „Arzt", beendete Powlman den Satz. „Praktischer Arzt", fügt Schwoppmann hinzu. „Dann wissen Sie ja . . ." – „Ja, ich weiß von meiner Halbschwester, ihren vielen Bekannten, die sie im Internet kennenlernte, die sie in Selbsthilfegruppen kennt und durch Bücher". Schwoppmann stoppte. Sollte er sich vor diesem Arzt mit seinem Wissen profilieren. „Na ja, es gibt eben . . ." – „Nein, fahren Sie fort Herr Kollege". Powlman lehnte sich genüsslich zurück, als hätte er vor, sich zu amüsieren über diesen rundlichen Mann mit dem grauen Hut, der unterdessen neben ihm auf einem Haken hing.

„Nun, es ist nicht so, dass ich keine Literatur über das Thema verschlungen hätte", fuhr Schwoppmann fort. Levenkron" – „Mich interessiert weniger die von Ihnen gelesene Literatur, Herr Kollege, sagen Sie mir Ihre Meinung!"

Schwoppmann gerät ins Überlegen. „Ist ja auch wahr, meine Meinung bildete sich durch die Erfahrungen, das Gelesene bestätigte das nur, vor allem dieser Levenkron, aber wer weiß, ob er auch meine Meinung vertrat, man kann ein Buch schnell falsch interpretieren."

„Ja, auf meine Meinung kommt es mir an und . . ." Powlman schmunzelt immer noch erwartungsvoll. „Und Sie haben ja recht, dass hinter den Zwängen Dinge stecken, an die man nicht kommt, wenn man nicht die Rituale unterbricht. Das stimmt prinzipiell."

„Nicht nur prinzipiell, Herr . . . Doktor Schwopp" – „Schwoppmann", vervollständigte der Schweizer. „Entschuldigen Sie, Ihre Halbschwester heißt ja nicht so wie Sie". „Ja, Breitbauer".- „Genau, Breitbauer, Dorothee". Er sprach den Namen amerikanisch aus. „Dorothea", verbesserte Schwoppmann.

„Wie will man solche Menschen je entwöhnen, wenn es nicht einen Bruch gibt. Ich werde doch zum Handlungsgesellen solcher Individuen, wenn ich mich auf ihre Zwänge einlasse. Tu ich es, verlangen sie es von allen Menschen und die Pest breitet sich immer weiter aus, der Respekt vor mir ist weg. Nein, so geht es nicht. So kann man keine Therapie gestalten."

Fünf weitere Minuten fällt Powlman mit allen möglichen Argumenten der wissenschaftlichen Forschung der letzten Jahrzehnte über Schwoppman her, unterbreitet ihm Statistiken und Auffassungen.

„Wenn ich einmal etwas sagen dürfte . . ." – „Ja sicher, wenngleich da draußen schon die nächsten Patienten warten", verbessert Powlman.

„Wir stimmen doch überein", begann Schwoppman seine Rede, „dass solche Menschen ihre Mitmenschen emotional aufgegeben haben?" – „Das ist es ja gerade, darum müssen wir sie von Ihren Ritualen wegbringen, die moderne Chemoindustrie hat da geeignete Hilfen, und das ist ja der Grund, weswegen wir ihre Zwänge brechen müssen und uns nicht auf sie einlassen sollten. Auch die Verwandten sollten immer mehr aufgeklärt werden, dass nur dieser Weg erfolgreich ist, um endlich an die dahinterliegenden Probleme zu kommen.

„Herr Professor" - Schwoppmann erinnert sich, dass Powlman nicht nur Arzt war – „da sind wir uns einig, wir müssen hinter die Dinge kommen, nur so geht es . . .

Doch", fuhr Schwoppmann jetzt zunehmend in Schwung kommend, fort: „wie kommen wir an Menschen heran, die ihre Mitmenschen weitgehend als Ankerplatz aufgegeben haben und sich mechanisch durch Wiederholungen abstützen?" – „Ich sagte ja,

Medi . . ." Schwoppmann ignorierte diese erneute Äußerung durch einen plötzlichen Hustenanfall. „Ist was?" – „Nein danke, schon o.k., wissen Sie Prof. Powlman, ich kenne Zwängler, die seelisch vergewaltigt wurden, in ihrer Kindheit, und später Zwänge entwickelten. Ich kenne jemand, der immer aufs Maul bekommen hat, wenn es um seine Gefühle ging. Jetzt hat er Zwänge. Jener sagte Dorle einmal" – „Ihrer Halbschwester?" – „Ja ich nenne sie Dorle, das kommt aus der Schwyz", lächelte Schwoppmann in das Sprechzimmer, immer wenn er in der Schweiz war, sprach er Schwyzerisch, obwohl er auch Hochdeutsch beherrschte. „Also jener Bekannte von Dorle sagte, wenn ich jetzt noch Medikamente nehmen soll, komme ich mir vor, als wenn ich das nächste Mal, jetzt als Erwachsener, eine aufs Maul bekomme. Wie sollen Medikamente so einem Menschen helfen? Darf man ihn ein weiteres Mal entmündigen?" – „Wissen Sie . . ." - „Nein, bitte, ich möchte fortfahren, setzt sich Schwoppmann durch. Powlman richtet sich nun auf, sah auf seine Uhr und lehnte sich wieder in seinen Sessel zurück, während Schwoppmann fortfährt: „Man muss an diese Leute rankommen. Das geht nur, indem man Vertrauen weckt. Wie kann man einen Menschen dazu bringen, sich auf einen Interferenzprozess einzulassen und konstruktiven Widerstand wirklich zu akzeptieren? Das geht nur über Vertrauen, aber eines, auf das er sich vorbehaltlos stützen kann, und das ihm dauerhaftes Wohlbefinden garantiert! Und das kriegen Sie rein geschäftsmäßig nicht hin!" Schwoppman errötet im Gesicht vor Erregung. „Wissen Sie, warum es so viele Rückfallquoten nach Klinikaufenthalten gab in den letzten Jahrzehnten? Deshalb! Weil man die Erkrankten mit irgendwelchen Verhaltenstherapien überrumpelte, ihnen Medikamente gab, die sie dafür aufnahmefähig machten, ihnen die Zwänge abtrainierte und dann als scheinbar geheilt entließ. Was für ein Unsinn!" Schwoppmann tobte innerlich. Powlman merkte dies und meinte: „Nun Herr Kollege, bleiben Sie doch auf dem Teppich!" - „Ja das will ich, Herr Professor!" - „Wenn Sie es mit Güte probieren wollen, viel Spaß, bei dieser Erkrankung?, fügte Powlman dann noch hinzu.

„Wissen Sie, dass Sie in Kranken Schichten begegnen, die nicht gütig sind, nicht auf Güte reagieren, besagt nicht, dass Güte das Falsche ist!" Powlman schwieg.

„Der Zwangserkrankte muss zu dem Familienangehörigen bzw. Therapeuten Vertrauen entwickeln, ein Vertrauen, auf das er sich vorbehaltlos stützen kann und das ihm dauerhaftes Wohlbefinden garantiert. So kalt sie sind, Herr Professor, so sehr wünschen sich alle Zwangsneurotiker insgeheim jemanden, der in ihr System eindringen kann, jemand, der sie so anzieht, dass sie bereit sind, ihr System zugunsten einer gesunden Beziehung aufzugeben. De facto sind sie auf der Suche nach der vertrauensvollen, aber auch starken kühlen Bezugsperson, deren Abwesenheit sie ursprünglich dazu getrieben haben mag, sich in Rituale zu flüchten. Diese zu verinnerlichen . . ."

„Letztlich muss der Patient aber doch das Risiko eingehen, sich jemandem auszuliefern, anstatt seiner Zwänge. Das tun wir doch auch, Herr Schwoppmann, Dr. Schwoppmann", fuhr Powlman dazwischen.

„Kann schon sein, aber wie oft bilden Sie sich nur ein, den Patienten erreicht zu haben? Wie oft können Sie ihn erreichen mit der geschäftlichen Methode bezahlter, zeitberaumter Therapien?"

„Wissen Sie was Besseres?"

„Ja, wenn die Therapeuten deutlicher in der Öffentlichkeit von der Notwendigkeit dieser Dinge sprechen würden, wenn die Öffentlichkeit dafür sensibilisiert würde und Menschen mit Zwängen nicht wie etwas Ekelhaftes meiden würde, wenn bekannter würde, wie wichtig gerade bei dieser Abkapselung ein sensibler Durchbruch wäre. Stattdessen kreisen Gerüchte, dass man Rituale nicht mitmachen soll. Natürlich stimmt das letztlich, aber erst in der Endphase eines festen Beziehungsgeflechtes oder in der von beiden gewollten Verhaltenstherapie, sonst richtet das Schlagwort in der Gesellschaft diesen unwiederbringbaren Schaden an, dass zumindest manche dieser Menschen immer mehr das Vertrauen verlieren und sich immer mehr auf sich als einzige Rettung fixieren, weil sie sich einbilden, niemand verstehe sie wirklich, man will sie nur wieder handlich klopfen. Das Paradoxe daran ist natürlich, dass der Zwangsneurotiker niemals mit sich selbst zufrieden ist, er macht es nie gut genug. Deshalb muss er, wenn er wieder gesund werden will, zunächst einmal begreifen, dass er sich emotional so abgekapselt hat, dass die anderen für ihn nutzlos geworden sind. Er muss neu definieren, wie wertvoll und wichtig seine Mitmenschen für ihn sein könnten, ja müssten. Er muss lernen, sich auf sie zu verlassen, aber dazu bedarf es anderer Mittel als die die bisher dazu eingesetzt wurden. Gehen Sie doch mit einem kleinen Kind ein Stück weit mit, lassen Sie sich auf es ein, dann wird es von ganz allein lernen wollen, alles so zu machen, wie Sie es machen. Das Alleinlassen oder überscharfe Vorschriften haben jemanden so zerstört, dass er an Zwängen leidet oder Zwänge benutzt, um leben zu können. Wie kann man diese mit ebensolchen kalten oder harten Methoden wegbringen wollen? Dadurch schüchtert man diese Menschen doch nur noch mehr ein und wirft sie auf ihr System zurück." - „Nein, nein, nein, wir haben viele Erfolge damit, Herr Dr. Schwoppmann . . ."

Es dauerte noch 40 Minuten, bis sich die große Eingangstür wieder öffnete und Schwoppmann im kalten Abendnebel der Stadt verschwand. Dass seine Schwester einen anderen Therapeuten aufsuchen würde, war wegen der Entfernung nötig, aber auch nicht verkehrt, war sich der Besucher klar. Schwoppmann dachte noch darüber nach, wer dieser Passler sei, durch den das Gespräch in Gang kam, und verwarf dann den Gedanken, dass dies ein Mitglied der bevorstehenden Raumexpedition sein könnte, wieder. Vielmehr machte er sich Vorwürfe wegen seiner Halbschwester. Wie falsch hatte er sich lange Zeit selbst benommen und wie gern würde er dies nun wieder gutmachen, muss aber in den Weltraum, da gab es kein Zurück.

Dann überfiel ihn der Gedanke, doch unrecht zu haben. Er schämte sich, dem Therapeuten so Kontra gegeben zu haben. Er wusste doch, dass Güte, wenn sie von ein zwei Menschen kommt, mildern kann und recht sei, aber niemals in der Lage wäre, jemanden zu ändern, der so in seine eigene Welt verfahren ist. Wusste er es? Ist das Richtige die falsche Methode, weil es zu wenige praktizieren? Nein, man könne auch keinem traumatisierten Unfallopfer den Krückstock wegschlagen, auch wenn er lernen muss, wieder ohne zu gehen. Jeder würde mit ihm gemeinsam arbeiten . . . Niemand würde gerade einem solchen ein weiteres Trauma zumuten wollen. Obwohl, manchmal lernten Kinder das Schwimmen, indem man sie in kaltes Wasser schmiss. Eine Verzweiflungstat von Aufsichtspersonen, die anders nicht zu Rande kamen . . . Schwoppmann kam seine verstorbene Frau in den Sinn, die sich in ihren Depressionen umbrachte, wegen der er lange Schuldgefühle hatte.

12

Der Schnellzug sog sich durch die Weinberge Frankens an Würzburg vorbei. Frankfurt hinter sich lassend und die getroffenen Entscheidungen dieser Tage vor sich her schiebend, so empfand der Fahrgast in Abteil 331. Die Müdigkeit, das raureifige Dezemberwetter und die einsetzende Dämmerung setzten sich aber nun über alles hinweg, was in seinem Kopf arbeitete.

Ein Koffer kratzt sich vor die Tür des Abteils und eine korpulente Dame ruckelt sich hinein. Schrille Töne stören die Ruhe. Er muss ihr den Koffer und diverse Täschchen verstauen, dann plumpst sie endlich in den mittleren Stuhl entgegen der Fahrtrichtung gegenüber von Erik, der seine Füße zurückziehen musste. Die junge Frau, die sich seit Aschaffenburg auf ihrem Fensterplatz wohl fühlte, schräg gegenüber von Erik, schien vor lauter Fett und ausstrahlender Atmosphäre der Neuen fast zum Fenster hinausgedrängt. Erik dachte intensiver über die bisherige stille Zugbegleitung nach, er hatte sie natürlich längst wahrgenommen, aber was war jetzt? Sein Kopf war vorhin einfach zu voll von dem, was in Frankfurt über seine Zukunft entschieden wurde und schon hatte die Neue das zerstört, was vorher noch möglich gewesen wäre. Doch auch seine bisherige Reisebegleiterin übte sich ja in Zurückhaltung, den Blick immer wieder in die melancholisch triste vorbeigleitende Dämmerlandschaft gerichtet, die sie mit dem Rücken in Fahrtrichtung verschwinden sah. Nun aber stand sie auf, lächelte Erik an und wechselte ihren Platz zu Erik, um schräg hinüber auf die Wohlbeleibte blicken zu können, befreit von ihrer Aura, wieder am Fenster, nun aber in Fahrtrichtung. Erik glaubte, ihr Lächeln beim Platzwechsel verstanden zu haben. Die füllige Zusteigerin mit ihren ganzen Taschen und Täschchen muss ihr Angst gemacht haben. Erik drängte den Gedanken, sie habe sich wegen ihm hierher gesetzt, schleunigst zurück. Nein, das passte nicht, hätte er es auch gern gehabt. Immerhin schien sie ihm zu vertrauen, und er genoss die begehrlich aufgeladene neue Atmosphäre. Hätte er doch die Zeit davor genutzt, der Schönen ins Gesicht zu sehen, jetzt sah er nur noch die Kurfürstin, so nannte er die Füllige innerlich, aber er spürte neben sich nun etwas, was ihn anzog, wie ein Magnet.

„Entschuldigung, würden Sie auf mein Gepäck achten?“, piepste die Dicke mit vornehmster Stimme. „Ich will noch etwas zu mir nehmen.“ - „Na klar!“, entgegnete Erik. Die junge Frau lächelte als sich die Schiebetür schloss. „Was auch sonst“, fügte Erik entgegen seinem Naturell an. „Sie auch, in die Cafeteria?“, grinste er verschmitzt zu der Brünetten neben ihm, die dies verschämt grinsend zurückwies. Ihr knielanger Rock bildete eine Mulde zwischen den zwei bestiefelten Beinen, die nicht gespreizt und nicht geschlossen waren. Immer wieder zog es seinen Blick heimlich zu dem kleinen Stück kaffeebraun bestrümpften Bein, das zwischen Rock und Stiefelende sichtbar war, dann wieder zu den glänzenden, nach außen gewellten gut schulterlangen Haaren, deren Spitzen sich manchmal fast in seinem Gesicht verfingen, wenn sie behände ihren Blick wechselte und deren Duft er zu gerne voll in sich aufgenommen hätte. Einfach nur so streicheln – das löste ihre Gegenwart in Erik aus. Der schlanke Körper, das weit ausgeschnittene Pullöverchen und der leichte bunte Schal, der sie vom Hals bis hinunter zum Gürtel zierte und unter all dem diese Ernsthaftigkeit, dieses Verstehen, die sie für ihn von anderen unterschied, redete er sich ein. „Sie braucht es dringender“, witzelte sie nun mit etwas Verspätung, Bezug nehmend auf Eriks Frage, ob sie auch in den Speisewagen wolle, zu ihm hinüber. Das Gefühl, als sei er eines zweier spielender Kinder, breitete sich in Erik aus. Ein Knistern zum Anfassen.

Noch 20 Minuten bis Nürnberg, was sollte jetzt noch passieren, wegen was sollte er jetzt noch etwas inszenieren . . .

Und als der Zug schließlich in den Bahnhof einfuhr, kam die Wohlbeleibte zurück, während sich „seine“ junge Frau zum Aussteigen bereit machte.

Frust nahm von Eriks Seele Besitz. Er hatte nun nur noch den Abschied mit ihr zu leben. Er würde in ihn hinein hören, vielleicht ließ sich daraus etwas Warmes saugen.

Ein schüchterner Blick, die Tür fiel ins Schloss, es blieb das Fenster, an dem die Schöne vorbei muss. Sie sah tatsächlich hinauf, er hinunter, kurz aber bewusst. Dann war es vorbei, sie entschwand zwischen den Mänteln der Reisenden, Wartenden und . . . Erik durchfuhr es wie ein Blitz, er musste hier doch auch raus, umsteigen.

Unter den entsetzten Blicken der Wohlgenährten rappelte er sich nach seinen sieben Sachen greifend hinaus, ein Rad seines Koffers überquerte dabei die Fußspitze der Vornehmen. „Gute Nacht!" - „Gute Nacht!" Ihr „Gute Nacht" klang etwas entsetzt, aber das merkte er schon nicht mehr, als er durch die Steige, einige Treppen herab und anderen Bahngleisen entlangkeuchte, um sich mit einer Hand an der schon geschlossenen Tür des langsam anfahrenden Regionalzuges hinaufzuhangeln, sie aufriss und seinen Koffer hineinwuchtete. Geschafft! Puh, das wäre beinahe schiefgegangen.

Seine Sinne lichteten sich in der dunklen völlig anderen Atmosphäre dieser menschenleeren Bahn, die ihn in Regensburg abliefern sollte.

Was wollte er eigentlich, er hatte doch Lavinia. Sie erschien ihm fremd, weit weg. Klar, dass vorhin nichts ging, was soll gehen, wenn man zwar Sehnsucht, aber keine klaren Ziele hat, beruhigte er sich selbst. Na ja, jetzt noch etwas träumen, sich ordnen, und schon wäre er daheim. Noch einen Monat, dann ginge es von diesem Atoll aus in seine Rakete. Er hatte heute einen guten Tag, kaum unüberwindbare Ängste, aber über den Berg war er noch lange nicht. Doch jetzt der Weltraumflug, etwas staute sich in ihm, ihm wurde heiß. Halt, befahl er sich, es würde ja ein Ärzteteam mitfliegen und entsprechende Einrichtungen da sein. Er wäre nicht allein. Sein Adrenalinspiegel sank spürbar, es war doch ganz wohlig in diesem Abteil, alles war wieder o.k. Die Spitzen, die ihn bedrängten wichen spürbar, durch die Deutlichmachung der Tatsache, dass er nicht allein wäre. Und die Leute, die er heute auf dem Treffen kennenlernte, fand er sympathisch, glättete er seine Unruhe weiter, außer einem Typ, aber von dem würde er ja auch nichts wollen. Jetzt fühlte er sich auch wieder mit Lavinia verbunden. Er fühlte sich ihr nahe und wollte sie wiedersehen, sein Kopf aber war zurückgelehnt, müde und gab Ruhe.

Im All Lavinia finden, das wäre ja noch schwerer als auf Erden eine Stecknadel finden, die aus einem Flugzeug fiel, und außerdem . . .

Was man so zusammenphantasiert . . .

13

Sie waren am 2. Februar 2018 auf dem Triberia-Atoll gelandet, und die amerikanische Überarbeitung der Lightbraker stand wie ein Gott vor ihnen im Morgenlicht. Die letzten zwei Monate hat Erik mit Körpertraining und mit detaillierten broschürten Anweisungen der Regierungverbracht. Man hatte viele Verdachte, von wo aus und wie Terrorzellen im All operieren könnten.

Die **Security-LB-M (Lightbraker-Mini)** war mit allem ausgerüstet und hatte wie ihre große Schwester oberste Geheimhaltung während ihrer Bauphase hinter sich. Um ihren unsichtbaren Rumpf der sichtbare Teil. Sie war kleiner als die Lightbraker, die nun schon vier Jahre verschollen war, wenn man von „klein" bei diesen Schiffen überhaupt reden kann. Das lag an Verbesserungen der Technik und raffinierter gebauten Wohlfühlräumen. Real hatte sie mehr zu bieten, in allen Belangen. Sie hatte spezielle Anti-Terrorwaffen an Bord, und ein umfangreiches ärztliches Zentrum, wegen möglicher Konflikte sowie einen überdimensionalen Gefangenenlebensraum. Die Lightbrakertechnik war vorhanden, aber nicht aktiviert, zunächst sollte alles auf herkömmliche Weise gehen.

Erik hatte sich letzte Woche in mehreren Schritten von Evelyn verabschiedet, seiner neuen Mailbekanntschaft, die ihm sehr half, mit den Dingen die ihn belasteten, umgehen zu können, aber auch sehr viel von ihm forderte, hatten sie doch ähnliche verlustreiche Kindheitsepisoden erlebt und sich entsprechende Reparaturmechanismen angeeignet, die sie nun quälten, während sie zu ihnen Zuflucht nahmen. Evelyn war stolz, einen so „berühmten" Freund zu haben, und Erik froh, jemanden Echtes kennengelernt zu haben, mit dem er offen erzählen konnte, wusste aber auch, dass ihre Verlustängste, die er während ihres Kontaktes durch seine einfühlsame, authentische Art äußerst günstig beeinflussen konnte, jederzeit wieder ausbrechen könnten. Zuletzt noch war in ihrem Ort ein Selbstmordszenario aufgedeckt worden. Das alles nahm sie sehr mit, gerade jetzt, wo es hieß, sich von Erik zu trennen. Auch er war verunsichert, würde sie rückfällig werden?

Gleich nach der Landung auf dem Atoll war Schwoppmann der Erste, den er sah, oder musste es so sein, weil der Arzt, den er bisher nur von Bildern kannte, ganz vorn in seinem Kopf war? Erik wurde unruhig, und eine gewisse Spannung stieg in ihm auf, als er ihn auf sich zukommen sah. Doch Schwoppmann, der sich nach seinem Schweizbesuch bei dem Psychologen seiner Verwandten bezüglich Passler eine Zeitlang unsicher war, wusste nun, das ist dieser Passler, ließ es sich aber nicht anmerken. Ein Einspruch bei der Projektleitung gegen die Mitnahme fiel für ihn flach, dazu war der Schweizer zu weich, außerdem, wenn andere es nicht merkten, wieso sollte er...

Er umarmte ihn ehrlich und warm und gab ihm durch ein siegessicheres und verständnisvolles Lächeln zugleich den Kraftschub, den er brauchte. „Na Passler, die Anzeigen der Regierung gut studiert?" Erik nickte, ja er war fit und wusste, was von ihm verlangt würde, wenn man mit Fremden in Kontakt käme. Erik war bekannt als der, der die nötige Sensibilität, Erfinderreichtum und Härte zugleich hatte, um in solchen Situationen helfen zu können. Gleichzeitig war er als Pilot ausgebildet, war der Co-Pilot des Unternehmens und zugleich Notarzt, spezialisiert auf chirurgische Eingriffe und Notfalloperationen. Ein Tausendsassa in einer Person, der man dies nicht ansah, die in der immer wieder auftretenden psychischen Not zu einem Häufchen Elend mutierte, was er durch exzellente Selbstdisziplin vor der Masse der Menschen verbergen konnte.

Käpt'n war Marius King, ein erfahrener Pilot der Luftwaffe, der seit Jahren in Simulationen für solche Einsätze trainiert wurde. Zu seiner Seite hatte Erik Ben Cluster, Tamara Winston und Harry Kottman, alles Leute, die bei Begegnungen mit Terroristen des Alls gefragt waren. Die gute Seele der Technik war George Wallister, der Älteste der Crew, aber unverzichtbar.

Nichts Bewegendes war der Start am **4. Februar 2018, 15.00 Uhr MEZ**, so schrieb Erik in seine Notizen, obwohl es dort auf dem Atoll noch früh am Morgen war. Zunächst schwelgte die Besatzung in Abschied von diesem wunderbaren Planeten, der sich nach einigen Umkreisungen immer mehr entfernte, dem Planeten, der alles Leid und alles Glück der Welt beherbergte.

Mit zunehmender Entfernung fand er wieder zu sich und auch seine Angst fing an, zu ihm zu finden, ihn zu umkreisen, wie das Schiff die Erde umkreiste, bevor die letzten Zündraketen es in Kurs brachten. Aber nicht nur sie, auch seine Vorsätze, die noch intakt waren, kreisten um ihn, genauso wie seine Hoffnung auf Lavinia, seine Liebe, die verschollen war und die doch in seinen Adern pochte und Kraft verlieh, mal Kraft, mal Trauer. Das ist die Liebe, sie ist so nah, obwohl er in ganz andere Regionen vorstoßen sollte, obwohl der Raum unendlich war. Aber in welche Richtung stieß Lavinia und die Ihren? Wer wusste es. Doch all die positiven Kräfte sollten Erik verlassen in den Tagen und Wochen der eintönigen Reise, die zunächst voller Routine steckte.

Seine in ihm kreisende Angst hatte es in sich, alle Lücken aufzustöbern, die er in den Wochen davor übersah, weil nicht antwortende Menschen ihm zu viel Kraft kosteten und zu viel ihn in Anspruch nahm. Erik verfiel Tag um Tag, wurde blasser und stiller. Das Ganze war nichts Diffuses, kein Heimweh, keine Depression, nein, er wusste, was ihm fehlte und was ihn augenblicklich hätte aufhellen können. Alles Elend, das Sterben dieser Welt lag plötzlich in einem Wort: Frau Dr. Engelmann, eine frühere Virologin, die ihn vor längerer Zeit ausführlich untersuchte. Da war etwas, was ihn durchzog wie eine Giftschlange, die ihn durch ihre Gegenwart in seinem Leib außer Kraft setzte. Nur ein Wort mit ihr, nur ein Wort, nur ein Wort . . . und alles wäre geritzt, das war alles, was in seinem Kopf vorging, der das Leben einzig auf diesen Fall reduzierte. In kurzer Zeit würde der Funkkontakt abbrechen. Er musste nun mit dieser Unsicherheit leben oder daran zugrunde gehen. Alle Alternativen schwanden in ihm, es hieß, Leben oder Sterben. Was nützte ihm die Herausforderung seines Lebens, in der Crew des Jahrtausends zu sitzen, was nützte ihm Lavinia. Nichts! Sie würde nur sehen, wie er am Tropf hing, nein, sie wollte er so auch nicht sehen, sie sollte ihn so nicht sehen. Niemand könnte ihn trösten, niemand, außer der Engelmann, die ihm seinen Zweifel bezüglich der damaligen Untersuchungen ausräumen könnte, der sich als abscheuliche Krake seiner Zellen bemächtigte. Er wurde gegen sich selbst wütend: Wie konnte er es vergessen, sie noch einmal zu konsultieren? Wie? Er war selbst schuld! Dann begann er, sich Mut zu machen. Eigentlich war die damalige Untersuchung ja abgeschlossen, nur hatte er damals so große Angst, dass er wie betäubt war, alles aufschrieb, schrieb, schrieb und erschöpft zusammenfiel. Gemerkt hatte er sich nichts, vor lauter Schreiben. Oder hatte er es sich doch gemerkt? Er war völlig verwirrt.

Und dann das Erlebnis in dem Kaufhaus. Engelmann unterhielt sich, als sie ihn kurz sah, mit einem Bekannten, genau über das, wovor er Angst hatte und weswegen er kurz davor von ihr untersucht wurde. Das war der Gau, damals. Erik hatte Monate damit zu tun, damit klarzukommen. Er wollte sie damals nicht belasten, wollte sie sich nicht auch zum Feind machen, wie die vielen, die ihn wegen seiner Fragereien mieden, wie man einen Sittenstrolch meidet. Deshalb hielt er durch, fragte dann irgendwann doch, war wieder viel zu aufgeregt und schmiss später in Akten der Verzweiflung über die Anhäufung von Notizen gut gemeint alles weg.

Außerdem übte er damals gerade, ohne Zettel klarzukommen, sich nicht alles zu notieren, was ihm Angst machte, aber sein psychischer Organismus war noch lange nicht so weit, wie seine Wünsche und Energien. Teile schrieb er sich dann doch wieder auf, Teile nicht, später alles, so wusste er letztlich nichts mehr, ein Zustand, den er schon so oft mitmachte in dem Kampf gegen das Monster in ihm. Er kämpfte, doch ihm fehlte die vollständige Ausrüstung, er war wie ein Ritter, der nackt war, nur ein Schwert hatte. So gewann und verlor er im ständigen Wechsel. Jetzt, wo er es am allerwenigsten brauchen konnte, jetzt auferstanden alte Ängste. Was er hatte, war ein kleiner Vermerk, dass die Untersuchung nichts Gefährliches zutage brachte, aber dagegen stand alle Angst der Welt. Wenn es nichts Gefährliches war, warum hatte er dann so viele Zettel vernichtet, nachträglich geschrieben usw.? Seine Vorsichtsmaßnahmen wurden zum Bumerang, zur Belastung, was verbarg sich hinter den vielen Maßnahmen vor sieben Jahren? Ein Normaler hat nichts in der Hand und weiß sozusagen, es war nichts. Er hatte zuerst Zettel, dann keine, dann Nacherinnerungen, dann das Kaufhauserlebnis, was erneut verwirrte, und weil er ja gedanklich nur dort war, schlug es auch entsprechend ein. Sollte er alle Kraft zusammenreißen und diese Chance seines Lebens ergreifen, die Angst und Zwänge nun hinter sich zu lassen? Oder sollte er dieses eine Mal noch andere damit belasten, mit der Gefahr, dass das Geflecht der Zwänge wieder von ihm Besitz ergreift, wie wenn man in ein Spinnennetz greift? Nein, wenn er diesen einen Satz von der Engelmann hören würde, dass sie im Kaufhaus mit einem Fremden zufällig über diese Erkrankung sprach, dass das nichts mit ihm zu tun hatte, und dass seine Untersuchungen bewiesen, dass er nicht erkrankt oder gefährdet war, dann, ja dann könnte er neu anfangen. Diesen einen Satz und sein Start in ein neues Leben würde glücken, er könnte abschalten. Er würde alles dafür tun, damit diese Fragerunde keine Wiederholung auslöst, das heißt, immer neue absurde Fragen freigesetzt durch das Einlassen, auf die längst abgeschlossene Thematik. Dann kämpfte er wieder gegen den Unsinn, Erfolg haben zu wollen durch einen Rückfall, wie ihm sein Verstand sagte. Hätte die Engelmann im Kaufhaus ihn gemeint, dann wäre doch bestimmt ein längeres Gespräch zustande gekommen, davon wüsste er doch. Oder? Mit dem „Oder“ verbiss sich die Angstschlange erneut in ihn. Oder, sie hat bei der Untersuchung schon die Krankheit entdeckt und war sich sicher, dass ich davon weiß, nur ich habe es damals nicht mitbekommen, fieberte er vor sich hin. Was dann, dann dürfte sie mit allen Möglichen darüber reden, weil sie ja dachte, jeder wüsste es. Nein, es gibt ja ein Arztgeheimnis. Egal, sie bräuchte sich nicht darum scheren, wenn es ein Bekannter von ihr war, das muss man einkalkulieren, darauf kann man sich nicht verlassen. Aber dann wäre ich ja jetzt krank, versuchte etwas in ihm ihn zu erleichtern. Oder nicht, vielleicht waren es nur Anzeichen und etwas schlummerte in ihm, um ihn eines Tages zu würgen, oder schrittweise verfaulen zu lassen. Und er wäre Schuld, weil er es damals nicht mitbekam und weil er jetzt nichts täte, begann die Angst erneut, Schreckensbilder in ihm zu installieren. Dann müsste er sterben und alle Welt würde mit dem Finger auf IHN zeigen. So schleuderte es ihn in den Nächten hin und her. Immerhin fiel das Wort dieser heimtückischen Infektion, vor der er Angst hatte, die ihn so bedrohte, die Wohnung für alle psychischen Schäden seiner Seele wurde. Immerhin fiel es, das Wort, ja es fiel, damals in dem Kaufhaus, als die Engelmann mit ihrem Bekannten quasselte, und das bedeutet, dass etwas damit war. Es zerriss ihn vor Anspannung. Er würde es nicht mehr aushalten. Und dann noch die beiden Kinder, die in dem Moment als Engelmann mit ihrem Bekannten über diese Krankheit redete, vorbeikamen und mit Spielzeugpistolen spielten „du bist tot, wenn du ...“, schwups waren sie vorbei. Wäre er ihnen damals doch nachgelaufen, wäre er doch, dann hätte er sie fragen können, ob sie vom Tod sprachen und sich dann beruhigen können, dass es nur das Spiel der Kinder war. Aber nein, so war nun auch dieses Wort im Raum und wurde von tobender Angst der Engelmann in den Mund gelegt. Natürlich galt es nicht dem Bekannten der Engelmann oder irgendwem, sondern seine Angst war so stark, es sich zuzuweisen. Erik verstand nichts mehr. Jahrelang hatte er das alles sortieren können, und jetzt wurde es in seiner Psyche wie neu geboren und bedrohte ihn mit furchtbaren Wallungen, alles floss zu einem einzigen Ungetüm zusammen. Dieser eine Zettel, den er in seiner „Dummheit“ als Einziges schrieb, was war er wert, gegen all diese grausigen Erinnerungen, die ihn nun beherrschten, die auf Dingen beruhten, die danach geschahen und die sich mehr einprägten als die erlösenden Worte von davor. Die Wahrheit ist in der Engelmann, nicht in ihm und diesem läppischen Zettel, der außerdem bei ihm in der Wohnung lag, nicht hier, typische Argumente einer Zwangssymptomatik. Wer weiß, bohrte die Angst weiter, was auf diesem Zettel stand. Erik erinnerte sich, dass da auch ein paar Bleistiftkraksler daraufkamen, danach. Oder stammten sie von ihm, waren sie Absicht, deuteten sie Unsicherheit an? Er schlotterte innerlich, niemand hätte ihn jetzt sehen dürfen, niemand, und niemand könnte jetzt helfen, außer . . . Die Mechanismen, die er in Gang setzen müsste, um zu der Antwort zu kommen, machten ihm genauso viel Angst wie die Angst selbst. Er, der große Raumfahrer, würde über den Funkapparat der Regierung, über Schwoppmann seinen wohlmeinenden Kollegen, der vielleicht seine Zuneigung zu ihm verlieren würde, wenn er ihn damit jetzt nerven würde, über das Ansprechen der Engelmann, ...alles begann sich zu drehen.

Erik brach in sich zusammen, versuchte sich erneut zu fassen, dachte sich aus, wie einfach das Ganze andererseits wäre, wenn es nur richtig getarnt würde, wie leicht, wenn alle mitmachen würden. Aber die Engelmann selbst, sie war ihm unheimlich, es stand 50/50, dass sie überhaupt antwortete. Aber vielleicht doch, die vielen, die ihm nicht halfen, steckten ja nicht in ihr, sondern in ihm. Vielleicht war sie, die Engelmann, ganz anders? Man steckt nicht drin, was andere denken, wenn sie um so etwas gebeten werden. Die Zeit saß ihm im Nacken, Anforderungen im Schiff drohten, er wird nicht ewig in dieser erstarrten Haltung verharren können.

Er verlor den Kampf, er schaffte es nicht, all dem standzuhalten. Er baute sich aus, wie alles gehen könnte und ... es blieb nur ein Risikofaktor, die Engelmann selbst. Würde sie sich verarscht fühlen, würde sie ihm nicht glauben, in welcher Not er wäre und was ein Wort von ihr für eine Befreiung wäre, wie es ihn ins Leben zurückkatapultieren könnte? Inzwischen klopften weitere Ängste an, die er eigentlich im Griff haben müsste. „Die Scheiße breitet sich aus, wenn ich jetzt nichts tu“, sagte er sich angstvoll. Würde er all das überstehen? Die Antwort musste her, schon um die Ausbreitung weiterer Ängste zu stoppen, obwohl man das ja laut den Psychologen nur kann, wenn man Ängsten nicht nachgeht. „Ja, ja, ja“, durchlief ihn ein innerer Protest gegen diese pauschale Aussage.

Einen Ausweg gab es noch, sich von Schwoppmann untersuchen zu lassen und somit die Sache Engelmann zu umgehen. Doch egal, wie diese Untersuchung ausging, der Stachel des Misstrauens würde bleiben - bleiben - bleiben und immer wieder kommen, gar noch den guten Schwoppmann in Frage stellen. Grauenhaft, all das durfte nicht sein. Außerdem - diese Sache war so kompliziert - und was, wenn Schwoppmann auf eine solche Untersuchung gar nicht eingestellt war?

Schwoppmann weiß vielleicht dies und das aus den Akten, aber nirgends stand, was mit diesem Passler wirklich passiert. Was, wenn er einschnappt und durchdreht? Erik tastete sich an das Allernächste heran. Noch ein paar Tage grübelte er vor sich hin, gestärkt dadurch, dass er nun wusste, wie er die Antwort bekäme. Die andern meinten, er arbeite hart an Problemfällen. Wenn sie wüssten, an welchen, sie würden ihn wie einst einen biblischen Jona aus dem Schiff werfen, gaben ihm in sich wuchernde Gedanken zu verstehen. Er musste Schwoppmann klarmachen, wie er die empfand, die ihm nie halfen, was wirklich in ihm vorging. Und wie er es empfand, wenn ihm jemand hilft. Danach, danach, würde er vielleicht zustimmen, den Kontakt zur Erde, wegen dieser verdammten Sache aufzunehmen und die Sache in Bewegung zu setzen, bevor es zu spät wäre. Es wäre eine große Sache, von der Lightbraker auf die Erde funken, die Engelmann zu erreichen zu suchen usw., und trotzdem technisch machbar, wenn man nur wollte und diesen Berg, „bist du wahnsinnig“, klagten ihn innere Stimmen an, überwand. Er schrieb sich die Dinge für sich selbst auf, vielleicht könnte er es Schwoppmann zu lesen geben, um ihn so zu überzeugen, ihm jetzt beizustehen oder, wer weiß, es sollte einmal für die Welt hier stehen. Für die Welt? Erik wunderte sich über sich selbst, hier im All. Egal, er fing an zu schreiben:

MENSCHEN, DIE MIR ZWANGSFRAGEN BEANTWORTEN, SAGEN MIR IM IDEALFALL:

Du bist für mich ein vollwertiger Mensch, wie jeder andere auch. Du bist liebenswert, intelligent und anständig. Wenn du Angstfragen stellst, zeigt sich deine Zwangskrankheit, von der ich weiß, dass du sie selbst nicht willst, aber ohne sie derzeit noch nicht leben kannst. Ich denke in dem Moment nicht darüber nach, wie verrückt das alles klingt, was du fragen magst. Ich weiß, dass du zu x anderen Leuten läufst, wenn ich dir nicht helfe und dass deine Not immer größer wird und dir jede Zeit dafür nimmt, über Sinn und Unsinn deiner Krankheit nachzudenken. So würde ich dich zweifach schädigen, wenn ich dir nicht helfe. Ich weiß auch, dass hinter jeder Frage, klingt sie noch so dumm, eine Ursache steckt, über die du nicht hinwegkommst. Daher maße ich mir nicht an, die Wichtigkeit einer Frage nach meinen Maßstäben zu beurteilen. Ich weiß, dass du durch die Erkrankung viele Menschen verloren hast, weil du Menschen, die dich in deiner Fragenot abservieren nicht mehr trauen kannst und weil sie dich dadurch als böse bezeichnen, weil du dich erdreistest, sie zu fragen, und ich weiß, dass dadurch der Motor der Zwangserkrankung immer stärker wird, weil du dir dadurch selbst immer „böser“ vorkommst und dir die Menschen, die dir nicht helfen, auch immer zwielichtiger erscheinen.

Ich weiß auch, dass es sein kann, dass du mich einmal, zweimal, dreimal fragst, dann aber die Sache gegessen ist und für immer ruhen kann, wenn ich nicht dummerweise später wieder darüber rede. Ich weiß aber auch, dass es Zwänge gibt, die nicht aufhören und sich an meiner Gutmütigkeit austoben. Ich weiß, dass da nicht ich schuld bin, sondern deine inneren Zustände, hervorgerufen durch Kindheitserfahrungen, die in mir ein Opfer haben, an dem sie scheinbar erproben, ob du angenommen bist oder verworfen oder nicht ernst genommen, wenn du mal nicht so funktionierst, wie andere es wollen. Deswegen helfe ich dir mit Antworten, auch wenn ich natürlich weiß, dass dies nicht Heilung an und für sich ist. Falls du wirklich willst, dass ich dir helfe geheilt zu werden, biete ich dir an, mit dir über deine Gefühle und Antriebe zu sprechen, dann, wenn du Raum dafür schaffen kannst. Und ich will auch immer wieder mal von dir wissen, wo du stehst in deinem Kampf gegen diese Last der Angst und des Zwanges und ob es Möglichkeiten gibt, auf freiwilliger Basis mit einem Therapeuten eine Verhaltenstherapie zu beginnen.

Ich weiß aber auch, dass du mich manchmal quälst und dich mit, weil du etwas einfach nicht beenden kannst. In dem Fall werde ich dich genau beobachten und dir zur gegebenen Zeit deutlich sagen, dass ich dir noch z. B. drei Chancen gebe und dann aufhöre zu antworten. So bist du vorgewarnt und kannst dich darauf einstellen. Ich kann mir das erlauben, weil ich ja nicht dein Arzt bin und deine Anlaufquelle für gesundheitliche Fragen. Wäre ich dein Arzt, müssten wir gesondert besprechen, wie wir vorgehen, weil als Urquelle deiner Informationen kann ich dir das Fragen nicht so einfach verbieten, das würde dich nur zu anderen Ärzten treiben und in Grübeleien über den Lexika dieser Welt, und alles würde noch viel schlimmer werden.

Ich aber werde dir sagen, dass du keine Angst haben musst, weil ich dir nicht dumm von der Seite komme, wie du immer wieder befürchtest in deinem Angstwahn, und weil ich deutlich auf dich zugehen würde, wenn ich etwas mitzuteilen hätte. Das würdest du sicher merken. Ich habe mich vorher genug bei dir informiert, vor was du Angst hast und was da abläuft, so dass du mir glauben kannst: Wenn von mir nichts ganz Deutliches kommt, ist auch nichts, und du brauchst keine Angst haben, dass ich irgendwas über dich wüsste, was dir Angst machen könnte. Falls du mich trotzdem noch mit Fragen bombardierst, solltest du wissen, dass mein Nichtantworten, was ich dir angekündigt habe, bedeutet, dass von mir nichts Belastendes kommen kann und du dich auf die vorherigen Antworten verlassen kannst. Ich weiß aber auch, dass nicht jede Situation gleich ist, somit werde ich deine Fragen trotzdem lesen und erkennen, wenn neue Aspekte darin sind, für die ich eine Ausnahme machen möchte.

Ich weiß auch, dass ich die Art akzeptieren muss, wie du Antworten annehmen kannst, und ich werde dich nicht mündlich wegen solcher Dinge ansprechen, wenn du es nicht willst und dich nicht wegen so was anrufen. Ich weiß, dass du nur mit der schriftlichen Methode umgehen kannst und dir deswegen auch nur so antworten oder begegnen, wenn es um Angst geht. Du brauchst also keine Befürchtung haben, dass dir was entgeht. Ob du mich fragst oder ob ich von mir aus was mitzuteilen hätte, würde ich es schriftlich tun, und so oft, bis du mir klar schriftlich bestätigst, dass du meine Warnung erhalten hast.

Ich will, dass du in Gesellschaft kommst, Beziehungen pflegen kannst und leben kannst, dies ist für dich so extrem wichtig, dass man dir helfen muss, auch wenn du letztlich lernen musst, die Fragereien einzustellen. Aber dir die Zeit für das gesellschaftliche Leben zu nehmen, weil ich dir nicht helfe, wäre schlimmer, als dich so lange mit deinem „Stoff“ zu unterstützen, bis du selbst darauf kommst, dies zu unterlassen. Bis etwas so sehr zieht, dass du es packst. Ich weiß doch, dass du ständig kämpfst, dich zu erkennen und zu ändern! Irgendwann wird der Knoten platzen. Irgendwann wirst du dich entscheiden können, welchen Weg du gehen musst, um wieder ins Leben zurückzukommen, wovon du getrennt bist, weil etwas aus deiner Psyche dich so sehr belastet, dass du nicht davon loskommst. Denke darüber nach. Ich weiß aber auch, dass unglückliche Lebensumstände dazu beitragen können, dass du immer tiefer im Morast versinkst. Darum wünsche ich dir viele glückliche Umstände, und wenn Unglück dich überfällt, möchte ich gern meinen Teil tun, damit es dich nicht drückt und du noch mehr zu Zwängen Zuflucht nehmen musst.

MENSCHEN, DIE MIR AUF FRAGEZWÄNGE NICHT ANTWORTEN, SAGEN MIR IM KLARTEXT AUCH ETWAS. ICH EMPFINDE IHR NICHT ANTWORTEN SO:

Ich glaube dir nicht, dass du unter Angst leidest. Ich bin schlauer, auch wenn ich so was noch nie hatte und nicht weiß, worunter man leidet und worunter nicht, außerdem ist mir dein Leben scheißegal. Erst wenn du dich benimmst, kannst du mit mir wieder Kontakt haben. Du bist ein Lügner, weil ich mir nicht vorstellen kann, dass dir‘s wirklich beschissen geht. Du willst nur meine Zeit und Nerven klauen, du Egoist. Dir gehört bildlich gesehen mal eine anständige Tracht Prügel, damit du lernst, dass man andere nicht mit solchen Wiederholungsfragen belästigt. Reiß dich doch mal zusammen, andere haben auch ihre Probleme, was ist da dein Kack daneben, übertreib nicht so. Du bist einfach ein Idiot, dem man zeigen muss, wo's langgeht. Und einen miesen Charakter scheinst du zu haben, aber das dachte ich ja schon immer. Du weißt nicht, wie man sich erwachsenen Leuten gegenüber benimmt, benimmst dich wie ein kleines Kind. Dich sollte man durch Beschämung, Ausschluss aus der Gesellschaft und weitere symbolische Schläge wach rütteln und bestrafen. Dann wirst du sicher irgendwann aufhören, solche Fragen zu stellen. Ich werde dir schon Murrus beibringen. Glaub nicht, dass ich deine Scheißfragen jemals beantworte. Lern erst mal, dich zu benehmen.

Damit machen diese Menschen, das fällt mir gerade auf, genau das, was die Grundschädigung eines Zwänglers aus der Kindheit sein könnte. Sie werden dadurch für mich unberechenbar, angsteinflößend und böse, mit der Folge, dass meine Ängste immer mehr werden. Gleichzeitig trichtern sie mir ein, ich wäre der Böse. So traue ich mir noch weniger selbst über den Weg, bekomme noch mehr Angst vor Dingen, die eigentlich irreal sind, und fange an, Kontakte zu vermeiden, damit ich nicht mit Menschen in Kontakt komme, die mich im Angstfall degradieren. Dadurch werden mir Zeit, Kraft und Ruhe genommen, mich darum zu kümmern, meine Angstkrankheit zu bekämpfen. Solche bestätigen dadurch, was ich als kleines Kind erlebte. Ich bin dumm, mir ist nicht zu trauen, und wenn ich mich nicht an die Wünsche der Erwachsenen anpasse, werde ich ausgeschlossen und bitterlich bestraft.

Menschen, die mir auf Fragezwänge nicht antworten, sagen: Wenn du so bist wie wir dich brauchen ist es o.k., dein wirkliches Inneres, was z. B. in den Zwängen rauskommt, lehnen wir ab und es interessiert uns auch nicht. Lass die Welt in Frieden, beende all deine Beziehungen, denn so besteht wenigstens keine Gefahr mehr, dass du anderen Fragen stellst, zieh dich zurück, lass dich von mir aus unter Drogen stellen, aber lass uns mit deinem Quatsch in Ruhe.

O.k., manchmal gab es das, dass man einen Nichtschwimmer ins Meer wirft und hofft, dass er dadurch Schwimmen lernt, resümierte Erik. Für Menschen, die nicht lieben können, die keine Ahnung haben, die ihren trotzigen Emotionen unterworfen sind, denen es wurscht ist, ob dabei mehr zerstört als gerettet wird, denen es letztlich egal ist, ob der Nichtschwimmer untergeht oder die Kurve kriegt, mag dies eine Methode sein, dem kann man nichts entgegensetzen.

Natürlich wusste Erik, dass eine übersofte Behandlung mit tausend Rettungsringen um jedes Körperteil, auch keine dauerhafte Lösung sein konnte.

Am 3. März fasste Erik sich ein Herz und erklärte Schwoppmann alles, auch seine Bitten wegen Engelmann an ihn. Sie saßen am Fenster eines stillen Raumes. Ferne Sterne funkelten, und man konnte meinen, dass sich dabei persönliche Probleme in der Weite des Alls auflösen würden. Doch der Ring um Eriks Herz wich nicht, keine Weite konnte ihn erlösen. Nur an Schwoppmann und Engelmann hing sein Leben, nicht an der Raumfahrttechnik, der Gnade des fernen Alls und solchen Dingen, an denen das Leben real hängt, jedenfalls nach Meinung all derer, die Eriks Probleme nicht kannten.

Am 14. März lag ein Umschlag unter Eriks persönlichen Sachen. Mit dem neusten Datum, Schwoppmanns Namen und dem Satz: „Letzte und endgültige Nachricht für Erik Passler." Sein Herz schlug so wild, dass er meinte, alle würden es mitbekommen. Es war ruhig. Er saß in seinem Raum, das war gut, nichts lenkte ihn ab, Glück gehabt und toll von Schwoppmann, dass er es ihm hierher legte und nicht persönlich übergab. Es gibt noch Leute, die mitdenken, ging es ihm durch den Kopf. Er wurde ruhiger, stellte sich darauf ein, dass der Zettel, der dem ersten beigefügt war, wohl eigentlich nichts Schlimmes enthalten dürfte. Er hoffte, dass die Engelmann, sollte Schwoppmann sie wirklich erreicht haben, keine unleserlichen unklaren Worte schrieb, dass sich kein Missverständnis einschlich und dass jetzt nicht gerade jemand zu ihm will und ihn bei der Aufnahme der Wahrheit störte. Seine Angst würde alles, was jetzt passieren könnte, sofort mit dem Brief verbinden, unheilig verbinden, und blitzschnell könnte alles entwertet sein. Dann würden neue Nachfragen nötig, und alles würde noch viel komplizierter. All das würde er jetzt nicht verkraften, es würde ihn umbringen. Er atmete tief, zog die Blätter aus dem Kuvert und legte die erste Seite um, auf der das Gleiche wie auf dem Kuvert stand. Die zweite war angeklammert und Erik sah zunächst nur groß den Namen Engelmann. Ein Schauder durchzog ihn. Jetzt, jetzt, jetzt, ja jetzt würde es passieren. Doch was sollte passieren, dachte er, eigentlich kann doch hier nur stehen, dass er gesund sei. Als sein inneres Zittern ein erträgliches Maß erreicht hatte, las er:

„Sehr geehrter Herr Passler, ich bestätige Ihnen hiermit, dass bei meiner damaligen Untersuchung auf . . ." Erik las das Wort, um das es ging, sehr langsam, holte sogar eine Lupe, um sicher zu sein und atmete entspannt aus, als es korrekt geschrieben war und einfach nur das Wort war, um das seine Angst ging. Also, es ging weiter:

„nichts Verdächtiges gefunden wurde." Erik atmete so tief aus, dass sein Körper richtig nachzufallen begann. Die größte Spannung war nun raus. Noch ein Satz, ein Schlusssatz, hoffentlich nichts Missverständliches. Er las: „Ich wünsche Ihnen viel Erfolg auf Ihrer Mission."

„Puh . . ." Woher wusste sie von der Mission? Schwoppmann - Arztgeheimnis, er musste ganze Arbeit geleistet haben. Hat er sie überreden müssen und den Erfolg der Mission in Frage ziehen müssen, bis sie reagierte? Wie hat der Fuchs das hingekriegt, ohne Geheimnisse preiszugeben? Zuzutrauen wäre es ihr oder hat sie sofort richtig reagiert? Immerhin der letzte Satz tat ihm noch wohler als die eigentliche Antwort. Er war nicht verworfen, wie ihm das schon so oft geschah, sogar von Billa, Lavinias Schwester. Er wurde ernst genommen und ihm wurde die Antwort zugespielt.

„Nichts", „nichts", „nichts, hm", „nichts", war das entscheidende Wort. Es stand nur einmal in dem Schreiben. Tausendmal hätte er es gern gehabt. Angst schlich sich ein, weil gerade über dem „nichts" ein Knick im Papier war. Wieder raste er zur Lupe und betrachtete die Buchstaben genauestens. Nein, es ist stabil, es heißt „nichts", und es steht da. Ob bei der Übertragung alles mit rechten Dingen zuging. Millionen von Fallen schwirrten ihm durchs Gehirn. Ob Schwoppmann gar keinen Kontakt aufnahm? Wiederum x Möglichkeiten. Sein Mut sank. Sein Kopf drehte sich im Kreis. Eine so klare Antwort, konnte denn da alles mit rechten Dingen zugegangen sein?

Seine Angst, seine Seele tobte nun in Schreckensideen, nur um ihn angesichts dieser einfach vor ihm liegenden Lösung nicht zur Ruhe, zum Leben kommen zu lassen. Er erinnerte sich an die Ereignisse der letzten Monate, an Schwoppmann. Sollte er diesem Mann misstrauen? Nein, das dürfte er einfach nicht! Nein, nein, er musste die Dinge einfach so nehmen, wie sie sind. Er sah sich das „nichts" wieder an, es lag immer noch da, ruhig auf dem vorspringenden Brettchen seiner Kabine.

Noch ein, zwei, drei Tage vergingen mit Einbrüchen von Angst, war es der Zweifel an dieser Nachricht oder waren es neue Ängste, die sich sofort an die immer noch im Körper umherschwirrenden Todesängste krallten. Aber er konnte sich beruhigen. „Nichts", „nichts", „nichts", so übte er in den Nächten, es wird schon so sein. **Es kann doch so sein!** Darf es so sein? Ja, es könnte so sein! Immer mehr nahm er zwischenzeitlich seine Arbeit zur Hand und las sich in das wirkliche Leben hinein. Und er sah die schlanken oder fraulichen Beine der Stewardessen und Mitarbeiterinnen wieder.

In ihm begann sich das Leben wieder zu entfalten. Auch sein Humor war wieder da und damit auch seine Sehnsucht nach Liebe, die während der letzten Notzeit völlig abhanden gekommen war. Ja, die Klammerer oder Depressiven, die sehnten sich in ihrer Not nach Beziehung, er wollte in der Not nichts davon wissen, er schämte sich doch seiner selbst, und keine Beziehung der Welt hätte ihm diese Scham nehmen können, außer die Lösung seiner Angst. Nur selten, ganz selten, machte sich zu dieser Zeit die Empfindung breit, dass es so schlimm sein könnte, weil er kein Vertrauen in Beziehungen setzte, aber es war noch nicht so weit, daraus Nutzen zu ziehen.

Erik aß wieder und war wieder er. Er rechnete es Schwoppmann auch hoch an, dass er ihn nicht ansprach. Wie schnell hätte ein gutgemeintes „Na Erik, kommst du jetzt klar?“ wieder neue Fragen und Zweifel aufkommen lassen. Die Wunde musste verheilen, so lange ging er Schwoppmann aus dem Weg. Er hoffte, dass Schwoppmann dies verstand und nicht als Undank oder Ablehnung auffasste. Aber dieser Schwoppmann, der hatte es drauf, freute sich Erik. Jeden Tag mehr nahm er sich vor, jetzt stark zu bleiben.

Sie hatten längst den Punkt verlassen, bis zu dem Kontakt zur Erde möglich gewesen wäre. Jeder Tag glich dem anderen. Von Terrorschiffen nichts zu merken. Anfangs dachte Erik, man würde sie eventuell verfolgen, auch für weit entfernte Verfolger hatte man neuste Erkennungstechnik dabei, aber nichts, alles war ruhig.

Irgendwo tief im Inneren Eriks lebte Lavinia. Ihr Bild fütterte ihn mit Wärme und das sexy Auftreten dreier Weltraumbienen brachte ihn auf andere Gedanken. Sie hatten, zumindest zwei von ihnen, längst ein Auge auf ihn geworfen und er auf ihr Äußeres. Komisch, wo er doch so abwesend war. O.k., manchmal ist die Wirkung nach außen anders als man sich denkt. Sie wussten ja nicht, was in ihm vorging. Vielleicht fassten sie seine Abgeschiedenheit und Ruhe als sonst etwas Positives, Interessantes auf. Sie kannten ihn ja nur aus den Bordbüchern und da stand nur Gutes drin. Die Andere, die Dritte, die Vollschlanke, Naturblonde, Stramme, Zügige, die ein wenig Russisches im negativen Sinne in sich trug (es gab auch positiv Russisches in Eriks Kopf) sie blickte ihn so komisch an. War er ihr verdächtig? Was war? Zweimal schon hatte er sie gebeten, diverse Aussagen in belanglosen Gesprächen zu wiederholen. Denn Nachhaken, wiederholen gehörte immer wieder zu Eriks Alltag, und manchmal waren es solche unklaren angsterregenden Leute, die Fragen in ihm auslösten, oft aber auch die besten Freunde. Erik hatte Angst, dass ihm jemand etwas für ihn Gefährliches sagen könnte. Man glaubt gar nicht, wie viele Wörter sich ähneln und wie das die Angst, die immer suchend in ihm kreiste, anzog. Wiederholten die Menschen dann den undeutlichen Satz, hatte er die Chance, zu erkennen, dass es in einem anderem Zusammenhang geschah, dass es nichts mit ihm zu tun hatte, und so musste er keine konkreten Fragen stellen, durch die seine Angstkreisel beginnen würden, sich zu drehen. Doch auch die Bitte um Wiederholung barg Risiken, nämlich die, dass er es dann zigmal wiederholen musste, denn wenn man wegen etwas extra nachfragte, muss doch was dran sein. So tickten seine Seele und sein Gehirn und so wurde er oft zwischen den Möglichkeiten hin und her gerissen.

Sabina war auch das Wenige, was Erik wohl wie selbstverständlich verlangte, zu viel. Er war sich gar nicht bewusst, dass es Menschen gab, die er nicht damit täuschen konnte, so zu tun, als höre er schlecht oder als wäre grad im Umfeld etwas zu laut gewesen. Irgendwie muss diese Sabina die Dinge persönlich genommen haben und sich ein grausiges Bild von ihm gebastelt haben, mit dem sie nicht umgehen konnte, nicht umgehen wollte. Die aufgebaute Feindseligkeit Erik gegenüber, der für sie einen „Schuss" hatte, nahm zu. Sie gönnte ihm ein angstfreies Leben nicht, weil sie sich zurecht spann, wenn er Mitleid verdiente, Mitleid von mir, wenn es wirklich ein Leiden ist, was ihn dazu machte, dann solle er doch nicht andere Male so lauthals leben als wenn nichts wäre. Dass es für jemand wie Erik nichts Heilsameres gäbe, als lauthals zu leben, wenn es grad ging, dass war etwas, was für Menschen wie Sabina nicht gelten konnte. (Zusatz des Verfassers: „Leben" glättet die gereizten Nerven und es will wieder gelebt werden und fordert, fordert, was Menschen kein Recht haben zu fordern. „Leben" soll der Antreiber sein, für den der Erkrankte freiwillig nach Lösungen sucht, anders zu reagieren als sein Zwangssystem vorgibt.) Sie war eine derer, die radikal mit diesem „Unsinn" aufräumen wollte. Sie war es auch, die Erik schon mehrmals düpierte und ihm schlaflose Nächte bereitete und stolz auf sich war, weil sie so zeigen konnte, „wie man lebt". Nur wenn Erik alle links liegen ließen, phantasierte sie in sich hinein, würde er zu sich finden und den „Schwachsinn", wie sie es nannte, lassen. Erik wusste auch nicht, dass sie bereits mit Billa Kontakt hatte, bevor sie hier auf Erik stieß. Das Ganze lief über die Achse von Billas Mann, der ja als Russlanddeutscher im Osten Deutschlands lebte, in der Nähe der Großstadt, aus der Sabina kam. Vielleicht hatte sie russische Vorfahren. Einfach mysteriös, wie manche Dinge laufen.

So kam es wie es kommen musste, sie hatte sich einen Termin bei Schwoppmann geben lassen, der ihrer Ansicht nach der richtige Mann für Erik wäre.

Schwoppmann bot ihr in seiner Medizinkapsel Platz an und hörte geduldig ihren Forderungen zu.

„Was meinst du denn, warum Erik so leidet?" – „Ich darf doch du sagen?" - „Ja bitte." „Wir kennen uns ja über deinen Bruder", entgegnete Schwoppmann. Ihr Bruder war auch bei der Raumfahrtbehörde, ist derzeit in China angestellt, und Schwoppmann half ihm damals, als er seinen Abschluss machte, in ärztlichen Angelegenheiten. Er musste als Pilotenausbilder auch medizinische Kenntnisse erwerben.

„Tja", lächelte Sabina immer noch sehr ernst zurück. „Ja, warum leidet er so", das fragte ich, rollte Schwoppmann das Thema neu auf. „Herr Dr. Schwoppmann, der macht sich damit doch nur wichtig und gewöhnt sich seine Fragerei nur immer mehr an." - „Nicht ganz verkehrt", konterte Schwoppmann, „man kann sich die Dinge angewöhnen." Doch wäre das der einzige Faktor, gälte diese Art Erkrankung als 95 Prozent heilbar. Ist sie aber nicht", fuhr er fort mit ihr zu sprechen. „Selbst die besten Kliniken melden bemerkenswerte Rückfallquoten bei Versuchen, Patienten durch Verhaltenstherapie zu heilen, und dass Medikamente bisher nicht heilen, sondern nur verdecken, solange man sie nimmt, na ja, das gehört auch zu dem Bild, genauso wie das Springen der Zwänge auf völlig neue Gebiete. Auch das spricht nicht unbedingt dafür, dass man sich nur etwas angewöhnt hat.

Ich will Ihnen jetzt nicht Eriks Vergangenheit erklären, befragen Sie ihn ruhig selbst, er unterhält sich gern mit Ihnen darüber, wie ich ihn einschätze." - „Pa, darauf ruht er sich aus", quoll es aus ihrem

übervollen Unmut und dem lasziv bösartigen Mund. „Und das ist so schön, dass er ein verpfuschtes Leben dafür in Kauf nimmt?", entgegnete der Arzt. „Noch ist er jung und kann viel verbergen, aber . . ." „O.k., ich wollte ja nur, . . ." Sabina stand auf, um den Raum zu verlassen, in dem ihr Ego nicht bestärkt wurde, welche Ungereimtheiten sich immer dahinter verbargen. „Was wollten Sie, – Ihre Ruhe?". Er übersah, dass er ins Sie verfiel. „Na klar, wir haben doch hier andere Aufgaben . . ." - „Sprechen Sie sich nur aus, Frau Larce." Verstört ging sie auf ihn zu. „Setzen Sie sich, ich möchte Sie etwas fragen. Ich habe Ihre Akte gut gelesen, bevor wir sie einluden, das Projekt zu begleiten. Sie . . . Ach Entschuldigung, darf ich beim Du bleiben?" Sie nickte etwas verständnislos. „Sie sind eine gute Mathematikerin und Bordhilfe." Wieder dieses Schulterzucken und ein Nicken. „Wie war das 2003? Da waren Sie, sorry, da warst du?" - „25", nickte sie wieder. „Sie meinen das mit dem Schulabschluss und meiner Krise damals?" - „Genau, das meine ich. Sie waren davor, in der Gosse zu landen. Dann hingst du an irgendeiner Flasche oder gar am Tropf oder an irgendeinem Strick auf einer Dachkammer oder gar dem unsichtbaren Seil eines Zuhälters." - „Nun übertreiben Sie mal nicht! Außerdem biss ich mich durch und bin jetzt hier!" - „Lobenswert! – Doch wer war es, der an Sie glaubte?" - „Mein Onkel Henry, der wusste, dass in mir ein Genie lauerte, entdeckt zu werden", gab sie schon wieder leicht grinsend und von dem kleinen Schock erholt, den Schwoppmann in ihr auslöste, zu. „Wie lange hat er sie aufgebaut?" - „2 Jahre." - „Und wer hatte ebenfalls Geduld mit Ihnen?" Sie senkte den Kopf, machte eine Pause, „die Schule". - „Warum?" - „Weil Henry Beziehungen zur Schulleitung hatte." - „Aha." Dr. Schwoppmann sah sie ernst an. Sabina fiel in ihren Stuhl zurück, besser die Schale, in der sie saß und diese Tiefenbehandlung über sich ergehen lassen musste. Sie blickte auf die chirurgischen Instrumente in der Glaskugel gegenüber und dem Mantel mit der Aufschrift „Erik", der dort lag. „Immerhin war ich der Umwelt nicht Jahrzehnte eine Belastung!", verteidigte sie sich, etwas verunsichert. „Sie sind aber nur einseitig gebildet", setzte Schwoppmann das Thema fort. „Erik hat mehrere Abschlüsse, kann multipel eingesetzt werden und weist vielfältige menschliche Größen auf. Sie blickten beide auf Eriks Arztkittel und die chirurgischen Instrumente. „Er ist Chirurg, er ist Co-Pilot und kann mit Terrorszenerien gut umgehen, deshalb ist er da. Es gäbe mehr Anlass, ihn zu fördern, zu halten, bis er es wieder selbst kann, als dich, Sabina." Sie wurde gelb im Gesicht. „Aber so wollen wir nicht rechnen, Frau Larce", fuhr er fort, diesmal gebrauchte er absichtlich den Namen, Frau Larce. „Nein, es geht um Menschen, nicht um Maschinen, das bitte lerne verstehen, Sabina."

Erik war auch bei mir und hat sich ausgesprochen." „Mich schlecht machen", sprudelte es aus ihrem Mund, der einen Aufschwung in diesem Gespräch herbeizuführen suchte. „Nein, nein", erwiderte Schwoppmann gefasst, „. . . er nannte keine Namen. Er sagte mir nur, wie Menschen auf ihn wirken, die ihm nicht antworten, wenn er um Hilfe bittet. Erik hat mir einen Text hiergelassen. Ich möchte dich bitten, ihn mal genau zu lesen." - „O.k.", meinte sie und stand auf. „Nein, jetzt, hier", verlangte er und gab ihr zu lesen, was Erik ihm erklärte (er hatte es ihm neulich doch schriftlich dagelassen, anlässlich seiner Bitte Engelmann zu befragen). „Lesen Sie und denken Sie nach."

Nach 20 Minuten, nein nicht ganz 20 Minuten, blickte sie zu ihm auf, anders als vorher. Sie war nachdenklich geworden, aber ihr Zorn war nicht aus ihr gewichen. Schwoppmann merkte das. Er war kein Psychologe, aber man muss kein Psychologe sein, um ganz Mensch zu sein. „Ich muss noch etwas erledigen. Ich habe hier aber einen Vortrag von einem Betroffenen, der in einer wissenschaftlichen Runde seine Sicht der Dinge erklären durfte. Es war auch ein Zwängler, so wie Erik." „Woher haben Sie so was hier?", fragte Sabina verwundert. „Das lass mal meine Sorge sein", lächelte Schwoppmann sie an. Sie schluckte. Als Schwoppmann den Raum verlassen hatte, begann sie sich unwohl zu fühlen, allein in diesem Arztareal. „Drücken Sie hier drauf", hatte der Arzt gesagt. Sie stand auf, ging an das Pult und drückte auf den orangen Knopf. Eine fremde Stimme begann zu erzählen. Die Aufzeichnung begann:

„Ich will das Ganze einmal aus meiner Sicht erklären, nicht fachmännisch, verzeihen Sie mir, aber vielleicht erkennt man eines Tages, dass daran doch etwas fachmännisches ist." „Seien Sie ganz sie selbst", erwiderte eine vornehme Stimme, ein Arzt oder Gesprächsleiter, dachte Sabina nach. Dann fuhr die erstere Stimme fort:

„Der Mensch besteht aus vielen kleinen Persönlichkeitsinseln, die ihn ausmachen, wie aus dem aufgezeichneten Modell ersichtlich ist, z. B. seine Einstellung zu Geld, seine Einstellung zur Nächstenliebe, zu Leistung usw. usw.

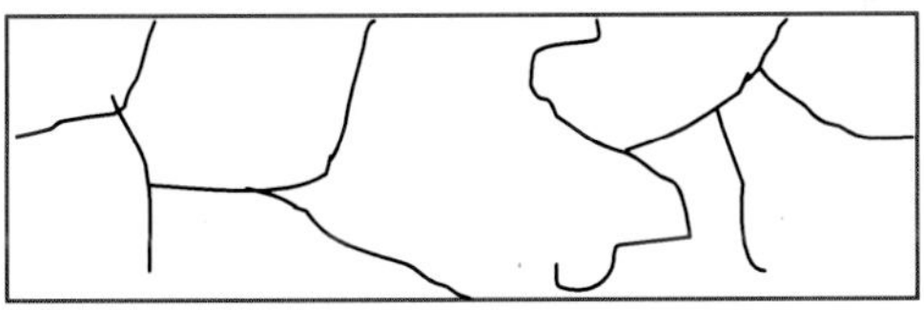

Hat man eine Angsterkrankung kommt noch eine Angstzelle hinzu, und vielleicht ist darin auch noch die Zwangszelle verborgen. Diese ‚Zellen' lösen die Angst nun auf ihre Art und Weise, weil sie keine andere Lösung kennen und verkraften, und da es sonst zur Psychose oder anderen Zusammenbrüchen kommen könnte. Wer in der Angstzelle keinen Zwang hat, hat vielleicht Depressionen darin, was bedeutet, dass Angst ungelöst ertragen wird, aber stattdessen depressive Zustände, die andere Zellen beeinflussen. Meist hat man mit dem Patienten Mitleid, man weiß, wie Depressive sind und bedauert sie. Da der Zwang (genauso pathologisch wie Depressionen) aber aggressiv nach außen gerichtet ist, meint der, der davon erfährt oder gar mit hineingezogen wird, der andere offenbare sich doch als starker Mensch, bedürfe auch keines Mitleides, eher einer Strafpredigt, und man fängt an, von ihm zu erwarten, diesen „Scheiß" aufzugeben, alles nur, weil dieser Typ und seine sonstigen Zellen im

Lebenskampf nicht depressiv, sondern aktiv erscheinen und auch die Zwangszelle ihren Menschen aktiv und aggressiv erscheinen lässt. Jetzt haut man ihm von allen Seiten auf die Finger. Ein Depressiver hätte sich längst umgebracht. Beim Typ ‚Angst durch Zwang lösen' wächst dafür die Angst-Zwangszelle einfach immer weiter, und um so mehr ‚Prügel' bezieht er von denen, die gar nichts wissen.

Die Aggressivität des Zwanges ist keine Charaktereigenschaft die man ‚erziehen' kann, sondern eine Krankheit, zu deren Behandlung alles andere als sogenannter gesunder Menschenverstand nötig ist, den die Allgemeinheit solchen gern überstülpen will. Komischerweise besitzen solche Menschen manchmal mehr gesunden Menschenverstand als alle ihre Ratgeber zusammen. Aus Mangel daran rührt sein Verhalten also nicht.

Der Angstspiegel kann z. B. durch innere Unruhe (frühkindliche unaufgearbeitete Traumata), Mangel an Urgeborgenheit (frühkindliche Erziehungsfehler) und Ähnliches verursacht werden, aber auch durch aktuelle Ereignisse, die an die Traumata erinnern und sie wieder auslösen. Auch Pechsträhnen im Leben wirken nicht gerade heilend auf eine Zwangserkrankung. Weiter ursächlich für die Erhöhung des Angstspiegels ist es, wenn mir jemand in einer Sache nicht hilft oder noch schlimmer, keine klare Stellung bezieht, ob er hilft oder sich superschlaue Argumente in seinem tollen Kopf ausdenkt, warum es wohl gut sei, so einen Zwangskranken wie Dreck zu behandeln. So etwas treibt die Angst in ungeahnte Höhen, und das hat zur Folge, dass selbst dann, wenn er dann doch noch helfen sollte, ständig Angst da ist, die sich an allen möglichen Dingen festmacht, die Dinge nicht mehr unterscheiden kann und nach außen nicht nachvollziehbar erscheint. Erst wenn dieses Ereignis verdaut ist, wenn ein solcher weiß, dass die Person ihm weiterhelfen wird, kann sich der Angstspiegel langsam wieder erniedrigen, und er kann wieder zu kämpfen anfangen, künftig anders zu reagieren. „Ha", mögen einige sagen, ich habe dir so oft geholfen, aber es wurde nichts besser. Kann sein, dass jemand dies ertragen muss. Ursache sind vielleicht andere Leute, die nicht helfen und damit den Angstspiegel und das Misstrauen gegen sich und andere, was darin schwebt, hochhalten. Es kann natürlich auch sein, dass der Patient, aus irgendeinem verzeihlichen oder unverzeihlichen Grund noch nicht angefangen hat zu kämpfen. Hier ist eine Aussprache von Nöten, die zu einem gemeinsamen Schluss kommt. Einmal durch Nichtantworter in die Höhe getrieben, passiert das Gleiche wie bei einem Zwangskranken, der sich gehen lässt, es entstehen immer mehr Ängste, und immer mehr Menschen fragen sich, wundern sich und werden zu Nichtantwortern, da sie die Vorabläufe nicht kennen. (Anmerkung des Verfassers, dem Geschehen vorauseilend: Wer hinaus ins Leben geht, wird dann, wenn ER leben will, genügend Herausforderungen für seine Angstkrankheit begegnen, durch die er nach anderen Lösungen suchen wird (immer vorausgesetzt, dass er in Behandlung ist, viel liest und nachdenkt usw.) , aber von sich aus, weil ER will. Ihn dann ständig an Ecken, an denen ihm NOCH die Kraft ausgeht, fallen zu lassen, ist einfach dumm und macht meist mehr kaputt, als was es hilft.)

Es ist, wie mit biologischen Zellenerkrankungen. Wer z. B. Krebs hat, ist auch auf ein positives Weltbild, ein liebendes Umfeld angewiesen, so jedenfalls manche Theorie dazu. Und genau das passiert mit den Angstzellen, wenn es fehlt durch das Unverständnis der Leute, die all das nicht verstehen oder verstehen wollen. Wie verändert sich aber das innere Bild (obige Zeichnung)? Nun, die Angstzelle erhitzt sich und strahlt auf alle anderen Zellen ab. Die Folge ist, dass der Beobachter wieder meinen könnte, die ganze Person wäre plem-plem. Noch „Gescheitere“ bilden sich ein, sie hätten es mit einem Schizophrenen zu tun, und stellen jede Hilfe ein, weil ja laienhaft bekannt ist, dass so jemandem nur mit Medikamenten geholfen werden kann, ja geholfen werden müsse, weil man meint, der Zwängler könnte auch so ausflippen wie jemand, der nicht bei Sinnen zu sein scheint.

Durch ihre distanzierte, ablehnende, sich zurücknehmende Haltung dem Angst- /Zwangskranken gegenüber, verstärken sie diese Stimmung nur noch und tragen schlimmstenfalls dazu bei, dass derjenige durch ihre Schuld wirklich noch umkippt und eine völlig andere Erkrankung, eine Schizophrenie oder andere Formen der Psychose bekommt.

Würden solche Menschen den Kranken aufbauen, würden Freunde nicht weglaufen, sondern ihm etwas Zeit gönnen, akzeptieren, was er für ein Bleigewicht mit sich tragen muss und würden sie weiterhin die in viel größerer Zahl vorhandenen normalen Zellräume der Persönlichkeit sehen und ansprechen, anstatt ständig ihre Enttäuschung über die entartete zu äußern, würden diese bestärkt und den Einfluss der Angstzelle aushalten oder gar rückläufig machen. Meist ist dies aber aus genannten Gründen nicht der Fall. Folge: So jemand kommt sich noch schlechter vor. Die Angstzelle verlässt zwar irgendwann wieder den Einfluss auf alle anderen, wurde aber wieder um ein Stück größer und mächtiger und kann beim nächsten Anlass noch mehr an Macht gewinnen.

Ein weiterer Punkt ist, dass Angst- und Zwangskranke manchmal nach außen so aussehen, als können sie alles tun. Das verleitet die siebengescheiten Zeitgenossen, die ich schon oft spüren durfte, dazu, zu meinen, es existiere keine Zwangs- oder Angsterkrankung. Die Folge, sie werden noch bissiger darüber, dass derjenige nicht verseucht, wie ein Aussätziger irgendwo liegt (dann erst wären diese in der Lage, zu glauben, was los ist). So aber bringt dies sie weiterhin dazu, auf ihn einzuschimpfen, als wäre der Zwangskranke von einem schlechten Charakter beseelt. Auch hierbei machen solche Zeitgenossen den wirklichen Charakter, der gerade wieder von Angst und Zwang angestrahlt ist, klein und stärken das Pathologische! Welch fatale Folge solch beschränkten Umweltverhaltens.

Gut, hätte ich keine Zwänge, wäre ich dann zu solchen auch so? Kann sein, deshalb muss ich die anderen, die zu mir so sind, entschuldigen, in gewisser Weise. Aber sind sie auch noch zu entschuldigen, wenn jemand ihnen erklären will, was sie nicht verstehen? Nein, und alle die, die sich dann abwenden und meinen, ‚lass den Deppen mal quatschen, ich weiß doch alles besser als dieser Irre', was soll man von denen noch halten?

Noch etwas zum Abschluss: Wir haben gesehen, dass das Hauptheilmittel wäre, den Zwangskranken als Menschen weiterhin voll in die Gesellschaft zu integrieren, in Vorgänge und Freundschaften einzubeziehen, ohne aber das zu verlangen, was man einem Gesunden abverlangen mag.

Pillen? Sollte die Zwangserkrankung so schlimm sein, dass der Zwängler nur noch zwängelt und zu keinem Gespräch über sein Verhalten bereit ist, mögen sie eine Zeitlang helfen. Pillen beseitigen aber nachweislich keine Zwangserkrankung, sie können sie nur überdecken, solange man sie nimmt. Dies traf bisher auf alle Medikamente zu.

Verhaltenstherapie? Hier passiert in Absprache mit dem Patienten das, was viele dumme Zeitgenossen glauben praktizieren zu können. Beide vereinbaren durch eine Zeit zu gehen, wo der Patient sich den Ängsten aussetzt, ohne zu seinem bewährten Mittel Zuflucht zu nehmen. Dies kann eine eingeschliffene Verhaltensweise positiv beeinflussen helfen, ist aber mitunter sinnlos bei stärkeren Ausprägungen und vor allem, wenn mehr psychologische Ursachen vorhanden sind, und kann nicht wirken, wenn das Ganze nicht in Liebe geschieht, wenn kein liebendes Gegenüber für den Patienten da ist, wenn er durch diese Hölle geht. Psychologische Ursachen können mittels eines Therapeuten herausgefunden werden, das heißt aber bei Weitem nicht, dass dies auch Heilung ist. Heilung kann nur der Patient selbst an sich bewirken, was aber voraussichtlich auch nur in einem liebenden Umfeld passieren kann. Wem das alles zu theoretisch ist, der sehe sich den Film ‚Beautiful Mind‘ an. Dort wird in bewegenden Bildern gezeigt, wie es gehen könnte: Die Aufnahme in die menschliche Gesellschaft, statt der Abtransport in geschlossene Anstalten, weiter Vertrauen und Wissen in den Menschen und um die Behinderung. Das ist das Umfeld, in dem der Zwangskranke dann alleine, mit Hilfe von Therapeuten oder von Freunden, eventuell auch mit einer von ihm gewollten Verhaltenstherapie Fortschritte machen kann.

Wer nicht in der Lage ist, dazu beizutragen, dieses Umfeld herzustellen, sollte doch bitte damit aufhören, ihn fertig zu machen, weil Heilung nicht läuft, wie er, der 150-tausendeste Laie es sich vorstellt.

Noch eine Erklärung fehlt: Mir sagte jemand, man kann auch mit ein paar Ängsten im Kopf sein Leben meistern, ich solle mich nicht so anstellen.“

Sabina drückte erneut auf den orangen Knopf, hielt sich die Hände vor den Kopf, schaute sich mehrmals um und schaltete wieder ein.

„Dies ist vielleicht in den ersten Jahren noch der Fall. Nach langjähriger Angst- und Zwangserkrankung, macht diese nach spätestens 10 – 20 Jahren wirklich krank und arbeitsunfähig. Außerdem sind es keine Problemchen, wie mir ein angeblicher Freund einreden will (aus seiner gesunden Sicht vielleicht schon), sondern Ängste, die denen eines Menschen in Todesangst gleichen und dies tagaus, tagein, immer wieder zwischen die Versuche zu leben geschoben. Nun kommt zu dieser Angst noch eine zweite genauso große Angst dazu, die entsteht, wenn man mich in meinen z. B. Fragezwängen ablehnt. Man lässt mich mit der Angst allein und nun auch noch sozial. Wie soll man sich fühlen? Als totaler Versager und Gemobbter, macht das Angstzustände besser? Ich gebe darauf keine Antwort, denn das müssten selbst die Härtesten unter den ‚Dummen' verstehen.

Und was heißt, sich mit dem Zwangskranken über sein Verhalten zu unterhalten? Ja, das ist o.k., und was mich anbelangt, bin ich sehr offen solchen Gesprächen gegenüber, weil ich sie förmlich brauche, aber dann bitte nicht, wenn ich gerade einen Angstanfall habe (ausgenommen, ich bin mit jemandem in einem verhaltenstherapeutischen Vertrag). Nutzt doch eine Stimmung, in der ich aufgeschlossen bin dazu. So macht man das doch auch z. B. in der Ehe, wenn man etwas Heikles besprechen will, warum sollte es mit einem Angstkranken anders sein?

Ach ja, noch was: Man kann die Angstanfälle schon eingrenzen, man kann einem solchen auch mit einer gewissen Härte begegnen anstatt nur zu antworten, weich und helfend. Nur sei nicht hart, weil du deinen Frust loswerden willst und dir vor einem Zwängler Ruhe verschaffen willst. Nein, so nicht, wie manche das immer noch in der Kindererziehung machen, mit stets negativem Langzeiterfolg. Nein, Härte ist dann förderlich, wenn du mir langfristig zeigst, dass du mich magst, zu mir stehst und mich ins Leben mitnimmst. Wenn ich spüre, dass du meine Ängste genau kennst, wenn ich nicht das Gefühl habe, du weißt gar nicht, was du da tust, dann zeige ruhig Härte. Differenziere dabei aber immer, dass es neue Ängste geben kann, die dringend deiner Hilfe bedürfen, wenn nicht alles kaputtgehen soll. Aber diese neuen Anfälle können durch ein insgesamt liebendes und begrenzendes Verhalten so weit eingeschränkt werden, dass es für beide zu keiner größeren Belastung wird, dem Helfenden und dem Leidenden. Härte allein ist egoistisch, Liebe allein, mag zu weich sein. Beides gezielt angewandt ist die Medizin. Aber das gilt dann schon für Fortgeschrittene, wer zu wenig darüber weiß, fährt mit Liebe immer humaner als mit einem falschen Gemisch.

Wichtig für einen Zwangskranken ist auch, dass eine einmal geklärte Sache nicht später wieder erwähnt wird, nach dem Motto, nun hat dir meine Hilfe in dem Fall XX geholfen? Freundlich gemeint, aber fatal, alles könnte durch die Erinnerung daran von vorne beginnen. Geklärtes sollte von beiden Seiten vergessen werden. Und mündliche Klärungen sollten so lange vermieden werden, bis der Fragezwängler so stabil ist, dass er damit umgehen kann. Ein wenig Rücksicht ist nötig, auch wenn man möchte, dass jemand Fortschritte macht. Auch andere Krankheiten, die man therapeutisch in den Griff kriegen will, brauchen immer einen Restbestand an Rücksicht. So jemand ist immer wie ein Kind, das Gehen lernt, und dem stellt man auch nicht Anforderungen, die über das momentan Leistbare hinausgehen." Sabina schaltete jetzt ab. Sie hatte genug gehört.

Als hätte Schwoppmann es geahnt, öffnet er in dem Moment die Schleuse und kam ihr entgegen. „Na Sabina, wie ist es dir ergangen?" „So sah ich es noch nie, aber was ist denn das für ein Typ, der das erzählt hat?" - „Ein Betroffener." Es entstand eine Pause. Sie schämte sich vor Schwoppmann, der inzwischen noch einige andere über Erik informiert hatte. Gleichzeitig traute sie dem Ganzen nicht, wieso soll mir ein Betroffener Rat geben, kam es ihr durch den Sinn, obwohl der Rat einleuchtete. Schwoppmann ergriff das Wort: „Dieser Sprecher litt selbst 28 Jahre unter Zwängen. Er mag sich mit dieser Rede zu dieser Tagung selbst geschützt haben, aber er mag auch

Recht haben. Sollten nicht die Aussagen Betroffener diejenigen, die Krankheiten erforschen, interessieren? Sollte es einen Arzt nicht interessieren, wo es einem körperlich Kranken wehtut, wie und warum?“ Sabina entgegnete nichts. „O.k., Sabina, geh an deine Arbeit.“ - „Ich habe heute frei.“ - „Noch besser, dann leg dich irgendwo hin und denke mal darüber nach, was wir zwei besprochen haben.“ - „O.k., gute Nacht noch“, und sie war entwischt.

Erik ahnte, dass Schwoppmann ein Engel ist und seine ständig besser werdende Mitarbeit im Schiff bewies dies. Niemand aber wusste, dass dieser Arzt außer der zwangskranken Schwester im Bayrischen Wald auf Erden eine Frau hatte, die unter Depressionen leben musste und schließlich durch eine schwere Krankheit verstarb. 30 Jahre war er für sie da und musste als Dank ihren Tod verdauen.

Schwoppmann sackte in seiner Kapsel allein in einen der Sessel und wollte für sich sein. Er dachte intensiv nach, was er Sabina da lehrte. Würde er sich hoffentlich nicht täuschen lassen? Es gibt doch so viele Wissenschaftler, die Sabina wohl besser verstanden, ja sogar ermuntert hätten. Er war alt genug, zu wissen, dass in beidem Wahrheiten steckten. Für Erik da zu sein und Vertrauen in ihn zu setzen war eine Wahrheit, und auf die kam es jetzt an, die anderen Wahrheiten . . . Na klar musste er schwimmen allein lernen, na klar. Man muss ihn schon immer wieder mit Vorwarnung ins Wasser werfen, damit er lernt, dass er entweder diesen Selbstschutz als Lebensinhalt bewahren könnte oder sich für das Leben entscheiden müsse und dann all das dafür erdulden müsste, was er so mit aller Kraft vermeiden will. Ach was, was phantasiere ich hier. Wer weiß schon, was in einem solchen steckt? Niemand! Früher hat man sie in Gummizellen gesperrt. Egal, nahm er sich vor, ich bin und bleibe Mensch, und damit basta. Auch wenn es Rückschläge gibt, ich bleibe Mensch, auch zu solchen!

14

Seit Eriks Mannschaft gestartet ist, fanden auf Erden in schneller Folge Terroranschläge statt, durch die große Mengen Gelder und Forschungsmaterial gestohlen, erpresst und geraubt wurden

Dazu kam, dass Eriks Verschwinden durch einen sogenannten Freund Eriks aufkam. Dieser war wieder ein Bekannter von Eriks Eltern, die zu Zeiten der Geburt Eriks in die osteuropäische Politik verstrickt waren, aber seither nichts mehr von der geheimen Weltpolitik wussten, obwohl sie meinten, die Zusammenhänge zu erkennen. Dieser Freund nun, der Erik schon seit Jahren nicht mehr nahe war, ließ alle Beziehungen zur Presse spielen, die seine Eltern noch hatten, und plötzlich taten sich Kontakte zu den Gruppen in verschiedenen Ländern auf, die die Lightbraker-Unternehmen nachweisen wollten.

Auch Santars Vater, der in den USA im Licht der Öffentlichkeit stand und sehr am Schicksal, aber auch Ruhm seines Sohne interessiert war, kam in den Strudel dieser Überlegungen, wurde plötzlich von neugierigen Journalisten belagert und dazu verführt, Aussagen zu tätigen.

Bei einem kürzlichen Einfall ins Finanzministerium hatten, vermutlich terroristisch angehauchteTäter, ganze Batterien von Datencentern durchsucht und bei ihrer plötzlichen Flucht, wegen des Einsatzes der Sicherheitskräfte, Hinweise dort gelassen, die Verwirrung stifteten. War dies Absicht oder Folge der Flucht?

Ebenfalls die Akte Brazela war durchsucht worden. Das Motiv könnte Rache gewesen sein, abgesehen von der Gier nach Informationen, weil man die Täter damals ausschaltete, als das Schein-Material, mit dem dann auch die Lightbraker unsichtbar fliegen konnte, das auf X-in gefördert wurde, gefunden wurde. Dabei waren sie es, die die Erde auf das Vorkommen dieses überraschend nahen Planeten aufmerksam machten, der bisher unerkannt und unzugänglich war.

Es war unwahrscheinlich, welches Geld, Wissen und Macht in ihren Händen lag und beinahe noch in ihre Hände gelangt wäre. Kaum auszudenken, hätten sie diese Mittel gegen die Menschen angewandt. Trotzdem waren sie zersplittert, verfolgt und ohne deutlichen Einfluss, ohne bekannte Ziele. Zu viele Fragezeichen. Natürlich war dieser Einfall nun Thema rund um den Globus, und Brazela war es, der sich in den unaufhörlichen Befragungen plötzlich über die Lightbraker äußerte. War es die Verzweiflung um seinen verlorenen Sohn, war es der Stolz, mit Santar hier eine große Rolle zu spielen, oder war es sein heimliches Interesse, selbst in Kreise zu gelangen, durch die er den Verbleib des Schiffes herausfinden könnte? Bald fanden sich Eriks „Freund“ und Senator Brazela. Es musste so kommen.

Schon drohte man ihm aus Regierungskreisen mit Sanktionen, selbst bis zu Lavinias Schwester Billa und Ernald reichte das Ganze. Alle wurden aus Geheimdienstkreisen bedroht, was so weit ging, Lavinia alle Ehren aberkennen zu wollen, die sie sich zweifellos erarbeitet hatte. Man munkelte sogar, dass sie nach einer eventuellen

Rückkehr verschwinden würde und niemand etwas von ihr hören würde, wenn . . .

Ernald winkte ab, er konnte und wollte diesen Schauermärchen nicht glauben. „Falls sie wirklich erfolgreich zurückkehren, wird niemand es fertig bringen, das Projekt unter den Tisch zu kehren, sagte er Billa immer wieder. Trotzdem ging es lange Zeit nur darum, alle Wissenden einzuschüchtern, chinesische Beamte mischten hier heiter mit amerikanischen Behörden mit, ging es doch darum, den Aufstand der Massen zu verhindern, die ganz und gar gegen die Ausgabe immenser Geldmengen für diese Zwecke waren, in Zeiten wie diesen. Bald wurde es wieder still um die Lightbraker, trotzdem wurde das Wort zum Unwort des Jahres gewählt. Alles was darauf hindeutete, wurde heruntergespielt, und tatsächlich schwiegen auch alle Beteiligten, bis auf Brazela, den man dann kurzerhand all seiner Ämter beraubte und zum Privatmann machte, der jetzt, um weiteres Unheil zu verhindern auch den Mund hielt.

Doch da war noch dieser Freund Eriks, wie er sich nannte, der öffentlich nachwies, dass Erik in einem bemannten Flug unterwegs sein musste, der militärischen Charakter hatte. Dessen Name war bald in aller Munde. Am 3. April sollte er einer Einladung Chinas folgen, die ihm sehr viel Geld für diskrete Informationen bot.

Seitzenhahn jedoch wusste nicht, das China voll im Lightbraker-Geschehen arrangiert war. Als es um Seitzenhahn, also diesen angeblichen Freund Eriks, im April nach seinem Abflug immer stiller wurde, ging das Gerücht, er würde von den Weltmächten im Antiterrorkampf gebraucht und müsse untertauchen. Was diese dumme, arme, wissende Figur dort mitmachte, bevor er sterben musste, wusste niemand, geriet aber durch die sich immer mehr verwirrende Weltlage bald aus dem Fokus der Öffentlichkeit.

Eriks Mannschaft war daran, alle vermutlichen Schlupfwinkel der Weltraumfeinde anzupeilen und geriet dabei immer tiefer ins All.

Die Erde stand vor dem finanziellen Ruin. Enorme Lasten, die man auf die Menschen legte, waren die Folge, über die man die benötigten Gelder wieder hereinarbeiten wollte. Doch die Gefahr, weiterer terroristischer Einfälle, Bloßlegungen und der Unzufriedenheit der Massen schwebte über all dem wie ein nicht nachlassendes Gespenst. Chaos und Zerfall drohten.

Mit wem hatte man es zu tun? War die Menschheit längst in unsichtbaren Händen terroristischer Machtgebäude? Oder wurde man von einer nur kleinen, aber höchstintelligenten Gruppe gelinkt, die es verstand, Sympathisanten um sich zu sammeln?

Fakt ist, es gab sie und in dem Kampf um X-in und seine Rohstoffe wusste man, mit wem man es zu tun hatte, mit der Sahne dessen, was Weltraumforschung je hervorbrachte, die sich von den chinesisch amerikanischen Bemühungen abspaltete und eigene Netze aufbaute. Hätte man damals X-in nicht zurückerobert, wer weiß, was noch gekommen wäre.

Doch wo waren diese Widersacher? Sie mussten sich versteckt haben oder überall sein. Hatten sie einen neuen Weltraumsitz? Verfügten sie über neue Energiequellen? Man war sich sicher, dass auch die um die Jahrtausendwende überhandgenommenen sogenannten islamistischen Aktivitäten und davon ausgehende Terrorzellen im Schatten dieses Vorkommens neu auflebten und Kontakte suchten, durch die ihren Zielsetzungen näher kämen, und sie fanden sie. Alles war möglich. Die Erde wand sich in Schmerzen.

15

Keiner wusste, was der Lightbraker wirklich widerfahren war, **zu Beginn des Jahres 2018 und jetzt im April**, in dem in den tiefergelegenen Städten der nördlichen Hemisphäre das erste zarte Grün aus all den knorrigen Zweigen und Bäumen drängte, als Schüler in die Pausenräume stürmten, gelbe Taxen wie seit Jahrzehnten Straßenschluchten amerikanischer Städte bevölkerten, die Sonne sich in den Seen Europas spiegelte und das Holz der Berghütten wieder zum Atmen brachte. Erik dachte in seiner Kabine darüber nach, und ihm fiel ein Gedicht ein, was er vor zwei Jahren über diese Zeit geschrieben hatte, als er nahe des Bayrischen Waldes 20 Minuten höher als Regensburg durch die Gegend streifte:

änderung

plötzlich ist der himmel blau
die sonne strahlt der wind ist lau

schon gibt das holz uns seinen duft
in schwaden in die milde luft

seltsam leckt's den ganzen schnee
auch wenn ich ihn noch glitzern seh'
geschmiegt um jeden hügel land
weicht glasig er von rand zu rand

tränend tropft verharschtes eis
und schwimmt davon und sickert leis

was schutz besaß erstarrt und dicht
ragt klamm aus moder nun ins licht

Für Erik war die Änderung etwas größer als damals Jahr für Jahr auf Erden. Aber für die Lightbraker, das erste Schiff, was schon länger unterwegs war als Erik und seine Kollegen in der Lightbraker-Mini, eine Katastrophe. Doch auch Erik wusste davon nichts, nein gar nichts, es hätte ihm seine Zuversicht genommen und womöglich auch die der Crew, wer weiß es. „Ragt aus Moder nun ins Licht". Auf grauenhafte Weise hat dieser irdische Gedanke mit der Lightbraker zu tun, dem großen Schiff des neuen Jahrhunderts, der Titanic der Himmel, der Tragödie des Jahrs 2018, von der niemand erfuhr, als sie sich ereignete.

Doch der Reihe nach. Gehen wir drei Erdmonate zurück. Die Lightbraker näherte sich der Rowdengasse, dem Punkt des Universums, an dem unsere Milchstraße so nah wie nirgends mit einer Nachbargalaxis in Verbindung ist. Nah ist natürlich zu viel gesagt obwohl die Galaxien hier nur, selbst mit Technik des 19. Jahrhunderts, bezwingbare Entfernungen trennen. Der äußerste Punkt unseres Systems, Ronus, auch der grüne Planet genannt, wegen seiner sichtbaren Atmosphäre, der grünen Luft, ist quasi der rechte Endpunkt unserer Milchstraße und Undarium der orange Planet das äußerste Ende der Nachbargalaxis. Dort zwischen beiden hindurch wollte die Lightbraker erstmals in der Menschheitsgeschichte bemannt in den offenen Raum drängen, in Tiefen, die niemand zuvor jemals erkundet hatte. Man wusste, besser ahnte, durch moderne Messmethoden, dass sich um Undarium Geheimnisvolles tat, von Messstörungen war die Rede, von Urbewohnern gar oder von einem Schöpfungsakt, der dem der Genesis glich. Doch das waren allesamt Gespinste, die sich nicht beweisen ließen, bisher. Man war gespannt, was die Lightbraker hier bei ihrem Durchflug feststellen konnte, um das Rätsel aufzuklären. Einen Eindruck bekam die Besatzung ja bereits, als sie beim ersten Auftauchen Undariums vom Kurs abkam, es als Rechenfehler ausgab und als sie eingestehen musste, dass die Dinge doch von außen kamen.

Die Lightbraker war unsichtbar und beherbergte sichtbare Komponenten in und um ihren unsichtbaren Leib. Die Wellen des Undarium sollten zu ihrem Schicksal werden. An jenem Spätnachmittag (man zählte immer die Erdzeit), als sie bereits eine Zeit lang in den gefährlichen Bereich hineingeflogen waren, schlug plötzlich grelles Licht in die Lightbraker, nicht durch die Fenster, nein, durch und durch. Die ganze Mannschaft war geblendet. Als Nächstes erschütterte ohrenbetäubendes Wummern das Schiff. Es war wie ein Rasen, ein unerklärliches Rasen. Weight gab noch durch, dass es Kursdifferenzen im

Obercockpit und unten in der Führerkabine gab, die nicht zu erklären waren. Doch man beruhigte sich, man hatte so was ja schon mal erlebt, dachte man.

Lavinia und Santar befanden sich mit einigen Besatzungsmitgliedern im unteren Bereich, dem sichtbaren Bereich, der wie ein Schiff im Schiff mitflog, da Santar seinen Geburtstag beging, im engen Kreis, wie er es diesmal wünschte, 39 wurde er. Mit 40 gibt's eine große Party, tönte er, diesmal nicht, wir müssen erst mal was leisten.

Lavinias Eltern, Gropper und Garlind, waren zu dieser Stunde im Hauptschiff und Garlind bereitete dort das Tafeln vor. Gropper schlief noch etwas, er hatte einen anstrengenden Tag hinter sich, man hatte viele Planungen und Vorgehen eingeübt für die Durchfahrt zwischen Undarium und Ronus, und sogar eventuelle Landungen wurden geprobt, um auf alles gefasst zu sein. Gropper bastelte an allen möglichen Szenarien mit den ihm zugedachten Technikern. Aber es geschah ja nichts, man könnte wohl doch in Ruhe die Passstelle durchqueren. Und so wie Garlind eifrig buk und kochte, um die kleine fröhliche Mannschaft in der unteren Kommandokapsel zu befriedigen, soweit man das in den gegebenen Einrichtungen konnte - es ging ganz gut, denn das Schiff war auf jahrelangen Kurs eingerichtet - so ließ Gropper sich alles durch den Kopf gehen, was die letzten Monate geschah. Das ging sogar soweit, dass er sich die Hochzeit Lavinias mit Santar ausmalte, in Gedanken, die der Realität noch etwas vorauseilten. Und genau da überraschte alle diese Katastrophe, dieses Geheimnis, was bald als vorübergehende Erschütterung gesehen würde, um letztlich doch Grauen hervorzurufen. Warum?

Als dieses Rauschen, das Rasen, das Gefühl von Schnelligkeit vorbei war, war einiges in der Kommandokapsel, dem unteren Schiff, dem sichtbaren Teil, in dem Santar und Lavinia mit einigen die Party vorbereiteten verbogen, eingestürtzt, aber es hielt sich in Grenzen. Santar versuchte zu beruhigen.

Im Hauptschiff war, außer dem unnatürlichen Lichteinfall, nichts von alledem zu bemerken. Es war so ruhig wie noch nie. Garlind wollte eben nach Lavinia und der kleinen Gesellschaft sehen und hatte ein besonderes Schnäpschen für Santar dabei, er war ja doch ganz nett, sie meinte es gut, als sie plötzlich erstarrte, wieder auftaute und doch nichts mehr begriff, um im nächsten Moment wieder von Schauern gejagt, zu erzittern: Statt in den Durchgang in die „Untere" starrte sie ins All! Der sichtbare Teil der Lightbraker, die untere Kommandokapsel hatte sich vom Hauptschiff gelöst und war durch die Außenhaut gebrochen. Das Loch war durch ausgeklügelte Sicherheitstechniken bereits wieder einwandfrei durch einen „Notvorhang" geschlossen, statt in die „Untere" sah man den eintönigen „Not-Vorhang" und dort hindurch ins All, als wäre hier nie der Eingang in den „kleinen Kommandoraum" gewesen.

Sie suchte den Schnaps, um selbst davon zu trinken, fand ihn nicht und nahm enttäuscht wahr, dass er ihr längst aus der Hand geglitten war auf den Metallboden. Ungetröstet, aufgeregt und völlig außer sich begann sie rückwärtszugehen, sich umzudrehen und zu rennen, was das Zeug hielt. „Jehova, Jehova", ging es ihr durch den Sinn. Mit was man sich früher intensiv beschäftigte, kehrt in solchen Situationen wie selbstverständlich zurück. „Hilfe, hilf uns jetzt", schrie sie in sich hinein und zitterte an allen Körperteilen. Als sie in die verschiedenen Räume kam, herrschte dort Ruhe, als wenn nichts gewesen wäre. Diese Ruhe machte sie gefasster, eine makabere Fassung stellte sie über sich selbst fest. Dann erschrak sie bis ins Mark hinein ein weiteres Mal, als würde der Schock zeitversetzt in sie dringen. Die Schiffssirene ertönte, für die, die das erste Mal erschrecken müssten, für sie war es zu viel. Sie beugte sich, um sich gegen den Lärm des Schocks zu schützen. Schon liefen auch Besatzungsmitglieder an ihr vorbei, unter ihnen an der Spitze Käpt'n Weight. „Da! Da!", zeigte sie, die anderen wussten es bereits, ließen sie links liegen, es gab Schlimmeres, als diese in sich gekrümmte Frau, die sie doch sonst alle so liebten.

„Tatsächlich, die Instrumente haben uns nicht getäuscht, wir fliegen allein, ein Herz der Maschine hat uns verlassen." Keiner wagte zu sagen „das Herz". Weight wirkte gefasst, und war doch totenbleich.

Garlinds Kopf wurde gefüllt von nur einer Mission, Gropper – Gropper! Sie bemühte sich und eilte weiter, die Gänge hinauf zum Ruheraum. Gott sei Dank! Dort lag der 59-jährige Senior der Crew und war dabei, sich angesichts des Sirenentons, aufzurappeln. „Garlind! Hast du das Licht bemerkt? Und jetzt die Sirene. Was ist los? Ich habe so tief geschlafen und dann das?" - „Ja, aber das ist noch nicht alles Gropper", tastete sie sich an ihn heran, ihn schützend und doch losschreien wollend. „Eine Stimme aus dem Phone hat uns aber beruhigt, also was ist los?" Garlind wusste nichts von der Stimme, ihre Wahrnehmung setzte vorhin zeitweise aus. „Hat die Besatzung alles im Griff, wollte der Techniker nun von ihr wissen. Die haben doch irgendwelche Vorkommnisse hier direkt erwartet?“, begann Gropper sich zu fassen, um wieder neu in das Thema einzutauchen. „Nein! Gropper nein!“, brach es nun aus ihr, und sie fiel vor ihm in die Knie.

Es war zuviel für die weiche Frau, die immer nur Gutes wollte. Als Gropper sie wieder zu sich gebracht hatte, war im Schiff bekannt, was geschehen war. Jemand kam in die Tür und erzählte es auch Gropper und befahl ihm, sich um Garlind zu kümmern und dann in den Kommandoraum zu kommen.

Der größte Teil der Lightbraker trieb führungslos auf Licht aus der Passage in den offenen Raum. Entscheidende Mechanismen wurden so durch die Wellenbewegung oder was immer man dahinter vermuten musste, vom Schiff getrennt, und es selbst wurde in den Weltraum getrieben, dem ewigen Verlorensein entgegen, oder einem Zerschellen, Verglühen oder sonst was an irgendeinem Objekt, das sich ihnen in den Weg stellen würde.

Im abgetrennten Unterschiff entwickelten sich die Ereignisse währenddessen auf andere Weise. Es wurde von Ronus angezogen und dagegen war nichts zu tun. Es dauerte nicht lange, bis sie in Ronusatmosphäre eintauchten. Dass sie auf diesem Weg, den sie nicht mehr ändern konnten, ihre Instrumente waren nur für kleine Kurskorrekturen fähig, mehrfach Todesängste durchlitten, legte sich jetzt. Komischerweise war die Situation nun viel gefährlicher, aber man hatte das Gefühl, dass man etwas tun konnte. Der stabile Teil der Lightbraker war für ähnliche Unfälle und absichtliche Ausflüge gut ausgerüstet. Santar war bei der Sache und leitete die nötigen Klein-Manöver in Blitzesschnelle ein. Dies war seine Stunde. Selbstverständlich war er auch Opfer und Teammitglied und Leidender. Lavinia war nun gefordert, wichtige Daten aus dem Computer zu jagen und zu berechnen oder berechnen zu lassen. Und das verbliebene Personal, was quasi durch Zufall hier war, kümmerte sich um den Rest. Das Schlimmste war vorbei, ahnte man, mehrere derbe Rucks beim Eintritt in die grüne Luft des Ronus, die ja laut früheren Messungen für den Menschen erträglich wäre, einige Runden um den Planeten, das Herabfahren, die Fallschirme. Sie gingen präzise auf, es war geschafft. Zu viel wusste man nicht von diesem Planeten, er war zu weit von der Erde weg, als dass hier schon dies oder das gelaufen wäre. Nochmal ein Rumpeln und Poltern „WUMPF, wumpf, wumpf-wumpf“, die Federbeine der Kapsel waren ausgefahren, man hatte es geschafft! Man war da. Es brach Beifall aus, Tränen flossen und aufgerissene Gesichter starrten nach außen, viel sah man noch nicht, aber es wäre wohl geschafft. Zunächst. Man lebt! Man jauchzte und tanzte in dem engen Raum vor Freude.

16

Als sie die Kapsel verlassen wollten, umarmten sich alle vier. Silla, die noch 21-jährige, nein, unterdessen 24, schlank und hübsch, halb Amerikanerin, halb Mexikanerin, und Santer, der ihre Familie durch seinen Vater kannte. Er hatte nie eine Chance bei ihr, aber sie tolerierten sich. Irgendwie hatte er das Gefühl, sie zu diesem verhängnisvollen Geburtstag einzuladen, und sie war eine der ersten, die da war, unschuldig, neugierig und immer freundlich und gut drauf. Sie trug ihr langes Folklorekleid, rot-weiß, und die wallenden schwarzen Haare und das schwarze Tuch, das immer irgendwie anders herumgeschlungen war, stellten ihre Herkunft ins beste Licht.

Santar, in seinem modischen Pilotenanzug, wirkte blass nach alldem, aber gab immer noch eine gute Figur ab.

Lavinia im kurzen Rock und einem grünschwarzen wolligen Rolli, dazu elegante Pumps, schwarz mit goldenem Rand und Stöckel, Gold, das sich in den Nähten des Minis wiederfand. Die Haare, die auf den Pullover fielen mit gold-schwarzen Kämmen gesteckt und dann wieder locker fallend. Eine Frau mit Herz und Weiblichkeit, zurechtgemacht für das Anstoßen auf Santars Ehrentag, dem neuen Mann in ihrem Leben, dem sie zuließ, dass er ihr Leben auf geheimnisvolle Weise aufpeppte.

Und Brian im schwarzen Sakko, ein Kleiderschrank von einem Mann, schwarze Hose und weißer Seitenstreifen. Er war so etwas wie ein Hausmeister im Schiff, zuständig auch fürs Grobe. Er kannte sich überall aus, er war ein Goldstück für eine ansonsten hochspezialisierte Crew. Als er vom Flug der Lightbraker hörte, war er sofort parat. Er war einer der ersten Freiwilligen, da er schon seit 2010 mit dem Gedanken liebäugelte und sich ausbilden ließ. Warum er in diesem Moment bei Santar war? Es war Zufall. Er machte seine Rundgänge und ließ sich die Gratulation nicht entgehen, zumal noch nicht viele im Raum waren, so scheute er sich nicht, Santar ein paar persönliche Worte zu übermitteln, Worte, die sie nun schicksalsartig verbunden haben. „Zeit und Zufall“ ging es Lavinia durch den Kopf. „Zeit und Zufall?“ Woher kam dieser Spruch wieder? Ach ja, sie hatte bei Ernald immer wieder Bibelsprüche aufgefangen. „Zeit und Zufall trifft sie alle“, irgendwo aus den Sprüchen Salomos oder war es das Buch Prediger? Egal, jetzt war es Brian, auf den das zutraf, den sie plötzlich ganz seltsam neben sich auf dem unbekannten Planeten sitzend wahrnahm. Er war nun wirklich aus reinstem Zufall mit abgetrennt worden.

Niemand hatte eine Ahnung, was ihnen bevorstand, aber sie lebten, und das stand im Vordergrund, nun kurz vor ihrem Versuch, die Kapsel zu verlassen. Der Austritt in solchen Situationen war gut vorbereitet worden, man hatte zwar nicht mehr viel Sauerstoff an Bord, die üblichen Notbehälterchen halt, aber für den Fall, dass es doch Probleme mit der Luft geben sollte, richtete man sich darauf ein, den nahenden Tod, dessen Möglichkeit sich wie Blei über sie legte, damit noch etwas hinauszuschieben.

Eine Luke war verklemmt, Brian erwies sich jetzt als Segen. Mit etwas technischem Gefühl und viel Kraft rammte er die kleine Tür mehrmals und schuf den Eintritt der vier in ein Abenteuer, von dem keiner wusste, wie lange es dauern würde und wie es enden würde.

Es war wie auf einem seltenen Fleck Erde, wenn da nicht die grüne Luft wäre, statt blauer Himmel alles grün und eins, zwei, drei Sonnen, jede kaum viel heller als ein großer Vollmond, machten ein Licht wie man es des Nachts in polarnahen Gebieten kennt. Es muss um die 20 Grad gehabt haben, waren sich alle einig. Die Luft stank, oder roch sie? Duftete sie gar? Eine Mischung von benzinartigem Gestank mit Gingeruch und Dill, wie Silla meinte.

Langsam holte sie auch das eben Geschehene ein, die Tragödie, die sie überlebt haben und die nicht zu Ende sein könnte. Der Boden war vegetationslos, wie aufgewühlter Schlamm, aber trocken. Trist, unwirklich.

War das die Struktur des Planeten oder war hier einfach eine riesige Baustelle? Kein Wesen weit und breit, öd und einsam. Alles eben Gewesene drang in die Köpfe zurück, als sie auf den vertrockneten Furchen standen oder saßen. „Das Funkgerät“, schrie Santar auf. Sie wussten, dass ihre Freunde in einer misslichen Lage waren, misslicher als ihre und trotzdem sahen sie in den Himmel, als ob von daher Hilfe käme. Santar beeilte sich, in die Kabine zurückzukehren, nervös stolpernd. Seine Eile sollte ein Segen sein. Genau eine Minute hatten sie tatsächlich die Lightbraker im Funk, dann war es aus, die Stimme verlor sich im Nichts. Kein Wunder. In Lichtgeschwindigkeit, ohne die Bremsmechanismen, ohne Steuerungshilfen, ohne die untere Kapsel, die ja mit noch anderen Bauteilen, so ahnte man, abgesprengt wurde, durch die Art der Wellen, die sie trafen, raste das unsichtbare Restschiff ins offene All, in die Ewigkeit, ein Begriff, den man doch in der Kirche immer hörte und der hier eine beängstigende Form oder gar seine wahre Form angenommen hatte. Weight hörte man und Gropper. Sie klangen wie gelähmt, einzig die Nachricht ihrer Landung brachten etwas Leben in ihre Stimmen, als ob es ihnen nützen könnte. Wie oft mussten sie es ergebnislos versucht haben, so dass der nun gelungene Kontakt, ihre Lethargie in den Stimmen kaum hob. Garlind hörte man immer näher kommen, dann verstand man ihre traute Stimme, die doch anders klang, so gestorben und jetzt leise hoffend, etwas lebhafter werdend, wie aus einem Grab der Einsamkeit und Öde. Eine verzweifelte depressiv gewordene Garlind, die doch ihre Tochter noch ganz vorne im Kopf hatte. „Lavinia denke an uns, vergiss uns nicht. Aber du lebst, lebst du, das ist die Hauptsache. Lavinia? - Laviniaaaaaaa" und der Ton war weg.

Es dauerte, bis jemand der eben Gelandeten etwas sagte. Jeder dachte darüber nach, wie die da oben sich fühlten. Hunger würden sie lange nicht leiden, aber was hilft der größte Vorrat, wenn er nur dazu dient, in den Tod zu begleiten? Depression, sich in eine Depression flüchten oder einfach alles ignorieren, feiern, saufen, vergessen? Oder so tun, als wäre alles noch zu retten, unaufhörlich an etwas arbeiten? Das waren ihre Möglichkeiten, stellte jeder für sich fest. Und einer dachte daran, dass ein Menschenleben in der großen Raumkapsel Erde nichts anderes war. Ein Aufprall, ja ein Aufprall, das wäre die Erlösung, aber auch das würde wohl nicht passieren, obwohl, Kometen prallen auch auf, aber wie selten. Wie gelähmt sah man sich an. Lavinia konnte den Schmerz nicht mehr verbergen, als dieser Kontakt die Gefühle der „Ausgestoßenen" zu ihnen trug. Tränen traten aus ihren Augenwinkeln, und als Brian sie vor Santars erstaunten Blicken in den Arm nahm, brach die ganze Anspannung der letzten Stunden aus ihr heraus und schminkegefärbtes Nass rann bis in den Rollkragen des Pullis hinein, den sie fast bis über die bloßen Beine gezogen hatte. Silla holte Essensvorräte aus dem Schiff, ein paar Tischdecken, ja Tischdecken, so weit war man heruntergekommen. Tischdecken, zum Draufsitzen. Sie müssten in der Nacht als Zudecken dienen, mehr war nicht da. Sie konnten nur hoffen, dass es hier keinen Temperatursturz gab.

Noch wussten sie nicht, dass eine der drei Sonnen nie unterging, was das Schlimmste verhindern würde. Winter gab es nicht. So hofften sie zu Recht, dass sie vor Wind und Regen verschont blieben.

In der Nacht ging Lavinia ihr ganzes Leben durch den Sinn, der Muskelmann schnarchte, und Santar pfiff sich leise die Angst weg. Es war wie Musik, wie Heimweh. Die Stille hier hätte sie zu sehr geängstigt. Silla war nahe zu Lavinia gerutscht. Beide hielten sich an der Hand, bis Sillas Hand irgendwann los ließ und von Lavinia abfiel, sie schlief. Santar wachte auf dem Schiff. Er wartete auf Funksprüche, die es nicht gab. Lavinia sah in diese Sonne, man konnte direkt hineinsehen. Eine Sonne, die um den Planeten mitkreist? Wie kam das Phänomen zustande? Egal, sie war da, mild und sanft und schwach, wie sie schien. In ihr entstand fast so etwas wie ein Muttergesicht, so träumte sie! Träumte sie, war es so, war sie noch bei sich?

Sie wähnte ihre Mutter auf einem Flugzeugsitz, so einem wie in den 90-iger Jahren. Steif saß sie dort und sah geradeaus, geradeaus in Lavinias Gesicht, was ebenso ermüdet und steif nach oben sah. Lavinia schüttelte sich, nein, das wollte sie so nicht sehen. Doch durch die Folge dieser Verweigerung wurde ihr Gehirn wieder aktiv. Sie fing an, über Gropper nachzudenken, der doch immer für alles Lösungen fand, und nun? Dieser Gedanke war noch grauenvoller. So schweifte sie in ihre Kindheit ab und erlebte ihre Eltern in allen möglichen Variationen, bis sie wieder einduselte.

Nass geschwitzt wachte sie auf. Wie lange würden die Nächte hier sein? Es war alles gleich, ruhig und gespenstisch, jetzt pfiff auch niemand mehr. Brians Schnarchen hatte sich beruhigt. Nur ab und zu ein leises Röcheln. Sie wickelte sich in die dünne Tischdecke ein, suchte die bequemste Stelle in ihrem Trockenschlammbett und hoffte auf Ruhe, dabei sah sie Brian wie leblos liegen, nur sein Brustkorb hob die schwarze vornehme Jacke, die letzte, die er im normalen Leben an diesem Abend gewählt hatte, auf und ab. Die weißen Arme, nobel sah er aus, hier in seiner Schlafmulde. Ein Gefallener. Silla war weg, tief im Schlafland, Lavinia gönnte es der Süßen, sie war froh, dass sie bei ihr war und ihr Wachzustand ging ebenfalls zu Ende.

Ben, Ben, das Bild ihres zweiten Mannes begann sich ihr aufzudrängen. Sie sah ihn die Zigarette anzünden in seinem, in ihrem gelben Straßenkreuzer, den er damals so stolz chauffierte. In diesem Leben, was sie so genossen hatte, und . . .

Und dann kam er wieder, dieser rote Blitz, den sie überwunden zu haben schien. Dieses furchtbare Knallen, dieser Lieferwagen, der immer näherkam, dann das Blut, Bens zerquetschtes Hirn, das sie ansehen musste, bevor auch sie ohnmächtig wurde. Sie bekam Schmerzen, der linke Arm, Lavinia erschrak, erhob sich, er war tatsächlich taub. Sie hatte auf ihm gelegen. Sie schüttelte sich, oh, es war nur ein Traum, ein Traum, beruhigte sie sich. War ich nicht gerade noch wach, versuchte sie zu denken, schlummerte aber mit neuen Bildern erneut ein. Ronald drängte sich ihren Gedanken auf, erschien immer wieder und wurde zum Trauminhalt. Ihre erste Liebe. Sie war gerade 18 und er 32, ein Gott von einem Mann, der es mit ihr nur gut meinte, der sie durch Güte eroberte, der ihr Zärte schenkte und Aufgehobenheit, fast wie ein zweites Elternhaus, was sie damals so brauchte, weil Gropper und Garlind immer mehr Zeit in ihre Karriere investierten. Nicht dass sie für Lavinia als Kind nicht dagewesen wären, nein sie wuchs behütet auf, aber als sie glaubten, sie vertrüge es, fingen Sie wieder an, auch an sich zu denken, und da kam damals Ronald. Jetzt sah sie, wie Santar auf sie zukam, wähnte kurz, wach zu sein, und verlor ihre Sinne wieder. Santar ließ sie links liegen und setzte Ronald eine Pfeilspitze in seinen Kaffee, um sich dann davon- zumachen, während er trank. Dann sah sie, wie er ihn verfolgte, wie er mit einem Fernglas bewaffnet ihren Theaterbesuch ausspionierte und zwei Reihen hinter ihnen saß und sich die Hände rieb, als Ronald mitten im Schauspiel zusammenbrach, als alles Publikum statt auf die Bühne zu ihm herübersah, wohl meinend, dies gehöre zum Stück. Sie nahm wahr, wie der sanfte blonde Kopf in ihrem Schoß lag, den Mund seltsam verzerrt und wie sie selbst Sekunden wie versteinert war, bis sie merkte, was geschehen war, wie die Sanitäter sich dann durch die Reihen drängten, Santar heimlich verschwand und Leute hitzig debattierten, wie sie an einen Stuhl gebunden wurde und Fluglärm das Theater übertönte, der immer lauter wurde, immer lauter . . .

Erschrocken starrte sie in den Nachthimmel in die Nachtsonne, doch da war nichts. Sie hatte wohl den Hirnschlag ihres ersten Mannes mit allem, was sonst noch in ihrem gefüllten Leben geschah, mit all dem vermischt, was nun war und alles durcheinandergebracht, Alpträume.

Sie blickte sich um, sah die langen, stillen Schatten der Kapsel und merkte, wie sie zitterte, Angst bekam. Santar schlief auf seinem Wachposten in einer Luke der Kapsel, Brian schnarchte wieder und Sillas Kleid war so schön wie nie zuvor in diesem Loch, in dem sie schlief. Lavinia spürte ihre Seidenstrümpfe. Für Santars Geburtstag hatte sie sich schön gemacht, und der viel zu kurze Rock, alles pappte irgendwie vor Feuchte, war es zu warm, war es zu kühl? Brian wachte durch ihre Bewegungen auf, sagte nichts, nahm seine schwarze Jacke und legte sie über ihren Körper. Sie war so groß, dass sie Rock und Beine bedeckte, nur die Füße sahen raus, sie zog sie ein. Die Tischdecke war nach oben gerutscht und wickelte sich um ihren Hals und Kopf.

Ob sie schlief, sie wusste es nicht, plötzlich stand Santar vor ihr: „Na, ein Morgenspaziergang, my Lady." Er schien ihr so fern, sie sah hinüber zu Brian, wie er sich in die Erdmulde, nein „Ronusmulde", verbesserte sie sich, schmiegte und spürte einen Funken Verwirrung in sich, „Ronusmulde". Er muss doch frieren. Kälte und Leere überkamen sie, leer war sie, leer war hier alles, und Santars wohl gutgemeinter Auftritt kam ihr noch leerer vor. Sie dachte an Gurken, Hunger, Durst, Gurken. Es war der alkoholische Geruch, diese Benzinluft mit Dillgeschmack, die sie einatmen mussten, sie war hier nicht zu Hause, nein, ganz und gar nicht.

„Erik", lag ihr auf der Zunge zu sagen. Hätte sie doch wenigstens ihn hier, mit all seinen Angstfragen, ja mit allem, seine Fragen würden ihr heimelig, vertraut vorkommen, tröstend. Sie sehnte sich danach und nach einem Schluck seines bayrischen Weizenbieres.

Die Nacht war so lang wie auf Erden, das beruhigte sie und diese drei Sonnen fingen gegen Morgen an, ihren Leib zu trocknen, so gut sie halt konnten, denn zwei von ihnen gingen auf und unter.

„Geschwitzt?", meinte Santar beiläufig und hilflos, eine offene Büchse Rindfleisch aus dem Vorrat in der Hand. Lavinia spürte, wie Unbehagen in ihr aufkam. Was erlaubte er sich, den Vorrat anzugreifen, ohne die allgemeine Besprechung abzuwarten? Mit welcher Leichtigkeit, gepaart mit Egoismus, ging er die Dinge an? „Hallo, Silla! Der Kaffee ist fertig", sang er nun Silla an, die ihn, aus dem Morgenschlaf geholt, wie eine Mumie anlächelte. Er warf ihr die angebrochene Büchse zu. Der Geruch des Büchsenfleisches machte sie wach. „Wo sind wir?"

Brian drehte sich um, sah auf und stand auf, sah sich um und räkelte sich. Sein Schatten fiel in drei Richtungen. Es mutete an, als sähe man einen schlechten Film. Jetzt sah Lavinia auch die drei Schatten der notgelandeten Kapsel, nein zwei, der dritte musste sich hinter ihr befinden.

Der Tag verlief ruhig. Man saß zusammen, ordnete die Vorräte, schrieb Protokolle und war in einer seltsamen Art Aufbruchstimmung, für die es keinen Anlass gab. Die nächste Nacht war nun auch für Lavinia erholsam, wenn man überhaupt davon reden konnte. Dann wachten alle mit einem seltsamen Kribbeln im Bauch auf. Jetzt musste etwas geschehen, sie waren in der Realität angekommen. Sie waren voller Hoffnung, Hoffnung auf nichts? So verrückt es klang, das Bild der in die Ewigkeit rasenden Lightbraker gab ihnen Hoffnung. Ging es ihnen nicht viel besser? Sie hätten noch einige Schachzüge, ehe es vorbei wäre. Manchmal dachten sie, sie müssten etwas tun, und dann die Lightbraker retten. So denkt der Mensch, der Mensch von der Erde.

Zuerst war zu ergründen, was dieser lange blaue Streifen, der ihnen unterdessen ganz am Horizont auffiel, zu bedeuten hatte. Man entschloss sich zu einem Tagesausflug. Brian meinte, es würde ein Tagesausflug. Man müsste es schaffen und in der ja noch beleuchteten nächsten Nacht zurück sein. Um nichts zu verschwenden vermischte man den Partysekt mit Vorratswasser und aß aufgetaute Krabben mit Ei, das, was für die Party von Garlinds Mannschaft geliefert wurde, bevor das Unglück geschah. Die Stimmung veränderte sich ins Fröhliche, wie vor einem Schulausflug, man stolperte los. Doch es war beschwerlich in diesem Trockenschlammbett, was sie wohl noch zwei bis drei Stunden begleiten würde. Schon nach 50 Metern scheiterte Silla, sie hatte ihre Partyschühchen längst ausgezogen. Lavinia versuchte es mit ihren Schuhen, und weil in der ganzen Aufregung keiner auf sie aufpasste, mussten die Schmerzen an den Füßen sie bremsen. „O.k., also ihr bewacht die Kapsel." - „Mit was?", seufzten sie. Santar ging mit ihnen die 300 Meter zurück und riss ein Metallstück herunter, was sich bei dem Unglück gelöst hatte und übergab es Lavinia. „In der Kapsel findest du die Handschuhe, damit kannst du es im Notfall benutzen." Silla hatte die Auswahl bei den Küchenmessern, und auch die beiden Herren bewaffneten sich mit Fleischmessern, packten noch ein paar Vorräte zusammen, und los ging es erneut. „Viel Glück!", schwärmten die beiden Mädels noch und ließen dann enttäuscht die Köpfe hängen.

Santar und Brian folgten dem Blau. Zur Mittagszeit wurde es durch die drei Sonnen so hell wie an einem sonnigen Weihnachtstag, nur in Grün und so bei 22 Grad, meinten sie.

Wo hast du das schöne Kleid gekauft, fragte Lavinia Silla und strich mit der Hand über die leuchtenden Falten. Silla lächelte: „Gehen wir zur Tagesordnung über." - „Ne du siehst hübsch aus." „Du auch in Grün", feixte Silla nun, und meinte die grüne Luft. „Und erst in deinem Mini", kein Wunder, dass Brian dich neulich zudeckte", grinste sie gespielt höhnisch. „Lass mal Brian", erwiderte Lavinia, „der ist glaub ich ganz nett." Sie zog sich die vom Gehen beinahe kaputten halterlosen Strümpfe aus, „könnt man nachts noch mal brauchen." - „Um Brian oder Santar zu verführen", schaute Silla sie an. „Oder dich." Lavinia blickte dabei Silla tief in die Augen, dann lachten sie beide lauthals, wie zwei Kinder, die sich alles vom Leibe kicherten.

Umso näher Brian und Santar dem Blau kamen, umso sicherer wurden sie, dass es Wasser sein könnte, was sich schließlich als wahr herausstellte. Sie wurden immer schneller, fast schon voll des Übermutes und hüpften um ein letztes Trockenschlammloch, wie die Israeliten um das Goldene Kalb oder sagen wir wie zwei Kinder, die den Gewitterregen lauthals genießen. Ja, es war ein riesiges Becken, vielleicht so groß wie ein ganzes Dorf, ein großes Dorf, dessen Ende man kaum wahrnimmt. Unnatürlich sah es aus, aber es war Wasser! Nach der langen Strecke hatten beide Durst. Santar konnte sich nicht beherrschen und kostete mit der Fingerspitze, nein, es war ohne Beigeschmack, nicht wie bei der Luft. Er spülte eine Minute den Mund, und Brian tat es ihm gleich. Trotzdem öffneten sie danach einen Vorratsbehälter konservierten Wassers aus dem Schiff und sogen es in sich hinein, vorsichtshalber. „Als wären wir schon immer hier“, meinte Santar. Brian nickte, sein Blick schweifte über das Wasser, er hoffte und traute der Szene nicht. Und tatsächlich, da war etwas.

Ein Biber, meinten sie oder so was Ähnliches, denn Biber passen doch gar nicht in diese Gegend. Es war auch etwas größer. Das wäre Fleisch, Fleisch zum Überleben. Todesmutig stürzte Brian sich in das Gewässer, das große Küchenmesser in der Hand. Not macht Mut. Santar rief: „Nein, tu‘s nicht, es ist zu gefährlich!“ Aber Brian kraulte was das Zeug hielt, das Schlachtmesser bei jedem Armschlag gefährlich nah an sich ins Wasser platschend. Er sah, dass es kein Biber war, es war viel größer und es bewegte sich von ihm weg, zum Glück, schoss es ihm durch den Kopf, gleichzeitig erhöhte er seinen Kraulschlag noch, so lange, bis er das Vieh erreichte, als es wie hirnrissig einen Kreis drehte, um zu sehen, was hier los sei. Da stieß er zu, mitten in den fetten Leib, was da raus quoll sog dieser See in seine Tiefe. Mühsamer als der Hinweg war der Rückweg, mit dem Wesen im Schlepptau. „Geschafft!“ Das Ufer war zum Greifen nah. „Wahnsinn!“, schüttelte Santar den Kopf. „Du bist wahnsinnig.“ Brian zog sein braunbefelltes Opfer, den vermeintlichen Braten nach draußen und dann packte beide das blanke Entsetzen. Es war ein menschenähnliches Vieh, ein Affe nicht, viel dicker, und mit menschlichen Zügen, mit einem kleinen Behälter um den Hals, worin etwas klapperte. Vorsichtig öffneten die beiden die Box: „Ein Schlüssel!“, kam es beinahe gleichzeitig aus ihrem Mund. Dieses Wesen war kein Tier, was sich damit zu bestätigen schien. „Wenn es einen Schlüssel gibt, gibt es auch eine Wohnung, einen Raum, irgendwas, wofür er da ist. Da weit und breit nichts davon zu sehen war, war es wieder Brian, der sich erneut in die Fluten stürzte, als wolle er es unter Wasser suchen.

Santar hatte das Opfer zu verscharren, falls das Wesen Genossen hätte, die hier auftauchen würden, die Leiche könnte ihr sicherer Tod sein. Entsprechend nervös wartete er am Ufer dieses utopischen Sees, nach der ekligen und schweren Arbeit mit dem toten

„Vieh“ auf Brian, lange 20 Minuten schon. War Brian umgekommen? Nähme die Katastrophe ihren weiteren Verlauf? Würde er ermattet, depressiv zu den Mädchen zurückkehren, und würde ihn die ganze Last der nun alleinigen Verantwortung erdrücken? Da durchfuhr es ihn, die Wasseroberfläche teilte sich. Blondes Fell? Nein, es war Brians Kopf. Er atmete erleichtert auf. Es war ihm, als hätte Gott ihn gerettet, an den er ja gar nicht glaubte. Um Brians Hals hingen Felle, an Schnüren, Schuhe aus Fell, so schien es und Schwereres, was noch tief im Wasser zerrte und Brian das Fortkommen fast unerträglich machte. Hatte er etwa eine ganze Familie dieser Wesen erstochen, ging es Santar wiederum durch den Kopf. Prustend zog sich Brian Santar entgegen. Santar watete mit aufgekrempelter Astro-Hose so weit auf ihn zu, wie es ging, und gab ihm die Hand, fiel dabei selbst beinahe nach vorne ins Wasser und zog und zog. Es half nichts, Brian steckte in einem Schlammloch fest. „Werf mir die Sachen entgegen, Brian!“ Santar ekelte sich vor den vermeintlich Toten, die Brain wieder im Schlepptau haben könnte, und zitterte, weil Brian selbst in Lebensgefahr war, wie er da in diesem Schlamm steckte. Es waren aber schwere Pakete, gut verpackt, dicht gar. Erleichtert warf er den Plunder oder was immer es war, dachte er, an Land, wo schon die Felle hingeschmissen worden waren, halb im Wasser, halb im Sand aufgekommen, und kümmerte sich verstärkt um Brian.

Auf einmal sackte Brian vor ihm ab, unter Wasser weg. Santar sprang nun selbst dazu, und versuchte schwimmend etwas zu sehen, aber außer aufgewirbeltem Schlamm war nichts zu erkennen. Voller Panik schnappte er nach Luft und sah direkt in Brians Gesicht, was ebenfalls in dem Moment auftauchte. „Raus!“, keuchten sie sich an. Wir müssen schauen, dass wir hier wegkommen. „Was war los, wie bist du freigekommen?!“, war Santars erstes Wort, als sie sich an Land hangelten. „Gleich, gleich . . .“ Brian schnaufte um sein Leben und spuckte verschlucktes Ronuswasser aus, schüttelte sich und schluckte. „Ich sackte nach unten“, spürte, jetzt ist es aus“, er setzte sich hin. „Weißt du, das was man sich immer vorstellt, wie wird mein Körper sterben, wenn in die Lungen Wasser fließt.“ Santar nickte. „Und dann, einen halben Meter tiefer, ließ die Umklammerung des Schlammes nach. Alles stürzte in sich zusammen, und ich konnte mich kraulend nach oben bewegen. Zum Glück hattest du die Sachen schon abgenommen.“ „Was ist da drin?“, wollte Santar wissen. „Gutes, nur Gutes, hoffe ich, aber lass uns gehen.“ - „Sind das Schuhe?“ - „Ja, für unsere Damen. Die kommen ja sonst gar nicht vom Fleck, und in den Kisten, mal sehen, ich hoffe, irgendeine Nahrung . . ."

Beide mit dem Fang behangen und bepackt eilten nun erstaunlich schnell davon. Die Angst saß ihnen im Nacken. Trotzdem war es schon Nacht, als sie den Standpunkt erreichten, völlig abgezehrt, mit wunden Füßen und schlaffen Schultern, ob der Lasten. Erleichtert und gleichzeitig voller Sorge hüpften Lavinia und Silla ihnen entgegen. Sie hatten in der Zwischenzeit genug geschlafen und auch aufgeräumt. Und jetzt diese Neuigkeit: Es gibt Leben hier! „Zumindest gab es das", erwiderte Santar und sah Brian auf eine ganze bestimmte Art an. Dann lachten sie. Ein Lachen, was von den Fragen Lavinias unterbrochen wurde. „Was für Leben, erzählt doch mal, was war los, was sind das da für Felle und Kisten?"

Erschrocken nahmen sie die Nachricht vom Tod des „Bibers" auf, der nun verscharrt vor diesem Gewässer lag. Noch eine halbe Stunde diskutierten sie im schwachen Nachtlicht über diese anscheinend biberähnlichen Urwesen. Erst das Aufräumen der Utensilien brachte sie auf andere Gedanken. Den Frauen passten die Schuhe. „Habt ihr gut eingekauft, ihr beiden", feixte Silla die Männer an. „Ja, zum Glück haben die keine Yetifüße", erwiderte Santar. Brian war bereits an den Paketen. „Lass doch", baten die Mädchen, helft uns lieber diese Felle aufzuhängen, damit sie trocknen. „Auf diesen Luxus möchte ich nicht mehr lange verzichten", kam es von Lavinia. Brian konnte sich nicht freuen, er dachte daran, wie es weiterging, denn durch die Erleichterung einerseits wussten sie nun doch auch von Gefahren, die lauerten. Er dachte nur kurz daran, ob die Felle von toten Artgenossen waren, denen sie das Fell über die Ohren zogen, oder ob sie sich deshalb gar töteten, oder ob es verfeindete ähnliche Wesen gab.

„Mehr in die Sonne", drängte Silla Lavinia, die mit Santar bereits an den Felldecken war. „In welche?", fragte Lavinia. „Es gibt hier keine Sonne, die Sonne, die du meinst, ist mit dem Fernglas irgendwo als kleiner Punkt im riesigen Himmel zu sehen", wusste Santar. „Hast du sie schon gesehen?", fragte Lavinia zurück. Santar wurde sich der Tatsache bewusst, dass man hier wegen der immer scheinenden einen Ronussonne, die nichts mit ihrer Erdsonne zu tun hatte, keinen Sternenhimmel sah, zumindest nicht so viel wie von der Erde aus, und die entfernte gute alte Sonne, „na ja, die können wir wohl vergessen", meinte er. „Dafür haben wir jetzt drei", trug auch Brian etwas zu dem Thema bei. „Ja, und wohin jetzt mit den Fellen", fragte Lavinia. „Häng beide direkt vor die Kabine", und Brian kam mit helfenden Händen entgegen. Dort werden bald die zwei anderen Double-Sonnen hin- scheinen, das weiß ich noch von . . ., keine

Ahnung, ich erinnere mich irgendwie daran. „Ja, kann schon sein", nickte Lavinia.

Sie setzten sich und alle waren gespannt auf die Pakete. Es war wie zu Weihnachten in mancher Wohnung. „Also gehen und schlafen können wir jetzt besser, jetzt brauchen wir nur noch etwas zu essen.", sagte jemand von ihnen. Brian ritzte mit dem scharfen Küchenmesser die Pakete auf, sie hatten noch ein paar davon aus besseren Zeiten, und fummelte nach mehreren Versuchen endlich die dichte Verpackung herunter. „Der Inhalt muss ihnen wichtig sein", gab Silla zum Besten, „sonst hätten sie es nicht so verpackt." Als sie das Päckchen drehten, erschraken sie und lachten aber bald darauf wieder, war doch der Kopf eines dieser Wesen abgebildet. „So sah das Ding aus?", meinte Silla. „Ja, so, sagte Brian, nur dass es nicht an etwas kaute, wie hier auf dem Bild, sondern mir davonschwamm und dann tot war, nach meinem Stich." - „Wieso machtest du das auch?", hakte Silla absichtlich siebengescheit hinterher. „Ach, weißt du . . .", grübelte er. Lavinia beendete das Gespräch: „Silla lass ihn, er war sicherlich genauso durcheinander wie wir es gewesen wären, nur wir wären geflohen und hätten jetzt gar nichts." „Aber malen können die, sieht wie ein Foto aus", änderte Silla das Thema. Santar nahm das Paket in die Hand und riss die weitere Folie herunter. Innen drin war ein rötliches Quadrat, nein, fast pink. Alle tippten darauf herum, drückten, fühlten und rochen. Es roch angenehm, leicht süßlich und „es schmeckt auch süßlich", trug Lavinia zu der Entdeckung bei, die bereits vorsichtig daran geschleckt hatte. „Und da haben wir jetzt fünf solcher Würfel, wenn das was zu Essen ist, reicht es eine Zeitlang". Spontan biss Silla eine Ecke ab, und als alle sie warnen wollten, war sie schon heruntergeschluckt. „Hätt ich nicht gemacht", tadelte Brian. „Hoffen wir mal, dass das gutgeht." Silla schaute erschrocken in die Runde. „Aber es hat doch gut geschmeckt!" „Ehrlich?", fragte Santar. „Ja! Sehr gut sogar." Die Gesichter hellten sich auf und Santar meinte verschmitzt, dass es doch gut sei, dass sie jetzt ein Versuchskaninchen hatten. „Hey!", geiferte ihn Silla erheitert an. Man legte die Würfel fein säuberlich beiseite, und als Silla sich im Laufe des Tages pudelwohl fühlte, versuchten alle sich daran. Man merkte, dass die Masse sehr nahrhaft war und lange das Hungergefühl flachhielt.

Santar und Brian dachten bereits im Geheimen an einen zweiten Ausflug. Erstens reichte ihr Vorrat nicht ewig, zweitens, drittens usw. Sie mussten etwas tun. Und so brachen sie tatsächlich zwei Tage später erneut auf. Die Mädchen litten unter dem Abschied. „Passt auf euch auf, bitte!", beschworen sie sie. Dann waren sie wieder allein mit sich, aber auch mit ihren Gedanken.

Als man die Gewässer erreichte sah man da, wo die Leiche begraben war, eine Art Schaufeln und Fußabtritte. „Lass uns in Deckung gehen“, meinte Santar. Doch diese Intuition war schon zu spät. Netze legten sich über sie wie in einem Indianerfilm und zogen sich unter dem Kopf straff zu. Etwas zerrte an ihnen, sodass es ihnen die Luft nahm und keine Zeit zu irgendeiner Gegenwehr ließ. Ehe sie sich versahen, wurden sie mit den Netzen über dem Kopf ins Wasser gerissen und mussten ihre Hände zum Paddeln gebrauchen, gelenkt in die Richtung der Fremden, die kräftig vorlegten und anzogen. Todesangst überfiel die Astronauten ein weiteres Mal seit dem Beginn des Absturzes. Wieso haben wir die nicht gesehen? Vorwürfe tobten in ihnen, während das Wasser des Sees sich immer wieder über ihren Köpfen schloss.

Santar schluckte bedenklich viel von dem Wasser, was sie zuvor sich nicht zu trinken wagten, und war sich sicher, dass das das geringste Übel sein würde, so groß war die Panik über das, was hier geschah. Die Tür, die Schlüssel, die sie bei dem kürzlich Erstochenen fanden. Jagten sie der Lösung entgegen? Alles ging blitzschnell. Sie standen in einem Raum, in dem ihnen das Wasser bis zu den Knien reichte. Sie konnten wieder atmen und rotzten sich das eingeatmete Wasser aus der Lunge. Schon schloss der Schlüssel, den diese Wesen mit sich trugen, eine weitere höher gelegene Tür auf, in die sie nun geschleppt wurden. Dort war es trocken, und von fern war ein Licht irgendeiner Art, was diese Unterwasserhöhle beleuchtete oder was immer es war, worin sie sich befanden. Santar war wie gelähmt. Brian kannte diesen Raum. Er wusste, dass es um die Kurve herum weiter aufwärtsging und dann die Tür zu mehreren Wohnräumen war, aus denen er die Utensilien schnappte, vor drei Tagen. Er stand genau vor dieser Tür, als die Fremden zu sprechen beginnen wollten und sich räusperten. Er war groß und kantig. Überfallartig stieß er den Schlüssel den Wesen ins menschliche Gesicht unter die Nase.

Im Geschrei und Gezeter der Unwesen rissen sie sich die Netze vom Kopf, und ab durch die Mitte. Brian voraus, Santar folgte, so durchwateten sie den Wasserraum und rissen die letzte Tür nach außen auf. Santar hatte große Mühe, zu folgen, stürzte beim Überqueren der Türschwelle und schrie vor Schmerz, Wasser schoss ihm in den Mund, instinktiv hangelte er sich zurück, zog die Tür wieder zu, sodass er atmen konnte. Brian war längst auf Seehöhe und schwamm um sein Leben, in der Meinung, Santar folgte ihm. Oben angekommen, war kein Santar da. Brian legte sich so ins Wasser, dass ihn keiner sehen konnte, beobachtete alles unter dem Wasserspiegel, schnappte nach Luft und sah die Lage draußen an. Er hielt dies eine halbe Stunde durch, in Sorge um Santar, den er nicht retten konnte, aber von dem er hoffte, dass er es noch schaffen würde. Doch er kam nicht. Man hatte ihm ein großes Netz übergeworfen und fünf dieser Wesen, wovon zwei sich noch die Nasen von Brians Schlag hielten, beugten sich über ihn.

Brian paddelte tief atmend zurück und begann dann zu laufen, schnell zu laufen, einer musste zu den Frauen zurück, so tickte sein Adrenalinspiegel, während des anstrengenden Laufes über den scheinbar immer schwerer werdenden Boden. Fix und fertig kam er gegen Abend an und musste diesen Rückschlag erklären.

Lavinia saß wie festgefroren auf dem Morasthügel und Silla stierte mit den Händen ringend auf den Boden. „Santar wird für uns büßen. Wir sind alle schuld“, seufzte sie in die verbliebene Gruppe. Brian entgegnete, dass hier niemand schuld war, nein man wüsste nicht, was hier ein Fehler war und was nicht. Er war stark genug, um sich sein Handeln der letzten Tage zuzugestehen. Klagen half hier niemandem. Aber es war schwer, das den anderen zu vermitteln. Er musste diese Gedanken aus den Köpfen der Frauen herausbringen, was er schließlich auch schaffte. Alle legten sich schlafen. Er selbst saß da und stierte in das blaue Band am Horizont und in das Grün des Nachthimmels. Noch einige Tage vergingen so. Tags war Brian der Führer, nachts stierte er grübelnd in die Nacht dieses ekelhaften Planeten, auf dem sie festsaßen. Doch Santar kehrte nicht zurück, auch die nächsten Tage nicht. Eine weitere Expedition wäre sinnlos, sie würden ihn erwarten oder sie würden gar hierherfinden, die Frauen finden, kaum auszudenken. Sein Gewissen wurde sensibler. Sie mussten hier weg, diese Entscheidung stand bevor und ihm wurde immer klarer, dass dies auf eine ganz bestimmte Weise erfolgen musste. Er dachte an das etwas hügligere Land im Rücken der Raumkapsel. In den Tod wandern, dachte jeder, sagen wollte es keiner in diesen Tagen. Trotzdem hieß es rüsten, packen, Abschied von ihrer letzten Erinnerung, der ramponierten Kapsel nehmen und hoffen, hoffen auf ein Wunder.

Santar traute seinen Sinnen nicht, noch vor Tagen wähnte er sich auf dem Grill der Abmenschen, wie er sie bezeichnete. Doch es kam anders. Die Wut der Felligen richtete sich auf Brian, aber der war entwischt. Statt sich nun an Santar auszulassen, hatten sie Mitleid mit ihm. Er hatte keine breiten Schultern, er war blass und in seinem hellen Anzug wirkte er wohl wie eine kranke Barbie-Puppe. Er wurde von den dortigen „Frauen“ umsorgt, als wäre er ein Engel vom Himmel. Tierische Frauen und doch mit einem zarten menschenähnlichen Gesicht und langen nach oben dünnen und breit werdenden Ohren, kleinen Ohrmuscheln und einem süßen Läppchen. Ihre Genitale lagen oft frei, wenn nicht ein kleines Röckchen darüberhing. An dieser Stelle waren sie haarlos, zart und irgendwie kam Santar bei dem Anblick ins Schwitzen. Er wusste nicht so recht, sein Körper wusste nicht so recht, wie er darauf zu reagieren hatte. Und er erzählte und zeigte bei der Frage nach den Anderen in völlig falsche Richtungen und redete verwirrtes Zeug, um seine Kollegen zu schützen.

17

Vorrat war da, aber wie tragen, das war das Thema vor der Kapsel unterdessen. Weit und breit nichts Brauchbares und auch die Kapsel enthielt nichts dergleichen. Sie wankten zwischen Hierbleiben und letztlich verhungern zu müssen, sich von den vermeintlich Wilden fassen zu lassen, oder fortzuziehen und dann irgendwann zu verdursten, denn man konnte nicht unendlich Vorräte mitnehmen und ob es noch so ein „Meer“ wie bei den Wilden gab? Es waren Lebensmittel und Getränke für jeden der drei für zwei bis drei Wochen da oder etwas länger, wenn sie sparsam wären, dank Santars Geburtstag.

Allerdings waren sie auch wegen des Geburtstages hier und Santar? War er in einer noch schlimmeren Lage? Keiner wusste es und man verdrängte dies, des Überlebens willen. Doch auch das war ja nicht absehbar. Depressive Stimmung machte sich breit, als Silla meinte, da wären doch noch die Fallschirme. Wieso nicht gleich so, kam es Brian, der von den Lasten der letzten Tage, müde war. Man setzte sich hin und fertigte daraus Tragetaschen, Rucksäcke usw. Schnur gab es nicht, aber es gab Kabel in der Kapsel, die man herausreißen konnte, und so geschah es. Brian trug zwei Säcke und die Mädchen wechselten sich jeweils mit einem ab. Lange noch sah man sich nach dem verlassenen Raumschifffragment um, gedachte noch einmal gemeinsam des verschollenen Hauptschiffes, lenkte sich aber schnell wieder ab, denn dieser Gedanke, der war einfach unerträglich für sie, die noch eine Chance hatten und haben wollten. Lavinia redete sich ständig ein, dass ihre Eltern es ganz sicher wollten, dass sie sich retten, bewegen, und dazu ihre ganzen Kräfte benutzten. Sie musste gegen die Schuldgefühle ankämpfen, sich keine Zeit für die Erinnerung an ihre Eltern zu nehmen, doch diese Kämpfe standen Unentschieden, es bedurfte immer etwas des Anschubs von Brian oder Silla, damit die Waagschale des unbeschwerten Weitergehens obsiegte. Und so zogen sie weiter.

Nach einigen Hügeln, die ihnen alles abverlangten, angesichts der tiefen Schlammrillen, endete unvermutet das schwierige Gelände. Schon dieser Umstand erfüllte sie mit Zuversicht. Eine Art Moosland war wie ein Geschenk für ihre strapazierten Füße, trotz der Felllatschen der Wilden, durch die sie aber überhaupt erst gehen konnten.

„Es muss doch hier irgendwas Essbares geben!", redete sich jeder ein und gewann dadurch an Geschwindigkeit. Drei Wochen waren sie tapfer unterwegs, als sie wegen Blasen und kleiner Verletzungen mindestens drei bis vier Tage pausieren wollten. Die Vorräte würden danach noch maximal eine Woche reichen, bei sparsamsten Verbrauch, könnten sie auch den Rückweg antreten, sich über die bewusst dortgelassenen Wasser stürzen, sich auf den Weg an das Meer machen, um dort dann von irgendwelchen Urwesen verschlungen zu werden, falls noch etwas zum Nagen an ihnen wäre. So sarkastisch wurde man unterdessen zueinander, um die Situation zu verarbeiten, in der sie waren. Doch neu gestärkt und todesmutig zogen sie immer wieder weiter, auf alles gefasst, die Arme oft ineinandergehängt, als wären sie einer, was sie auch immer mehr wurden, einer, der um sein Überleben kämpft.

Und sie hatten das Glück des Tüchtigen. Nach zwei weiteren Tagesmärschen entdeckten sie flache Gewächse, halb Baum, halb Strauch. Viele mit kleinen blauen Blättern, einige mit roten Früchten daran, wie Johannisbeeren, nur fest und weniger weich. Man hatte zu entscheiden, ob man sie probieren würde, es könnte der plötzliche Tod sein, sie wussten schon von der Erde, wie viele giftige Pflanzen es gibt. Doch was hatten sie zu verlieren, ihre Vorräte waren heilig. Wer sollte als Erster probieren? Lavinia wuchs in dieser ernsten Phase wieder einmal über sich hinaus. Brian musste bleiben, wer sonst sollte es schaffen, Silla, nein, dieses junge Ding sollte sich nicht opfern. Lavinia überlebte den Biss und ihre Augen verloren ihren todesmatten Schimmer und begannen zu leuchten, was für die andern als Zeichen galt, auch zuzulangen. Lavinia erinnerte sich, dass es die Israeliten auch schon mal so hatten, dass sie ein unbekanntes Brot aßen, in der Wüste. Der Geschmack der viereckigen Pakete, die Brian den Wilden entriss, erinnerte sie daran, aber damals hatten sie ja noch andere Nahrungsmittel, jetzt, wo beinahe alles aus war, waren diese Beeren ihr Manna. Sie schmeckten relativ neutral, hatten einige Kerne in sich, die man wie Nüsse kaute, und auch das Fleisch war kaubar und hatte keinen üblen Nachgeschmack. Man stellte fest, dass eine Handvoll dieser Beeren Kraft gab, aber komischerweise Durst machte. Da das Gelände abschüssiger wurde, hoffte man, dass sich irgendwo Wasser sammeln könnte. Und tatsächlich entdeckte man bald danach immer öfter um die immer üppiger werdenden Strauch-bäume, fließende Rinnsale, von denen man nicht wusste, wo sie herkamen.

Später, viel später würde man verstehen, dass der ganze Planet aus unterirdischen Systemen (eigentlich unterronischen) bestand, die von den Bäumen angezapft wurden, und dass dort unten eine bizarre Welt existierte.

So ging es Tag um Tag weiter. Auf Erden war es unterdessen Mitte März. Damals liefen die Extrem-Vorbereitungen für Eriks Raummission mit dem neusten Schiff, das man konstruiert hatte.

Die Rinnsale wurden größer, sie hatten Wasser! Es schmeckte wie das aus dem „Meer“, meinte Brian, der bei seinen Tauchaktionen mit dem Geschmack konfrontiert wurde, auch wenn er damals nicht trinken wollte.

Santar hatte es aber wohl verschluckt und das Einzige, was er dadurch erlitt, war die Gefangennahme, dachte er für sich, verscheuchte diesen blöden Gedanken aber bald wieder. Jetzt entdeckten sie, wie sich die Rinnsale in der weiter fallenden Landschaft, zu einer Art Fluss vereinigten, der teils verschwand und wieder erschien. So bekamen sie ein Ziel, dem Fluss zu folgen. Was aber, wenn die unterirdische Siedlung am „Meer“ alles war und sonst nur Öde folgte? „Öd und leer“, wieder erinnerte sich Lavinia, dass die Erde gemäß der Bibel, die Ernald immer zitierte, auch einmal öd und leer war, nur damals schwebte der Geist Gottes über dem Land, meinte sie zu wissen. Hier war nur der Geist des führerlosen Raumschiffes, und der war nicht gerade ermutigend. Brian brachte sie zurecht: „Immerhin überlebten wir hier erst mal. Ist zwar kein Paradies, aber ein Ort der Hoffnung. Ich habe das Gefühl, das kann nicht alles sein.“ Lavinia hatte nichts als ihre Gedanken, und so wurde Brian in ihr schon mal der Stammvater der neuen Gesellschaft hier, die dann aus seinem heiligen Harem von zwei Frauen hervorging. Wenn sie sich gemehrt hätten, würden sie sich auf Kämpfe mit den Wilden einlassen und natürlich gewinnen, und vielleicht würde dann doch noch alles gut, so stapfte sie brav weiter, vor ihr Brian, der immer etwas kreuz und quer ging, sehr interessiert an der Umgebung und dem Boden und gefolgt von Silla, die die Nachhut bildete und sich durch ihre Pfeiferei bemerkbar machte. So spürten sie immer, wie weit sie auseinander waren. Dann riss sie ein Schrei Lavinias aus der Idylle. Sie hing in einer Schlinge. Geistesgegenwärtig zog sie den nackten Fuß aus dem Fell der Schuhe der Wilden, der völlig zerquetscht in den Drähten, oder was das auch immer war, hing, die nun sichtbar aus dem Boden sprangen. „Vorsicht, Silla, Brian!", schrie sie, bevor diese auf sie zueilen konnten. „Stehen bleiben!" - „Was ist los?", schrie Brian zurück, der sich zwischen dem Aufschrei Lavinias und dem Befehl stehen zu bleiben, äußerst unwohl fühlte. „Schlingen!" - „Was?" - „Fußschlingen", gab Lavinia zurück. Wir sind also nicht allein, konstatierte jeder für sich. Freude kam nicht auf, es könnten ja wieder diese „Menschenfresser" sein. Man wusste ja nichts über diese Fellmenschen, und so bildete man sich eine Meinung, die von Angst und Schrecken gefärbt war und von Geschichten irdischer Menschenfresser. „Was jetzt?", hörte man ganz hinten Silla piepsen. „Stehen bleiben!", schrie Brian mit äußerster Kraft. Eine weitere Falle und womöglich einen zerquetschten Fuß konnte man sich nicht erlauben. Dann geschah das Unfassbare: Fünf dieser Fellmenschen stürzten auf sie zu. Weg konnten sie wegen der Fallen nicht. Es schien das Ende zu sein. Es müssen Frauen sein, meinte Brian, der ja schon einmal Kontakt mit diesen Wesen hatte. Und es stellte sich heraus, dass diese hier selbst Angst hatten. Nach einigem gestenreichen Hin und Her tasteten sich die fünf zwischen den Fußschlingen, deren Lage sie alle wohl genau kannten, auf die drei zu. Als sie die Mädchen sahen, brachen sie in lautes Geplapper aus, was aber freudig klang, eine zog unter ihren Gewändern sogar einen Schuh, ein paar neue Schuhe für Lavinia heraus, die sie verdutzt entgegennehmen musste. Sie waren etwas zu groß, aber besser als mit einem Schuh zu laufen. „Die freuen sich auf ihren Sonntagsbraten", schrie Silla in ihrem Todesmut den anderen zu, sie zitterte am ganzen Leib dabei. Doch es kam zunächst anders. Sie führten sie sicher ein Stück lang durch das „verminte" Gelände. Immer wieder tanzten sie dabei eine Art Fruchtbarkeitstanz und wurden dann wieder sehr vorsichtig, flüsterten miteinander. Nach einer halben Stunde dieses unklaren Weges, unsichtbar gefesselt an das Wissen der Führer über die Minen, baute sich zu aller Überraschung eine Mauer vor ihnen auf, eine riesige Mauer, die sich in allen Richtungen fortsetzte. Die Fell-Frauen flohen zwischen dem dort vermehrt auftretenden Buschwerk. Von Ferne aber Schlachtgeschrei. „Ihre Männer!", durchfuhr es die drei. Flucht war nicht möglich, auf dem Weg zurück, war alles vermint. Auch wenn sie das System der Minen, also der Fußfallen, nun zu kennen schienen, blieb keine Zeit, in Eile da hin- durchzufliehen, außerdem, wie lange würden sie das durchhalten gegen eine Horde vermutlich gut ernährter Ronusiten, so nannten sie sie unterdessen. Es blieb der Weg über die Mauer. Was da drüben war, war Ungewissheit. Es musste ja einen Grund haben, warum es diese Mauer gab, und die Ronusiten hatten nicht umsonst Fallen aufgestellt. Bestimmt nicht, um sich selbst vor der Mauer zu schützen. Sie müssten Angst vor Feinden haben, die von drüben kämen.

Entweder sind uns diese Feinde gutgesonnen, oder wir kommen vom Regen in die Traufe. All das peitschte ihnen durch den Kopf. Sie waren im Zwang, im Zwang, etwas zu tun. Brian traute sich zu, diese Mauer zu bezwingen. Sie war nicht so hoch, vielleicht wie ein Einfamilienhaus, und die Steine waren nicht wie Beton, man konnte Griffstellen finden. Allerdings, auf der Mauer rankte sich Gestrüpp, womöglich mit Stacheln. Man konnte es nicht erkennen. Er wies Lavinia an, sich auf seine Schultern zu begeben, und zeigte nach oben „Du musst!", stachelte er sie an, „du musst einfach!" Silla meinte, sie habe so was schon mal in einem Fitnessstudio getan, er bräuchte sich um sie nicht kümmern. Brian bat sie, doch neben ihm zu klettern. Er selbst würde unterhalb von Lavinia steigen. So hoffte er, alles im Griff zu haben. Als Lavinia die Stacheln erreicht hatte und sie sorgsam, aber auch etwas langsam umstieg, um drüben wieder herunterzu- kommen, näherten sich die Ronusiten und fingen an, ungestüm zu beratschlagen. „Jetzt gilt es!" Die drei wurden von Adrenalinschocks gejagt, auf der anderen Seite war Wasser, einer dieser Flussarme tauchte dort auf, die man vorher schon mal gesehen hatte, und schlang sich immer wieder an der Mauer entlang.

Lavinia ließ los, sprang und tauchte unter, als der Kopf wieder herausschaute, stand Brian auf der Mauer, das Gestrüpp glattgetreten, und bemerkte, wie die Fellmenschen Wurfgeschosse auf ihn richteten. Er wusste, es gab nur eine Chance, er musste der nachkommenden Silla die Hand reichen und sie in einem Satz herüberziehen, um gemeinsam mit ihr in das rettende Wasser zu stürzen. All das geschah in Zehntelsekundenschnelle. Und als er neben Lavinia aus dem Wasser auftauchte, hörte er nur noch den Rest eines ohrenbetäubenden Schreis. Silla war beim Hinunterstürzen offensichtlich in dem Gestrüpp hängen geblieben, was in einer Nische unterhalb der Mauer entsprang. Was er nicht mehr mitbekam, sie war mit dem Kopf gegen einen Mauervorsprung geknallt, knapp vor dem Eintauchen ins Wasser, denn das stachelige Zeug hatte ihren Sprung gebremst. Jetzt hing sie leblos an der Mauer herunter. Brian kletterte mit nicht vermuteter Kraft wieder etwas zurück. Denen wollte er sie nicht überlassen. Schon sah er ins Gesicht eines der nachkommenden Fellmenschen, der wutschnaubend innehielt. Brian hielt sich mit einer Hand fest und schlug dem Monster unter die Nase. Er wusste, dass das wirkt. Polternd stürzte es nach unten. Lavinia wich erschrocken aus und geistesgegenwärtig drückte sie das Fellbündel mit aller Kraft unter Wasser, bis sie sicher war, dass es tot war. Dann griff Brian in einer lebensgefährlichen Aktion nach dem Arm Sillas, die kopfüber nach unten hing, aber sie hingt fest, er konnte sie nicht herausziehen. Er musste den Fuß aus den Schlingen befreien, in denen sie sich verhakt hatte, als es vorhin zu schnell ging. Doch sie half nicht mit. Jetzt erst sah er ihr Gesicht an. Er schob sich etwas an der Mauer nach oben, presste sie mit dem Körper an die Mauer und hielt mit einer Hand ihre leblose Hand. Da war kein Puls mehr. Unter dem wieder lauter werdenden Lärm von oben riss er nochmals mit Gewalt an ihrem Fuß und als das Schlingzeug endlich riss, schmiss er sie von der Mauer wegziehend in den Flussarm, hangelte sich selbst hinunter und sprang die letzten fünfzig Zentimerter ins Wasser zurück.

Sie hatten nicht viel Zeit, sie müssten sie hier zurücklassen. Lavinia sah das Kleid der Leblosen an, es war schmutzig, zerrissen, und sie sah darin noch einmal die Persönlichkeit Sillas, die ihr in der letzten Zeit so nah geworden war. Doch Zeit zum Bewältigen der Situation war nicht gegeben, denn jetzt überschlugen sich die Ereignisse.

18

Bremsen quietschten, ein urtümlich anmutendes Gefährt preschte heran, Befehle fielen in einer unbekannten Sprache, dann wieder in Englisch und Fetzen davon klangen russisch oder polnisch. Abartig anmutende Haudegen fackelten nicht lange, quetschten Brian, der keine Chance hatte, in eine Gitterbox, wie man Affen transportiert, und über Lavinia schlugen Sie ein Netz, zogen es zu und zwangen sie auf den Beifahrersitz neben einen der Anführer. Menschen, dachte Lavinia, Menschen, aber was für welche. Gut, die Situation würde sich sicher bald aufklären. Man hoffte, trotz aller Schocks des Moments.

Statt Aufklärung wartete ein unterronisches Gefängnis auf sie. Brian klopfte leise an die Gitterstäbe seiner Gefangenenbox, die kaum größer als die Transportbox war: „Lavinia, Lavinia!“ - „Ja, ich bin da drüben!“ - „Ich kann dich nicht sehen, Lavinia.“ - „Egal, aber hören kann ich dich gut.“ - „Trotzdem sind wir leise“, meinte Brian.

„Weißt du, was ich gesehen habe?“ - „Was?“ „Ich lag in der kleinen Box und sah, nach dem Abzug der Männer, seltsame Figuren, fast wie Ritter, aber nicht so schwerfällig, mit futuristischen Gefährten ankommen, sie zogen Silla von der Mauer, legten sie vorsichtig in eine Art Sarg und schon waren sie wieder weg.“ Was geht hier vor, Brian? – Ein Planet drei Kreaturen?“

Sie waren nur diese Nacht in dem ungemütlichen Gefängnis. Schon am nächsten Tag saßen sie in einem Raum, warm, angenehm, in der Mitte durch ein Gitter getrennt, aber sie konnten sich unterhalten, und vor allem, man brachte ihnen die besten Speisen. Doch die, die sie brachten, machten ihnen Angst. Wie Piraten sahen sie aus, gefährlich, heruntergekommen und doch kräftig, und dann immer diese Anspielungen auf Sexualität. Brian und Lavinia kamen sich vor wie auf einem fremden Planeten, und genau da waren sie ja auch seit geraumer Zeit.

Es gab keine Gespräche mit den Männern, man bekam aber dies und jenes mit, was ihnen half, verschiedene Dinge einzuordnen. Es waren viele Russen und Osteuropäer, die aber teilweise gutes Englisch sprachen.

Sie waren hier die Herren, aber aus ihren Äußerungen konnte man auch Angst hören, es schien, als ob ihre Macht begrenzt wäre. Von da draußen, war öfter die Rede, und davon, dass sie uns wohl gewähren lassen. Diese Affenmenschen? Waren die so mächtig, sinnierte Brian, und da kam ihm wieder das Erlebnis mit den Zukunftsfiguren in den Sinn, die die tote Silla verschleppten.

„Die müssen über die Schlammwüste gekommen sein“, sagte einer der grausigen Männer. Und man bekam mit, dass man sich wunderte, dass sie nur zu zweit waren. „Wohl alle verreckt, beim Absturz“, grinste einer ehrfürchtig. „Ham wohl nichts dazugelernt seit unserer Zeit“, konterte ein anderer. - Waren die Männer Astronauten? Der Verdacht erhärtete sich bei Brian und Lavinia. Gefangene, die sich hier eingerichtet hatten? Warum? Angst kam auf, gäbe es vor den seltsamen anderen Wesen keine Möglichkeit zu überleben, außer hier in diesem Reservoir dieser Halunken? „Oder zu Halunken gewordenen“, verbesserte Lavinia. „Dann müssen die schon lange hier sein“, meinte Brian.

Sie hatten sich in den letzten Tagen gut ernährt und erholt. Lavinia brachte man Kleidung, sie war durchweg von Männern, aber irgendwie abgeändert, sodass sie darin verwegen, sexy und fast so verkommen wie diese Männer aussah. Brian musste kurze Hosen tragen und enge Überziehstoffe, die seinen kräftigen Körper hervorhoben. Was haben die mit uns vor? Diese Frage beherrschte die Köpfe der beiden Lightbraker-Überlebenden.

Die nächsten Tage nahmen sie seltsame Geräusche wahr. War das ein Ronuspuff? Entsetzt über diesen Gedanken, sah Lavinia auf den Boden, als Brian ihn äußerte. Dann war es hier gefährlich, diese Burschen sehen aus, als hätten sie hier nichts zu verlieren und jegliche Würde verloren.

In der Folge wurden sie in Ketten in einen größeren Raum geführt und mussten tatsächlich zusehen, wie diese „Abgestürzten", sich untereinander erregten und sich einen Spaß daraus machten, die Neuen damit zu überfordern. Einer der niederen Gefährten dieser Clique schlich sich einen Tag darauf an die Gitter der Gefangenenzelle und fragte, ob's gutgeht. Was für eine Frage, empfand Lavinia, aber immerhin, vielleicht krieg ich über den was raus, machte sie sich Mut, als er schamlos die Hose herunterzog und ihr seinen abgetrennten Penis zeigte. Ein Unfall? Oder hatte man mit primitiven Mitteln versucht, eine Frau aus ihm zu machen? Er sah weicher aus als die anderen, und den Rest konnte man sich vorstellen, wenn man ihn auftakelte. „Jetzt bin ich nicht mehr wichtig, jetzt bist du da, schöne Frau." Brian wachte auf, ein Adrenalinschub durchzog ihn. Nein, Lavinia würde von dieser Horde nicht missbraucht werden, dafür würde er mit aller Kraft, die ihm verlieb, sorgen.

Eines Abends kam der Anführer mit einem gekräuselten vollen Bart, dicken Lippen und einer harten faltigen Stirn auf beide zu. „Na Brian, du musst dich jetzt wohl von deiner Liebsten trennen", plapperte er mit festem Blick grinsend, „und du mein Engel, auf dich haben wir hier gewartet, du wirst heute das sein, was wir seit Jahrzehnten vermissten." Er langte mit seinen langen dicken Fingern durch das Gitter und berührte Lavinia, die sich entsetzt zurückzog. „Na, na, warum so schüchtern, das hast du doch nicht nötig, liebenswürdige Astronautin." Seine Lippen verzogen sich erwartungsvoll. „Wir haben uns lange überlegt, ob und wie und wann. Wir sind nicht allein auf diesem Planeten, wisst ihr, da gibt es noch einige, die dich geile Biene gern hätten, aber nicht zu so netten Dingen wie wir. Ha, ha!"

„Was ist hier los", wollte Brian energisch einwerfen. „Du bist schön ruhig, mein kleiner Strammer", dich werden wir auch noch brauchen, einige sind schon ganz scharf auf deinen Stängel, doch vorerst haben wir ja was Besseres zu tun, stimmt's Kleine?" Er warf Lavinia einen gönnerischen Blick zu, der sie verwirrte und anwiderte in einem.

„Dann ruht euch noch gut aus bis gegen Abend, wenn die Sonnen untergehen, ha, ha, ha", und das „Monster" verschwand.

Es war April 2018, rekonstruierte Brian. Erik war unterdessen in der Nachfolgemission in seltenen Winkeln des Alls unterwegs, um Hinweise auf Terrorzellen zu entdecken. Er wählte eine Zeitlang einen Weg, der dem der Lightbraker glich, bog dann aber quasi links ab, um in eine Ecke des Universums zu gelangen, wo man weitere Materiefunde vermutete, die Terrorzellen zu überraschenden Erfolgen verhelfen könnten.

Als es auf Ronus dämmerte, was kaum zu spüren war, da ja immer ein Sonne verblieb, drang der Schritt von Stiefeln nach dem Abendessen auf die beiden Gefangenen zu. „So ihr Hübschen, jetzt kommt mal brav, und da ihr noch nicht richtig kapiert, wie schön es jetzt gleich wird, müssen wir euch leider etwas betäuben. Blitzschnell zischten jeweils ein Giftpfeil auf Brians Brust und Lavinias Schenkel. Sie zuckten zusammen. „Wenn ihr nicht wollt, dass wir euch weitere Pfeile verpassen, dann benehmt euch. Das, was wir jetzt mit euch vorhaben, ist doch hellwach viel schöner, nicht wahr?“, und einer der Männer, ein kleinerer untersetzter mit einem blonden gezwirbelten Schnurrbart, kam Lavinia so nah, dass sie seinen Geruch wahrnahm, brünstig, warm, verkommen und mit irgendetwas parfümiert, was sie seltsam berührte.

In Brian sammelte sich Entschlossenheit. Es war ihm, als ob sich alle Kräfte dieser Welt in ihm zusammenrotteten, um diesen Philistern zu zeigen, wer hier Simson ist. Er würde nichts dergleichen über Lavinia kommen lassen, davon war er wild entschlossen. Nur wie? Er war sicher, dass es eine Situation geben würde. Irgendwie war das ja hier nicht Ronus, es war eine Zelle dieses Planeten, in der Widerliches vorging, aber das war nicht die Machtbasis, das kann nicht alles sein. Die Fellmenschen, die ja immerhin nette Frauen hatten, die vor der Mauer auf sie zustürzten, machten ihnen riesige Angst, aber waren sie wirklich gefährlich? Hatten sie vielleicht nur kein Konzept gegen diese Entarteten?

Und was war mit den Silbrigen, den Zukunftsfiguren? Brian erinnerte sich an den Ausspruch, diese wären auch scharf auf Lavinia. Bestimmt nicht so, wie diese Männer. Also allein war er nicht, es gab hier offensichtlich drei Gruppen, die nicht zusammenpassten. Er konnte also auf ein Eingreifen hoffen, wenn er nur die Gelegenheit dazu bekäme. Sicher, auch er war gefährdet, Brian war nicht zu naiv , um sich nicht vorstellen zu können, was diese bisexuellen, scheinbar seelisch Ausgehungerten auch mit ihm anstellen könnten.

Man führte sie, durch den Pfeil betäubt, die Mauer entlang. Lavinia war nicht mehr zu gebrauchen. Sie hing willfährig in den Armen zweier dieser Ronus-Russen, die sie immer wieder gierig in den offenen Mund küssten, wie jemand, der sich verbrecherischerweise an einer Betrunkenen gütlich tut. Brian spielte den Betäubten vor, aber seine Muskeln hatten den Pfeil abgelenkt, er drang nicht tief genug ein und hatte sein Werk nicht vollständig getan. Die Führer ließen von ihm ab und empfingen etwa dreißig weitere Gesellen, die aus den Türen drangen und sich zujubelten. Gleichzeitig nahm er auf der Mauer den Schopf eines der Fellmenschen wahr. Brian lächelte wehleidig nach oben. Man sah es ihm an, „helft mir", schien Brian zu schreien und zu flehen.

Das Wesen von drüben hatte übermächtige Sensoren für diese Gesten und warf ihm tröstende Blicke zu. Dann in einem günstigen Moment ließ es eine grausig wirkende Hacke an einem fast unsichtbaren Seil aus Haaren herunter, die Brian behände griff und in seiner Hose versteckte. Das Wesen begann dann auf der Mauer zu tanzen und zu schreien. Die Männer brachten sich in Stellung und schossen dieses Bündel ab. Jetzt konnte sich Brian nicht mehr halten und sah die Situation gekommen, einzuschreiten. Er befreite Lavinia von den Fesseln, watschte sie ab, bis sie wach schien, und befahl zu laufen, was das Zeug hält. Wenn sie auch stolperte, tat sie es. 100 Meter weiter war ein Tor, was die Männerwelt eventuell beendete, irgendwie hoffte Brian, dass da irgendwas geschieht. Er selbst hatte mit den Halunken zu tun, hackte zweien davon die Gurgel durch schrie was das Zeug hält und verschaffte sich eine Zeitlang Respekt. Und dann trat das ein, was er hoffte, die drei Gruppen wurden aktiv. Durch das Tor rammte ein silbriges aufgemotztes Fahrzeug, schlanke abseitige Wesen aus einem weiteren hypermodern wirkenden Auto griffen nach Lavinia, buxierten sie in ein drittes Fahrzeug, und im rasenden Tempo ging's zurück. Die Felligen hörte man schreien vor Freude. Brian konnte nicht sehen, dass sie dem Gefährt lange nachliefen, dann aber aufgaben, als es zu schnell für sie, entschwand. Hinterhalb und auf der Mauer der Ronusitenfellmenschen entstand nun wütendes Gebrüll. Die eben noch hier Stürmenden zogen sich an den Fluss und ihre Mauer zurück. Dutzendschaften von Männern rasten wütend aus den Innenhöfen des Männerareals, noch gekleidet wie zu einer Erotikmesse in der Steinzeit, aber jetzt mit schrecklichen selbst hergestellten Waffen bestückt, die alle nur Brian zum Ziel hatten, der ihr Fest zerstört hatte. Die eine Hälfte trieb die Wilden weiter zurück, die andere Hälfte stürzte sich auf Brian, der bald der Menge nachgeben musste und entkräftet zusammensank. Über ihm die Köpfe dieser Wahnsinnigen, die seinen Körper mit ihren Waffen traktierten. Eines wusste er, Lavinia ist frei, wenngleich er nicht wusste, was auf sie zukäme, und ihn könne man nicht mehr sexuell missbrauchen, nein, nein, . . ., nein . . . ., sein Bewusstsein setzte aus, sein Blut strömte aus den Wunden. Brian war tot. Ein Kleiderschrank von Mann, ein Herz von einem Menschen. Seine blonden glatten, inzwischen lang gewachsenen gescheitelten Haare fielen so leblos wie sein Körper zur Seite. Er hatte gedient, das war sein Wesen und sein Job, und zuletzt diente er auch sich selbst.

19

Lavinia wurde bald von der Augenbinde befreit. Jeweils links und rechts neben ihr saßen silbrige Gestalten, aber sie fühlten sich nicht kalt an, sondern wie normale Menschen; das Silber war auch keine Rüstung, wie man von Weitem meinen konnte. Ihr Kopf ging nach oben spitz zu, und die Art der Spitze schien bei jedem anders zu sein, ein Erkennungsmerkmal. Ihre Stimmen klangen allerdings blechern, als kämen sie aus einem Leib voller Töpfe. Und tatsächlich befanden sich am Leib löchrige Boxen, aus denen die Stimmen wie unverständliches Kauderwelsch drangen, nicht kriegerisch, eher zufrieden, in Aufbruchstimmung. Und dann plötzlich erschrak sie. Aus einem dieser Blechkästen der vier in dem Gefährt, vertraute Worte, der Fremde drehte dabei an einer Welle an seinem Körper:

„Welcome on Ronus, dear Lady“.

Lavinia errötete: “Hi”, entkam es ihr. „Do you understand this language?”, knisterte es weiter. „Oder sprechen du Deutschland?“ Deutschland? Das klang ja so nach schlechtem Deutsch, wie sie es sprach, bevor sie Erik kannte. „Deutschland“, und dann lächelte sie die Bande an und fragte: „A little bit, but who are you?“ Sie sah sich in dem winzigen Rund des Fahrzeuges um, in dem sie auf lederartigen Sitzen festsaß. „Da vorne das ist AB 3, daneben A 27, ich C 12 und neben Ihnen sitzt D 5“, knisterte es aus dem Kasten in bestem Englisch. „Wir werden Sie beschützen“, kam es von vorne, von AB 3 und der Lenker A 27 nickte. „Beschützen? Vor was denn, dachte sich Lavinia, vor den Sexbolden hinter der großen Mauer, die sie von den Ronusiten trennte, wie sie die Felligen nannten, vor denen sie damals flohen? Und dann fing das unverständliche Geplapper wieder an, was sie schon anfangs hörte, wohl ihre Landessprache, die nun allerdings irgendwo aus den mehr oder weniger spitzen Köpfen drang. Waren die Kästen Übersetzungsroboter? Es schien so.

Sie fuhren unter die Erde, genauer, unter den Ronus, dann wieder hinauf, die Mauer war schon weit weg, und danach ging es wieder hinunter. Alles war eine Mischung aus urtümlich und hypermodern, etwas, was sie auf Erden nie gesehen hatte. Es schien ihr, als wären hier Intelligenzbestien in einem Dreckhaufen gelandet, oder was wüsste sie, was da passiert ist. Nach langer Zeit tauchten sie wieder auf. Sie befanden sich in einem Gebäude, rund, und wieder diese Mischung aus urtümlich und Sciencefiction. C12, der, der neben ihr saß, mit einem ziemlich eckigen Kopf, auf dem die Spitze wie ein Zipfel aussah, führte sie in einen Raum, er war taghell und doch war kein Fenster zu sehen. Eine fremde, aber gemütliche Einrichtung, beruhigte sie. „We haven't time for you in this moment, sorry, we went to you, when the suns are down." Aha, fasste sich Lavinia und wusste, am Abend erführe sie mehr.

Der Tag, die Zeit verging langsam, sie sah ja nichts und wusste von nichts. Dann, am Abend gelangte Speise zu ihr, die einem irdischen Essen absolut glich, aber völlig anders schmeckte, nach nicht viel, so empfand sie. Sie hatte Hunger und aß, wurde satt und von Neugierde überfallen. Es war wieder niemand da. „Wir wünschen eine angenehme Nacht", tönte es dann durch Lautsprecher in Deutsch. Dann in Englisch. Haben sich wohl wieder mal mit den Sprachen vertan, dachte sich Lavinia und sah sich um. Dann entdeckte sie in einer Ecke eine Art Schlüssel. Sie eilte zur Tür, die verschlossen war, und der Schlüssel passte. Lavinia schlich sich durch das Labyrinth von Gängen und Stufen, schon eine halbe Stunde hatte sie sich nach irdischem Empfinden in den Gängen und Fluren verlaufen, da eilte C12 wie von einer Tarantel gestochen auf ihr Zimmer, was leer war. „Tatsächlich", dachte er in seiner Sprache, und schmiss die Alarmglocke an. Lavinia, weit vom Zimmer entfernt, zuckte zusammen, eilte durch die nächstgelegene Tür und versteckte sich in einer verbauten Ecke. Mucksmäuschenstill war es jetzt. Da traten andere dieser Gestalten ein, einer musste D 5 sein, der im Auto auch dabei war, sie erkannte ihn an dem dünnen, sehr spitzen Kopf. Wieder dieses unverständliche Geschnappel. Dann musste D 5 einen der Metallschränke öffnen. Eine schon teils zerstückelte Leiche eines Menschen, lag da auf dem glänzenden Metall! Lavinia bekam Angst in ihrer Ecke. Erleichtertes aber lautes Gebabbel: „Sie hat nicht verdeckt noch." Das kam aus dem Lautsprecher von D5, dann stellte er ihn um, er war noch auf dieses unmögliche Deutsch eingestellt. Lavinia kombinierte, dass der wohl meinte, sie selbst hätte das hier noch nicht entdeckt. Doch, sie hatte es entdeckt. Ein anderer, der drei ganz langen Laborgestalten wies in eine Glasvitrine. Von ihrer Ecke aus konnte sie es nicht gut sehen. Stattdessen sah sie unentwegt auf diesen menschlichen Unterleib, der ihr irgendwie so bekannt vorkam. „Iwo“, murmelte sie in sich. „Nein“, Quatsch, mir kommen wohl alle Menschen bekannt vor, die hier zu sehen sind. Aber es ist eine Frau, ich habe hier noch nirgends eine gesehen.“ Düstere Ahnungen beschlichen sie, die sich zu Entsetzen verdichteten, als der lange Dünne aus der Vitrine Sillas langes Kleid, das von der Party, das rote mit Schwarz usw., herausholte. Andere öffneten andere Kästen, und dann sah sie es, Sillas Kopf. Lavinia kämpfte damit, das Bewusstsein zu bewahren und trotzdem ruhig zu bleiben. Sie war eine tapfere Frau, die viel aushielt. Doch Silla hier seziert zu sehen – und die sie immer mehr überkommende Angst, womöglich selbst bald hier zu liegen – irgendwie muss sie sich bemerkbar gemacht haben. Eilige Schritte kamen auf sie zu und das unverständliche Sprachengewirr. „Dear Lady“, kam es wieder aus dem Bauchgerät eines der Silbernen. In perfektem Englisch wurde sie höflich darauf hingewiesen, dass sie sich hier verlaufen hatte und man ihr alles erklären würde.

Zwei dieser Wahnsinnslebewesen saßen nun vor ihr. Man hatte sie hingelegt und ihr nüchterne Getränke gereicht, wie Wasser, nur noch nüchterner. Ihr wurde erklärt, dass nicht die Verstandler Silla oder Brian töteten. Sie aber seien es, die sie vor den Horden der Männer gerettet hatten, und vor den Fellwesen. Weiteres zu erfahren sei zu früh, und sie selbst müsse sich keine Gedanken machen, niemand wird sie töten. Im Gegenteil, sie sei ihnen sehr viel wert und sie würden alles tun, um sie lebendig zu erhalten. Doch die Zeit sei noch nicht reif, mehr zu erzählen. Sie solle bedenken, sie sei Gefangene, trotz all des Luxuses, den man ihr bieten würde.

Sie verbrachte mehrere Wochen in dieser „Gefangenschaft“, und erholte sich, blühte auf und war doch depressiv und einsam. Nach einigen Tagen, es muss schon Mai gewesen sein (auch hier zählte Lavinia sorgfältig mit, wie die Stunden und Tage vergingen, welche Zeit es auf Erden wohl wäre), fuhr man einen Kasten in ihren Raum, zog ihn auf, es war eine Art Fernseher. „Wow, was ist jetzt los“, dachte sie wohl etwas zu laut. „What is wow?“ fragte der Bauchkasten, des Silbrigen, der ihr diesen Dienst leistete? Lavinia erklärte, ihr Verwundern. Der Silbrige verbeugte sich, tat etwas in den Apparat, stellte an einigen Knöpfen und ging wieder.

„Die Verstehung des Ronus“ begann, eine gebrochene deutsche Stimme, und der Ronus erschien in ganzer Größe. Die Verstehung? Was für ein Schwachsinn und wieder dieses Deutsch. „Haaaaaaallllo“, schrie Lavinia mehrmals mit ganzer Kraft und klopfte und rüttelte. Aber es war niemand da. Das Gerät war auf die falsche Sprache eingestellt, statt auf Englisch. O.k. so würde sie Deutsch üben auf dem Ronus. Absurde Gefühle durchströmten sie, Erik, Santar, Ronus, C 7, oder wie die hier alle hießen. Doch schnell wurde sie von dem was folgte, gefangen genommen:

Was sie sah war eine Art Chronologie dieses Planeten. Jetzt wird es spannend. Angespannt lauschte sie diesen unmöglichen Worten, die doch endlich klärten, was Brian, Silla und all die anderen, die in der Lightbraker ins Nichts schwebten, nie erfahren hatten. Satz für Satz setzte sie mehr in Erstaunen. Sie erfuhr, dass . . ., ach wem würde sie es denn erzählen können. Entmutigt fiel sie in den Sessel zurück, konnte sich aber auch nicht von den News abwenden. News, Nachrichten, sagt man in Deutschland, polterte es durch ihren Sinn. Ach so, der Schlamm in dem sie landeten, das trockene Zeug, was alles so erschwerte, stammt von einer Katastrophe. Der Planet war einst . . ., die grüne Luft und der komische Geruch nach Dill, Benzin und, ach, egal, ist auch Folge des Unfalls oder was die da meinen. Früher wäre hier alles fruchtbar und oberirdisch, oberronisch, gewesen. Ah . . ., die Katastrophe kam von Außerronischen. „Bösse“, was ist das? Böse meinen die. Wahnsinn, hier haben irgendwelche, den Planeten angegriffen, auf dem vorher schon immer wieder Menschen landeten. Höööhhhhh? In den 70er Jahren, erfuhr Lavinia durch das Dokument, welches ihr hier vorgespielt wurde. Das is ja, das is ja! Also während die Amerikaner auf dem Mond waren, hatten die Russen schon Expeditionen hierher geschickt und die ganze Menschheit hat davon nichts gewusst? Kaum zu glauben. Hm . . ., sie selbst ist ja auch ohne Wissen der Erde hier, arbeitete es in ihrem Gehirn. Aber dass die damals schon das Wissen dazu hatten, das ist Horror. Zwei, was? Drei Schiffe landeten damals hier?

„Terrorist aus Nahe Ost, erpresst gegen 2000 Jahr Wissen und vielleicht auf Undarium Planet, gelandet“, bröckelte das Unfassbare aus diesem Apparat auf Lavinia ein. Sie schüttelte den Kopf, den Leib, sie fasste es nicht, was sich ihr da auftat, in diesem schrecklichen Japsendeutsch. Japsendeutsch, wie komm ich denn auf dieses unpassende Wort. Sie presste ihre Lippen zusammen und sah gespannt weiter auf das Video. „Dann furchterlich Waffe . . .“, und der Sprecher erklärte ihr, dass Spezialisten dieser Terroristen unglaubliche Bomben auf den Planeten abließen, auf die dort notgelandeten oder auch von selbst Gebliebenen, das konnte sie nicht so richtig feststellen. Dadurch wurde das Leben fast ausgelöscht, es fand eine Umwälzung statt, und viel Oberronisches verschwand nach unten. Dort unten sei auch die Luft besser. Erst langsam würde sich der Planet erholen. Und dann das Unglaubliche: „Wir . . .“ Was? Doch nicht in den Siebzigern? Sie wartete nur darauf, dass diese Zahl berichtigt wurde. Nein, es ging jetzt um diese silbernen Dinger und die Fellmenschen, von denen Santar erzählte. Das seien die einstigen Astronauten? Und ihre Kinder, fügte der Sprecher hinzu. Na klar, seit 2000, jetzt ist es 2018, da sind das ja schon fast erwachsene Kinder. Dann berichtete der Kasten von unglaublichen Kämpfen zwischen den beiden Hervorkömmlingen aus der Katastrophe, weil sie unvereinbar waren, unvereinbarer als der Kommunismus und der Kapitalismus des kalten Krieges, meinte diese Stimme, die der Weltgeschiche wohl noch etwas hinterherhinkte. – Die einen haben ein Steinzeitfell, die anderen futuristische Außenhaut. Ja, Steinzeitfell, so beschrieb Santar und Brian die Wesen, denen sie an dem großen Wasser begegneten und in deren Hand Santar wohl war. Von den Fellmenschen wusste sie nichts Weiteres, außer von den „Frauen", die ihnen vor der Mauer begegneten. Lavinia ärgerte sich über die Blackouts, die sie scheinbar hatte. Aber den Blechfiguren war anzumerken, dass sie sehr sachlich waren und zielorientiert.

Groß baute sich nun so eine Fellfigur vor ihr auf. Ein ganzer Film über sie begann, und sie wurden als sehr launisch dargestellt. Lavinia begann zu ahnen, was der Film zeigte: die einen vom Verstand geleitet, die anderen wie Vulkane, die von freundlich auf grausam umschalten, als wäre nichts dazwischen.

„Die Terroristen", entglitt es Lavinia. Hey, die Blechgestalten sind kurz davor, diese zu identifizieren. Irgendwas hoch Technisches wurde gezeigt, wie man sie von Undarium runterholen könnte, was aber noch nicht ganz klar war. Ja, ganz klar, da oben auf dem orangen Planeten sitzen Terroristen. Kein Gott, nein, kein Gott, auch wenn sie angesichts dieser nüchternen Erklärung etwas enttäuscht war, obwohl sie natürlich wusste, dass da kein Gott sitzen konnte.

Lavinia rätselte, warum die Terroristen das alles veranstalteten und warum sie nicht längst hier wären, wenn die so viel wissen.

Da ging die Tür auf und der Serviceblechling verbeugte sich, der, der vorhin diese Vorführmaschine brachte, ein zweiter, auf dessen Stirn H 3 blinkte folgte ihm erst und verschwand dann.

„Sag mal, wie heißt du", fragte sie den Ersteren jetzt offener den je. Er reagierte nicht, stellte aber an seinem Bauchkasten rum und lachte dann plötzlich überfreundlich. „Can I help you?", entkam es ihm. "Yes Mr.? . . ." - „F 7", kam es prompt zurück. „Mr. F 7, Sie haben mir die falsche Sprache eingestellt in diesem Apparat", tadelte sie das unheimliche Wesen in perfektem Englisch. „Excuse me, I know, it was unpardonable, please you can tell it the chief". Ich werde mich hüten, lächelte Lavinia in sich hinein, das dem Chef mitzuteilen ☺

teilen ☺

Dann fragte sie das Wesen über die vordersten der noch offenen Fragen aus. Geduldig erklärte es ihr, dass die noch unbekannten Wesen auf Undarium wohl Tests mit ihnen und dem Planeten machten, um Macht zu gewinnen, vielleicht über den Planeten, wo sie herkamen. „Du weißt doch, wo ihr herkommt, warum sprichst du so komisch über die Erde?". - „Weil ich noch nie auf der Erde war", konterte der Ronier. „Also frisch hier geboren?" - „Yes, my Lady". Der Diener war also einer der ersten Nachkommen. „Sie wollten probieren, wie ihre Waffen funktionieren und jetzt beobachten sie uns. Sie haben aber auch Bedenken vor den ‚Conditions' hier und vor uns, denn meine Eltern haben in kürzester Zeit höchste Technik herstellen können. Wir sollen Tausend Mal schlauer sein, als die „Menschen", aus denen wir hervorgingen, konstatierte das Wesen. „Aber Deutsch könnt ihr nicht gut", wollte Lavinia scherzen, als er bereits nach dem Fernsehgerät griff und es aus dem Raum fuhr. „Now it is enough, so far today". – „Und was wird mit mir nun", begann sie zu flehen, doch der Kerl war schon weg.

Lavinia war allein, allein mit all dem vielen Neuen und teilweise nicht Verstandenem, und sie schlief ein. Zwei Wesen saßen wie Öfen beruhigend in den Ecken des Raumes und schwiegen, oder träumte sie es nur? Ein Traum jagte den anderen nun, oder war sie wach, nein, sie träumte von Santar. Santar, was machte der wohl mit, in den Wochen, in denen Brian, Silla und Lavinia auf die Mauer zuliefen. Die Mauer. Träumte sie oder hatte das der Fernseher gesagt? Sie sei zwischen zwei Meeren gebaut, damit sich die beiden Gruppen nicht ins Gehege kommen. Und die Männer, die seien aus Raumschiffen, die nach der Katastrophe kamen oder waren es die Überlebenden, weil sie während der Katastrophe in Bergwerken arbeiteten? Alles verschwamm Lavinia. Sie sah, wie die beiden Gruppen den „Männern" Anbetung darbrachten? Jetzt träumte sie, wachte wieder auf und versuchte sich zu erinnern, was das mit den „Männern" war. Ach ja, der Sprecher sagte, dass es Nichtsnutze waren. O.k. das wusste sie, verkommene Sexbolde. Und dann heißt es doch in der Sendung, dass sie auf engem Raum gefangen zwischen den Gruppen leben dürfen, allein aus Respekt, dass sie nicht entartet sind. Das sei ihr Bonus, sonst hätte man sie längst dem Boden gleichgemacht, meinte doch in dem Film so ein Spitzkopf. Aha, eine Lücke ihrer Erhabenheit. Ein Einbruch ins Menschliche. Wahnsinn, sie beruhigte sich wieder und schlief erneut ein. Ihre Gedanken hangelten sich um Santar und tatsächlich fand ihr Träumen Fortsetzung in einem bunten Streifen möglicher Erlebnisse Santars.

Real hatte es Santar weit schwerer, als er damals unter Wasser in dem Meer, als Brian und er den Fellmenschen tötete und sich mit Material aus deren Untermeerbehausung bediente, gekidnappt wurde. Man brachte ihn ins Zentrum der Macht dieser, sagen wir mal, Gefühlsmenschen, und er musste ihre Machart von allen Seiten kennenlernen. Nichts, was da geschah, war von Dauer, nichts durchdacht. Lavinia schreckte auf, das war kein Traum, da saß einer der Spitzköpfe vor ihr, die Hand schon wieder auf so einer Art Videogerät und erzählte von Santer, und dass ihnen nichts entgeht, dass sie alles wissen von den Grumurkunis, dass sie aber auch in ihrem Fall keinen Einfluss ausüben, aus Respekt vor der Entartung. Schließlich seien diese Kreaturen ihre Familienangehörigen und Bekannten, die auch nichts dafür könnten, auf diese Weise unlogisch geworden zu sein, gab er kalt und kühl von sich, so kalt, dass es Lavinia zu frieren begann. Aber sie war hellwach jetzt. Es war Nacht. In der Ecke saß nur einer, es war also kein Traum, es war der junge F 7. Die Augen des Spitzkopfes, der bei ihr war, leuchteten bläulich, und auf seiner Rückseite entwich kontinuierlich eine Art Dampf. Es war unheimlich. „H 3" leuchtete in abgeschwächter rubinroter Farbe unter seiner Stirn. Das Videogerät spielte mit ausgeschaltetem Ton etwas über die „Männer". Verflixt, wie sollte man die Ofenrohre nennen, die so tun, als hätten sie hier alles im Griff und doch . . . ärgerte sich Lavinia. Als hätte er es wahrgenommen, kam es aus dem Ofenrohrmenschen: „We are Pontonen, they are Baraden or Grumurkunis". –

„Woher wissen Sie . . ."

Lavinias Mund stand offen, wie er wissen konnte, was sie gerade dachte. „Wir wissen", das heißt Pontonen. Und Baraden bedeutet die Verruchten. Grumurkunis, nennen sie sich selbst. Niemand versteht ihre Sprache, aber Grumurkunis nennen sie sich."

Sie legte sich wieder und sah die Figur an, die wie ein Vater vor ihr saß, nur gefühllos, so wie der Dampf beständig aus ihm rauchte. „Es ist der Nachtrauch", meinte der wieder, als könne er tatsächlich Gedanken lesen.

„I will tell you about Santar", fuhr er fort. Und so erfuhr sie, wie er hingerichtet werden sollte, wie die Grumurkunis plötzlich zu heulen anfingen und ganze Frauenschaften dieser Rasse den Strick in letzter Sekunde losrissen. „Wir haben keine Frauen", sagte der scheinbar Jüngere der beiden, F 7, zu seinem Kollegen, dem das H 3 auf der Stirn leuchtete, und sah die Heruntergewirtschafteten, die gerade durch den „Videoapparat" liefen, verständnislos an.

Dann erfuhr sie, dass die Frauen gnadenlos in Santar verknallt waren und ihn nie mehr gehen lassen wollen, ja dass er gar zu deren Gott gemacht wurde und dass die Rasse ihn verehrt und alle Wünsche von den Augen abliest. „Er weiß, wie machen mit denen", kam es wieder in diesem ekelhaften Deutsch aus dem Bauch, dieses Mal aus dem des Älteren, des H 3. Der Jüngere sah bös hinüber und stellte an ihm herum, bis dasselbe in Englisch noch mal erklang. Der Alte nickte mit dem Kopf.

Drei Sorten von Lebewesen, alle aus Menschen hervorgegangen, die hier leben wollten, mussten und dann Gegenstand einer Versuchsreihe wurden, und die, die diese Reihe auslösten, leben noch und jeder hatte Respekt vor der anderen Gruppe, jeder kochte sein eigenes Süppchen, die Männer, die alles aufgaben, die nur ihren Begierden dienten, die Verstandler, die, . . . noch war ihr nicht klar, welches Ziel sie hatten. Die Gumm . . . Lavinia tat sich mit deren Namen schwer, außerdem dachte sie dabei immer an Santar. Fast religiöser Respekt bewahrte die Felligen vor irgendwelchen Maßnahmen der Blechleute. Blech, hm . . ., dabei war es warm, was sie fühlte, und trotzdem irgendeine Legierung oder was weiß der Teufel was. Und die Terroristen, diese Wahnsinnigen, die sich ihr Wissen erpressten und auszogen, um die Welt zu beherrschen. Jetzt sitzen sie hier vor deren Projekt fest und machen ihre Spielchen und Beobachtungen. Alles Mächte, die doch nicht allmächtig waren, festgefahren in ihren eigenen Vorhaben.

War es mit Gott dem Allmächtigen auch so? Lavinia tastete sich an ihre verstaubten Religionskenntnisse, die sie durch Ernald, ihren Opa, mitbekam. Da gab es auch den Satan, den Teufel, die Engel, den Gott, die Menschen. Wie oft haben die „Zeugen" schon das Ende der Welt vorausgesagt, und was sie sagten klang sogar logisch. Aber es tat sich nichts, nichts. Deswegen Gott zu verwerfen? Nein, das konnte und wollte sie nicht, sie war nicht der Typ dazu. Aber vielleicht war er auch blockiert? Warum steht denn so oft in der Bibel, dass man unaufhörlich beten sollte. Wenn er doch so allmächtig ist, warum unaufhörlich? War der Zugang zu ihm vielleicht versperrt? Hatten geistige Gegner doch mehr Macht als man uns in den Gebetbüchlein der Kirchen oder den „Wachttürmen" der Zeugen einredete? Nein, er prüfte bestimmt nur, ob wir es ernst meinten, sage Garlind immer zu ihr, als sie selbst noch aktiver dafür tätig war. Wer weiß.

Die drei Sonnen leuchteten in das Zimmer ohne Fenster. Viel hier verstand sie noch nicht. Und doch wusste sie an diesem Morgen mehr als je zuvor. Die zwei Pontonen waren weg, sie hatte es nicht bemerkt. Sie lag allein in diesem Raum, über den der Morgen gekommen war. Über ihre Eltern, die Lightbraker, was sie schnell verdrängte, kam ihr Denken auf Erik. Erik, was war aus ihm geworden? Beschwingt stand sie auf und hatte zwei Gefühle in sich, die sie antrieben. Erik, die gute alte Erdwelt, wenn sie nur wüssten . . ., und Santar, der plötzlich wieder in ihrem Kopf auftauchte, er müsste doch zu finden sein. Aber da war die Mauer, unüberwindbar, und dazwischen das Lager der „Männer", die sie auf eine Art mehr fürchtete als die Pontonen.

Es vergingen Tage und Wochen in dieser abgekühlten Welt, in der alles wie maschinell lief. Sie wurde in Ruhe gelassen und wagte auch nicht, das Gebiet zu verlassen. Sie erfuhr von Sitzungen, vielen Sitzungen, und immer wieder waren die Spitzköpfe in Laboratorien versammelt.

20

Am Morgen des 7. Juli 2018 änderte sich die Lage. Man sollte sich hier keinen Sommer vorstellen, denn den gab es nicht, alles lief immer gleich und gemäßigt ab, was zumindest Einiges erleichterte. Lavinia hatte einen Spaziergang bis ans äußerste Ende der Pontonen gewagt, glaubte, in der Ferne die Mauer wahrzunehmen und stellte sich vor, wie sie an beiden Enden in riesige Seen, Binnenmeere mündete, jedenfalls dort, wo sie es vermutete. Da kam eine Staubwolke auf sie zu, von der Mauer her. Bald erblickte sie die schnellen Pontonenautos, zwei, drei, auf sie zurasen, die problemlos die Absperrungen öffnen konnten. Männer, sprangen heraus, mit steinzeitlichen Waffen bestückt. Noch ehe sie über diesen Horror nachdenken konnte, saß sie in einem der hypermodernen Kisten, die die „Männer" wohl gekapert hatten, und raste in Richtung der Mauer, die sie gerade noch in der Ferne ahnte.

Es war still, als die Autos zum Stehen kamen. Zu Fuß ging es weiter durch Gänge und Höhlen, totenstill bis auf das eilige Getrappel der Männer. Die „Männer", Lavinia ahnte Schlimmes oder sollte sie sich befreit vorkommen? War sie vollends Spielball geworden? Gerade noch steril und kalt gehalten für die unbekannten Ziele einer Verstandesgesellschaft, trieb man sie nun in unberechenbare Tiefen entarteter, teils schon gealterter Menschen, die hier ihren Begierden nachgingen. Sie landete in einem Gemäuer, welches gut hergerichtet war, gemütlich, es fehlte nur noch Fred Feuerstein. Das Englisch ihrer neuen Herren war schlechter als das der Pontonenspitzköpfe, aber dafür zeigten sie klar, was sie wollten, und trotz der Härte und Angst, die sie durchzog, fühlte sie sich sogar zu Hause. Zwar zu Hause in den niedrigsten Schichten der Menschen, aber zu Hause. Niemand würde verstehen, was sie paradoxerweise empfand, angesichts der vorangegangenen Entführung, in die Kälte der Pontonen.

Nach drei Stunden Aufenthalt in dieser unterronischen Höhle fing sie an, die Situation zu begreifen. Es gab dort angenehme Luft zum atmen, nicht dieses grüne Gemisch, was sie immer an irgendein Szenario erinnerte, nein, es war fast wie auf Erden, und es gab Gänge, in denen Frischluft zufloss, „aus unterirdischen Anlagen", sagte Horban, einer der Anführer. Er saß ihr gegenüber und musterte sie. „Was haben die denn aus dir gemacht?" „Keinen Sinn für eine schöne Frau, diese Silbergeister?", fügte ein Zweiter hinzu, der bei der Tür stand und wachte. „Lavinia heißt du also?", Lavinia schwieg. „Zieh dich aus", fügte er hinzu, als wäre es ein alltäglicher Befehl. „Das werde ich nicht!"

Stille tränkte diese Höhle mit einer eigenartigen Spannung. Das Gefühl von Heimat erstarrte zu einer Fratze.

„Zieh dich aus!", kam es mit Nachdruck. „Nein!" „Oder willst du, dass wir dich sofort vergewaltigen, Lämmchen?" Lavinia schauderte es vor diesen beiden gealterten Burschen, die immer noch mit genügender Manneskraft in abenteuerlichen Fetzen vor ihr saßen. Gleichzeitig weckte dieser Befehl animalische Gefühle in ihr, vor denen sie sich selbst schämte. Nein, sie würde sich lieber umbringen lassen, als . . .

Der Ältere kam näher. Er roch nach Erde. „Weißt du Schatz, wir brauchen dich. Wir sind schon lange Zeit allein und beschäftigen uns seither nur mit uns. Die Grumurkuniweiber sind zwar auch ganz geil, aber sie halten zu Ihresgleichen. Sie sind nicht erregbar, wenn du verstehst. „Und ihr meint, ich sei nun erregbar?" Beide Männer grinsten sich an. „Weißt du, wir sind höfliche Gesellen, und wir wollen nichts überstürzen. Erst wirst du neu eingekleidet, dann . . . na ja, wir zwei sind nicht allein, wenn du verstehst, eine verschworene Gemeinschaft, und wenn du je Kinder hattest wirst du wissen, jeder will mal schlecken, wenn's Eis gab?" Eine laute Sirene beendete das Gespräch. Horban eilte hinaus. „Kümmere du dich um sie Givar", waren seine letzten Worte. „Sie greifen an", meinte dieser Givar, während er auf Lavinia zukam. „Alles Show. Wir kennen diese Silberspitzen. Sie werden uns nichts tun. Hab keine Angst." Sein Kopf, der mit einem blauen Band um die Stirn bekleidet war, neigte sich, der braune Schnurrbart kitzelte Lavinias Wange. Sie roch seine ihm ins Gesicht fallenden mittelbraunen Zotteln. Sie schreckte zurück, da fasste er sie mit der anderen Hand am Hinterkopf an, zog ihren Kopf so bedenklich zurück, dass Lavinia sich mahnte, lieber alles zuzulassen, als hier schwer verletzt zu werden. Dann beugte er sich über sie, umklammerte sie und zog sie von dieser Art Sessel auf den Boden, auf dem selbstgebastelte Kissen und Fleckerlteppiche lagen, aus dem, was man zur Verfügung hatte. Als Nächstes riss er ihr die Pontonenkleider vom Leib, packte erneut ihren Haarschopf und verging sich mit kräftigen Bewegungen an ihren Brüsten, fing dann an, seine Schlabberhose, die von einem metallenen Gürtel festgehalten wurde, auszuziehen, als die Tür aufschnellte und Horban eintrat. Sein Piratentuch war als Mütze um den Kopf geschlungen, schwarz und rot, fast wie Sillas Kleid. Das machte ihn jünger, diesen vollbärtigen dunklen Gesellen. Lavinia kannte sich selbst nicht mehr, sie war wie erstarrt. Jetzt erkannte sie die wütenden Gesichtszüge des Älteren. Erbarmungslos trat er dem anderen mit seinen Stiefeln zwischen die Schenkel. „Noch nicht oft genug ge... worden, ha? Soll ich dich hoch bringen zu Pavel? Der reißt dir den Arsch soweit auf, dass dir künftige Alleingänge vergehen!“ Givar wich zurück, krümmte sich etwas und verzog sich tief in die Höhle hinein.

„Ha, ha, meine Liebe, ich verstehe meinen Kollegen ja sehr gut, ha, ha, aber Ordnung muss sein.“ „Meinst du nicht auch?“ Lavinia hatte das Gefühl, nichts zu diesem Gespräch beitragen zu wollen. Doch was sie am meisten ärgerte, sie fühlte in ihren Geschlechtsorganen eine gewisse Stimulierung, während ihre Seele sich ekelte.

„Givar, oben gibt's Arbeit!“ – „Hier, bedien dich, Engelchen.“ Horban zeigte auf die Kästen in der Höhlenstruktur. Es waren Nischen mit Klappen darüber. Ein forsches „Ab, Givar!“ und ein zweifaches Schließen des Haupttors beendete diese Situation und Lavinia sah sich die Kästen an. Phantasievolle Kleidungsstücke, auf was diese Wilden nur gekommen sind. Nicht zu glauben. Ihre Einsamkeit beflügelte sie offensichtlich. Sie probierte einige Teile an und merkte, wie sich ihr Inneres immer mehr erhitzte. Die zerrissene Pontonenweste war unbrauchbar, außerdem fühlte sie sich seit Langem wie ein Nichts darin. So zog sie an, was sie vorfand. Es waren weiche schmeichelnde Stoffe, fand sie in dem Moment, nach außen aber rustikal und primitiv. Sie musste aussehen wie eine Zigeunerin. Sogar Stiefel fand sie in einem der unteren Klappen. Die neuen farbigen Fetzen reichten bis auf den Boden, und teils zeigten sie ihr Bein, ziemlich viel davon. Die dicke Decke dort, das war es. Sie wickelte sich damit ein und zog sich in einen der Sesselvertiefungen zurück.

Die Kerle hatten die nächsten Tage wenig Zeit für sie. Sie fand in den unterirdischen Räumen sogar Bücher und fing an in denen zu lesen, die in Englisch geschrieben waren. Dass technische Neuheiten früherer Jahre so fesseln können, wenn man lange nichts mehr gelesen hat, erfuhr sie in diesen Tagen, und über russische Comics konnte sie etwas grinsen, wenn sie auch nichts verstand. Zu essen wurde ihr gebracht.

Eines Tages kam ein anderer der „Männer", ein schleimiger Typ, mit Glatze und einem dicken Bauch, in die Höhle, die ihr vertraut wurde. Er erklärte ihr, dass sie mit den Pontonen gute Verhandlungen hatten und dass sie froh sein könne, dass sie hier sei. Denn sie hätten rausgekriegt, dass die sie gern für diverse Versuche hätten. „Aber dafür bist du uns zu schade, Vögelchen, dafür sind wir doch da, dich zu beschützen." Er kam ihr bedenklich nah, und er roch nach Parfüm und Schweiß. Sein Oberkörper war frei und um seinen Hals baumelte eine Kette aus allen möglichen Materialien der Erde und des Ronus. „Man nennt mich Specki", dabei rülpste er leicht und versuchte dies durch Grinsen zu übertünchen. Lavinia dachte darüber nach, was die Pontonen vorhatten. Angst überkam sie, sie fühlte sich förmlich von diesen Barbaren gerettet. Sollte sie ihnen deshalb dankbar sein? Oder erdachten sie sich das alles nur, um sie für sich zu gewinnen? Dagegen sprach, dass sie wirklich lange allein gelassen war und anscheinende Verhandlungen mit den Pontonen stattfanden. Da spürte sie einen erbärmlichen Ruck. Ihre Brüste spürten ein kurzes Reißen und lagen frei vor dem eingeölten Dicken. Er hatte ihr die mühevoll umschlungene Piratenkleidung mit einem Ruck abgerissen. Ihre langen braunen Haare schmiegten sich um die Brüste. Der Behelfsrock verrutschte, drunter gab es nichts anzuziehen. So stand sie vor diesem Unhold und hatte nichts als ihre Hände, sich zu schützen. „Keine Bange, mein Schäfchen, wenn man lange nichts gegessen hat, soll man sich nicht überessen, grinste der Dicke und fing an, sich selbst auszuziehen. Außerdem hat uns der Chef verboten, dich anzufassen." - „Warum?", fragte Lavinia instinktiv. „Weil wir ein Fest vorhaben, das Fest der ‚Eröffnung'". Er grinste schelmisch und Lavinia merkte, dass sein Organ . . .

Nachdem er sich in ausgedehnter Manier selbst befriedigte und Lavinia immer wieder in das Spiel einbeziehen wollte, trank er fast einen Liter des Ronusweines, so nannte man das Gesöff, was man sich auf diesem Planeten bastelte, um erheitert zu werden, und dann schlief er vor ihr ein.

Was hätte sie davon, diesen Sack umzubringen? Nichts, nur Probleme. So beließ sie es. Vielmehr begann sie, sich zu entdecken, ja sie genoss es sogar ein wenig, sich zu erregen. Ein paar Schlucke dieses Saftes, und ihre Hände umfassten ihre vollen Brüste wie vernachlässigte Kinder . . .

Ihr Körper war jetzt von schwachem Schweiß bedeckt und lag in dieser Höhle, wie das Gemälde eines Künstlers, zwischen Krügen und Decken und Kleidern.

Wie lange hatte sie dieses Gefühl nicht mehr verspürt. Sie begann über sich nachzudenken, was heißt Mensch sein. Beides war in ihr, viel Verstand für eine Frau, viel . . . sie war ja auch Mathematikerin, aber sie trennte doch Einiges von der Nüchternheit der Pontonen, die auf Verstand reduzierte Wesen waren. Und Santar, sie sah ihn vor sich im weißen Astronautenanzug, den schicken Tretern mit den orangen Senkeln, der vergnügte sich mit den Gefühlsfellwesen. Hm, da war er der King, das tat ihm gut, endlich wurde sich um ihn bemüht, endlich wurde er begehrt. Und er wusste es wohl auszunutzen, all diese anhänglichen Fellwesen an sich zu binden. Und wenn sie ausflippten und sich gegenseitig hinschlachteten aus Eifersucht, aus Gier, weil ihnen der Verstand fehlte, war er sicher der, der sie daraus mit einer Coolheit befreite, die die Wesen veranlasste, ihn zu verehren, wobei er sie, Lavinia, offensichtlich vergessen hatte. So jedenfalls erfuhr sie all das über die Pontonen, die es präzise ohne Anflug von Gefühl erzählten. Die hatten überall ihre Spitzel, ob sie sie auch hier beobachtete? Sie glaubte es nicht. Egal. Lavinia begann zu frösteln. In den Kästen war genug Kleidung, die sie sich überzog, und mit einer Decke bekleidet verkroch sie sich in eine äußerste Ecke, während der Dicke schnarchte.

Das angekündigte Fest rückte heran, es sollte zum Sommerende 2018 stattfinden, nach Erdenzeit natürlich, die sie sich in mühevoller Kopfarbeit erhalten hatte. Und das war nicht mehr lange. Sie müsste sich vorher absetzen, aber wohin? Menschenversuche bei den Pontonen? Eine mögliche Massenvergewaltigung auf dem Fest? Durchbruch zu den Grumurkunis? Nein, das wäre nicht möglich. Da war die Mauer, die Meere. Und Santar würde sie nicht nachlaufen, nachdem er sich in keiner Weise um sie kümmerte. Sie begann ihn zu hassen, und dann sehnte sie sich wieder nach ihm, undurchführbare Pläne überschlugen sich in ihrem Sinn. Sie dachte an die Party anlässlich seines Geburtstages in der Lightbraker. Hm, was wäre wenn. Die alte Frage. Wäre sie mit ihm glücklich geworden? Erik! Irgendeine Kraft zog sie zu Erik. Er war der einzige, der zu ihr stand, den sie verließ, als sie sich verließen. Man müsste ihn herbeibeamen können.

Erik saß die langen ereignislosen Zeiten in seiner Lightbraker-Nachfolgemission, und niemand wusste, dass sie Äonen von Zeiten voneinander entfernt, aneinander dachten. Erik, von den Schönheiten des Schiffs immer wieder entzückt, verführt, sogar gepeinigt, wenn er ihre schlanken oder auch weichen, frauenhaften Beine unter den oft kurzen Röcken sah, die sie mit auf die Mission nahmen. Aber er wollte keine von denen, er konnte damit letztlich nichts anfangen. Sie wollten Fun, er auch, aber in Wirklichkeit wollte er den Tauwind, wie sein Gedicht sagte, das ihn überall hin begleitete, die Frau, die ihn aufweichen könnte, zum Kind machen, um das so viele Panzer gewachsen waren. Man will so viel, aber manches gewinnt immer wieder die Oberhand, dachte er manchmal und wusste doch, dass seine Situation vieles einfach gar nicht zuließ.

Das Fest lief völlig anders ab, als Lavinia erwartete. Sie wurde wie die Sonnenkönigin bekleidet, auf einen Thron gesetzt und verehrt wie in der katholischen Kirche die Heilige Mutter Gottes. Unglaubliche Szenen spielten sich ab. Vor ihr auf dem Ronusstaub wälzten sich die „Männer", blickten zu ihr auf, ritzten sich wie einst die Baalsanbeter und befriedigten auf jede nur erdenkbare Weise ihre sexuelle Gier. Niemand verging sich an Lavinia, für die man extra noch die zarteste Unterwäsche aus Nichts anfertigte, soviel Energie war vorhanden. Diese wurde ihr von Dienern (einige der jüngsten dieser „Piraten") an- und ausgezogen. Man flüsterte ihr ein, wie sie sich zu bewegen hatte, und man brachte sie in Szenen, die die da unten in Ekstase brachte. Lavinia spielte das Spiel mit, was ihr letztlich keinen Schaden zufügte. Dieser Tag würde auch zu Ende gehen und er tat's und manchmal gab es Momente, die sie sogar amüsant fand.

In ihrer Höhle, die man ihr inzwischen zuwies, kamen spät abends noch Besucher. Es waren Givar und Horban. Sie hatten neue Kleider an und blinzelten wie zu Weihnachten auf Lavinia herab, die seltsamerweise keine Angst hatte. „Gütige Göttin", erhob Givar das Wort. „Meisterin unserer Zukunft", ließ Horban folgen. „Hört mit dem Quatsch auf", entkam es Lavinia. „Was ist los", seit wann dieser Sinneswandel", fuhr sie sie an. Der Tag hatte sie stolz gemacht und irgendwie erschrak sie selbst vor sich, wie dominant sie sein konnte.

„Gütige Trägerin feuchter Organe", fuhr Givar fort und zupfte sich an dem heute gepflegt wirkenden braunen Schnurrbart, sein blaues Band über der Stirn schien wie frisch gebügelt und seine gierigen Augen wurden glänzend: „Gütige Trägerin feuchter Höhlen", er fiel wie ein Sack vor ihr nieder. Lavinia richtete sich instinktiv auf. „Was gibt's, mein Sohn?", sah sie mit stolzer Brust auf den Verzückten hinab. Horban wurde das Ganze zu viel. „Hör auf Givar, nur weil du das Weib nicht f... kannst, brauchen wir ihr nicht zu verfallen." Givar zuckte. Strich mit beiden Händen ein letztes Mal die Schlangenlinien der Beine Lavinias hinauf, um die Knie herum und schlug mit den Fäusten auf den Boden, fast weinend, wütend, kroch dann auf den Befehl Horbans zurück und kauerte sich in eine Nische der Höhle.

„Was ist Horban?", fuhr Lavinia nicht mehr ganz so stolz fort. „Dein Glück", erwiderte er. „Was mein Glück?", fragte sie mit offenen Mund zurück. „Wir hatten eine Bombendrohung." - „Von wem?" „Von den Pontonen", erwiderte Horban, und sein von dickem schwarzem Bart umwucherter dunkler Blick verwandelte sich von leuchtend nach trüb und ernst. Kleinlaut fuhr er fort: „Sie drohten uns, mit neu entwickelten Bomben alles platt zu machen, wenn wir . . ." - „Was?", stierte ihn Lavinia an. „Ja, was denn schon, merkst du nicht, wie die Männer zu dir sind." Lavinia roch irgendwie Morgenluft, sie hatten von den Pontonen eine draufbekommen, ich werde beschützt. Ihre Stimmung schlug wie von Geisterhand um. Die Kerle haben Macht abgeben müssen, schoss es durch ihren Kopf, was geht da vor?

Dieser Abend brachte nicht viel Neues, und die beiden Männer verließen bald darauf den Raum. Sie machten allesamt die nächste Zeit einen beschämten Eindruck, wie Hunde, die Angst vor dem Feuer haben und sich doch immer wieder nähern, mit gesenktem Haupt, schnüffelnd. Ab und zu gab es noch ein Festchen, aber es war harmlos, eher wie bei Karl Moik (Volksmusiksendungsmoderator) einst, nicht wie auf Ronus, bei durchgeknallten Kerlen. So verging der Winter. Lavinia war in den Höhlen sicher, gut aufgehoben, aber nach wie vor, voller Unsicherheit. Jegliche Tatenkraft wurde gedämpft. Wie lange würde dieser Zustand gutgehen?

Eines Tages, im frühen Jahr des Jahres 2019, geschah dann das, was in der Luft lag. Spitzköpfe drangen in die Gemächer ein, holten Lavinia lautlos heraus, setzten sie in Ketten und in die ihr schon gut bekannten Vehikel. In langsamer, bedächtiger Fahrt ging es zurück in die Moderne, der Abstecher hatte sein Ende. Statt innerer Erregtheit und Angst fühlte sie nun innere Leere und Angst, bis eines Abends die Nachricht kam, dass ihr Ortswechsel ein Freikauf war. Freigekauft? Sie fühlte sich geehrt und verfolgt in einem. Nüchtern knatterte es aus einem der Silberbäuche, der sie in ihrem Raum besuchte: „Die ‚Männer' gaben dich frei, weil sie das Versprechen bekamen, das nächste Raumschiff, was sich hier verirrt, ganz für sich zu bekommen, auch falls Frauen dabei sind. Dafür gehörst du nun uns, Punkt."

Schon wieder überfiel sie das Gefühl des Ausgeliefertseins. „Was haben Sie mit mir vor?", fragte sie das Wesen, „und noch was, ich habe lange darüber nachgedacht. Wie haben Sie sich vermehrt, wenn es doch keine Silberfrauen gibt?“ Ohne aufzumerken kam es zurück: „Gut beobachtet, dear Lady.“ - „Würden Sie mir das erklären.“ Er setzte sich, sein Gesäß begann wieder zu rauchen, seine Augen begannen zu funkeln und in seinem Bauch begann es zu rattern, er stellte die Sprache ein und der Vortrag begann: „Als Auserwählte des Planeten Ronus haben Sie das Recht, zu erfahren, was geschah. Wir hatten anfangs natürlich Frauen, aber durch die chemischen Angriffe der Terroristen Ihres Planeten, entstanden zwei Rassen. Das war kein Schöpfungsakt eines Gottes, wie Sie ihn verehren mögen, nein, das war ein Unfall. Die Baraden, die Fellmenschen oder Grumurkunis, wie sie sich nennen, haben Frauen, aber diese werden Jahr für Jahr unfruchtbarer. Unsere Frauen waren dies, bis auf Ausnahmen von Anfang an. Außerdem starben sie eher als wir. Wegen dieser Fehlfunktion beschlossen wir, diese zu eliminieren. Dies geschah erfolgreich. Die Töchter waren von vornherein unfruchtbar, wieso sollten sie länger leben und uns damit quälen? Wir haben diese Zeiten überwunden und die Grumurkunis – dieses Problem wird sich in absehbarer Zeit von selbst lösen. Vielleicht verstehen Sie jetzt, warum Sie so wichtig sind.“ Lavinia sah ratlos in die Gegend. „Verstehen Sie es?“. - „Nein, nicht ganz“, antwortete sie ihm. „Ich verspreche Ihnen, Sie werden es in absehbarer Zeit so verstehen lernen, wie kaum jemand“, gab der Fremde zurück und verschwand. „Ach noch etwas, ängstigen Sie sich nicht, Sie sollten es sich gutgehen lassen.“

21

Die Zeiten fegten über Ronus und alles Neue wurde schneller eintönig, als vielen Älteren das Erdenleben eintönig wird. Nicht einmal Sommer und Winter durchbrachen wie auf der Erde den Gleichklang der Dinge.

Santar hatte etwas gefunden für sich. Er war der Liebling einer ver-standlosen Abart der Menschen geworden, die in ihrer negativen Stimmung seine Autorität schätzten, ja sogar achten lernten und in wohltuenden Gefühlslagen seine feurige familiäre mittelamerikanische Herkunft, seine Familie ersetzten. O.k., da war Lavinia, doch gab sie ihm, was er hier fand? So verblasste ihr Bild in ihm Monat für Monat. Er entdeckte die unterirdischen Welten des Ronus und wurde immer mehr Führer der „Fellmenschen“, der Grumurkunis, wie sie sich nannten, ein Pontone würde sagen der Baraden. Führer derer, denen er in die Hände fiel oder die ihm in den Schoß fielen.

Lavinia füllte die Zeit mit Forschung aus. Sie hatte nun Ruhe und Raum und wurde sehr vorzüglich behandelt. Manchmal fühlte sie sich wie die Frau eines Mannes, der fremdging und sie dafür besonders gut behandelte, so wie sie es früher mal in den Blättern las, die auf Erden kursieren. Aber was wäre das Fremdgehen in diesem Fall? Hatte es etwas mit den emsigen Laborarbeiten zu tun? Lavinia wollte sich nicht näher damit beschäftigen. Jeder Tag bringt sein eigenes Unheil. Gerade lief alles gut. Sie bestaunte die unglaubliche Kälte und gleichzeitige Schlauheit der Bewohner dieser Ecke dieses Planeten, auf dem sie festsaß. Sie wusste mit ihnen umzugehen, hielt sich schuldlos, nahm sich zurück und arbeitete. Auch hatte sie Zeit, aufzuarbeiten, was geschehen war. – Und irgendwie hatte sie Hoffnung, Hoffnung, eines Tages hier fortzukommen, denn sie lebte ja schließlich in einem Wissenstiegel, außerdem war sie selbst nicht die Dümmste.

Doch dass selbst diese Wesen von einem Geist und Auftrag getragen wurden, ahnte sie nicht. Gut, sie wusste, dass trotz erbitterter Auseinandersetzungen, die es hier bis vor kurzem unter den Gruppen gab, Respekt besteht, der besonders die mächtigste Gruppe, die Verstandler, daran hindert, die anderen auszurotten. Es war ein Respekt, der honorierte, das diese Affenmenschen, die aus ihnen hervorkamen, einst auch in ihnen waren.

Irgendwie betrachteten sie sie wie die Christen ihre Frauen, wenn sie gelehrt werden, das „schwächere Glied", die Frau, zu achten und zu ehren. Aber auch hier war das Gegenteil der Fall, Kriege, aber mit Grenzen, die die Verstandler nicht überschreiten wollten, außerdem war Krieg nicht ihr Ziel. Und dass diese heruntergekommenen „Männer" eigentlich etwas mit ihrem Ziel zu tun hatten, wenn auch nicht direkt, zeigte sich in der Duldsamkeit jenen gegenüber. Die Grumurkunis aber waren nicht nur schwächer, ganz davon abgesehen, dass sie mehr Körperkraft hatten, aber sie hatten den Verstandlern die Gefühle voraus. Und wenn Verstandler darauf auch hinabsahen, ahnten sie doch, dass es etwas war, was ihnen bitterlich abging.

Dass Terroristen aus dem All sie benutzten, um Schreckliches auszuprobieren, war eine Sache. Aber die waren zu weit weg, dass sie diese hätten hassen können. Vielmehr schlug ihr Schicksal in eine Schuld um, die Dinge wieder richtigstellen zu müssen. Gefühllos, verstandgeleitet hatten sie doch einen Gott, nämlich, verantwortlich zu sein, alles wiederherzustellen, was verloren ging. Lavinia sollte ihr Opfer sein, so wie die Inkas Opfer hatten, so würde sie . . .

22

Am Morgen des 3. Oktober 2019, Lavinia wusste, dass es der Tag der Deutschen Einheit war, sie hatte viel Zeit, sich über die Vergangenheit und die Erde Gedanken zu machen, über deren Probleme und Spaltungen . . ., da geschah, was niemand vermutete:

C 12, Lavinia erkannte ihn sofort an dem sehr eckigen Kopf mit der bommelartigen Spitze, trat höflich in ihr Zimmer ein und setzte sich neben sie. Sie hatte ihre braunen Haare mit einem weißen Tuch raufgebunden und trug lose offene Freizeitkleidung, die man unterdessen für sie anfertigen ließ. Ein wundersames Gefühl beschlich sie, schon lange Zeit saß niemand mehr neben ihr in solchen Momenten, in denen Frau sich nach Zuneigung sehnt. „Quatsch!", schoss es ihr durch den Sinn. Verstandler haben keine Gefühle, sie sind . . ., da schrie sie laut auf, wandte sich entsetzt ab, griff an ihren Oberschenkel, der durch die Art der Kleidung freilag. Da war was nass! Flink streifte sie mit dem Zeigefinger darüber hinweg und es war Gewissheit, was unterbewusste Ahnungen ihr längst sagten, sie blutete. Es war ein Einstich, eine Betäubung? Der inzwischen etwas weggerückte Verstandler schaute sie an wie ein Wesen aus fremden Welten, so klar war es in diesem Moment, dass es ja tatsächlich Wesen aus fremden Welten waren. Dann war es ihr, als würde selbst diese weit weggerückte Welt immer ferner. C 12 schien einen Meter, 10 Meter, 100 Meter entfernt, und ihr Zimmer entzog sich ihr in schwarzen Kreisen, die immer kleiner wurden.

Als sie aufwachte, lag sie festgeschnallt in einem sterilen Raum. Man hatte sie entführt, untersucht oder was auch immer, das ging ohne Probleme nach dieser Spritze. Wut machte sich in ihr breit. Große Leuchten waren auf sie gerichtet und eine Anzahl verschwommener Spitzköpfe reihte sich um sie, einer war so nah, dass man glauben konnte, seine leuchtend blauen Augen wären durchsichtig und gäben den geheimnisvollen Blick in das dunkle Innere der Seele dieser Spezies frei.

„Wir werden Ihnen jetzt eine weitere Spritze geben müssen, die Sie weitgehend ausschaltet und den Unterleib schmerzlos macht. Alles was wir tun wird perfekt sein. Mit 99,9 Prozent Sicherheit werden Sie in einigen Stunden völlig intakt erwachen." Lavinia war zu schwach, um mit dem Entsetzen etwas anfangen zu können, das sie beschlich, als sie halbnackt vor diesen „Robotern" lag und von diesem Eingriff hörte, zu dem man sie zwang und von dem sie nicht wusste, warum er erfolgte. Verzweiflung, Ausgeliefertsein, wie die

Maus vor der Katze, mischten sich mit dem trotz der Spritze durchkeimenden enormen Willen, zu erfahren, was hier vorgeht. Die silbernen Hände drückten den sich aufbäumenden Oberkörper der schönen Frau nieder. „Sie werden uns dienen!“, und dass das beschlossen wurde, sagte einer der Spitzkopfpontonen im Halbrund. Sein Englisch hallte durch den Raum, der eigene Lautsprecher hatte. „Nach Ihrer Genesung werden Sie auch erfahren, was der Sinn dieser Aktion ist“, fügte ein anderer trocken hinzu. Zorn, der ihr doch nichts half, kam erneut auf und verflog wieder in Lavinias Leib. Dann dieses feuchte Nass der Desinfektion und dieses Drücken und Stechen der nächsten Spritze. Weitere folgten im Unterleibsbereich, man drehte sie und stach auch in den Rücken, es tat weh, aber es war auszuhalten, die Betäubungen wirkten bereits. „Aaaaauuuuhh“, einer der Pontonen drang in Ihre Scheide ein und stach mit einer langen Nadel eine Stelle, die er unter Lavinias Aufbäumen suchte. Weitere folgten, taten aber kaum noch weh. Sie spürte nur den Druck, da wo sie arbeiteten. Alles war ansonsten stumpf und unklar.

Dann machte sich eine Entspannung breit, sie ließ die Dinge über sich ergehen. Irgendwas an ihrem Unterleib, irgendwas, irgendwas, irgendwas, so fieberte sie, träumte und schlief, wie sie meinte vor sich hin. Sie fühlte auch nicht mehr, wie plötzlich viel Blut anfing, über ihren Bauch zu rinnen. Man hatte Schnitte von außen gesetzt.

Die zwei Sonnen gingen unter, das Licht der übriggebliebenen Sonne drang sanft wie in einer Dämmerung in ihr Zimmer, als sie sich ihrer selbst wieder bewusst wurde. Alles war vorbei. Sie kannte das Gefühl aus der Vergangenheit. Sie hatte schon einige Eingriffe in ihrem Leben hinter sich, es war beruhigend, dass es vorbei war. Als noch Siebenjährige saß nach einer Mandeloperation ihre Mutter neben ihr und Lavinia blickte sie mit den wieder größer werdenden Augen des Vertrauens an, die einige Tränen hinausließen, weil ihr Mund verschlossen war, ihr Rachen wehtat, und Mama meinte dann: „Es ist alles gut mein Schatz, es wird schon werden. Und weißt du was, bald bekommst du ganz viel Eis, ganz viel, soviel du willst!“ Lavinia wollte das Lächeln von damals wiederholen, aber es blieb ihr in den Tränen stecken. Hier war alles anders. Niemand war da und es würde auch keine Mama kommen und außerdem, schoss es ihr wie Giftpfeile vom Kopf bis in den kleinen Zeh, ich bin doch hier nicht gesundgemacht worden, was haben die mit mir getan? Sie fing an, sich abzutasten und entdeckte, dass ab Mitte Bauchnabel bis Mitte Schenkel Verbände angelegt waren. Dann etwas Hartes, ein Kabel, ein Schlauch? Na klar, der ging aus ihrem Leib durch den Verband in den Glastopf, der auf dem Tischchen stand und schon etwas gelblich gefüllt war. Ihr Urin? Wieder dieses durchdringende Angstgefühl, was sie elektrisierte. Es begann im Kopf, strömte ins Herz, füllte den Brustkorb mit Panik und lähmte den Rest des Körpers, der dann vor Schwäche aufgab. Dann fing es im Kopf wieder an, immer wieder. Irgendwann war sie erneut eingeschlafen. Es war zu viel, die Natur schützte sie jetzt, anstelle der Mutter.

Diesmal wachte sie nass geschwitzt auf und dachte nur noch in eine Richtung, „Wo ist hier verdammt jemand, der mir erklärt, was los ist. Diese Teufel, keiner ist da, kein Arzt, kein Erbarmen, keine Schwester." Schwäche, Zorn, Verzweiflung, Wut, im steten Wechsel, trieben ihr den Schweiß aus allen Poren, bis sie einsah, nein, sie müsse jetzt ruhig bleiben, sie würde sich sonst selbst umbringen. „Es wird schon gut sein, es wird schon gut sein", begann sie sich einzusagen. Sie dachte an Erik, der früher auch immer diese Paniken hatte, aber wegen nichts, wegen seiner Zwangsangst. Er hatte niemand, der ihn innerlich beruhigte, seine Instanzen waren nicht gefüllt mit der Stimme der guten Mutter, die ihn beruhigte, auch wenn sie nicht da war. Lavinia war immer gut zu ihm, auch wenn andere ihn wegen seiner Ängste herabsetzten, aber erst jetzt spürte sie, wie sie gern zu ihm gewesen wäre. Tränen quollen aus ihren Augen und sie wischte sie sich durch Kopfbewegungen an der Zudecke ab, lag ruhig da, merkte, dass sie sich gefasst hatte und sachlich zu denken begann. Sie muss es mit Klopfen probieren oder mit Rufen, was ihr aber nicht gelang, weil jeder Versuch unheimliche Schmerzen im Leib verursachte, so wie eine Blasenentzündung mit einer Nierenkolik vermischt, dachte sie für sich, und dazu das Gefühl wie nach einem Sturz aufs Steißbein. Sie verbrachte die Nacht in einem Zwischenland zwischen Schlaf, Entkräftung und Fieberphantasien. Was sie nicht wusste, dass die Pontonen über Luken ihren Zustand wissenschaftlich genau beobachteten, mit speziellen Geräten, die jeden Arzt und jede Schwester ersetzten. Sie hatten nicht viel auf diesem Planeten, aber das, was sie wollten, setzten sie mit ihrer zigfach überdurchschnittlichen Intelligenz, die ihnen nach dem Unfall zuteil wurde, durch. Nur blicken ließ sich keiner. „Hatten sie auf einmal doch Gefühle", dachte Lavinia, „schämen sie sich für das, was sie taten?" Damit schlief sie endgültig ein und sah nach dem Aufwachen am nächsten Morgen als Erstes eine riesige TV-Station vor sich und an einer Kabelleine ein Einschaltknopf. „Diese Feiglinge", grollte sie mit sich, aber schon von Neugierde getrieben und abgelenkt. „Nein, die haben kein Gefühl, die können ja nicht mal feige sein", beschloss sie für sich, während sie das „Klick" des eben mit viel Kraft von ihr gedrückten Einschaltknopfes vernahm und sich ein Bild aufbaute.

Ein Silberling beugte sich über sie, nur in der Übertragung. Es war der, der ihr auch bei der Operation so nahe kam, der mit den fast durchsichtigen Augen. Er begann eine Rede zu halten, die sie immer mehr lähmte vor Entsetzen und Schock. Von anstrengender ausdauernder Arbeit war die Rede, von vielen Labors, die sie sicherlich schon bemerkt hatte. „Als wäre das eine Entschuldigung", schäumte sie innerlich. Dann sabbelte dieser Silberling von ihrem Vorrecht, ausgewählt worden zu sein. Welche Wahl hatte sie denn, konterte ihr Kopf. Lavinia schmeichelte das Ganze nicht, es wurde auch nicht schmeichlerisch vorgetragen, sondern eklig, fern, blechern, so empfand sie es, aber doch energetisch und klar.

Nach einer Stunde wusste sie es nun also. Sie trug einen „Vorbefruchter" oder wie sie das ganze Teil nannten, was in sie einwachsen sollte und darin war bereits Samen. „Samen", schoss es ihr wie eine Gewehrkugel durch den Kopf. Samen? Zwei Samen, sagte der Pontone, die sich verwachsen würden zu einem. Sie fröstelte, während sie das Gesagte zu verstehen begann. Von einem ausgewählten Pontonen und von einem dieser Fellmenschen, den sie eingefangen hatten. Grumurkunisamen in mir? Lavinia merkte, wie es ihr übel wurde, und Pontonensamen? Zorn kam dazu. Sie bäumte sich instinktiv auf und sank voller Schmerzen wieder zusammen.

Diese Samen würden mittels einer Technik und entsprechenden Beigaben, so verzapften diese Killer, wenn sie es richtig mitbekam, zusammenwachsen, das aber in längeren Entwicklungsschritten, die durch die technischen Varianten angestoßen würden. Es würden sich aus dem Ursamen immer neue, bessere Samen bilden, wie in einem Hoden, bis . . . Das war selbst der immer mathematisch zu denken versuchenden Lavinia zu hoch. Dieser Same, der sich nun bilden sollte - Lavinia hörte in ihren Leib hinein, als könne sie das Wachsen wahrnehmen, gab es dann aber wieder auf, weil sie folgerte, dass sie so ein Gefühl jetzt bei diesen Schmerzen doch noch gar nicht wahrnehmen würde. Dieser Same würde dann in einem Jahr, November 2020, sagte der Pontone, erinnerte sie sich, freigelassen, und sie auf dem Weg in ihre Eierstöcke befruchten. Dabei und danach würde der Vorbefruchter durch eingebaute Signale zu faulen anfangen und vom Körper abgestoßen, wie bei einer Periode. Nein, das war keine Entwarnung. Es war nur zuviel für sie, doch schon wuchs in ihr, wie es ihr erklärt wurde, das, weswegen sie danach im Jahre 21 als Folge selbst sterben würde. Und Ronus lebt, schrien die begeisterten Pontonen nochmals durch ihren Sinn, so wie grad auf dem Bildschirm. Dann floss der eben gesehene Film noch einmal in Lavinia ab, während sie im Videofilm ein monotones Lied sangen. Es klang wie eine Maoverehrung oder ein zynischer Gleichklang oder klang es fast katholisch? Sie wurde darin als eine Art Heiland verklärt besungen. Lavinia war nun klargemacht worden, wenn kein anderer Mensch sie bis 2020 begattet, was sie, die Pontonen zu verhindern wissen, würde sie und danach das ausführende Team in die Geschichte des Weltalls eingehen als Heilige, für die zurückgewonnene Ronheit. Sie und Y 27, der Auserwählte der Pontonen, den sie nicht einmal kannte, sowie der gekidnappte Fellmensch wären mit dem OP-Team eine Mehreinigkeit, der man ewig Dank darbringen würde, hatte man ihr verkündet. „Dank", was für ein Wort für einen Verstandler? Klar, diese sprachen bereits in der Sprache, die sie danach zu führen glaubten, wenn sie wieder „Menschen" wären. Endlich wäre der schreckliche Unfall aufgehoben, den die auf Undarium ihnen beibrachten. Und dann würde man losziehen, um die Fremden auf Undarium zu strafen. Unterronische Testreihen dazu sind schon fast ausführreif. Ihr, Lavinias Bild, würde dann alles zieren, von der Kleinfeuerwaffe zum Raumschiff bis zum Kuchenblech, erfuhr sie gerade. Und ihr Sohn, nein, ihre Zwillinge, verbesserte sich Lavinia nach dem Gehörten - ja, nur so gäbe das ja Sinn - würden Adam und Eva heißen. So erklärte es der Ronusser, als wüsste er über die Erdgeschichte genauestens Bescheid. Ziele von Wahnsinnigen! Dabei hatten sie keine Gefühle, aber dieses Ziel muss in ihren Genen eine Ausnahme sein und sie antreiben.

Die drei Sonnen schienen ins Zimmer. Es war inzwischen taghell. Lavinia fühlte sich groß und wichtig und klein und elend. Und zwischen den beiden Stimmungen begann sie wie eine Maschine zu grübeln. Es gäbe noch eine Chance. Sie presste die Lippen aufeinander, zog sie in sich hinein, presste wieder und spürte ihren Widerstand. „Eine Chance" – sie müsste jemand finden, der sie spätestens im November 2020 nach einer Periode schwängert, einen Menschen. Und da gab es keinen außer Santar. Ja, Santar müsste her, Santar, er fuhr in ihrem Kopf herum wie in einem Karussell auf dem Volksfest. Santar.

Die „Männer", die „Männer", begann es plötzlich zu ticken. Lavinias Lippen ließen nach, verfielen, ihr Mund stand auf. Das wäre ein gefundenes Fressen für die. Ihre Lippen zuckten bei dem Gedanken immer wieder auf. Ihr Blick senkte sich nach innen, als müsste sie tiefste Instanzen in sich befragen. Dann wurde ihr wieder schlecht, sie wurde gleichzeitig schwach und trat weg.

23

Die Security-LB-M (Lightbraker-Mini) hatte arbeitsame Monate hinter sich, aber keinerlei Kontakt mit irgendwelchen Wesen vermelden können. Auf dem Mond eines zu untersuchenden Planeten, schon außerhalb unseres Sonnensystems, baute man Beobachtungsstationen auf, und zweimal landete man auf Objekten, fand aber dort weder Verdächtiges noch Nützliches. X2-1 wurde aus sicherer Entfernung begutachtet, man vermutete Rohstoffe ähnlich denen, die man auf X-in fand. Doch man beschloss, das Risiko zu meiden, von dem extremen Meteoritenregen in der Nähe des Objekts aufgebracht zu werden.

An Bord gab es Zerwürfnisse, einen Heiratsantrag, der zur Raumhochzeit führte, und bald danach den ersten Toten. Der Bräutigam, Rene Bobber, ein aus Frankreich stammender Amerikaner, war nach der fröhlichen Hochzeit mit einer Vorausflugkapsel bei der Landung zu früh aufgesetzt und samt Kapsel 30 Meter tief in ein Tal gerollt. Andere Piloten konnten die Kapsel bergen, aller Schaden war nur äußerlich, aber Rene war tot. Sein Tod hätte nicht sein müssen, aber die Tragik des Geschehens beim Sturz der Kapsel nahm ihren Lauf, Schicksal nennen manche Menschen es, um damit klarzukommen.

Gina war also nur kurze Zeit verheiratet. Gina war Bordhilfe für Elektronik, klein, italienisches Aussehen und quirlig. Rene war ein Könner, sehr ruhig, aber voller Phantasien und Ideen. Ein Paar zum Freude- haben daran. Nun musste sie seine Leiche im Gefrierteil des Schiffes wissen und sich das Grab ausmalen, was es auf der Erde einmal geben würde. Die Stimmung war lange Zeit getrübt. Erik führte viele Gespräche mit Gina und gab ihr Wärme, wobei die beiden sich in ein paar Sachen zu gleich waren, sodass sich keinesfalls ein neues Verhältnis anbahnte, aber sie lernten sich schätzen.

Auch King schätzte Erik, doch in letzter Zeit hatte sich ein Streit der beiden angebahnt. Es ging um die Flugbahn. Erik sah alles mehr aus der Sicht des Auftrages, dem galaktischen Terror auf die Spur zu kommen. King war da mehr wissenschaftlich geprägt. Der Auftrag war zwar klar, aber King meinte, man könnte beides verbinden. Heute zog Erik sich zurück, er wollte allein sein, alles überdenken und schlief bald ein und fand sich am Straßenrand des Krankenhauses wieder, in das er als Kind nach dem Verlust seiner Eltern aufgenommen wurde, und der Arzt war da, der ihm später die Infektionen diagnostizierte, die er sich im Krisengebiet zugezogen haben sollte, was ihn damals in Untiefen der Angst stürzte. Er ließ alle möglichen Wörter fallen, alle die, die damals seine Ängste auslösten, als alles begann. Dann wollte er immer wieder verschwinden und ihn damit alleinlassen. „Bleiben Sie! – Was sagten Sie?“, rang Erik mit ihm. Mit Mühe blieb er in Hörweite. Dann gingen beide in ein Hochhaus. Es glich einem der Krankenhäuser, besser seine Gänge glichen Wohntrakten von Kliniken. Aufzüge öffneten sich. Man verfolgte ihn, Männer mit Messern traten auf, seine Familie war da, er schubste sie weg: „Rettet euch.“ Jetzt war er allein, stürzte von einem Aufzug in den anderen, stieg im 13. Stock aus, lief um sein Leben, öffnete eine Tür, hangelte sich aus dem Fenster in die dunkle Nacht und . . . ein Pochen wurde immer lauter. Er riss die Augen auf und hörte es immer noch, es war die Tür zu seinem Schlafraum. „Ja?“ rief er spontan. „King“, hörte er am anderen Ende. „Sorry, können wir uns um 9 Uhr treffen?“, war Eriks Antwort. „Ja, komm zu mir, ich lade dich zum Frühstück ein“, antwortete King, der Kapitän. Er will den Streit beilegen, wusste Erik, schön, aber, . . . Erik verschwamm alles, was gerade in seinem Kopf war, und das, was real ablief, vermischte sich damit zu einem Alpwachtraum. Wo fielen nun die Worte, im Traum, hier, von King? Wie elektrische Schläge peitschte Angst durch ihn. Er hatte sich hier im Schiff gerade Angst-Frieden erarbeitet, der auch anhielt und jetzt der Traum und das Pochen und King. Er hatte andere Probleme mit King, wie würde er reagieren, wenn er ihm jetzt noch Angstfragen stellen würde. Kaum auszudenken. „Nein, nein, nein, verdammt! Verdammt! VERDAMMT!“ – Volle 15 Minuten kämpfte er immer wacher werdend mit dem Angstanfall, der ihn überfallen hatte, wie aus heiterem Himmel. Seine Angstwellen ließen ihm keine Ruhe, der Traum, die hellrot blinkenden Angstwörter zum Thema Infektion nahmen sein Hirn ein und verschlangen sich mit allem, was danach war zu einem Giftbrei, der ihn nun bedrängte. Was wäre, wenn King ihm etwas über seine Vergangenheit mitzuteilen gehabt hätte. Nein, doch nicht jetzt, nach so vielen Flugmonaten. Schwopmann? Könnte der was Neues wissen und King? Hm . . . Nein. Wäre der so gemein, es King zu erzählen, nicht ihm. NEIN, das wollte Erik nicht glauben. Aber, und jetzt kam die schlimmste Instanz seiner Angstzustände, als er damals mit Schwoppmann redete und die Auskunft von Engelmann von der Erde einholte, bevor sie die Funkzone verließen, hm, hatte er da was falsch verstanden? Ja, das musste es sein, alle redeten darüber, nur er, er hatte es nicht richtig mitbekommen. Na klar, da können alle darüber reden, wenn sie glauben, ich wüsste ja selbst alles. Sein Körper brannte vor Panik. Wenn er jetzt nicht anfängt die Leute auszufragen, wäre er an seinem eigenen Untergang schuld, hetzte ihn die überhandnehmende Angst mit ihrer paranoiden Logik. Sein Leben hätte keinen Zweck mehr, wenn er jetzt ruhig bliebe. Das war seine Angst, das war es, was ihn immer wieder umbrachte und sich durch solcherlei Auslöser über ihn ergoss. Dann war er nicht mehr fähig, die Dinge zu trennen. Eine Angst, die in ihm real war, andere hatten solche Ängste nicht. Komisch. Er musste King fragen. Aber was wenn das alles nur ein Traum war, der sich über King in ein Angstkarussell verwandelte, das nicht mehr zu stoppen war? „Scheiß Zwangsneurose, niemand hat sowas, und ich?". . . Erik wusste, wie erregt er bei einer solchen Frage war, schon allein aus der Angst heraus, wie er den Spott oder Hohn oder das Unverständnis ertragen sollte, was das Gegenüber ihm in den meisten Fällen entgegenbrachte. Außerdem, wie sollte ein kurzer Satz, den er gnädigerweise von jemandem als Antwort bekam, dieser tobenden Angst Einhalt gebieten?

O.k. Schwoppmann hatte damals vielen vieles erklärt, aber

Erik wusste aus eigener Erfahrung, dass nicht mal Leute, die seine Angst-Gedichte wohlwollend und voller Mitgefühl gelesen haben, ihn verstanden hatten, wenn er sich wegen Angst an sie wandte. Er war der unverstandenste Mensch, was diese Sache betrifft. Nein, er durfte King nicht fragen, nein, lieber nicht. Also fing er von vorne an zu sortieren, wie alles heute früh gewesen war. Er zählte es ich an den Fingern ab, Beruhigung kam auf, ruhigere Wellen schwappten über seine Seele. Er fing an, sich an die Gespräche mit Schwoppmann zu erinnern, holte alles zurück, fing an, in einer Ecke das Dokument zu suchen. Ja, da stand es drauf, schwarz auf weiß, dass NICHTS war. „Nichts, nichts, ein Traum, ein Traum", so versuchte er die Angst kleinzukriegen. „Scheiße", entfuhr es dem sonst eher sensiblen und bedachten Erik erneut. Wenn doch hier nicht alles so leer wäre, so leer. Nirgendwo spürte er das Leben. Hier gab es keine Tanzsalons, in die er flüchten konnte, in denen er das pralle Leben so nah an sich lassen konnte, bis es die Kraft hatte, seine Ängste zu besiegen, ihn die Realität spüren zu lassen. Er hatte das früher, die letzte Zeit immer öfter ausprobiert. Oft gelang es, manchmal auch nicht, dann gewann die Scham, dass irgendeine Angst größer war und besiegte das Aufgehobensein im pulsierenden Leben mit Angst. Aber öfter als sonst sah er die Dinge wieder normal, Dinge, die ihn ohne Lebensreize in den Angsttod getrieben hätten. Er schmiegte sich an Frauen, zu denen er einen Draht fand, flirtete und spürte dadurch immer mehr, wie sich die Wahrheit in ihm stabilisierte, wie die Angst ging, wie er die Angst nicht mehr wollte, nicht brauchen könnte, wie sie sinnlos wie ein Kropf wurde, noch einige Male zurückschwappte, aber dann von der Prallheit des Lebens vertilgt wurde. Aber Frauen, Frauen mussten es sein, die ihn aus dem Loch holten, nicht einmal der schönste Skiurlaub reichte aus, nichts, kein Mallorca, keine Lavinia, nein, all das würde die Angst sogar noch fördern. All das war für andere Bereiche seiner Seele gut, sogar sehr gut, aber es hatte nicht die Kraft, ihn aus der Angst zu reißen, oft geschah sogar das Gegenteil. So holte er sich diese Augenblicke zurück in den Sinn, wie oft hatte er damals Evelyn davon geschrieben, sie hatte ihn verstanden, sie war die einzige, die es verstand, sie, die selbst unter der Unmöglichkeit von Obsessionen litt, die sich Erotomanin nannte und sich dabei verfluchte. „Hahh!" Hatte er gerade eine Portion Trotz zurückgewonnen? War das frühe Zerschlagen seines Trotzes, das Schwert, was ihn so tief verletzte, damals, als er narzisstisch missbraucht wurde? Kraft gegen Kraft dachte er, so tief hat mich mein Leben verunsichert, so tief, dass nur die größte Lust, das zu tiefst menschliche, sexuelle Begierde oder auch narzisstische Erfolge, da wieder raushelfen. Nein es war einfach die Wärme, die er holte, meinte er zu sich, Wärme, die nötig war, um die Angst auszugleichen, zu verkleinern, wegzukicken. (Anmerkung des Autors: Letztlich kann es das nicht, aber es sind Anfänge, den Kampf mit seinem Schutzschild, das ihn mehr leiden ließ, als dass es ihm half, für etwas Besseres aufnehmen zu wollen, um die Zwänge loszuwerden.) Sollte diese Erfahrung, das was ihm fehlte, allgemeingültig sein, welch ein Schatten von Schuld fällt dann auf die, die ihn emotional alleinließen, während seiner Zwänge?

Diese Überlegungen brachten ihm etwas Ruhe. Er dachte an seine Arbeit, seine Ziele. O.k. das half jetzt. Er wollte Schwoppmann nicht einschalten, nein, er würde mit King reden und ihn auch nicht selbst fragen, ob er ihm heute früh beim Klopfen diverse Wörter sagte, oder ob es sein Traum war, aus dem er durch das Klopfen aufgeweckt wurde. Falls sie nicht daraufkämen, wolle er glauben, dass alles nur ein Traum war. Ein Kompromiss mit sich selbst.

Das Gespräch mit King verlief friedlich, Missverständnisse wegen der Flugroute wurden ausgeräumt, böse Worte der letzten Zeit vergeben, man umarmte sich. Dann war er wieder allein in seinem Arbeitsraum. Erneut trat die Panik vor ihn. Doch auch die Umarmung wirkte nach. Würde jemand, der mich umarmt, mir solche Angstwörter ins Ohr blasen und sie dann später in einem Gespräch nicht wiederholen?

Noch zwei Tage kämpfte Erik mit sich, bis er sich entschloss, den Fall als Traum abzustempeln. In dem Moment hörte der Kräfteverfall auf, dem er in der Zwischenzeit ausgesetzt war, als er mit sich kämpfte, ob er King doch noch befragen sollte oder ob er es über Schwoppmann klären lässt oder ob er es sein lässt.

Das Raumleben ging seinen Gang, bis, ja bis eines Tages etwas Unfassbares geschah.

Wallister, der Bordtechniker, und King, der Käpt'n der LB-M sahen es als Erste, aber es gab keinerlei sonstige technische Hinweise, nur den Sichtkontakt.

24

Ein riesiger Kreuzer schob sich vor sie, aber ließ sich nicht einholen. Die LB-M, das Schiff, in dem auch Erik war, war inzwischen auf einem Weg, der sie in Monaten auch in die Rowdengasse geführt hätte, wenn sie . . . Dieser Raum war wie eine intergalaktische Straßenkreuzung, in der man die Richtung einschlagen musste, die man mittel- bis langfristig erreichen wollte. Will uns jetzt jemand dorthinlocken? Erik, King und ein weiterer Sicherheitsberater wussten, dass damals Schiffe dort endeten. Man hatte inzwischen herausbekommen, was da ablief. Die Lightbraker-Mini war gut für diese Wellen, von denen man einiges wusste, gerüstet. Weltumspannende Geheimdienste sammelten dieses heiße Wissen in letzter Zeit. Wie, das wusste keiner, kam es über Kontakte zu den Terroristen selbst?

Die Angst hielt sich in Grenzen und sollte doch die nächste Zeit nicht von ihnen weichen.

Dann bog das Schiff vor ihnen links ab, als würde es Undarium und Ronus, diese beiden magischen Planeten, durch die die Rowdengasse führte, rechts liegen lassen wollen.

Die Spannung wuchs, denn noch nie hatte sich jemand Undarium von dieser Seite genähert, an der vorbei sie jetzt geführt wurden, und außerdem, was hatte es mit dem Schiff auf sich. Wenn man Erik und seine Kollegen befragte, stellte man keine Angst fest, wohl aber eine gefasste Spannung. Es ging noch eine ganze Zeit durchs All, bevor man erstmals sichtbare Andeutungen des orangen Planeten wahrnahm, um dann quasi daraufzuzusteuern. Eigentlich war es eine ruhige Zeit, fast alle Aufgaben waren erledigt, und die letzte Aufgabe wurde der Crew jetzt gestellt. Sie hieß Undarium, wenn auch zeitlich vorgezogen, weil sie dem Kreuzer folgten. Aber was könnte es Spannenderes geben, so diskutierte man miteinander. Was letztlich doch eine gewisse Angst machte, war, dass man das Schiff vor ihnen nie richtig zu sehen bekam, es wurde ein sehr großer Abstand eingehalten, und man konnte keinerlei Kontakte dazu aufbauen.

25

Lavinia erholte sich mit den Tagen und Wochen. Sie war ja nicht schwanger, ihr war nur ein zusätzliches Organ verpflanzt worden, in dem zeitbeanspruchende seltsame Dinge vorgehen sollten. Sie spürte davon mit Heilung der Wunden immer weniger. Doch eines wurde immer größer, der Konflikt, den sie zu erleben begann. Heilige der Pontonen werden, sich von den entarteten Männern schwängern lassen oder, daran bastelt sie verzweifelt, Santar zu gewinnen, der sie rechtzeitig vor dem Eisprung lieben könnte, um durch ein eigenes Kind dem ganzen Wahnsinn zu entgehen.

Lavinia war bekannt, dass die „Männer" einen Fellmenschen als Gefangenen hatten, den sie längst feierlich übergeben wollten. Zwischen den Parteien war ständig Krieg, aber diese Kriegereien wurden auch immer wieder überwunden. Man schätzte sich bei aller Unterschiedlichkeit der Interessen. Sie wusste nicht, wo die Baraden (Fellmenschen) mit Santar lebten. Könnte sie nur diesem Grumurkuni (Fellmenschen), wie sie sich selbst nannten, eine Botschaft mitgeben? Nur, wie zu den „Männern" kommen, ohne von ihnen wieder geschnappt zu werden. Sie war ja von den Pontonen losgekauft worden. Dafür hatten die „Männer" das Recht, das nächste Raumschiff, das sich hier verirren könnte, ganz für ihre eigenen Zwecke zu buchen. Die Pontonen hatten mit dem Fall Lavinia ja längst andere Ziele, ihnen war egal, was die Männer mit eventuellen Neuankömmlingen trieben, wenn sie nur ihre Ziele durchsetzen konnten.

Es sollte am Tag der Freilassung des Felligen ein Übergang über die Mauer gemacht werden und . . . Lavinia überlegte hin und her, es fiel ihr nichts ein. Alles war viel zu gefährlich, vielleicht sinnlos, und sie hatte keine Helfer. Außerdem stand sie unter einer gewissen Überwachung durch die Spitzköpfe. Weiter hatten sie Lavinia Land gegeben und Hilfe beim Anbau der auf Ronus möglichen Pflanzen, sodass sie sich ein kleines Paradies einrichten konnte und dies auch schon genoss. Gewissensbisse machten sich breit. Sie war „vergewaltigt" worden, aber sie fühlte sich auch verantwortlich. Kein Wunder, wenn rings um einen nur dasselbe gedacht wird, wenn man eingebunden in das Denken all derer ist, die für einen sorgen. Und was wäre, wenn die Männer ihr Versprechen brechen und . . .

Für Lavinia war es ein inneres Gezerre zwischen Angst vor der ihr übertragenen Aufgabe und Ekel vor diesen perversen Männern und Lust auf Santar, der mit einem ehrenvollen Schlag alle Probleme lösen könnte. Doch auch hier könnte es zu neuen Herausforderungen kommen. Wo sollte sie dann hin? Wollte sie zu diesen Fellmenschen? Womöglich mit Santar dort herrschen oder leben oder was immer seine Bestimmung wurde?

Sie brauchte lange, um sich darüber klar zu werden, es war unterdessen Februar geworden, Februar 2020. Es mutete sie seltsam an, sich zu erinnern, dass überall auf Erden, da wo sie einst wohnte, nun Winter war und sich womöglich hohe Schneemassen auftürmten. Hier war es frühlingshaft, immer gleich, man konnte sich darauf einstellen, wenn da nicht die grüne penetrante Luft wäre, die Folge des Unfalls war, durch den Ronus so verformt wurde und die zwei Rassen entstanden. Außerdem vermisste sie Tiere. Prompt, als sie vorhatte, einem gemachten Plan folgend, zu der Zeit der Freilassung des Grumurkunis zu fliehen, kam der Fahrer des Autos, das sie einst zur OP fuhr, mit einem Geschenk, dass sie von allem ablenkte. Sie fuhren mit einem Anhänger vor, der mit einer Plane bedeckt war, und hielten direkt vor ihrem kleinen neu entstehenden Gärtchen. Man hatte sich eine Ehrung für die neue Königin ausgedacht, man spielte eine Art Ständchen. Diese Pontonen, die nichts von Gefühl und Musik hielten, haben sich informiert, wie man Geschenke macht und Ehrungen. Innerhalb kürzester Zeit müssen sie die Instrumente, von denen es wohl eines bei den „Männern" gab, nachgebaut haben und die Lieder spielen gelernt haben. Es waren drei tupfengleiche trompetenartige Gebilde. Trotzdem oder gerade deshalb musste Lavinia ein paar Tränen verdrücken. So etwas hatte sie schon lange nicht mehr vernommen, außerdem taten ihr ein paar Gefühle, und wenn sie von denen auswendig gelernt waren, gut. Danach das Unfassbare. Man öffnete den Anhänger. Zunächst geschah gar nichts. Spitzköpfe traten in den Hänger, es ruckelte und schaukelte und dann:

Ein Tier. Ein Tier, wie sie noch nie eines sah. Es hatte die Größe eines kleinen Pferdes, den Kopf eines Menschenaffen und Arme, die aus dem Leib drangen, Arme eines Menschen. Dann hatte es einen langen Schwanz, der voller Stacheln war, wie die eines Igels. Die Lautsprecher am Bauch schaltete sich ein und, als täte man ihr einen Gefallen, vernahm sie wieder das bekannte, gebrochene Deutsch (die Pontonen wussten unterdessen von ihren Deutschkenntnissen und dass ein früherer Freund Deutscher war): „Dies soll Sie begleiten bis Mission aus und heilig." Lavinia war gerührt, aber auch geschockt, wie klar sie mit ihrem Ende umgingen, denn, wie sie schon im Krankenlager hörte, würde sie ein Jahr nach der Geburt der neuen Ronier, die sich aus den Samen der ihr eingepflanzten Baraden und Pontonen bilden würde, sterben, um dann Heilige des Planeten zu sein. Irgendwie ließ sich der Tod trotz aller Technik nicht ausschließen, wenn sie ihr Ziel erreichen wollten. „For dich“, krächzte der Lautsprecher aus dem Pontonenbauch. Dann verschwanden sie, so, wie sie gekommen waren.

Das seltsame Tier hatte ein Schild um, nein ein Büchlein. In dem stand handgeschrieben: „Wo ich herkomme.“ Lavinia erfuhr, dass alle Tiere auf dem Planeten bei dem Chemieanschlag der Terroristen vom Undarium umkamen, dass es einige Missbildungen gab und viele Kleinlebewesen überlebten, die ihr aber bisher gar nicht auffielen. Es soll nicht viele dieser Wesen geben, die durch Zufall und in Form dieser Mutation überlebten. In unerforschten Gebieten mögen mehr sein, stand dort, aber hier bei uns sind das fast die einzigen bekannten Überlebenden. Na ja, in den unterronischen Welten mögen noch Tiere überlebt haben oder verschüttet worden sein und durch die Höhlenbildungen einen neuen Platz gefunden haben. Man vermutete, stand da drin, dass die Baraden (Fellmenschen) sich sogar Haustiere hielten, von denen sie lebten. Hier im Fleck der Pontonen gab es nichts dergleichen, außer Rinitus, und ihn habe man ihr geschenkt, als Zeichen der Würdigung ihrer Stellung auf Ronus.

„Das Tier“, ist die Bedeutung von Rinitus, und es hörte sehr gut auf den Namen. Es war weiblich und hätte es beinahe fertiggebracht, dass sich Lavinia in ihr Schicksal gefügt hätte. Sie tat ihr gut. Die Hände des Tieres, konnten sie sogar streicheln, was sie in dieser Gefühlseinsamkeit genoss. Der Schwanz war zur Gartenarbeit wertvoll. Mit ihm konnte sie Boden bearbeiten, Dinge zerschlagen usw., musste aber auch aufpassen, dass er sie nicht traf, wenn das Tier erregt war, denn diese Stacheln taten weh. Der Schimpansenkopf war dumm, aber lustiger als ein Pferd. Dass es sich mit dem Schwanz selbst nicht wehtat, war eines der Sonderheiten, die das Rinitustier auszeichneten.

Zwei Tage bevor der Barade freigelassen würde, sie dachte schon fast nicht mehr daran, geschah das Unfassbare. Rinitus war weg. Seine Spuren führten an den Siedlungsrand und waren dann vor dem Eingang einer Höhle, die man nicht als diese erkannte, verschwunden. Lavinia folgte den wiedergefundenen Spuren und stieß bald darauf in eine „unterirdische“ Welt von größter Schönheit vor. Durch Löcher in den Decken und Spiegel wurde das Sonnenlicht der drei Sonnen hereingelassen, die Luft war rein, sie kannte das ja schon von den „Männerhöhlen“ und Wasserbrunnen gehörten hier und da zum Bild. Rinitus tauchte an einer Ecke auf und floh wieder. Lavinia verfolgte sie und dann öffnete sich der Raum hin zu einer Oase innerhalb des Höhlensystems, und eine saftige, grüne Wiese, wie sie sie vor Jahren zuletzt in Amerika vor ihrem Abflug bei Ernald, ihrem Großvater, genoss, tat sich auf. Rinitus, wedelte mit dem Schwanz, das Gras darunter wurde zerfetzt, und dann begann der Schimpansenkopf des Fabeltieres, zu fressen. Seine Hände sammelten das Grün und reichten es dem Kopf. Lavinia selbst entdeckte einen Brunnen, der klares Wasser hervorbrachte und sie kostete es. Es schmeckte wunderbar, anders als das Nass, was es oben bei den Pontonen gab. Das Tier muss hier früher gewesen sein, wie hätte es hierhergefunden? Bei den Pontonen muss es eingezäunt gelebt haben, und es hatte wohl keine Chance, hierher zurückzukommen. Außerdem war der Zugang zu den Höhlen verwachsen und abseits der öffentlichen Wege. Lavinia wurde neugierig, wohin führte diese Höhle? Sie wusste, dass das Ganze in der Nähe der Mauer war und dass in Mauernähe auch die „Männer"-Höhlen lagen, aber weiter östlich, nach ihrer Vorstellung. Wer diesen Platz geschaffen hatte, blieb unbeantwortet. „Santar? Nein, nein, nein, . . . Quatsch!"

Hier unten versuchte sie erstmals, das Tier zu besteigen. Mehrmals rutschte sie auf dem glatten Rücken wieder herunter. Mitleidig sah sie der Schimpansenkopf an und dann begann das Unfassbare, die Arme und Hände begannen, ihr zu helfen, aufzusteigen, und dann trabte Rinitus los. Es war ein himmlisches Gefühl. Es ging immer leicht bergab, aber das Gras wurde immer karger, es wurde dunkler, weil immer mehr Fläche wieder mit Höhlendecken verschlossen war, und die Hände des Tieres griffen von beiden Seiten zärtlich nach oben, um die Reiterin stabil zu halten. Von allen Seiten strömten nun Wasser auf sie zu, die sich zu einem unüberwindlichen See sammelten, an deren Ende ein Tor war, was halb unter Wasser lag. Die Mauer, schoss es Lavinia durch den Kopf, heute ist der 7. April, der Grumurkuni, ja er sollte heute freikommen. In ihrer Bewegunslosigkeit hatte Lavinia diese Chance längst verdrängt. Erregung machte sich in ihr breit. Hatte ein Gott ihr dieses Tier geschickt? Sie musste zu diesem Tor, doch wie? Konnte das Tier schwimmen? Lavinia stieg ab und fing an, das Tier zu schieben, was scheute. Käse, dachte sie bei sich, Mist, was nun? Ihr kam eine Idee, vielleicht wirkte sie. Sie war ja nicht mehr bei den kalten Pontonen. Sie hatte es mit einem zwar scheinbar ängstlichen, wasserscheuen Tier zu tun, aber vielleicht hatte es Mitleid? Also stürzte sie sich in den „unterirdischen" See, tauchte unter und spielte ein Ertrinken vor. Sie war nicht weit vom Rand weg, denn sie selbst hatte vor diesem Gewässer höllische Angst und Respekt. Und tatsächlich spürte sie unterirdische Strudel, schon am Rand. Ihr Ertrinken wirkte echt. Das Tier sprang auf den Trick an und hüpfte ins Wasser auf sie zu, an ihr vorbei, reichte die rechte Rumpfhand, an der sie sich festhalten konnte. Sie schwamm Richtung Tor und das Tier hielt Kurs. Es schwamm wunderbar und schleifte sie mit. Nach zehn Minuten konnte sie an den Griff des Tores heranlangen. Wie hoffte sie, dass er sich öffnen ließ, aber nein, alles war dicht. Panik machte sich breit, ganz am Tor war ein Mauervorsprung, auf den sie sich nun setzte und die Hand des Tieres freigab. Mit dem Verstand eines Schimpansen knallte der Arm des Tieres auf dem Türgriff herum, bis er aufsprang. Das Wasser fing an zu toben, Lavinia sprang zurück auf den Rücken des Tieres, als hätte sie es 4 Wochen geübt und duckte sich. Man war im Freien. Doch das Wasser schien alles zu überfluten. Also dirigierte sie das schwimmende Tier nochmals zur Tür, sprang todesmutig ab und tauchte in die braunen Fluten, um die Tür zu schließen, dabei geriet sie in Strudel, schluckte Wasser, und es schien ihr, als wäre das das Ende. Da kam das Tier, stieß mit seinem Hinterteil die Tür mit Gewalt zu, prustete und keuchte, griff mit der Hand nach ihr und hievte sie auf seinen Rücken, dann schwamm es ein paar Meter, die Fluten hatten nachgelassen, und Rinitus warf sie sanft ab. Sie waren im Baradenland.

Lavinia kannte die Grumurkunis nur aus Beschreibungen Brians und Santars, und sie hatte Abbildungen von den Pontonen gezeigt bekommen. Sie hatte ein zwiespältiges Bild vor Augen: die hilfreichen und gefährlichen Wesen. Wie Tiere, aber doch Menschen, nur . . .

Auf Rinitus trabte sie die Mauer entlang nach „Osten“, machte Pausen und aß von den roten Burkinis, so hießen die Beeren, die an den Baumbüschen wuchsen, die sie ja schon auf der Reise hierher kennen lernte. Fallen gab es hier nicht, an dieser Stelle der Mauer nicht. Zum Glück. Trotzdem schwebte die Angst mit. Ja, es war naiv, was sie tat, hatte sie doch drei in sich verfeindete Fronten gegen sich, und jeder Feind hatte andere Ziele, die der Grumurkunis waren ihr am unklarsten. Aber Santar war ihr „König“ geworden. War das nicht Voraussetzung für Freundschaft? Hm . . ., klar, aber sie hatten nach wie vor keinen großen Sachverstand, der sie daran erinnerte. Es käme auf die Situation an, so grübelte Lavinia auf dem Rücken des Tieres. Rinitus lenkte sie, mal Richtung Mauer, mal ins Land der Fellmenschen hinein, ins Vorland, denn sie wohnten nicht auf den Flächen hier, das schloss sie aus den Erlebnissen ihrer Herreise. Sie vertraute auf das Tier, was blieb ihr. Manchmal begann es zu rennen, sie hielt sich mit allen Gliedmaßen fest, und wenn es zu wild wurde, kamen ihr die Hände des Viehs entgegen. Es war wie in einem wirren Traum.

In einer Talebene, wobei es hier ja kaum Bergähnliches gab, an Flussläufen entlang, die sie schon kannte, die weiter innen im Land aus dem Boden kamen, die Buschbäume bewässerten und sich dann ober- oder unterirdisch sammelten, witterte das Tier den Fellmenschen, der inzwischen Richtung „Süden" wanderte. Er hatte eine Art Rucksack auf. Verlassen hüpfte das Bündel Richtung Heimat, die, wie Lavinia wusste, jederzeit beginnen könne oder noch weit weg wäre. Entlang der Mauer wusste man nie woher die Grumurkunis plötzlich auftauchen oder in ihre unterronische Welt abtauchen.

Nachdem sie sich an Rinitus gewöhnt hatte, erschien ihr der aufrechte Grumurkuni nicht besonders seltsam, als sie ihn entdeckte. Seltsam war eher, dass er sich über ihren Anblick nicht erregte, sondern ihr förmlich entgegenlief, doch nicht ihr, sondern dem Tier, was sie bald merkte. Der Fellmensch tat, als kenne er das Tier oder seine Art. Rinitus stieß herzzerreißende Laute aus, so laut und seitenverkehrt, dass Lavinia schwindlig wurde vor dem, was ihr hier begegnete und welche neue Art des zahmen Tieres sie jetzt kennenlernte. Es beschnüffelte den Fellmenschen ausgiebig und fing an, um ihn herumzuhüpfen, während er wiederum um es hüpfte. Der Rucksack war fallengelassen worden und Lavinia hatte Gelegenheit, sich darum zu kümmern. Drinnen war Papier, dies muss bei den Baraden ein wertvoller Rohstoff sein, den der Freigelassene von den Männern bekam, die wohl genug davon hatten, und eingewickelt in alte Plastikhüllen ein Stift. Was wollte sie mehr. Auch für sie war es ein Rohstoff, der Rohstoff, den sie jetzt brauchte. Sie kritzelte groß und deutlich auf ein Blatt: „An Santar!", und dann schrieb sie ihm, dass sie ihn brauche, dass er sich doch blicken lassen soll, alles Weitere würde sie mit ihm besprechen und . . .

Schnell hatte sie den Zettel verpackt und stellte sich außerhalb dieser seltsamen intensiven Begegnung, schon auch aus Angst, was nun würde. Wankend kam der Grumurkuni auf das Gepäckstück zu, Schwupps war es auf seinem Rücken und er auf dem Rücken des Tieres, was davontrabte. Er winkte Lavinia nach, als wäre es die leibliche Schwester und das Tier seine Frau. Lavinia war mutterseelenallein. Innerlich war sie ungleich froh, alles getan zu haben, ihr Ziel erreicht zu haben. Der Fellmensch würde die Botschaft lesen oder Santar aufsuchen, um es zu lesen, so viel Neugierde unterstellte sie ihm. Doch was nun? Was würden die Pontonen ihr antun, wenn ihr heiliges Geschenk weg wäre. Waren sie vielleicht schon auf der Suche nach ihr? Ach nein, sie würden ihr nichts antun, trug sie doch ihre neuste Forschung in ihrem Leib. Sie war heilig, unantastbar. Lavinia wuchs bei diesem Gedanken. Aber die „Männer". Die hatten sie ja verkauft, dafür, dass sie die Herren über ein weiteres Raumschiff wären, würde es je hier landen. An so was glaubte sie nicht. Woher und warum, „nein, Quatsch". Wie konnten sie nur so ein Zeug glauben. Zum Glück, ging es ihr durch den Sinn, sonst wäre sie immer noch ihre Sexsklavin. Hm . . ., wäre das vielleicht besser als die dem Tode geweihte heilige Madonna der Pontonen zu sein. Sie war Opfer, das war klar, und Santar? Auf diesem Planeten wäre es eben so, es gab keine Sicherheit, oder doch, es gab die Sicherheit, dass sie nach allem sterben würde, sterben für eine neue Ronheit, wie sie sagten. Eigentlich hatte sie Glück gehabt, das Grumurkunimännchen hatte sie nicht belästigt, sie wäre diesem kräftigen Wesen nicht Herr geworden. So schritt sie weiter, immer auch auf den Boden achtend, aber hier waren weit und breit keine Fußfallen, wie an der Stelle der Mauer, an der sie ankamen, an der Silla starb. Silla. Lavinia hielt inne. Silla. Sie musste sich setzen, sie war schon tot – sie wurde seziert und ich? Ich bin die Nächste. Sie trauerte auch Brian nach, der im Einsatz für sie von den „Männern" getötet wurde. Und dann blickte sie in den Himmel, der beständig grün auf sie herabschaute. „Grüner Planet", was für eine Scheiße, ging es ihr durch den Sinn. Sie gebrauchte diese harten Wörter normalerweise nicht, sie war ganz und gar nicht der Typ dazu, aber ihr fielen im Moment keine anderen Begriffe ein, es war alles so verrückt. Sollte sie fliehen, ins Grumurkuniland, und sich mit einem Stock den Unterleib auskratzen." Die verrücktesten Ideen flogen ihr in den Kopf und wieder heraus, weil sie undurchführbar waren. Was sie nicht wusste, sie wurde längst von den „Männern" beobachtet, die ob dieses Opfers, was ihnen ja nicht mehr gehörte, miteinander stritten und dann beschlossen, es einzufangen. Sie hätten sie gerettet, deshalb hätten sie jetzt Rechte auf sie, war ihre verschlungene Denkweise. Die Männer wussten, dass man sie für Laborzwecke brauchte, aber sie wussten nichts von der Operation und dem Vorhaben der Pontonen mit ihr oder wussten sie es und hielten es für eine Übertreibung? Als sie sie einkreisten und laut lachend, dann aber wieder voll Ehrfurcht, eingefangen hatten, war das das Erste, was Lavinia ihnen erzählte. Sie sahen sich an, murmelten und fanden wieder zu sich. Sie wurde betatscht, als fände ein Kind seine Puppe wieder. Sie fühlte, dass die Männer das Ganze für einen üblen Scherz hielten, aber es auch nicht leugnen wollten. Später einigten sie sich, dass sie die Sache glaubten, von der sie aber ihren Ausgang zu leugnen begannen. Sie spekulierten damit, dass Lavinia im November alles verlieren würde, dann für die Pontonen zwecklos würde, und dass sie sie dann endlich als Nutte der Station ge- und missbrauchen könnten. Bis dahin würde sie Fetisch sein, Fetisch für ausgehungerte Raumfahrer, die hier in der Zange zwischen den Stämmen abmagerten an allem, was Menschen ausmachte.

„Gut, wir werden dich im November übergeben“, sagte der Große mit dem rotschwarzen Kopftuch. Sie erkannte Horban, einen der Anführer, der ihr schon damals begegnete. Das Tuch war wohl mit seinem Kopf verschmolzen, es war er. Auch Givar erkannte sie von Weitem, der sie damals fast vergewaltigt hatte, der mit dem braunen Bart und dem blauen Tuch.

Doch diesmal geschah nichts dergleichen. Die Männer hatten Respekt vor der Drohung der Pontonen, sie zu bombardieren, wenngleich sie, das war ihre Art, sich ihre Wünsche gnadenlos erfüllen wollten.

Lavinia erfuhr später, dass sie daraufhin viele Verhandlungen mit den Pontonen hatten, die sich ihrer Sache sicher waren und endgültig mit einem Riesenschlag drohten, wenn sie sie nicht spätestens im November zurückgaben, dem Zeitpunkt, an dem die „Samenfabrik“, die man ihr einpflanzte, dieser Vorbefruchter, bereit wäre, funktionsfähige verschmolzene Pontonen- und Baradensamen in ihre Gebärmutter abzugeben und dem Moment, an dem nichts mehr dazwischenkommen würde und dürfte und sie beginnen würde, die Geburten auszutragen. Es herrschte also große Furcht, sie vorher zu „nehmen“, denn dies würde die Pontonen, das wussten die Männer eindeutig, zum Gewaltschlag bringen, dann hätten sie verloren und nichts mehr zu verlieren.

Lavinia lernte die Geschichte dieser Männer kennen, die sich plötzlich rührend um sie kümmerten, immer in der Hoffnung auf den Dezember, „dann ist Weihnachten“, hörte sie sie sagen. Sie selbst wusste nicht, was dann wäre. Vielleicht sollte sie sich diesem „Weihnachten“ ergeben, abdriften in das Land der Erotik, der tierischen Begierden, nachdem sie ja dann nur noch ein Jahr zu leben hätte bis zur Geburt der Zwillinge, die dann die Stammeltern des wieder menschlichen Ronus sein sollten. Dann hätten die Pontonen eben eine versaute Heilige. Lavinia verscheuchte diesen Gedanken wieder, außerdem würden die Pontonen sie abholen, dessen war sie sich sicher, sie glaubte an deren Experiment, ganz entgegen diesen Männern, die es anzweifelten und sich auf das Platzen des Pontonenexperimentes freuten. Sie dachte an Erik, an ihre Wünsche, ihre Bildung, ihr Leben und schüttelte vor sich selbst den Kopf. Die Möglichkeit, dass die Männer sie befruchteten, diese Möglichkeit, die sie so fürchtete, war für sie ausgeschlossen, sie konnten nicht, denn dann käme der Pontonenschlag. Sie saß in der Falle, einer momentan umsorgten Falle mit einem offenen Finale. Und so hatte sie Zeit, den Geschichten der Männer zuzuhorchen, die sie aus ihrer teils russischen Heimat erzählten. Sie hatte Zeit, noch mehr über die Vergangenheit dieses Planeten zu erfahren, und sie wurde gut behandelt.

Ab und zu wurde sie Zeuge ihrer Veranstaltungen. Dort zerfiel ihr Glaube an diese „Männer“ immer wieder, deren menschliche Seite in diesen Tagen erstmals bei einigen aufblitzte, dann aber wieder im Dschungel ihrer Begierden zerfiel.

26

Es war der 21. April 2020 (Erdzeit), als die Crew von LB-M unter Käpt'n King sich auf eine Landung auf Undarium einstellte. Wohin sollte das fremde Schiff, was sie seit langer Zeit geleitet hatte sonst fliegen, wenn nicht auf den spannenden, geheimnisumwitterten Planeten Undarium. Man glaubte, man wolle sie auf der unbekannten Rückseite von Undarium haben, dem Planeten, der sich nicht um sich selbst drehte, der aber stets ein Zentrum, ein kleines Zentrum ellipsenförmig umkreiste. Ein Unikum, und niemand kannte die Rückseite, denn in seinem Kreis wurde er nur an drei Seiten von „Sonnen“ beschienen. Die andere Seite war nicht etwa zu unüberwindbarem Eis gefroren, man vermutete so große Energie auf und um den Planeten, dass man selbst dort bei Temperaturen um oder knapp unter Null Grad landen und überleben könne, die nur Folge der planetaren Energien war, nicht der Umstände, die ihn normalerweise zu einer Eiswüste machen würde.

Für Eriks Begleiter, Ben Cluster, Tamara Winston und Harry Kottman, alles ausgebildete Spezialisten für Raumfahrt und Terrorbekämpfung, war es der entscheidende Punkt. Entweder die Terroristen würden sie nun festhalten, ausnutzen oder sogar töten, oder einige von ihnen wären doch mehr Wissenschaftler als Böse. Auf dieser Ebene wäre es der Wahnsinn sie zu treffen. Das Schiff bremste schwer ab und stellte alle Instrumente auf eine ZP-Landung ein, so nannte man es, wenn nicht in die Atmosphäre eingetaucht wurde, um den Planeten zu umkreisen, sondern ein sehr schräges Eintauchen vorgenommen wurde in einem Zug bis zur Landung.

Anderes traute man Berechnungen gemäß dem Phänomen vor ihnen nicht zu, es war zu groß für andere Experimente. Die LB hatte alle Schutzvorkehrungen ausgefahren, als die Instrumente plötzlich meldeten, dass das Vorobjekt nicht landete. Käpt'n King stoppte alles. Die Maschine überschlug sich, taumelte, wurde aber nicht von atmosphärischem Sog erfasst, zum Glück, und jagte dann in irgendeine Leere des Alls.

Als man endlich die Verletzten, zum Glück nur mit leichten Schäden, barg und die Herrschaft über die unbeschadet gebliebene Maschine zurückgewann, war doch plötzlich das Leitschiff wieder da und führte sie um Undarium herum.

Man traute seinen Sinnen nicht mehr. War dieses Schiff eine Fata Morgana. Nein, wie hätte sie sich dann stets auf uns eingestellt. Aha, doch nicht Undarium, verstand man an Bord der Lightbraker-Mini, sicher war man sich aber nicht mehr. Doch als man immer mehr nach rechts von Undarium wegflog, dem Ronus entgegen, wusste man, man wäre entweder im Oktober dem Ronus ganz nahe, oder man leitete sie in die Weiten des Alls, dahin wo auch die Ur-Lightbraker trieb, so berechneten es George Wallister, der Techniker der Mannschaft mit der kleinen Pilotencrew unter Marius King. Natürlich wusste niemand von dem Unfall der Ur-Lightbraker-Maschine.

27

Santar spielte mit einem Grumurkuniweibchen, was er sich ganz menschlich herrichten ließ.

Lavinia brauchte all ihre Kräfte, um sich durch ihre depressiven Phasen zu bringen, die sie allein, von allen Seiten begehrlich angefeindet, bewältigen musste. Auf Erden genoss man inmitten der immer vorhandenen Probleme den beginnenden Frühling auf der nördlichen Halbkugel, der Heimat Lavinias, ihres Großvaters, aber auch Eriks. Schicke Fahrgastschiffe begannen sich auf der Donau für die erlebnishungrigen Touristen anzubieten und in den Gärtchen von Windial probierten sich nach einem langen Winter die ersten Gartler in ihrem kleinen Königreich aus. Sonne suchten sie, Sonne. Weil sie doch das Streicheln eines Menschen, das Streicheln der ganzen menschlichen Gesellschaft, die das Lieben vor lauter Liebe, die von den Leuchtschriften prangte, verlernt hatte, so wunderbar ersetzte, im Sommer die Sonne und im Winter der Weihnachtsmann. Und was sagen die Menschen dazu? Sie machen ein riesiges Geschäft aus

Urlaubsreisen, Schokoladenfiguren und Gartenartikeln, alles der Liebe wegen, die man über diesen Umweg ersatztanken kann und muss in unserer Zeit, dachte sich Ernald, der in der Schaukel mit seinen Ur-Enkeln, die Billa gehörten, die laue Luft genoss. Und wieder begann er über den Rest seiner Verwandtschaft nachzusinnen, die entweder . . .

„Also, dann zurück, in Richtung Erde!", lachte Käpt'n King Erik an. Sie saßen abseits der Führungsaufgaben, hatten etwas Ruhe. „Warten wir ab", meinte dieser mit einem gesenkten Lächeln. „Warten wir ab, was in Ronusnähe auf uns zukommt." „Ach, wir werden schon . . .", konterte King, stockte und fing neu an. „Wir werden schon an irgendwas verrecken in diesem verdammten All, aber auch das lässt sich überleben. Hab ich dir schon erzählt, wie ich 2002 mit gerade mal 18 Jahren einen tödlichen Virus auffing." „Nein", wand sich Erik mit verkniffenem Blick ab. Er wollte es nicht wissen. „Aber jetzt bist du wieder gesund", fragte er trotzdem nach, mit dem Ziel, das Gespräch dann abzubrechen, denn es schrammte gefährlich nah an seinen Ängsten vorbei, die er zwar die letzte Zeit zurückdämmen konnte, die aber, wie gewohnt, nach neuem Land suchten, ja lechzten in der Leere des Alls seiner Seele, und die nur darauf warteten, selbst anderer Leute Dinge auf sich zu beziehen, getrieben von diffuser Panik. „Spinnst du?", meinte King spöttisch, nahm sich aber sogleich etwas beschämt zurück. „Ach so, das ist jetzt wegen deiner Angst?" Den Satz hätte er sich sparen können. Erik war getroffen. Das Gespräch geht also nicht harmlos vorbei. So eilte es durch Eriks Gehirn. Hätte King seine Geschichte weitererzählt, hätte Erik es wohl geschafft, die Dinge so zu nehmen, wie sie gemeint waren, statt sofort alles auf sich zu beziehen. So aber, zu allem Unglück von King noch gut gemeint, wurde durch den Bezug auf seine Ängste Kings Geschichte zu Eriks Angst. Das Karussell wurde angeschmissen, und in Eriks Sinn geriet alles durcheinander und begann sich zu drehen. Oft meinten die Menschen es gut, aber wissen nicht, dass Erik nichts von seiner Angst hören wollte, außer er selbst bat jemanden, sich darüber unterhalten zu wollen. „Was wegen meiner Angst", hakte er nach. King war sichtlich verunsichert und klopfte ihm auf die Schulter. „Erik, es ist nichts, keine Bange, alles alte Vergangenheit." Erik atmete tief aus. Wünschte sich eine Pause, um alles verarbeiten zu können und abzulegen.

In seinem Kopf stampften die Ordnungsmaschinen und rotierten die Nichtvergesserpropeller. Alles schnell einordnen, nicht vergessen und dann bewusst aus der Situation befreien, so hoffte er. Puh, es scheint zu klappen. Erik klopfte sich selbst auf die Schulter. Da hob

Käpt'n King an: „Weißt du Erik, ich mag dich, aber was du da mit dir rumträgst, das verstehe ich beim besten Willen nicht." „Was trage ich da mit mir herum?" Neue Angst kam in Erik auf, würde er doch was über mich wissen, habe ich mich vielleicht doch wo angesteckt und weiß es nicht, aber King hat es erfahren? Verrückt, ja, das heißt verrückt sein, sich sowas einzubilden. Aber in den Instanzen, die bei anderen mit Wärme gefüllt sind, so dachte es sich Erik aus, war bei ihm Leere und diese wurde jetzt angefüllt mit der Behauptung, er trage was ich sich herum, die sich mit Kings uralter Ansteckung verband und sich in seinem Kopf so drehte, als hätte doch jemand was über ihn gesagt, als ginge es wieder mal um ihn, wo doch Ansteckung sein Urangstthema war. So fand die Behauptung Raum, sich ohne Hindernisse zur Angst auszudehnen und nichts verdrängte sie. „Was trag ich mit mir rum?" - „Schon wieder Angst", näherte sich Kings Blick prüfend? „Ja", schluckte Erik.

„Also noch mal, ich meinte deine Zwangsneurose, deine vielfältigen unnötigen Ängste, sonst nichts, weil ich sonst nicht wüsste, was du in dir rumtragen solltest." King sagte dies laut und bestimmend. Es durchfuhr Erik und das hatte den Vorteil, dass er es trotz seines Angststurmes behalten konnte. „Einer hat mal kapiert, wie's geht", stöhnte er lautlos in sich hinein: „Und angesteckt habe ICH mich nur, das hat alles mit dir nichts zu tun", fügte King hinzu.

Er hätte King gern gelobt für die Art, wie er erkannte, was er jetzt brauchte, und für die Art wie er es sagte, wollte aber nicht mehr an dem Thema rütteln. War das jetzt Intuition, Zufall oder wusste er, wie er sich verhalten soll, ohne dass Erik nachfragen musste, was die Fragezwänge in Gang setzen würde? „Also, was ist schon so ungeheuer schlimm an deinen Problemen mit der Angst, dass nichts sie vertreiben kann?", führte der Käpt'n jetzt weiter aus und schaute Erik fragend an. „Wie kommt es, dass sie immer wieder kommt, auch wenn du längst weißt, dass mit dir nichts ist und es zum Beispiel eben nur um mich ging?" Erik kam nochmals ins Zittern. „Was sagte da King? Ja, ja, klar, er entlastet mich." Das war fassbar, Kings Satz war so gewählt, dass er nichts neu aufwühlte. Erik hatte mit riesiger Energie und einem Schuss Wohlwollen King gegenüber Kings Sätze verdaut und fragte nun: „Interessiert dich das wirklich?" Das Interesse Kings schuf eine gewisse Fülle in Erik, die half, weitere Angstangriffe zu vertreiben, schließlich kümmerte sich jetzt jemand um diese leere Instanz in ihm. „Na ja", erwiderte der Kapitän, „wenn wir jetzt schon einige Monate durchs All brausen unserem Tod entgegen . . ." - „Tod auf Ronus?" - „Ja, Tod auf Ronus", lachte King, dann möchte ich wenigstens wissen, was dir das Leben davor so versaut hat. Wo kommen diese Kräfte her, die dich fertig machen?"

Erik sah den lila Himmel, das All, oder war es schwarz oder hell. Nein die Scheiben waren abgedunkelt in der Kabine, in der sie saßen. Das Steuern wurde von Ersatzleuten übernommen. King hatte genug durchgemacht und sich etwas Privatsphäre verdient nach den Abenteuern um Undarium. „Und außerdem, Ronus?", sagte er so dahin, um noch etwas Banales hinzuzufügen: „Der schreckt mich nicht, eine Kleinigkeit, wenn ich an meine Angstneurose denke", dachte Erik im Stillen.

„Wir alle kennen die Leute, die so an einer Beziehung hängen, klammern, festhalten, dass für sie die Welt zusammenbricht, wenn eine solche Beziehung wegfällt", begann Erik das Gespräch von sich aus, das King ihm anbot. „Ja, das verstehe ich", nickte King. „Die Beziehung ist für solche Menschen nichts Äußeres", fuhr Erik fort. „Es ist für sie nicht so, dass einfach etwas Unschönes passiert ist, wenn eine Beziehung auseinander bricht, nein, diese äußere Beziehung ist für solche Personen zu etwas Innerem, Eigenem geworden, zu einem großen Teil des eigenen Haltes. Jeder wird verstehen, dass es eine andere Art von Traurigkeit ist, wenn dir etwas von dem, was dir nur gehört, aber außerhalb von dir ist, wegbricht, als wenn etwas was Teil deines eigenen Lebensgerüstes ist, wegbricht. Eifersucht, grauenhafte Szenen, Selbstmord, all das begleitet Menschen, die eine Beziehung nicht als äußeres Geschenk integriert haben, sondern als Teil ihres eigenen Lebenshaltes. Ich glaube, die meisten Menschen verstehen, was ich meine, denn solche Fälle sind gar nicht so selten. Man hat Mitleid mit Menschen, die in solche Situationen geraten, man versteht es, zumindest ansatzweise. Man weiß, dass sie Zärtlichkeit, Verständnis und Hilfe brauchen." - „Klar", wusste King.

„Was aber sind das für Menschen, die darunter nicht in dem Maße leiden, die einen Verlust zwar auch betrauern, bei denen aber dieses Verlustgefühl nicht an ihr eigenes Lebensgerüst geht, die es als einen Verlust, der mehr oder weniger außerhalb von ihrem eigenen Seelengerüst abläuft, verarbeiten? Aus was besteht eigentlich deren Seelengerüst? Kann es auch so schweren Schaden erleiden, oder sind das die stabileren Personen der Gesellschaft?"

„Na ja, von allem etwas wäre wohl das Beste", wusste King. „Klar", erwiderte Erik, „aber wir gehen jetzt mal von einem Menschen aus, der das Gegenteil dessen ist, der sich an Beziehungen festkrallt." „O.k."

„Zunächst mal, solche scheinen nach außen zunächst stabiler, sind es aber nicht zwangsläufig. Jeder Mensch kommt als hilfloses Wesen auf die Welt! Im Normalfall wird er stabilisiert durch die Elternbeziehung und durch das Loslassenlernen und das Erlernen der Eigendrehung. Dieser Normalfall wird nicht immer erreicht oder sogar selten. Schwierig wird es, wenn jemand, wie eben geschildert, seinen ganzen Halt auf die Beziehung baut und auch bekommt, aber durch seine persönlichen Erziehungs- und Aufwachsumstände nie den Absprung schafft. Er wird später immer wieder die Erfahrungen machen, die ich gerade erklärte. Sobald eine Beziehung klappt, ist er obenauf und geht ins Leben hinaus, als wenn ihm nichts was könnte. Sobald die Beziehung zu zerfallen droht, spürt er den Abgrund.

Der andere Menschentyp, der vielleicht nie diese frühe enge Bindung erlebte oder darauf bauen lernte, muss auch ein Lebensgerüst haben, um zu überleben." - „Das wäre?", sah King Erik verwundert an. „Er baut sich ein Bild von sich auf, was so monumental ist, dass er sich daran hochzieht. Das kann bedeuten, dass er der größte Arzt, der beste Soldat oder die perfekteste Frau ist. Oder jemand versucht durch etwas an seinem Körper die Menschen zu gewinnen, oder durch eine besondere Art usw. Später im Leben, wird er Beziehungskrisen gar nicht haben oder einfacher überwinden. Was aber in dem Fall selten jemand mitkriegt, er baut bewusst oder unbewusst täglich an dem Bild, was er von sich hat. Das können ganz unterschiedliche Bilder sein, oft auch die Realität übersteigende.

„Merken, die Leute das überhaupt?"

„Nein, Käpt'n, meist nicht", erklärte Erik. „Marius, heiße ich", lächelte der Käpt'n. „Danke, freut mich, Marius." - „Aber sag mal, was du da eben beschreibst, ist das denn normal?" - „Nicht unbedingt Marius, dies könnte man dann krankhaften Narzissmus nennen. So jemand hängt nicht an einer Beziehung, hat keine krankhafte Eifersucht, sondern er gebraucht die Kontakte dazu, sein Bild von sich damit zu vollenden, zu reparieren usw. Alles um ihn herum sind für ihn Werkzeuge, die man dankbar oder auch weniger dankbar benutzen kann, um sein Bild immer aufgeblasen zu haben. So jemand kann genauso gut lieben wie andere, vielleicht sogar noch viel feinfühliger, aber der Zweck ist ein anderer. Also ich rede hier immer von pathologischen Randformen, wohlgemerkt, denn normal ist das so vermischt, und keiner hat das Recht, Menschen dies oder das zu nennen. Es sind Menschen, und wir reden hier von Mustern. Der eine handelt also, um seinen Lebenshalt durch die Verbindung mit der oder dem Geliebten zu betonieren, der andere tut es aus Dankbarkeit, dass der oder die ihm hilft sein losgelöstes Leben in den freundlichen Weiten seiner Welt leichter zu machen. Beziehungen treten als Hindernisse oder Hilfen auf in so einer Welt, einer ganz anderen Welt als die des Festhalters, der diese Welt ganz und gar nicht freundlich sieht und sich auch nicht mit auftretenden Objekten abtut, für den ist einfach alles in Ordnung, wenn er an einer einzigen Beziehung festhalten kann. Das braucht der Gegentyp nicht. Er ist mit sich zufrieden, wenn er auftretende Beziehungsmomente nutzen oder abwehren kann, je nachdem, ob sie ihm für sein Bild von sich hilfreich sind oder weniger. Damit kann er ein Leben lang obenauf sein. Stürzt aber so ein Bild, was er von sich aufbaut und fällt durch Lebensumstände zusammen, gerät ER in die Krise, in die sonst der Beziehungsmensch stürzt, wenn SEIN Halt nachgibt, seine Beziehung. Alexander Lowen schreibt hier von zerbrechlichem Narzismuss, er nennt es Borderlinenarzissten, wenn ich mich recht erinnere. Das hat nicht direkt mit dem allseits bekannten Krankheitsbild „Borderliner" zu tun.

Ein letzter Versuch, diesen Halt zu ersetzen, mögen wahnhafte Vorstellungen von sich sein, quasi verkürzte Selbstbilder, die sich oft nur noch auf irgendein Detail stützen und so für die Außenwelt sichtbar werden und lächerlich, weil sie sich immer weniger mit der Realität decken. Ein solches Bild könnte sein, besonders sauber sein zu wollen, um leben zu dürfen. Immerhin kann man dieses Bild durch Eigeninitiative meist halten, wenngleich man sehr wohl auch hier schon bei Menschen anecken kann. ‚Ich muss alles im Griff haben, dann darf ich leben', das ist auch so ein Notbild. Hier fällt man schon eher nach außen auf. Vielleicht braucht man dazu die Hilfe von Mitmenschen, die nun einbezogen werden, weil sie vielleicht Fragen beantworten müssen, die immer und immer wieder kommen, weil das Bild brüchig ist und die wahre Not dahinter momentan von der Person noch nicht erkannt werden kann. Dann ist man der Sonderling, der, den keiner versteht, vielleicht ein Irrer? Nein, ganz und gar nicht, man ist nichts anderes als es auch irgendjemand ist, der zusammenbricht, weil eine Beziehung zu Bruch gegangen ist, den jeder versteht.

„Also du willst doch nicht etwa so einer sein?", sah King ihn etwas mitleidig an. „Da ist schon was dran, nur vergiss nicht, ich erzähle dir hier Grundsätzliches, und das auch nur so, wie ich es verstehe und verbalisieren kann. Jeder Mensch ist anders, und so ein Leid, wie ich es mit mir rumschleppe, ist multikausal, das kann man nicht mit einer Erklärung abtun", konstatierte Erik mit stolzer Brust, es sagen zu dürfen. „Aber wie viele mehr oder wenige unauffällig gestörte Menschen leben mitten unter uns, die durch ihr Selbstbild leben, für das sie alles tun und von dem sie leben? Mehr als wir glauben, Marius. Kennst du Alexander Lowen?" - „Ne" - „Egal, er schrieb ein Buch in den 70er Jahren, was davon spricht, dass wir in einem Zeitalter des Narzissmus leben, jedenfalls fühlte er das damals so. Solch ein Narzissmus, das sage jetzt wieder ich, kann ein Leben lang stabil sein und keiner merkt was davon. Außer dass viele Menschen gefühllos Ziele verfolgen, bindungsarm sind usw., habe jetzt keinen Nerv, das genauer zu beschreiben." - „Schon gut", verstand Marius. „Wenn aber nicht" - „Was, wenn aber nicht?" - „Wenn er aber nicht stabil ist, der Narzissmus, kann ein, nennen wir es Notbild, entstehen, was nun ernährt werden muss. Na ja, so stell ich mir das vor", fuhr Erik fort.

„Doch diese Notbilder sind in sich so labil, dass der Außenstehende nun anfängt zu merken, dass jemand ständig am Erneuern ist. Es fällt auf. Denn wenn es zusammenstürzt, kommt Angst und Haltlosigkeit in schlimmstem Fall in demselben Maße auf, wie bei einem Menschen, der Beziehungen verliert und sich deshalb umbringen möchte oder aus Eifersucht andere egalisieren möchte. Nur, dass man es bei dem Gegentyp nun überhaupt nicht mehr versteht, wie sein Lebensgerüst zusammenbrechen kann, weil er zum Beispiel nicht so sauber ist, wie es ihm sein Wahn sagt, oder man es nicht so kontrollieren kann, wie es einem seine Angst diktiert, oder, oder. Hier haben wir die Opfer von solchen Störungen, die Angst auslösen, und die, um sie zu stillen, zwanghafte Bemühungen einsetzen, mit einer Kraft, die so groß ist, wie die von Leuten, die sich umbringen möchten, weil ihr Partner abhanden gekommen ist." – „Nun wiederhole es nicht so oft, ich habe schon kapiert, was du mir verständlich machen willst, Erik."

„Ich wünschte, es lachte oder empört sich niemand mehr heimlich über jemanden, der anscheinend wegen einer kleinen Sache überschäumend angstvoll oder zwanghaft reagiert. Wenn man weiß, dass diese Person, falls es so ein Fall ist, ihre früheren narzisstischen, oder wie immer man das nennen mag, Haltgebäude alle verloren hat, die sie bauen musste, um überhaupt als Kind zu überleben und wenn so jemand aus Beziehung nie Halt schöpfen lernte und nun eine Stelle des letzten wahnhaften Ersatzhaltes verliert, dann lacht man nicht mehr, schimpft nicht mehr und fühlt sich nicht mehr so schlau, zu sagen, der soll mal in eine Verhaltenstherapie, da wird ihm der ‚Scheiß' ausgetrieben. Nochmal: Selbstverständlich gibt es auch Wiederholungszwänge, die aus anderen Ursachen wuchsen, die man dort behandeln lassen sollte und auch für mein Beispiel ist eine VT immer ein Anstoß."

„Was aber tun?“, fragte King nach. „Wenn ich mir das allein erfüllen könnte, Marius, dann . . . So jemand braucht dieselbe Behutsamkeit wie der, der völlig außer sich ist, weil eine Beziehung gefährdet ist, nur dass er sie kaum bekommt, weil man kaum versteht, was ihn bedrängt. Der Außenstehende sieht doch nur irgendeinen ‚Quatsch‘, er sieht nur, dass sich jemand um Sauberkeit bemüht, die er sinnlos findet oder um Kontrolle, die er überflüssig findet usw. Dass so ein Zwang bei so einer Person der letzte Versuch ist, einen vermeintlichen Halt aufrecht zu erhalten, der sie vor dem Auseinanderbrechen schützte, das begreifen viele kaum. Deshalb ist das Leid des Zwänglers oft doppelt so schlimm als Leiden aller andern Menschen. Manche Zwängler leiden an ihrer Angst vor Haltverlust und dem Zwang sie auf eine bestimmte Weise zu stillen und zusätzlich daran, dass keiner versteht, warum sie das pflegen. Und dann kommen noch die Gewohnheitseffekte hinzu, die die Welt verständlicherweise mit Verhaltenstherapie austreiben möchten und dabei oft das Problem völlig vereinfacht, deswegen funktioniert es ja oft auch nicht, in all den Fällen, die nicht nur banale Angewohnheiten sind.

Also, darum meine ich auch, ist das Unterlassen von Hilfe, auch wenn sie noch so sinnlos erscheint, ein unbewusster Verstoß gegen die Menschenwürde, den all die begehen, die meinen, es gehe hier nur um eine Marotte, die man dem Zwängler austreiben muss.“ „Das ist schwer zu verstehen“. - „Marius, woher kommen denn dann die ungeheuren Kräfte, die ein Zwängler aufbringt? Nichts und erst recht keine Marotte kann in vielen Fällen dafür herhalten. Nein, sie kommen aus der puren Überlebensangst, weil dem Erkrankten der innere Halt, den jeder zum Leben braucht entrissen ist. Deshalb braucht ein Zwängler dieser Art dieselbe Liebe, die man Depressiven Klammerern, die auf dem Dach stehen und sich herabstürzen wollen, zukommen lässt.“

Es entstand eine Pause.

Marius schwieg und Erik prüfte und hoffte verstanden worden zu sein.

„Dann“, fuhr er fort, „könnte er aus dieser Liebe heraus, die ihm jemand zukommen lässt, in ein Umfeld getragen werden, was einen geänderten Halt verspricht, auch wenn er es nicht gewohnt ist, sich daraus Halt zu holen. Ohne ein förderndes Umfeld wird sich schwerlich die Bereitschaft ausbilden, auf den Ersatzhalt zu verzichten, für was auch? Für was soll man diesen Kampf aufnehmen? Deshalb ist so eine Erkrankung auch nicht zu heilen wie ein entzündeter Blinddarm. Die, die das verlangen, sollten dem Erkrankten erst mal ein Umfeld vor die Nase setzen, was ihn fördert, Probleme beseitigen, die ihn niederdrücken . . ." - „Das kann doch keiner." - „Siehst du. Aber angenommen man könnte es, könnte man dann anfangen, ihm zu helfen, durch Therapeuten oder Eigeninitiative seine Lage zu verstehen und innere Ersatzpolster aufzubauen, zu überblicken, was ihm fehlt und ihm Schritt für Schritt helfen, zu merken, dass seine Zwänge, bei denen man anfangs wirklich helfen sollte, ihn nicht aus dieser Lage herausbringen. Härte nach Liebe, hieße die Devise dann vielleicht. Diese Prozesse können allerdings Monate, gar Jahre dauern. Niemand sollte sich täuschen lassen, wie tief verankert diese Art, Halt zu holen durch den Verlauf des Lebens in jemand festsitzen kann. Man kann nun, während man mit ihm ist, anfangen, seinen Zwängen Grenzen zu setzen, sodass er Vertrauen in sich und andere spüren lernen kann, etwas was er völlig verlor, als er begann, Lebens-Vertrauen allein durch ein strotzendes Image, das er nur erhalten musste, zu erwerben. Erst hier ist dann auch eine Art Verhaltenstherapie überhaupt angezeigt. Letztlich muss ihn das alles aber zu dem Punkt führen, aus eigenem Willen zu kämpfen zu beginnen." Ich glaube, es muss etwas dasein, was die Kraft hat, ob das vom Umfeld bereitgestellt wird, wohl eher ein netter Traum oder ob man es in sich findet, es muss bärenstark sein, denn solche Zwänge sind oft wie feuerspeiende Drachen unbewältigbar mit nachwachsenden Gliedmaßen. Und dann, wenn so jemand sich an etwas zu hängen beginnt, was in anderen Kopfschütteln oder Schmunzeln oder, oder auslöst, sollte keiner sagen, guck mal den an, was ist denn aus dem geworden? Wer nicht jahrelang in der Hölle der Zwänge verweilen musste, mag nicht verstehen, was sich so jemand vorsetzt, um Kraft zu gewinnen, zu kämpfen. Doch sich wieder zu leben, seine Fähigkeiten entwickeln zu können, sind das nicht Ziele, die fast jeden Motor rechtfertigen?" - „Verhaltenstherapie, was war das gleich wieder?", wollte King wissen.

„Na ja, das ist die Methode, in der man lernt ohne die bisherige Struktur zurechtzukommen. Sie wurde in den letzten Jahren des vergangenen Jahrhunderts immer mehr proklamiert. Man gab SSSR-Tabletten (Serotonin-Wiederaufnahmehemmer), die die Angst milderten, und übte Verzicht unter Aufsicht des Therapeuten, und hoffte, dass der Betroffene das Angelernte dabei vergisst. Oft klappte es. Man sollte es wohl probieren, wenn man schwächere Phobien oder Zwänge hat, und besonders im Anfangsstadium ist sie ein Versuch wert. Oft aber ging alles nach einer Zeit wieder los." - „Eigentlich klar", dachte King nach, „dadurch sind doch nicht die psychischen Probleme weg." - „Genau, King, ach Marius, Entschuldigung. Leider wurde diese Therapieform, die unter Aufsicht des Therapeuten durchzuführen ist, immer mehr Volksgut, schlich sich in Laienansichten ein und trug dann zu der Meinung bei, man brauche solchen Menschen nicht helfen, das sei das Beste." - „Na ja, klar", sagte King, „durch Helfen lernt ja niemand, anders zu leben." - „Richtig, aber durch die Schockmethode auch nicht, dadurch verliert man mitunter noch mehr an Vertrauen und innerem Halt", stellte Erik richtig.

„Stell dir vor, jemand ist gelähmt durch einen Unfall", erklärte Erik nun ausgreifend. „Es gibt eine Reha-Methode." - „Wie Stan, einer meiner Jugendfreunde", wusste Marius. „Man gab ihm nur noch zehn Prozent Chancen und er tat alles, aber er blieb trotzdem gelähmt, aber ich glaube, das habe ich dir schon mal erzählt?" - „Deshalb benutze ich dieses Beispiel ja", erwiderte Erik. Also drehen wir das Ganze einmal zurück und verallgemeinern wir es, um es auf psychische ‚Lähmungen' umzusetzen. Wer kann einem solchen helfen?" - „Na ja, nur ein Spezialarzt oder eine Rehamaßnahme." - „Und, kann es nicht genauso sein, dass ein psychisch Kranker schon alles ausgeschöpft hat und keine Chance mehr hat, wie dein Freund, der immer gelähmt und behindert bleiben könnte? Kann es nicht sein, dass er vielleicht nur wenige Chancen hatte und eine Therapie nicht sofort möglich ist oder er auf dem Weg dorthin noch Zeit braucht? Angenommen Marius, der Gelähmte will noch am öffentlichen Leben teilnehmen, würdest du ihm das gönnen?" - „Was für eine Frage!", erwiderte Marius etwas erbost. „Ich habe sie absichtlich so gestellt, du wirst noch sehen. Nun, sobald er am öffentlichen Leben teilnimmt, wird er als Behinderter auffallen und Hilfe brauchen, wenn er fällt, wenn er im Rollstuhl fährt usw. und wer hilft ihm?" - „Na ja, doch wohl jeder!", erwiderte Marius immer noch laut. „Du findest es also richtig, dass er Hilfe kriegen sollte?" - „Also jetzt langt es aber Erik, was bist du denn für einer?" - „Na ja, man könnte ihm doch auch sagen: ‚Hey, sieh zu, dass du zu einem Spezialisten kommst und fall uns nicht auf den Geist. Dir kann nur eine Reha helfen, sonst nichts, wenn ich dir wieder aufhelfe, wirst du auch nicht gesund!" - „Igitt, wie kommst du auf diesen Schwachsinn, ich habe noch keinen gesehen, der so was zu einem derart Behinderten sagen würde." - „Täusch dich mal nicht, King", fuhr Erik fort. „Mir hat man dies und Ähnliches schon oft gesagt, schon so oft, leider . . ." Ich bin doch auch verletzt, ich warte auch auf den Moment einer guten Therapie, ich war aber auch schon lange Zeit in Therapie und ich arbeite täglich an mir und würde gern Hilfe annehmen, wenn ich die geeignete fände. Meine Chance, wieder völlig gesund zu werden, ist auch nur 40 Prozent, wenn überhaupt. Vielleicht schaffe ich es nie, wer will das beurteilen, wer will hier urteilen? Und ich nehme am öffentlichen Leben teil. Und weißt du was einer mal meiner früheren Freundin . . ." - „Lavinia?", fragte Marius und lächelte gütig. „Ja, Lavinia", setzte Erik fort, „sagte?" - „Was?" - „Ich solle mal aus dem Sportverein austreten, weil ich doch nur die Leute verrückt mache, ich solle mal zu einer Behandlung, weil man mir doch nur so helfen könne und überhaupt, sollte man mir nicht helfen, wenn ich Angstzustände bekäme und um Hilfe bitte." Marius überlegte recht kritisch diese Worte und erwiderte dann: „Na ja, oberflächlich nachvollziehbar, aber die vergessen, dass du, wenn du nicht Leute hast, die dir ab und zu aus der Patsche helfen, gar nicht mehr am Leben teilnehmen könntest, und . . ." Erik schaltete sich ein „immer kränker würde". - „Genau", meinte Marius. „Und", fuhr Erik fort, „wenn du meinen Lauf kennst, weißt du, dass die Spezialisten, die nötig wären, nicht so einfach herbeizuzaubern sind, dass ich schon jahrelang welche hatte, was nicht zum Erfolg führte, dass ich selbst täglich kämpfe, dass ich mehr Bücher darüber gelesen habe als irgendein Spezialist und dass ich gern noch mal Therapie annähme, wenn ich die richtige finde und vor allem mit meiner Psyche so weit bin, dass ich ihr das zumuten will. Aber was ist in der Zwischenzeit?" - „Hm", rümpfte King die Nase, „da musst du dich von solchen Menschen, die gar nichts verstehen, dumm anmachen lassen. Da hat es ein körperlich Behinderter wirklich leichter, dem hilft man immer." - „Na ja, weil man ihn leichter begreift", fügte Erik hinzu und nur wenige fragen danach, ob der körperlich Behinderte, wirklich schon alle Möglichkeiten der Heilung ausgeschöpft hat. Diese bohrenden Fragen muss sich nur der seelisch Behinderte gefallen lassen, als säße er als Sittlichkeitsverbrecher auf einem Stuhl bei der Kripo. „Ich glaube, die Menschen haben auch wahnsinnige Angst vor jemandem wie dir, was man nicht versteht, überlässt man Spezialisten und oder scheidet es aus der Gesellschaft aus." „So ist es leider, obwohl ich hoffe, dass es besser wird."

„Wir waren bei der Verhaltenstherapie." - „Ach ja, ich wollte sagen, wichtiger ist, dass einem bewusst wird, vielleicht sogar geholfen wird, dass man Ziele im Leben aufbauen kann, solche, die einen mitreißen, vielleicht nie erfüllte Jugendträume."

„Doch so jemand plötzlich zu einem Beziehungsmenschen zu machen, wird wohl auch scheitern. Oder, Erik?" „Es kann also nur das Ziel sein, ihn zu bewegen, und das muss er Großteils selbst erarbeiten, in beide Haltsysteme seine Fühler auszustrecken, weil er dem einem wohl nie so richtig trauen wird und das andere nicht mehr überhöhen darf, so dass es wieder bricht und wieder perverse Haltsysteme stattdessen Platz nehmen und ihn wieder in den Zwang werfen, diese aufrechtzuerhalten.

Notwendig ist also eine erklärende Therapie, ein gutes Umfeld, was ihn abfedert, aber nicht bedrängt. Jedes Bedrängen, ob real oder auch nur räumlich, lässt ihn zu den bekannten Mechanismen greifen, da hat er keine Chance! Wichtig sind auch Ziele, die ihm Halt geben, aber nicht mehr zur Hauptsache werden dürfen. Ein Mischweg also und wenn der funktioniert, immer wieder Verhaltenstherapie einträufeln, sie hat schon auch ihren Sinn. Verhaltenstherapie, aber nicht von Leuten, die ihn damit vor den Kopf stoßen wollen. Besonders gefährlich und unmenschlich ist diese erzwungene Verhaltenstherapie von Leuten, die gar nichts kapieren, während der Kranke gerade dabei ist, seine Psyche zu erkunden und neue Wege zu basteln und zu finden. Außenstehende, die meinen, sie müssten ‚die Rituale' unterbrechen, weil dies vielleicht zu einem Modewort geworden ist, sollten wissen, dass der Kranke damit zunächst nichts anfangen kann und dass dies sein schmerzendes Weltbild, wegen dem er ja diese Art Halt sucht, noch schmerzhafter macht. Sie würden kontraproduktiv arbeiten! Außerdem können hinter seiner Not auch Traumata stecken, die Bedacht fordern, ein zu frühes Eingreifen und verhaltenstherapeutisches Zwingen könnten zu einem neuen Trauma werden.

Ich kannte Patienten und muss aufpassen, dass es bei mir nicht ähnlich wird, die keinem Therapeuten mehr trauten." - „Wieso?" - „Weil sie glaubten, die Menschen seien alle gleich, die wollen nur schockartig bewirken, dass man seinen ganzen Halt aufgibt. Die draußen durch Ihre Gemeinheit, einem Zwängler einfach nicht zu helfen, und die Therapeuten mit Schläue, deshalb muss man sich vor denen noch mehr hüten." - „Das haben dann die erreicht, die sich besonders schlau fühlten, wenn sie therapierten?" - „Ja, Marius, leider.

Jeder Fall muss also auch noch separat gesehen werden und nicht nach Prinzipien behandelt werden. So viel dazu.

Ich hoffe, diese Gedanken helfen, dass Menschen, die helfen wollen oder von einem Zwängler um Hilfe gebeten werden, ein bisschen verstehen, um was es hier gehen kann. Ich erzähle es jedem gern, der sich ernsthaft dafür interessiert. Es ist verdammt kompliziert und doch auf einen kinderleichten Nenner zu bringen:

Wo kriegt jemand den Halt her, der ihm hilft dieses Leben zu bestehen? Aus Liebe, die er sich in Beziehungen stiehlt, wie die eine Sorte der Gefallenen oder aus Selbstbildern von sich, in denen man unabhängig ist von Beziehungen und Liebesbeziehungen, Liebe durch Bewunderung tankt und letztlich aus Selbstbildern und Aktivitäten, die sich im Falle schwer Geschädigter oft nicht mehr erhalten lassen. Den gesunden Mittelweg kennen beide nicht, und daran gilt es wohl zu arbeiten, wenn das Ganze eine Chance haben soll. Geduld und aktive Mitarbeit der Angehörigen, beides ist gefragt, Marius." - „Ich schätze mal, dass es daran oft mangelt, weil, wenn das Ganze aus der Kindheit kommt, diese Eltern, die das an einem Kind durch Strenge, aber auch durch zu wenig Halt, habe ich mal wo gelesen, verbrochen haben, oft nicht anders werden und so gar nicht helfen können." - „Hey, Marius, du kennst dich ja aus", strahlte Erik. King lächelte nur kurz, ohne zu sagen, dass er es zwar las, aber nicht verstanden hatte. „Aber du kennst dich aus, man glaubt nicht, dass du unter etwas leidest, was du so gut beschreiben kannst", erwiderte der Käpt'n, schon etwas müde von den sich teilweise wiederholenden Versuchen Eriks, sein Inneres aufzudecken und gleichzeitig Rat zu geben. „Ich hoffe, dass all das hilft, meinen Widerstand so zu formieren, dass es irgendwann langt, dagegen anzugehen und dass gleichzeitig neue Haltmomente Fuß fassen, statt unhaltbarer Selbstbilder. Aber wie der Weg geht, ist offen."

Marius stand auf, und umarmte Erik. Später in seinem Schlafraum liefen Erik die lange vermissten Tränen herunter. Das erleichterte sein Herz. Es hatte ihn endlich jemand verstanden, irgendwie anders und noch mehr als Schwoppmann damals, der ihn vor der Kollegin schützte und zu der damals so wichtigen Auskunft verhalf. Nein, nicht mehr, aber anders. Er setzte sich hin und schrieb seinen Dank auf, immer noch in Gedichtform, wie er es gewohnt war:

An S O L C H E und S O L C H E

Verstehen,
wie mich ein Tier
versteht,

was nicht
den And'ren
traut,
was ihrer Lehr'
nicht glaubt,
die tötet.

Verstehen,

wie mich
ein Gott versteht,
der mehr sieht,
als es Menschen
langt,

der unterscheidet,
zwischen
o und u.

Verstehen,
wie mich
ein Herz versteht

und nicht
ein kalter Block,
Verstand, die Faust am Tisch,

solch Geist,
der sich entschuldet
und verschließt.
Verstanden
haben nur ein paar
wie du,

wie Sie,
dem Trend
entgegen,
bewusst und wissend
oder unbewusst
wie Oscar Schindler einst!

Egal,
beides überragt
die Massen weit,

die, die nur
die Hexe
hängen sehen woll'n,

sich sonnen noch,
so hart zu sein

wie braune Horden einst.
Der vielen Wut,
die irrt
so sehr,
weil Härte
dicht macht
und nie weise.

Stein sind sie
und niemals Mensch
wie du, wie Sie.

Und wär' ich Gott
Und gäb' es ihn,
dann würde ich

euch schätzen,
wie den Apfel meines Auges,
steht geschrieben.

Doch grämt euch nicht
im Dschungel bös Konträrer,
ob eure Hilfe sinnvoll ist.

O doch,
seit wann
hat Liebe unrecht?
Ein bisschen Härte
und viel Liebe
hält Theorien stand,
das muss man nicht
beweisen,
obwohl ich's hundert Male könnt.

Den Glauben
an die Menschen
habt ihr mir gelassen,
und meine Würde
habt ihr nicht
wie sie verspielt.

Lebenszeit,

das könn' die nie,
habt ihr mir geschenkt.

Fesseln, Gitter, Drogen,
davor bewahrt ihr mich
geschickt,

im Gegensatz
zu all den vielen,
deren Herz verhärtet tickt,
die dem Sterben
zusah'n,
teilnahmslos,
als würden sie
niemals
eines Menschen Güte brauchen,

so sprechen sie
sich frei
von Schuld,
die feisten Kalten
aller Zeiten
unter uns,

die mehrfach
töten nach Bedarf
und bockig voller Stolz.

Danke,
dass ein Funke Höheres
in euch,

die
die kalten Herzens sind
beschämt,

denn nur durch euch
schreib dieses Wort
ich noch,
sonst wär'
ich dort,
wo die

mich haben
woll'n,
die, die sich nie erklär'n,
die nur schlagen,
auf das Schwache drauf,
anstatt nur einmal

nachzuhaken,
was mir fehlt,
wenn ich sie brauch' in Fragenot

nach Halt,
solang' ich anderen
nicht zu bau'n imstande bin.
Ich muss doch raus
ins Leben,
heiligt das nicht auch das Mittel,

mir zu helfen in der Not?
Denn nur da draußen krieg ich Mut
und Lust, mir selbst zu helfen.
Stattdessen verpasst ihr mir
den letzten Tritt
durch euer Schweigen,

auf das ihr stolz seid
dumm und oder böse,
doch beschämt
vor ein, zwei, drei, vier anderen,
von Menschen,
die ihr nicht mehr seid, solang'
kein menschliches Gefühl ihr duldet,

solang' ihr bockt
anstatt zu helfen,
selbst wenn's ein Kleines wär.

Um so mehr
sag ich
den and'ren Dank,

die sich erbarmen
intuitiv
und voll zu Recht,

Ob es noch langt?
Und wenn es nur reift für den,
der nach mir kommt.

Das Datum nach Erdzeit schrieb er darunter und schlief dann friedlich ein. Nachts wachte er auf, all das arbeitete in ihm. Er wusste schon so viel, er wusste alles über seine Eltern, über die Wurzeln seiner Angst, seiner Zwänge, doch er schrieb plötzlich wieder darauf los:

Steckenbleiben

Ich soll mein Leid verstehen
nach so viel Jahren,
wo's doch begann, nun kann ich's sehen,
als wir noch Kinder waren.

Jetzt tut sich etwas auf,
jetzt spür ich's klar,
warum solang' schon falsch ich lauf,
wie schuld der Vater war.

Und meine Mutter erst,
trug dazu bei,
doch um zu heilen, o ich berst',
sehnt' ich doch Glück herbei.

Ich will die Lösung nicht,
bin nicht erpicht
auf dieses bittere Gericht,
auf diese karge Sicht.

Doch wie soll all das heilen,
ich muss da durch,
was sich an Leid ereignet hat,
doch irgendwas, das bremst.

Man schämt sich doch dafür,

wenn man beweist,
was niemals war, nicht Pflicht, nicht Kür,
dass alles ist entgleist.

Was hat's Versteh'n gebracht,
wenn's doch nichts bringt?
Es hat zwar endlich klick gemacht,
doch diese Wahrheit stinkt,

sie hilft mir nicht, macht mich nur nieder,
dann lieber die Neurose,
die war schon gut, ich schließ die Lider
und den Deckel auf der Dose.

So weit bis hier her, er musste sich begnügen, er kam nicht weiter, es brauchte noch Zeit. Er erinnerte sich an King, dass er ihm das ‚Du' anbot, dass er ganze Strecken verstand, so hoffte er und zweifelte sogleich daran, das war ja sein Elend. Innen drin braute sich schon zusammen: „Wenn ich ihn mal wirklich brauche, wie wird er dann reagieren. Das bisschen Läppische, was ich ihn fragte, das konnte er wohl verstehen." Erik runzelte die Stirne. „Was wenn ich nicht nur einmal frage, sondern x-mal? Kann ich verlangen, dass er dann noch mein Freund bleibt? Ach, wenn sie doch nur kapieren würden, dass sie durchaus dann dem Zwang ein Ende machen dürften, wenn dieses Ende nicht unvermittelt käme, wenn sie es ankündigen, wenn sie nachspüren, wo sie sich es erlauben können und auch verstehen würden, wo Ausnahmen wichtig sind. O weh, was fordere ich von denen." Plötzlich verschwamm sein Denken zu Lavinia hin. Sie würde mir helfen. Dann dachte er über Gott nach, ist es der, an den er sich klammern sollte. „Geht das schon wieder los mit dem schlechten Gewissen", warf er sich vor. „Und was, wenn ich dem Gott mal was nicht recht mache? Nein, so kann das doch nicht gehen. Die Kraft muss in mir selbst liegen, in mir. Und da ist sie nicht. ‚Hör auf, Erik', sagte er zu sich, mach dich nicht fertig. Jetzt bist du hier mitten in einem Auftrag, da musst du durch und alles andere gibt sich." All das sagte er sich mit Hilfe der guten Gefühle nach dem Gespräch mit Marius ein, bis er wieder einschlief.

Und dann träumte er eine Art Wachtraum. Er, Erik beging einen großen Fehler, bei dem viele Menschen zu Schaden kamen, und dann kam Gott persönlich zu ihm und umarmte ihn. Paradox? Ja, paradox für einen, der erzgogen wurde, schon wegen kleinster Kleinigkeiten vollständig verworfen zu werden. Er wachte verschwitzt auf und ‚weinte‘ innerlich den Traum weiter.

28

Marius King dachte an sein Mädchen, was damals noch klein war, klein und so niedlich, an seine geschiedene Frau und die große Villenanlage, die sie besaßen, nach Long Island zu in New York. Er sah Irinas lange schwarze Haare, ihren geschwungenen Mund, ihre tiefliegenden dunklen Kulleraugen, ihre drahtigen Beine, ihre Geschwindheit, ihre Einfachheit und Wärme. Und er dachte an Silvia, seine Blondine aus dem Bankcenter, deren andere Weiblichkeit so sehr an ihm nagte, dass alles kaputtging, sein ganzes Himmelreich, kaputt. Und jetzt sitzt er hier in dieser gottverlassenen Rakete und hört sich die bizarren Probleme eines Erik Passler an, der immer wieder anfing von seiner Freundin Lavinia zu schwärmen und sie dann wieder vergessen wollte. Was wusste der schon, dachte King. Ich habe die Hölle erlebt, aber er will Aufmerksamkeit und Hilfe von mir. Wie lächerlich ist das Leben. Und dabei rasen wir beide geradezu auf ein unwägbares Abenteuer zu.

Diese Kurzhaarige, Balletta, nennen sie sie . . . Ein warmes Gefühl zog Kings Rücken herunter, als er durch das Glas eine ihrer Freundinnen von der Crew sah, die mit den langen roten Haaren. Schit, heute mit Hose, ach was interessiert mich die, strich er sich über die kurzen Haare hinter dem Ohr. Die Blonde mit der Stupsnase und den glatten, einfach gelegten Haaren die langgewachsen waren und sich über den ganzen Kopf zogen und hinter ihren Ohren endeten, die war es. Naiv, mädchenhaft, geil. King stierte durch die zwei Glasscheiben und malte sich ihre überfraulichen Beine aus, Balletta, was für ein Name? Die weiß schon, was sie uns zeigt, grollte er in sich hinein. Marius, Marius, sagte er zu sich, was findest du nur an der Kombination von diesem Haarschnitt mit den perfekten Beinen? Marius öffnete seine zwei Türen und schickte sich an, den Weg zu gehen, den sie kommen könnte. Doch dann versagte sein Mut, er ging einen Nebengang nach unten, dort musste er durch einen langen Versorgungsweg. Wenn der endet, sagte er sich, hab ich mich wohl wieder abgeregt, gehe einen Schluck trinken rauf ins Schnellrestaurante und . . .

Unterwegs vernahm er ein Klacken, und zehn Meter nach vorne blickend . . . War da eine Gestalt? Ihm wurde heiß. Balletta? Ich wollte ihr ausweichen und jetzt? Jetzt oder nie! Nein. „Hi, Balletta!“ Sie blieb stehen und tänzelte vor ihm, grinste ihn abenteuerlustig an. „Na, großer Kapitano, wieso treffen wir uns hier unten?“ All das klang wie eine Aufforderung. Aber, bin ich ein Idiot? Nein, ich werde nicht über ihren Luxuskörper herfallen. Nein, ich nicht, ich der Kapitän.

„Lass uns dort auf das Rohr setzen, ein kleines Päuschen kann nicht schaden bei der Hitze hier unten.“ Jetzt entscheidet's sich, kochte er innerlich in Sekundenbruchteilen. „Heiß? Von was ist dir denn heiß?“, entgegnete er. Sie stupste ihn an der Brust, dass er beinahe vom Rohr fiel. Es war wie ein Traum. Alles passte zusammen. Sie saßen sich im Winkel des Versorgungsrohres, was ungefähr 28 Grad haben musste, schräg gegenüber. Ihr Rock, ein blauer Trevira-Standardrock oder so, wie ihn die Stewardessen tragen, rutschte nach oben und ihre geschmückten schlanken Finger streiften schüchtern und doch wie selbstverständlich über die perlfarbenen Nylons, dass ihm der Atem stockte. Marius kannte Balletta noch von der Erde, sie hatten dort einst eine Liaison gehabt, Nachtclubfreundschaft, die sie beide, ohne es auszusprechen, wieder beendeten. Vielleicht war es auch der Punkt, dass keiner der beiden zugeben wollte, dass er sich in diesen Etablishments herumtrieb und immer seltener aufkreuzte. So schlich sich das Gefühl ein, man mochte sich nicht wirklich, und man kannte sich, trennte sich, ohne es ausdrücken zu müssen.

„Wie die Zeit zusammenschmilzt“, lispelte sie in einem sonnigen Hauch zu ihm herüber. - „Was? – Ach so, sorry“, er schaltete spät, erst jetzt wusste er, was sie meinte. Er fasste sich schnell und lächelte ihr entgegen - weißes Pilotenhemd, dunkelbraune Haare, scharf geschnittene Gesichtszüge und dieses Aussehen, was zwischen Dandy und Vorbild lag. Sie lächelte zurück, sanft, weich, und vertraut. „Wie kommt das?“, fragte er. „Was?“ „Na ja, dass deine Beine immer schöner werden.“ „Meine Beine?“, da schaust du also hin. „Woanders trau ich mich doch gar nicht“, gab er zurück und sah nun in ihre grünblauen Augen. Sie lächelte, sie lächelte so wohlig, so als kennen sie sich hundert Jahre, während er auf den Boden sank und ihr weiter in die Augen blickend, den Verlauf eines ihrer Beine nachzog, sanft und gekonnt, bis unter den Saum des noch mehr zurück- gerutschten Rockes hinauf. Dann ließ er von ihr ab, fasste sie an den Händen und setzte sich neben sie, ganz nah, genoss ihren Körper. Sie neigte ihr blondbehaartes Köpfchen an seine Schulter. „Marius, du duftest, ist das das Parfum von damals?“ - „Das kennst du noch?“ - „Du unterschätzt die Frauen, Marius.“ Sie kuschelte sich an sein Hemd. Er zog seinen Arm um ihren Körper und presste sie an sich. Irgendwie völlig unbemerkt hatte sie ihm ein, zwei Knöpfe geöffnet und fing an, ihm seine solariumgebräunte Männerbrust zu küssen . . .

20 Minuten später, suchte sie ihre Teilchen auf dem Boden zusammen, lugte schüchtern herüber, ob er ihr wohl zusehe, wie sie die Halterlosen wieder anständig hinaufzog, in den Slip schlüpfte, sich unsicher durchs Gesicht fuhr und wahrnahm, wie er sein Hemd in die Hose würgte. „Ganz zerzottelt siehst du aus“, lächelte sie. „Und du?“, konterte er mit heiserer Stimme. Sie blickten auf sich wie zwei Kinder, die etwas ausgefressen hatten, als hätten sie wo 100 Dollar geklaut und sich davon mit Eiscreme vollgehauen. „Balletta“, sah er sie frontal an, umarmte sie an der Hüfte, „ich danke dir, du warst so lieb“. - „Du auch“, blinzelte sie zurück. „Wir werden unseren Weg gehen.“ - „Ja“, hauchte sie. „Und vielleicht trifft man sich mal wieder.“ - „Schon.“ Sie sah auf den Boden, und dann huschten sie, jeder in die andere Richtung, davon. Marius dachte an Ronus und schon wieder an Erik. „Der geht mir auch gar nicht mehr aus dem Kopf“ Und an den Sinn seines Lebens, an den dachte er auch, aber nur kurz, dann überschwemmten ihn die Gefühle der vergangenen Momente.

Im Restaurant angekommen, zog er sich bedächtig, als würde er etwas kaputtmachen können, einen Zitrosaft mit Schuss hinein. Eigentlich war Alkohol jetzt verboten, aber jetzt war nicht jetzt. Er wollte etwas verarbeiten, und sie?

29

Erik saß auf seinem Zimmer und studierte die bisher vorhandene dürftige Geographie des Ronus. Niemals wollten sie dort landen, niemals, es wäre eine Falle. Trotzdem reizte es ihn, zu wissen, was dort los war. Man wusste, dass dort früher Schiffe wie in dem berühmt berüchtigten Bermuda-Dreieck verschwanden.

Komischerweise kam ihm nicht in den Sinn, dass Teile der Lightbraker dort bruchlandeten und er dachte nicht im Geringsten daran, dass auch sein Schiff, ihr Schiff, an den Tricks der Terroristen scheitern könnte. Nein, das, was anderen alten Schiffen passierte, könnte ihnen nie passieren.

Seit Tagen zog sie allerdings das Raumschiff, das ihnen vorauseilte Richtung Ronus. *„Und“,* schrieb er in seine Unterlagen, nachdem er am 3. November 2020 Erdzeit in einem Meer schwamm, im

Ronusmeer, „*dann war es doch passiert. Auf trickreiche Weise verfolgten wir das Raumschiff. Es schien dort zu landen, wir wollten es ihm aus freien Stücken gleichtun, gerieten zu sehr in die Anziehungskraft des Planeten und mussten schließlich, wenn wir nicht verglühen wollten, landen, obwohl das vorauseilende Schiff plötzlich weg war. Sollte es die gegenteilige Technik beherrschen, die die Lightbraker mit auf den Weg bekam und die auch wir ausgereift beherrschten, nämlich uns unsichtbar zu machen? Sollten Sie sich sichtbar machen und gar nicht da sein?*“

Es waren lange Wochen, seitdem er damals mit King im Schiff über seine Lage diskutierte. Es tat sich nichts im All. Er kämpfte mit seinen Zwängen, er arbeitete an dem Forschungsprojekt, und er hatte Ruhe, und dann ging alles Schlag auf Schlag. Und jetzt saß er auf Ronus. Was schrieb er damals nach der Notfalllandung eigentlich? Er verlor sich in dem, was hinter ihm lag, und las seine Aufzeichnungen erstmals mit gewissem Abstand, die aus der Zeit nach dem Ronuseintritt stammten. Er schrieb damals wie Mose seine Genesis schrieb, aus erhöhter Position. Sich selbst sah er dabei als Beteiligten:

Waren wirklich alle tot? Warum diese Ruhe, warum war niemand da? Er kletterte mit Mühe die Stockwerke hinauf und bekam mit, wie die anderen Versuche machten, auf das Meer hinauszugelangen. Er fing an wie wild zu klopfen. Man hatte ihn vergessen, man hatte ihn für tot gehalten und kümmerte sich um das Nächste, um den Ausstieg. „Heeeeeyyyy – Hiiiiiiiilffffffeeeeeeeeee“. Er konnte sie alle sehen, sie waren alle am Leben, er nahm wahr, wie sie ihn jetzt wahrnahmen, aber nicht sahen, noch war ihm und ihnen unklar, wie sie wieder zueinanderfinden konnten. Sie fingen an, ihn zu suchen, dessen war er sich sicher. Und er hörte auch dass man mit irgendwelchen Geräten anfing zu öffnen, was verschlossen war.

Aufgeregt lugte er durch die Ritzen seines Gefängnisses aus einem Fenster, was danach kam, und stierte auf dieses Meer, was ihn so an die Erde erinnerte und er meinte, in der Ferne sähe er einen Bekannten, umgeben von affenartigen Wesen auf einem Floß.

„Erik, wach auf, bist du weggetreten? Wach auf!“, da brach auch die Tür auf, und gekonnt und beflissen zog man ihn aus der Notlage. Giftige Dämpfe hätten ihn nicht mehr lange überleben lassen. Er war zwischen zwei Schleusen eingeklemmt, dort, wo man ihn nicht vermutete, und durch Ritzen konnte er hinaussehen, ihn sah aber niemand. Wie er da hinkam, wusste er nicht. Er muss beim Eintritt Amok gelaufen sein oder wurde er hier hineingeschleudert?

„Habt ihr ein Floß gesehen?“ wandte er sich an seine Kollegen, die emsig wie ein Ameisenhaufen schienen. „Wieso, hast du eines gesehen“, brummte ihn Wallister, der Bordtechniker an. „N . . . ne“, gab er zurück. Er wollte sich nicht zum Deppen machen. Das war er doch schon bei manch einem wegen seiner Zwänge. Er würde das schon noch rauskriegen. Vielleicht war er aber auch wirklich weggetreten, die anderen meinten ja, da wären Gase gewesen, die er gar nicht bemerkte.

„Wir haben aber ganz entfernt Land gesehen“, konterte King, der inzwischen auch von außen nach innen kam, nachdem ein Schmorherd beseitigt wurde. Erik ging auf ihn zu, und beide umarmten sich. „Erik“, „Marius“, King kamen die Tränen.

Als sie das Land erreicht hatten - die Strömung half ihnen und sie spannten sich vor das Schiff und begannen zu schwimmen, mit Seilen zogen sie die Ladung hinter sich her - dann brachen alle zusammen und gleichzeitig in einen Jubelruf aus. Sie hatten es geschafft, die Rakete war nur teilweise zerstört und der Planet war bewohnbar, das ahnten sie zwar, aber jetzt wussten sie es.

Zwanzig Kilometer entfernt berief Santar zu dieser Zeit eine Sitzung ein. Er befahl den Baraden, wie die Grumurkunis, das heißt die Gefühlsmenschen genannt wurden, von dem fernen Erlebnis des Absturzes irgendeines Schiffes niemand zu berichten. Sie waren außer sich, und befürchteten nun Schlimmes. Santar nutzte sein Wissen, um ihnen klarzumachen, dass nichts passieren wird, wenn sie schweigen, und dass das Unheil sie nie erreichen wird.

Nur Erik kamen immer wieder Zweifel, wer die Gestalt und die Affen gewesen waren. Er dachte an die Lightbraker, an seine Freundin, an ihren neuen Freund, von dem er mitbekam, dass er in der Crew war. „Quatsch!“, die sind sonstwo im Universum, und außerdem, wenn sie uns gesehen hätten, kämen sie auf uns zu. Aber es kam niemand.

Santar fing an, an seiner Vormachtstellung zu hängen. Und er rechnete damit, dass ins Herz des Grumurkunilandes niemand käme.

Nachdem die Crew Ähnliches mitmachte, was einst auch die Lightbrakerüberlebenden mitmachten, begannen sie sich auf die Gegenwart zu konzentrieren. In einem Behelfsunterschlupf berieten sie am 28. November 2020 über ihre missliche Lage, ihre Ziele, ihre Möglichkeiten und die Ziele der mutmaßlichen Terroristen. Sie waren sicher, dass sie sie hierhergelotst hatten, um sie unschädlich zu machen. Es nahm eine gewisse Logik an, was man über die Energiefelder des Undarium mutmaßte. „Diese Hunde hatten es raus mit Energien zu spielen. Und sie operieren mit Codes“, meinte die igelköpfige Tamara Winston, die im Terrorteam mit Erik lange über diese Dinge gebrütet hatte. „Stimmt's Erik?" Erik nickte, er war nicht ganz bei der Sache. „Wir müssen hier weg", setzte King hinzu. „Aber dazu brauchen wir Hilfe", folgerte Erik.

Erik lag auf dem schlammartigen Material, was lange Strecken des Planeten ausmachte, unter sich nur eine Art Plastikschale, die sich im Raumschiff losgerissen hatte. Eigentlich schmerzte alles, und trotzdem war's jetzt erst mal gut. Alle waren da, sie lebten und eine Nacht stand vor ihnen. Er sah in die Sonnen und wie eine unterging. Er schob seine Kappe ins Gesicht und . . . nein, noch schlief er nicht, ihm ging sein Leben durch den Sinn. Er dachte an Evelyn, die ihn verstand, wie mochte es ihr nun gehen? Hat sie sich gefangen, oder krepiert sie an ihren Ängsten und psychischen Leiden, jetzt, wo sie keinen mehr hatte, keinen, der sie so verstand, wie er es tat.

Er sah sie jetzt ganz vor sich. Irgendwie sehnte er sich, sie zu umarmen. Er sehnte sich so sehr, jemanden zu umarmen.

Dann erschien Lavinia vor seinem geistigen Auge: Dieses Bild brauchte mehr Raum, es füllte ihn ganz aus, war sie seine Liebe? Wie könnte man zwei Menschen lieben? Eriks Kopf begann wegen dieser Dinge zu rumoren. Er lag hier auf einem fremden Planeten, sein Leben war in Gefahr, aber er grübelte über zwei Frauen nach. Alles unwichtig, ging es ihm durch den Schädel, alles unwichtig, alles, auch diese Scheiße, in der wir hier sitzen. Nur die Liebe zählt. Er musste lachen. Es gab mal eine Sendung im Fernsehen, die so hieß, damals mit diesem Kai Pflaume. Ach wie lang liegt das schon zurück. Aber dies hier, diese seine Gedanken, die waren Realität. Dabei wusste er nicht mal, was mit Lavinia ist und Evelyn erst, da bestand ja gar keine Bindung dieser Art und trotzdem liebte er etwas an ihr mehr als alles andere. Nein, nicht wieder in diese Falle gehen, schob sich etwas in seinem Kopf vor. Das hatten wir ja schon. Ich muss Evelyn nicht als Partnerin lieben. Würde ich es, würde alles werden wie so oft, man würde sich überdrüssig. Eine Frau, eine Ehefrau ist kein Kummerkasten, das haut nicht hin, so viel habe ich mitgekriegt von anderen Ehen und so wird es wohl auch sein. Also, Erik, sortiere dich, behalte Evelyn als Freundin, so was ist wertvoll, wertvoller als . . . stopp, nicht wieder von vorne anfangen.

„Denkst du an Lavinia?", fragte ihn eine zarte Frauenstimme, die doch bestimmt klang. „Tamara? Wo kommst du denn her." „Ich lieg hier schon die ganze Zeit", lachte sie ihn irgendwie hellwach an. „Und wie hast du erraten, an was ich denke?" - „Na ja, nicht allzu schwer, du hast mir dein Leben während des Flugs ja mal erzählt, und ich denke gerade an Stan." Erik sah sie verständnisvoll an, kniff die Lippen zusammen und lächelte dabei, als wenn es ein schönes und anstrengendes Thema auf einmal wäre. Er sah ihren kühlen Igelkopf mit den schwarzen Haaren. Jeder hat so seine Welt dachte er in sich hinein, dann sah er sie an und wollte etwas Nettes sagen. Er wusste, dass sie ihren Freund sitzen ließ, darüber nicht hinwegkam. So krass war es bei ihm nicht, aber doch ähnlich. Beide drehten sich um, und so ungleich sie waren, nahmen sie ihre Hand, fassten sich an und schauten in den Weltraum. Es gab kein erotisches Gefühl, es war, als wären sie Geschwister, die sich jetzt eben grad verstehen. „Wir sind die Gleichen", fing Tamara leise an, zu erzählen. „Wir beide würden nie zusammenfinden, weil wir zu gleich sind." - „Mag sein", erwiderte er. „Du liebst sie, stimmt's?", fügte sie hinzu. Erik traten die Tränen in die Augen und er musste kräftig schlucken. Er wollte es nicht zeigen. „Ja." - „Und trotzdem habt ihr euch getrennt". - „Hm, und ich weiß nicht, ob es richtig war", seufzte er. „Wir hatten beide noch so viel im Sinn . . ." - „Du hattest noch so viel im Sinn", gab sie scharf urteilend zurück. „Sie auch." - „Nein Sie . . .", Tamara stotterte. „Ja, ich weiß", murmelte er mehr in sich hinein als zu Tamara, die jetzt seine Hand losgelassen hatte. „Ich weiß doch, wie es bei Stan ist", gab sie nun etwas leiser zurück. Sie geben uns Recht, fügen sich, haben plötzlich ja auch noch soviel Ziele, sie tun es, weil sie uns verstehen, weil sie nicht anecken wollen, und wir glauben, dass sie dasselbe Ziel haben. Wer weiß, wie es in ihnen aussieht?" Sie schauten sich an. Sie lagen nah beieinander, aber kein Funke wollte entbrennen. Da nahm er ihren Kopf und umarmte sie, das erste Mal, aber er hatte keine Scheu. Sie lachte, aber ließ es geschehen. Dann gab sie ihm ihre Hand wie zum Gruß. „Wir verstehen uns, Erik?". „Ja, wahrscheinlich." „Gute Nacht." „Gute Nacht, so gut's halt geht", erwiderte Erik.

Wir verstehen uns, was verstehe ich eigentlich? Ich will geliebt werden, ich brauche sie, aber . . . Quatsch, ich würde sie auch lieben und für sie da sein. Aber . . . schwangen seine Gedanken nach.

„Erik denk dran", kam es noch mal unter Tamaras Bettdecke hervor, als ob ein Geist mit ihm redete, „du kannst nicht perfekt sein, du musst nicht alles für sie werden können, und dann noch was, bist du noch wach?" - „Ja". Sie rutsche zu ihm heran. „Du hast Angst vor Fehlern, du suchst jemanden, der dich so aufnimmt, wie du bist, und du findest es in Menschen wie Lavinia. Doch dann . . . Nein sagen wir es so. Sie hat auch Bedürfnisse. Sie überarrangiert sich, weil sie Angst hat, schwach zu sein, sie sucht jemanden, der dies stoppt. Sie sieht wie du cool bist, stark und männlich, mal von deiner Macke abgesehen, die du mir beschrieben hast." - „Schon o.k.", lächelte er.

„Und?“ - „Deshalb liebt ihr euch. Sie sucht die Liebe in dir, die sie von ihrem Kampf um das ständige stark sein zu müssen befreit und du, siehst in ihr Hoffnung, Hoffnung, Fehler machen zu können.“ Erik drehte sich auf seiner Schale um, es war etwas umständlich und tat weh, stützte sich auf den Ellenbogen, der nun im trockenen Ronusboden lag. „Und das haut nicht hin?“ - „Ne, es haut meist nicht hin“, grinste sie ihn an. „Dann sollten wir beide heiraten, wir verstehen uns.“ Beide sahen sich nun schelmisch an. „Aber wir verbreiten für den andern keine Hoffnung, nicht mal ´ne falsche“, fuhr sie fort. „Außerdem, was können wir uns schon anbieten, was wir nicht selbst hätten?“ - „Obwohl“, meinte Erik, „wenn wir uns tolerieren würden, wäre das sehr gut für unseren Fortschritt, uns selbst besser zu verstehen, stimmt‘s?“. - „Wow, du bist schlau“. „Ach komm, ich habe mal ein Buch darüber gelesen ‚Flucht in die Krankheit‘ heißt es.“ „Haaaa?“, sah sie ihn entgeistert an. „Wir sind wirklich die Gleichen“, daraus habe ich meine Überlegungen auch.“ Beide schüttelten den Kopf. „Wir zwei“, meinte Erik beschönigend. Nach wie vor konnte er an ihr nichts Erotisches finden, was ihn wunderte und doch wieder nicht. Na gut, so war es eben. Obwohl sie gut aussah. Aber für andere Typen, dachte er, als er sich wieder umdrehte. „Also schlaf gut“, hörte er noch. „Auch so.“

„Ja, er erhoffte sich so viel von Lavinia“, und gerade sie würde ihm die Fehler gar nicht zugestehen, weil sie in ihm ja den Starken sah, der sie tragen würde, der ihr ihre Macke nehmen soll, bei dem sie doch endlich schwach sein könnte. Doch sie könnte es nicht sein, wenn sie sein sich gehenlassen merken würde, wenn er meinen würde, jetzt auch Fehler begehen zu können, einfach er zu sein. So sagte es das Buch, von dem sie gerade sprachen. Aber mit Tamara anfreunden, das wollte er nun wirklich nicht. Also schweiften seine Gedanken trotz allem um Lavinia, ihrem langen weichen braun-blonden Haar, ihren Augen, die ihn aufnahmen. Und wie sie ihn anhimmelte, wenn sie ihn sah. Und was schon ein Buch sei. Das war Liebe, Liebe, Liebe, Liebe, Lieb, Lie, L, L, . . . L. Sein Atem wurde tiefer, und der Schlaf nahm ihn auf.

Des Nachts träumte Erik dann von Tamara und Stan und wie er bei einem Autounfall verbrannte, das war so abscheulich, dass er früh damit aufwachte und eine Zeit brauchte, bis er sich klar wurde, dass es ein Traum war, ein Versuch, die letzte Nacht zu verarbeiten. Tamara schlief noch. Er wollte aber nicht noch mal mit dem Thema anfangen, schrieb also auf ein Etikett der Dose, aus der er am Vorabend aß: „Hi, Tamara, tut mir leid, dass wir gestern nur über mich und Lavinia sprachen. Ich erkannte schon, dass es dir mit Stan irgendwie ähnlich geht. Ich wünschte, dass wir uns alle vier auf der Erde treffen,

und dass wir dorthin überhaupt zurückfinden.“ Dies legte er ihr unters Kopfkissen und schlich sich davon, den Morgen in sich einzusaugen.

30

In kleinen Elektrogefährten, die das Raumschiff in sich trug, pirschte die Mannschaft vorwärts. Dies ging schneller als es damals mit Lavinia und dem Rest der Lightbraker ging, die durch die Schlammlandschaft hindurch ihre Kräfte aufbrauchten, doch die Motoren versagten bald. War es die Atmosphäre oder der Teufel was, sie mussten zu Fuß weiter. „Auuuu“, schrie einer aus der Crew und krümmte sich, als Erik sich umsah. Sein Fuß blutete. „Eine Falle?“ Glückliche und angstvolle Gefühle durchströmten die Kameraden, als sie ihn befreiten und sich um seine Wunde kümmerten. Da sahen sie von oben Netze auf sie fallen und dann strenge Befehle in irgendwelchen osteuropäischen Sprachen. Erik und einige aus seinem Terrorbekämpfungsteam konnten Worte davon verstehen, sie waren auf einige Sprachen geschult. Was sie hörten klang nicht gut.

Dann unterhielten sich nur noch zwei von Ihnen: „Nein, die Verstandler werden uns nichts tun, die lassen uns gewähren, die haben andere Probleme“, das muss der Inhalt der schweren Worte gewesen sein. Es gab also mindestens zwei Gruppen hier. Und die, die wie Piraten aussahen und irgendwelche russischähnlichen Dialekte gebrauchten, das waren keine Weltraummonster, das waren Menschen. Würden hier menschenartige Wesen leben, das wonach die Irdischen immer suchten, durchzuckte es Erik und seine Kameraden. Nein, das müssen Erdler sein. Es müssen Überlebende irgendwelcher früheren Abstürze sein. Erik dachte an Lavinia und verwarf den Gedanken wieder, er wusste, dass hier früher Raumfrachter verloren gingen. Aber Terroristen waren das auch nicht. Die sahen eher aus wie Halunken, obwohl, das sind Terroristen ja auch, aber eben andere . . .

„Auuuuu“, jemand trat ihm mit dem Fuß in die Schenkel. Er hatte ein rotes Tuch auf dem Kopf und ein zerlumptes Hemd an. „Benehmt euch, ihr gehört ab heute uns, und wehe . . .“ Er konnte aber nicht weiterreden, mit einem Wüstenwagen uralten Baujahrs fuhr einer der Gruppe vor, der sich als Anführer ausgab und befahl, die Leute einzusammeln. „Dort unten durch die Mauer“, hörte Erik heraus. „Und passt mir ja auf sie auf.“

Als sie in einem unterronischen Raum, der fast rund war und steinig, endlich zur Ruhe kamen, hielten die Männer ihnen eine Ansprache, die sich ziemlich gefährlich anhörte. Erik spürte aber, dass diese Männer ganz irdische Ziele hatten. Sie waren heiß auf die Männer und die Frauen im Team. Eriks Fähigkeit war es, sich blitzschnell auf die Gefühle und Stimmungen von andern einzustellen. Bald mimte er den Komplizen von ihnen, lachte mit ihnen und schmiedete Pläne ihrer sexuellen Ziele, ein paar der Crew folgten seinem Ziel und machten es ihm gleich. Dadurch konnten sie die anderen und die Frauen vorerst schützen, die aber weiter Gefangene blieben. Doch die Frauen waren froh, dass man ihnen nichts antat. Nur einige meinten, den „scheußlichen wahren Charakter“ Eriks jetzt erkannt zu haben, die, die ihm schon immer misstrauten, seiner Seele fremd waren. Andere bewunderten ihn als Retter, da er sie mit dieser Taktik als Gefangene hielt, die unantastbar sind, solange er und die paar andern mit den Halunken gemeinsame Sache machten.

Die „Männer“ hatten tatsächlich überhaupt nichts anders im Kopf als Sex und Gewalt, das war Erik bald klar. Und solange er ihnen Glauben machen konnte, das sei auch sein Ziel, solange bestand nicht die Gefahr, dass es zum Kampf käme, dass ihnen ihre Rakete entwendet würde, dass die Frauen vergewaltigt würden usw. usw. – Die Rakete, die weitaus näher an dieser Grenze zu den Männern niederging als die Kapsel vor Jahren mit Lavinia, Brian, Silla und Santar.

Der Anführer der „Männer“ hieß Polt, er hatte gekräuseltes Haar, dicke Lippen, sah sinnlicher aus, als man es für einen Anführer vermutet. Seine Stirn war faltig und hart, dahinter saß das Knowhow für seinen Posten, und er hatte einen Gegenspieler, Horban. Des Öfteren inspizierten beide unabhängig die Gefangenen, jeder immer eine Handvoll dieser Burschen bei sich.

Bald sonderten sie die Frauen ab, steckten sie in einen Käfig und hielten ihre Vorfreude nicht zurück.

Irgendwas stoppet sie, über die Crew herzufallen. Man spürte, dass da was im Busch war. Sie wurden nach den anfänglichen Tagen gut ernährt, wenngleich ihnen vieles, was sie zu Essen erhielten fremd war, erholten sie sich erstmals von den Strapazen. Auch waren sie zusammen und konnten absprechen, wie sie vorgehen würden, besonders Cluster, Winston und Kottmann rangen mit Erik um einen Weg, einen Weg, der in Eriks Kopf bereits stand.

Immer wieder lud man sie nach oben oder in andere Verliese und ließ sich mit ihnen auf Gespräche ein. Erik hatte es raus, Polt davon zu überzeugen, dass er und seine Freunde, der „homosexuelle“ Cluster, die „perverse“ Tamara Winston und der „sadistische“ Kottmann doch gut zu ihnen passen würden, um ihre geheim gehaltenen Ziele, die „Weiber“ der Crew zu vergewaltigen, zu verwirklichen. Polt gewann Gefallen an Erik und begann Vertrauen aufzubauen. Das war es, was Erik durch sein Spiel im Sinn hatte, dadurch gewann er Zeit, seine Leute zu schützen. Und dann gab es da noch einen Tag, „Den Tag der Tage“, meinte Polt und seine Stirnfalten zogen sich dabei um die Schläfen herum, sein dicker Mund öffnete sich zu einem Grinsen, so dass die teils vereinzelten Goldzähne lüstern zwischen der fetten Zunge funkelten.

„Weißt du Erik“, so nah war er ihm gekommen. Erik täuschte körperliche Zuneigung vor und sah ihm, Liebeshungrigkeit vorgespielt, in seine bösen Augen, die den Genuss kannten und sonst nichts, „wir haben da auch noch einen Schatz“. Interessiert kam ihm Erik sehr nahe „Wow, dann verspeisen wir erst den und dann . . .“ - „Du wirst gar keine Lust auf die Emanzen deines Schiffes mehr haben, wenn du ihn kennenlernst“, röchelte er übertrieben vertraut. Da ging die Tür auf und Horban trat, nein rumpelte herein.

„Chef, die Sitzung.“ - „Ach ja, wir sind gleich da. Darf ich dir Erik vorstellen.“ Horban sah ihn unter seinem roten Tuch und dem schwarzen Vollbart von unten her an. Horban war nicht sonderlich groß. Misstrauen funkelte aus seinen Augen. „Er hat uns gerade ein Geschenk gemacht“, suchte Polt Horban für sich zu gewinnen. „Die Schwarze mit dem Igelkopf.“ Horbans Blick verjüngte sich, ein kurzes Lächeln huschte durch seine Züge. „Die?“ Jetzt grinste er, für einen Moment.

Marius King und die Terroreinheit, ausgenommen Tamara, die „man aufbewahrte“, wie man sagte, wurden zu der Sitzung eingeladen, quasi als Überläufer und Mitwisser, die bald auch mit handeln würden. Erstmals sah man alle ca. 30 dieser „Männer“ und man trank diesen Beerensaft der roten Beeren, die auf dem Planeten wuchsen, doch er schmeckte anders wie die Beeren. Eine Art Alkohol war beigefügt, den sie ausgetüftelt hatten. Die Stimmung wurde dadurch besser, und bald fühlten sie sich wie Akzeptierte.

Man erklärte ihnen die Luftverhältnisse, die Ursache der grünen Luft und das Schöne hier unten, wo Frischluft alles irdischer machte, man erzählte ihnen von den Angriffen der Außerirdischen, die den Planeten verseuchten und von den Pontonen und den Grumurkinis, die hier mit ihnen in einer Symbiose lebten, von deren Zielen, von der religiösen Denkweise der ansonsten rein technischen Pontonen, sie als wahre Menschen bestehen zu lassen und von ihrem Komplex, auch wieder rein zu werden. Dummen Gelächter folgte ernsthaft die Geschichte von den fürchterlichen Waffen und dem Wissen der Pontonen, und von einem „König", einem vom Himmel gefallenen Astronauten, der sich zum Herrscher der Baraden (Grumurkunis) aufmachte, den man nicht zu Gesicht bekommt, der aber auch dafür sorgt, dass es keine Konflikte gibt. King wollte mehr über die Pontonen wissen, da war doch endlich etwas Spannendes. Man fieberte den Dingen entgegen, die man noch erfahren würde, und die Köpfe der Delegation der Security Mini-LB begannen zu arbeiten. Dann erfuhren sie, dass die Pontonen nur ein Ziel hätten, die anwesenden Rabauken begannen wieder zu kichern, eine Menschenfrau umzubauen und zu schwängern mit Samen beider Geschlechter, der lange Zeit reifen müsste und dann, „Und das", rief einer aus der Menge, „passiert dieser Tage." Ein Raunen entstand. Erik gab sich aufgewühlt und interessiert. „Und dann?", fragte er immer wieder wie ein kleines Kind, dem man Märchen erzählte. Das imponierte den Gestalten. Endlich bekamen sie das Gefühl von Wichtigkeit, Anerkennung und Hoffnung.

Horban ergriff nun das Wort: „Also, wenn der Vorbefruchter abgestoßen wird", wieder kicherten die Hünen, als wären es Schulkinder beim Aufklärungsunterricht, „dann ist sie befruchtet." - „Und dann?", fragte diesmal King. „Dann Scheiße", kam es aus der grölenden Menge. „Wieso?", wollte Erik wissen. „Weil dann die Pontonen-braut das Kind oder die Kinder gebiert", sagte Polt und sah dabei ganz heilig in die Menge. „Wieso ist sie bei euch und nicht bei den Pontonen", wollte Kottmann wissen. Er war blond, hatte kurze Haare und zurückhaltend. „Was will der denn", rief der lockige Horban. „Keine Bange", gab Erik zu verstehen, der ist so geil, dass er nicht mehr gerade schauen kann. Lasst ihn lieber, sonst wird er böse und dann wehe euch", gab er wissend hinzu. Schweigen. „Aber seine Zeit wird kommen", fügte er noch nach und warf einen Blick auf Kottmann, der sein Entsetzen kaum verbergen konnte, was Erik da von sich gab, aber er spielte das Spiel mit, vertrauend, dass es hinhaute und sie als Mitwisser und Angehörige dieser gefährlichen Gruppe, eher Schutz hatten, zumindest so lange, bis man die Versprechungen einforderte, die Erik ihnen hier machte.

„Tja, dann ist das Leben der schönen Lavinia, dahin", kam es plötzlich aus der Menge. Erik zuckte, wurde kreidebleich, riss sich aber zusammen, brauchte dazu aber alle Kräfte und Sinne. Das, was ihn jetzt umgab, stellte er fest, schien schlimmer als alle Ängste seiner Zwangserkrankung zusammen. Nein, doch es setzte ihn Hochspannung mit grausamsten Erwartungen. Aber er schwieg, und er hoffte, dass es auf der Welt noch mehr Lavinias gab. „Und dann haben die Pontonen eine neue Heilige“, gab ein Glatzkopf, es muss „Specki“ gewesen sein, in die Menge, und Horban fügte hinzu und ein bis zwei „Jesuskinder“, und dann werden sie ganz durchdrehen. „Ha, ha, ha, ha“, begann man sich die Bäuche zu klopfen und den roten Schnaps einzuverleiben. „Warum so ernst? Erik alte Wursthaut“, klopfte ihm Polt auf die Schulter, dass er fast unter dem Tisch zusammenklappte. Seine Lavinia als Versuchsobjekt? „Und sie wird danach sterben?“, fragte er verschüchtert? „Ja, so sagen es die Pontonen“, bekam er zur Antwort von Horban, der sich näher an Polt und Erik gesetzt hatte. „Aber wir alle glauben nicht an das Experiment“, fügte er hinzu. Eriks Gesichtszüge entspannten sich etwas. „Warum nicht, sind die Pontonen denn nicht vertrauenswürdig?“ Ein „Keine Ahnung“, quoll aus Polts dicken Lippen. „Wir können es einfach nicht glauben. Weißt du, Erik, das Heißeste ist, wenn sie bis übermorgen noch von einem von uns geschwängert würde, bevor der Vorbefruchter“ - Grinsen wurde in der Menge laut - „zusammenfällt und die Samen zusammengewachsen sind“, fuhr er fort, „dann wird sie diese Zwillinge nicht bekommen, aber die Pontonen sind sich sicher, dass es klappt um dadurch das alte Geschlecht wiederzubekommen, was durch die Chemieangriffe aus dem Weltall aus den Fugen geriet“, erklärte er den Neuen ausführlich.

King und Kottmann schalteten sich ein und wollten mehr über diese Angriffe wissen, doch Erik unterband dies durch die Frage, die einfach kommen musste, wenn sie ihr Vertrauen nicht ganz verspielen wollten: „Und wäre das nicht zu verhindern, könnte man die Puppe nicht schwängern und zu den Menschen zurückholen, so in letzter Minute, damit dieser Scheiß Vorbefruchter nicht abgestoßen wird, das Ultrakind, ä . . . die Ultrakinder, nicht zustande kommen, der Mischsamen abgeht, wir den Murks herausoperieren könnten und dann eine ganz liebe ‚Mutti‘ für uns haben? Wir haben gelernte Chirurgen, ja sogar ich . . .“. Es wurde still unter den „Männern“. Ihr Schweigen war wie stiller Beifall. Erik sprach aus, was allen Hoffnung machte, er arbeitete sich pflichtgemäß in ihre Herzen vor.

Es fiel ihm sichtlich schwer so zu sprechen, aber da musste er jetzt durch. Immerhin könnte es sein, dass die Lightbraker hier abgestürzt ist und es hier wirklich um seine Lavinia ging. Aber das traute er sich nicht fragen, er wollte erst alles andere wissen, bevor er den Mut dazu hätte. Und er musste ständig den Eindruck der Lüsternheit aufrechterhalten, um weiterhin seine Mannschaft zu schützen. Auf die Stille folgte nun Erheiterung. „Diese Frau ist ein Bild von einer

Frau, lange braune Haare, ein weiches Gesicht und megageil", setzte einer fort, der niederrangig nie etwas zu sagen hatte und nun seine Stunde gekommen sah, sich auch mal zu profilieren. Erik blickte ihn anerkennend an, bevor im nächsten Moment seine Gesichtszüge wieder verfielen. Er sackte in sich zusammen. Marius warf ihm einen Blick zu, presste die Lippen und wandte sich wieder ab. „Geil", rief Kottmann in die Runde, um von Erik abzulenken. „Schau mal einer an", konterte Polt und fuhr sich mit der Hand durch seine Locken." Erik versuchte sich zu fassen: „Ja, unser Kottmann." - „Und wieso habt ihr die Taube noch nicht geschwängert?", sah ihm Erik jetzt erneut zur Höchstleistung der Verstellung auflaufend, ehrgeizig und Eifer imitierend ins Gesicht.

Man erklärte ihm, die Macht der Pontonen und dass ihre Rache fürchterlich wäre, würden sie ihr Heiligtum, die vorbereitete Lavinia, entweihen, indem sie sie noch im rechten Augenblick vor der Samenverschmelzung mit menschlichen Samen schwängern. Sie äußerten aber auch, dass sie aber glaubten, dass das Experiment sowieso missglückt, dann würde sie ihnen gehören. War dies ein verzweifelter Glaube, der sich nur in den gierigen Köpfen dieser Männer abspielte?

„Und warum ist sie hier?", wollte Erik weiter wissen „und nicht bei den Pon . . ." - „Pontonen" verbesserte Polt. „Na ja, wir wissen auch wie der Metzger Fleisch macht", fügte er an, und die Menge raste noch einmal. Aus finstereren Blicken kam dann: „Spätestens übermorgen wird eine Delegation kommen und sie abholen. Sie überließen sie uns, um des lieben Friedens willen, aber dann, wenn ,das Werk vollbracht ist, wie sie glauben – dabei entstand erneut erheiterte Unruhe - müssen wir sie aushändigen, sonst gibt's Krieg durch diese Spitzköpfe, und die sind nicht ungefährlich. Erik und seine Leute begannen zu verstehen. Zumindest hätte man zu tun und würde die Mannschaft erst mal in Ruhe lassen, ahnten die Teilnehmer der Mini-LB in dieser Besprechung.

„Und morgen feiern wir Abschied Erik, dann wirst du die Braut sehen!" Erik versuchte ein Leuchten in seine Augen zu bringen. Er sah aber auch, wie Horban immer unruhiger wurde und Polt zum Gehen drängte. Als die Gruppe zu schunkeln anfing, in Vorfreude auf morgen, wie man ihm sagte, verschwanden die beiden Anführer.

„Polt, ich traue der Sache nicht, hast du die Kerle beobachtet? Immer wieder dieser nachdenkliche Blick, und dieser Erik, der wäre beinahe zusammengebrochen, irgendwas stimmt da nicht." - „Ach was, mach dir mal keine Sorgen, die sind o.k. Weißt du was die hinter sich haben? Lass ihnen Zeit, die werden eines Tags zu uns gehören und wir werden uns fortpflanzen, mittels ihrer Frauen." Sein Gesicht begann zu glänzen. „Sollst Recht haben, aber pass auf", konterte Horban und stand auf.

Polt stieß zurück in die Menge. „Erik, es tut mir leid, wir müssen dich und deine Freunde vorsorglich einsperren." „Abführen!" Einige der stärkeren der Kerle sprang auf und band die Gruppe. Es ging die Treppe hinunter und die Verliese quietschten, Tür auf, knall, Tür zu und dann das Kleppern der Schlüssel. Peng, Haupttor zu. Sie waren allein und sahen sich leeren Blickes an. Marius ging auf Erik zu und umarmte ihn. Es wird schon nicht Lavinia sein, beruhige dich, den Namen gibt's nicht nur einmal. Außerdem haben sie nichts von einem Absturz erzählt. Erik zog seinen Mund breit, so als ob er es glauben möchte, aber nicht glaubte. „Und die langen braunen Haare?" - „Ach Erik, das gibt's doch öfter." Da wurde ihm klar, dass der Satz nichts war. Eriks Blick wurde wieder zweifelnd, und außerdem war er beleidigt worden. „Erik, versteh mich nicht falsch, wir wissen alle, dass es Lavinia nicht öfter gibt. Ach Mensch! Versteh doch, was ich meinte!" Irgendwie spülte dies Eriks Sorgen hinunter. Man genoss ein leckeres Abendbrot, was ein Unterstellter brachte. Er nannte sich Givar und hatte ein dickes blaues Band um die Stirn. Sein Gürtel schien ganz aus Metall zu sein und er grinste Erik so komisch an. „Freu dich auf Morgen, Erik, Lavinia ist etwas Besonderes?" Erik schluckte: - „Klar, Givar, hast du sie denn schon mal . . .?" Givars Blick wurde gläsern: „Beinahe, aber dann kam der Chef. – Ich muss jetzt gehen", und so verschwand er wieder. Irgendwie schaffte es Erik, das Ganze zu verdrängen. Er musste da durch, das spürten alle, sie müssten sich das Vertrauen der Rüpel erarbeiten, sonst könnte die Lage noch gefährlicher werden. Kaum auszudenken, wenn diese Lavinia, wer immer das sei, von den seltsamen Spitzköpfen, von denen man erfuhr, entführt würde, weil das mit dem Kind klappte. Dann wären sie samt ihren Frauen Opfer dieser Gruppe Wilder. Sich vorzustellen, wie wütend jene würden, wenn sie erfuhren, gelinkt worden zu sein, war entsetzlich. Doch die Bäuche waren gefüllt, man schlief gut und fest ein.

31

Am nächsten Tag befand sich das Volk auf den freien Plätzen. Es regnete, und das war auf Ronus eine Seltenheit. Genau genommen regnete es gar nicht, sondern aus dem Boden spritzten überall Fontänen von unterronischem Wasser, was durch die Bombardierung der Terroristen vor Jahren entstand. Es tränkte die kargen Oberflächen und sorgte für das Wachstum der seltenen Pflanzen und Früchte, und es löste die Stimmung. Auch Lavinia fühlte sich befreit aus ihrer Spannung vor dem Tag der Tage, an dem sie Heilige und Mutter zugleich werden würde oder könnte, oder an dem ihr Leben neu anfing, falls sie in die Hände der verdorbenen Männer geraten sollte. Aber es war wohl nur die Nähe des Ereignisses oder der „Regen", der sie an daheim, an Bekanntes erinnerte und Hoffnung gab.

Auch wenn sie unten steckte, in den Höhlenwelten, spürte sie, wie der „Regen" löste, was an Spannung in der Luft lag, besonders nachdem sie ihren Ausgang beendet hatte, den ihr einer der „Männer" auch heute zukommen ließ.

Sie war schon lange nicht mehr sie selbst. Sie hatte die Rolle eines Opferlammes angenommen, von gelegentlichen Aggressionen abgesehen, die sie aber nicht auslebte, sie war nicht der Typ dazu. Eher wurde sie depressiv gestimmt, doch das hielt nicht lange. Lavinia war soweit psychisch ganz intakt. Untergebracht in einer der schönsten unterronischen Höhlen, die man für sie auserkoren hatte, atmete sie reine Luft, die an die Erde erinnerte. Deshalb war sie ganz froh, nicht da oben bei Dill und Benzingeruch sein zu müssen, mit grüner Luft statt bunten Pflanzen. O.k., die Sonnen waren ganz schick, aber dieses ewige Grün? Sie hatte weiche Nachtlager, und man tat alles, um ihr Bekleidung zukommen zu lassen. Ihr Haar war gestern geschnitten worden und mit Ronusfarbe aus einer Art abgestorbener Baumstämme in der Farbe intensiviert worden. Dies gab einen Effekt wie tiefes Braun mit etwas helleren Strähnchen, dachte sie. Ja, es hing sogar ein Spiegel in dieser Höhle. Es waren beschichtete Scheiben aus irgendeinem alten Raumschiff. Sie hingen einfach von der Decke herunter. Von einer Seite aus konnte man durchsehen, von der andern sah man sein Spiegelbild. Immerhin. Die Pontonen fertigten aus ihrer Sachlichkeit heraus keinerlei Luxussachen, die Baraden, mein Gott . . ., und die „Männer" hatten kaum Materialien, trotz der vielen Jahre hier, sie wurden halt nur kreativ, wenn es um ihre Lüste ging.

Morgen ist es so weit, morgen, morgen, ging es ihr durch den

Kopf, schon tagelang, doch dann hieß es, in drei Tagen, in zwei Tagen . . . Sie saß auf einem Fell aus Grumurkunihaut, die „Männer“ hatten zu Beginn der Koexistenz einige erlegt, umgekehrt war es ebenso, die Haut dieser Männer wurde aber nicht bearbeitet, sie wurden einfach angefressen und weggeworfen. So baute sich der Hass auf. Inzwischen haben sich die Gruppen hier auf Ronus separiert und achten sich und lassen sich in Frieden, jeder für seine Ziele. Die „Männer“ wollten anfangs nur weg von hier, dieses Ziel entwich aber so weit, dass sie sich quasi als Mitesser entwickelten, die ihren perversen Zielen lebten und immer mehr auch der Art von Alkohol, den man zustande brachte, verfallen waren.

Lavinia begann an ihrem Kunstfaserhemdchen zu zupfen, was vom vielen Waschen im Ronuswasser schon ausgefranst war, aber sie hing an ihm, es war Designerware, in Amerika gekauft. Ach, waren das noch Zeiten, ging es ihr durch den Kopf. Ansonsten gab es nur Felle und Reststoffe, die mal so, mal so vernäht wurden und die „Männer“ waren eifrig darin, auch wenn man es ihnen nicht ansieht, aber hier gibt es eben keine Sexshops . . . Um die Hüfte trug sie ein Baumwollhöschen, das die „Männer“ ihr mit Spitzen vernähten, einfach, aber Lavinia steht alles, hatte Erik ihr mal gesagt, also holte sie sich diesen Spruch immer wieder mal aus der Mottenkiste, und es gab viele, die ihr das auch sagen würden, sähen sie sie.

Alles also etwas ulkig, aber es passte zu ihrem Höhlendasein. Lavinia nahm etwas von diesem Versuchsmaterial der Pontonen, das die „Männer“ sich als Nagellack abgestaubt hatten, und sie kam damit ganz gut zurecht, vertrieb sich die Zeit damit, sich für ihren „letzten Auftritt“ hübsch zu machen und ein bisschen mit sich zu spielen. Was sollte sie tun? Verzweifeln? Sie blickte sich über die Schultern, verfolgte ihre Locken, betastete ihre Seiten und strich sich über den Bauch, er war nicht dick, nein, etwas verspannt? Sie bildete es sich vielleicht auch nur ein.

Flucht war nicht möglich, um sie herum schloss sich eine zweite Höhle und vor deren Toren standen die „Männer“, das heißt, Abgeordnete, die sich als Wachen abwechselten. Erstens damit sie ihnen nicht entkam, sie waren nämlich heiß auf sie, und zweitens, um nicht von den Pontonen angegriffen zu werden, die peinlich darauf achteten, dass ihr Objekt dort gepflegt wird, erhalten wird. Sie würden das Männerlager zerlegen, wenn sie zum Zeitpunkt des Verlassens des Samens aus dem Vorbefruchter, den sie ihr eingebaut hatten, den vermuteten Erfolg ihres Planes nicht ausgehändigt bekämen, wie damals abgemacht, als sie nach mehreren Hin und Her wieder mal in die Hände der „Männer“ fiel.

Lavinias Gedanken begannen zu schweifen. Sie sah Santar und seine Welt bei den Fellmenschen, so hatten es ihr die Pontonen erzählt, und davon ging sie aus, es gab ja keine andere Version. Wie wenig er sie doch gemocht haben mag, Santar, auf den sie so viel setzte, setzen wollte. Sie spürte, wie eine Träne herauswollte, es sich aber anders überlegte. Jetzt begann ihre frühere Welt vor ihr vorbeizuziehen, und sie blieb hängen. Erik! Sie bekam ein schlechtes Gewissen. Hätte sie seinen Wünschen nach Eigenständigkeit nur nicht nachgegeben damals, als sie ihm vormachte, sie wolle auch eigene Wege gehen und sie sich trennten, wo sie doch zueinander gehörten, vielleicht. Sie strich sich das Haar aus dem Gesicht und rieb sich einen Tropfen des öligen Lacks vom Brustansatz, auf den er herabgelaufen war, nachdem er vom Finger tropfte. Wie sie ihre festen großen Brustglocken herabstrich, sie umkreiste und fühlte, grummelte es in ihrem Magen, ihre Gefühle waren so vermischt, sie konnte sich einfach nicht an sexuelle Gedanken durchringen, auch wenn Teile ihres Körpers es heute zu fordern schienen. Da war der Same in ihrem Leib, genauer in dem Vorbefruchter, der Teil ihres Leibes wurde, durch die Operation, das ließ keine Gefühle aufkommen, oder doch, aber keine sexuellen, oder doch? Immer wieder sah sie in ihrem Sinn, wie sie, wie vorausgesagt, alterte und starb, wie sie als Heilige verehrt werden würde. Dann drangen wieder die Sehnsucht nach Erik in den Vordergrund und der Verlust Santars. Lebte Erik noch, hatte er vielleicht längst eine kleine Familie in Regensburg? Oder war er seinen Zwängen ganz verfallen? Sie fand, diese furchtbaren Zwänge waren ein Stück Heimat, sie erinnerte sich, wie sie beisammen waren, diskutierten, an die Lampe auf seinem Schreibtisch, ans Pizzaessen mit ihm. Ja so ist es, wenn etwas vergangen ist. Selbst die schlimmsten Zeiten bergen heimelige Erinnerungen, sobald man in einer einsamen Lage ist. Mitten hinein mischten sich wieder die sexuellen Aggressionen, die die „Männer", die sie immerzu belagerten auf sie ausübten, in ihr Bewusstsein. Sie wusste, wie begierig sie auf sie waren, und sie ekelte sich davor, trotzdem hinterlässt das Spuren in der Seele, besser im Körper, zwischen den Schenkeln, die sie sich nun hinaufstrich. Irgendwie entspannen, ja, doch, nein, nein, nein! Es war nicht der Zeitpunkt. Sie stierte in eine Ecke der Höhle, in eine Rundung, Ecken im irdischen Sinne gab es hier in diesem „Zimmer" nicht. Ihr Atem wurde immer tiefer und dann brach es aus ihr heraus, die ganze Anspannung, die ihr keiner nahm, die sie sich selbst nicht zu nehmen vermochte. Ein, zwei, drei Schluchzer. Ihr war wund ums Herz, um ihr reines Herz, was immer nur das Gute wollte, und jetzt so verlassen schlagen musste.

Erik, Gott, Ernald und sein - Jehova - ihre Vergangenheit, die so unwirklich schien, während sie an ihr vorbeizog. Wird mir einer von denen helfen? Aber es blieb still.

Dann fing sie an, ihre Kleider für den großen Tag der Feier der Empfängnis zu ordnen. Ein helles Fell von irgendeinem Tier, vielleicht so was wie Rinitus. Ein Lächeln huschte ungewollt über ihr ebenes Gesicht. Rinitus, was ihr so treu geholfen hatte, als es durch die unterronischen Wasser ging und dann zu den Fellmenschen entschwand. Im Fell für ihr Kleid verwebt bunte Schlaufen, in der Ecke standen ihre Festtagsstiefel, hohe ledrige Wickelstiefel, und an der Wand ihre Kette mit den elfenbeinenen Klunkern, die sie aus dem Raumschiff rettete, nein, sie hatte sie an dem Tag an, an dem es damals passierte. Egal, sie war da, sie glitt an den Steinen mit den Händen herab, als wäre es eine Person, und hängte sie wieder auf. Ach ja, da waren noch die Haarbänder, die Givar ihr neulich grinsend zusteckte, mit seinem metallenen Gürtel, der ihn ständig zierte. Jetzt drängte sich ihrem Hirn dieses blaue Stirnband auf, die verschwitzte Stirn . . . und irgendwelche masochistischen Bilder. Puh, Lavinia, wach auf, rief sie sich zu, oder wollte sie gar nicht aufwachen, es wäre viel zu schwer zu tragen, all das, im wachen Zustand. Ihr Brustkorb hob sich erneut zu einem Schluchzen, dann legte sie sich ganz auf den Rücken, erstarrte, ließ das Leben aus sich heraus, legte ihre Hände auf den vergewaltigten Bauch, in dem das Pontonenmaterial gedieh, und nach einigen Minuten schlief sie ein, nicht wissen wollend der Dinge, die sich draußen zusammenbrauten.

Am nächsten Tag standen die drei Sonnen schwächer als sonst am Himmel, der undurchsichtig grün war vom „Regen“ des Vortages. Es war wie Dunst, der über allem lag, über den futuristisch wirkenden Pontonensiedlungen, die wirkten wie ein Gemisch aus Industriekuppeln und religiösen Gebäuden des Islam, aber auch über dem weiten Land der Grumurkunis, der Baraden, die ihren neuen König gefunden hatten, Santar, der wie einst Salomon über sie zu herrschen begann, als wäre es schon immer seine Bestimmung gewesen. Und dieser seltene Dunst stand heute auch zwischen den Behausungen der „Männer“ und den drei Sonnen, die für alle da waren und sich durch die Atmosphäre quälten.

Die Pontonen waren sich ihrer Sache sicher. In zwei Tagen spätestens wäre ihr Grumurkuni-Pontonensamengemisch perfekt und würde aus dem eingebauten Vorbefruchter in Lavinias Gebärmutter wandern und die Grundlage für ein neues altes Geschlecht auf Ronus bilden, damit alles wieder so würde, wie es war, bevor irdischer Terror hier alles zerstörte. Makaber war, dass die Pontonen, die reine Technokraten wurden, Verstandesmenschen eben, in diesem Punkt fast religiös dachten und fühlten. Doch dieser Gedanke war es auch, der sie zurückhaltend gegenüber den „Männern“ sein ließ, sie hatten Respekt vor perfektem Leben, selbst wenn es heruntergekommen wäre. Interessanterweise wirkte sich das auf alle Gruppen aus, ein Dominoeffekt, der unserer Erde auch gut täte. Trotzdem träumten die „Männer“ vom Fehlschlag des Experiments, einfach um ihrer gierigen Bedürfnisse wegen, dann wäre Lavinia ihr Eigentum, sie würden es nicht mehr hergeben, und die Pontonen würden deshalb auch keinen Krieg planen, so hoffte man, weil Lavinia dann für sie erst mal nutzlos wäre.

Unterdessen hatten die Schurken aber auch schon andere Ziele, die in ihnen wirkten, Kottmann beflügelte Polts abartige Phantasien um die noch geschützten Frauen der Kingkapsel, wie er immer sagte. Dass Erik sie verarschen könnte, wurde verdrängt, besonders durch den Anführer Polt, nur Horban säte dieses Misstrauen immer wieder.

Der Tag verstrich wie im Nu, und das lag nicht nur an dem eigenartigen Himmel, der heute über ihnen lag. An allen Ecken der Männersiedlung Trommelgeräusche, Gesänge, und der Duft von Speisen. Die Festhalle wurde inspiziert und wieder verlassen. Hier würde es heute stattfinden. Festhalle, ja, irgendwie sah sie so aus, obwohl es nur der Eingang zu größeren Höhlen war, der mit Materialien, die gerade da waren, alten Raumschiffteilen usw. vergrößert wurde. Eine Bühne war am äußersten Ende aufgebaut und alles war mit Stoffen und Fellen behangen, nicht dicht, aber das brauchte man ja nicht, geregnet hatte es ja gestern und der nächste Regen würde lange auf sich warten lassen.

Alle Teilnehmer waren außergewöhnlich bekleidet. Man trank berauschende Säfte. In einigen Ecken trieben es Jüngere mit Älteren. Sie malten sich aus, wie es mit Eriks Frauen würde und geiferten auf den Auftritt Lavinias hin, der quasi der Startschuss für schöne Zeiten wäre. Erik, Kottmann und Ben Cluster inspizierten alle ihnen zugänglichen Ecken des Geländes. Winston war in den Höhlen gefangen. Ein seltsames Gefühl, aber es war nötig, auch wenn es kaum einer vertrug, die Frauen für spätere Vergewaltigungen gefangen zu halten, die ihnen natürlich nie in den Sinn gekommen wären. Aber man hatte die „Männer“ dadurch in den Griff bekommen. Jetzt lastete eine ungeheure Spannung über allen, wie es sich weiter entwickeln würde, jeder brütete über Abläufen, die man herbeiführen würde oder könnte. Doch noch stand alles, stand alles still, man wartete auf Erik, der seine Lavinia dort vermutete, was keiner seiner Kollegen recht glauben wollte, weil auch niemand ahnen konnte, dass sie die einzige Überlebende war. Dass die Lightbraker zufällig hier abgestürzt sein soll, war schon kaum zu glauben, und dass dann gerade Lavinia als einzige Überlebende zur „Mutter Gottes“, dieser geschädigten Rassen würde, war noch unglaublicher.

Polt war guter Dinge, und so mussten die drei Besatzungsmitglieder gegenseitiges Schulterklopfen über sich ergehen lassen und mitmachen. Es rührte sie an, als wenn Göring und Co. sich im Dritten Reich für gut befanden – Schenkelklopferei. Das heißt, Kottmann fühlte so, er hatte sich mit der Geschichte der Deutschen früher viel beschäftigt. Doch das waren nur Gedankenverbindungen. Hier entstand eine völlig neue Situation.

Erik trat mit nacktem Oberkörper auf. Seine Brust war behaart und seine schwarzen vollen Kopfhaare hingen feinwellig halb übers Ohr und in die Stirn. Er trug eine Short. Derbe feste halbhohe Schuhe, die ihm jemand von den Männern auslieh, vervollständigten sein Outfit, sein verwegenes Outfit. Irgendwie betäubte er damit seine inneren Ängste, doch Lavinia treffen zu können. Er hatte seine Rolle hier zu spielen, auch wenn sie seiner wahren Person völlig entgegengesetzt war, wenngleich, ein bisschen Draufgängertum war auch in seiner Seele von irgendeiner Seite vererbt worden, er unterdrückte es auf Strecken seines Lebens, aber es war da und jetzt ganz nützlich. Wegen Lavinia hatte er aufgehört, die Kameraden verrückt zu machen, er fragte auch die Männer nicht aus. Nein, er redete sich ein, dass hier eine völlig fremde „Sklavin“ vorgeführt wurde. Auch er machte sich Gedanken, wie es nach diesem Abend weiterging, immerhin waren sie in gewisser Lebensgefahr, und ihre Frauen waren ganz und gar nicht sicher. Dazu kam eine nicht zu verdrängende Sehnsucht nach Lavinia und die Vorstellung, wie es wäre, sie doch ihn die Arme zu nehmen, gleich jetzt, nachher. Dass sie es sein könnte, wollte er gar nicht andenken, besonders, wenn er daran dachte, sie dann auf diese brutale Weise schwängern zu müssen, wenn er sie aus dem Heiligenstatus befreien wollte. Und er könnte es nicht mal privat oder in einer Höhle tun, denn dann würde sein Spiel zum Schutz der Crew sofort auffliegen. Nein, er musste es so tun, dass sie selbst von ihm geschockt würde. Würde er damit die zarten Bande der einmal gelebten Vergangenheit zerstören, bevor er daran anknüpfen könnte? Und außerdem, wäre das in ihrem Sinne oder haben die Pontonen schon ihr Herz mit dieser Mission verführt? Er kannte es, im Zwang zu leiden, aber dieser Zwang hatte eine völlig neue, andersartige Dimension erreicht, die eigentlich über seine Kräfte ging. Warum er es durchhielt? Vielleicht war es doch die alles verdrängende Phantasie, Lavinia zu treffen, sie symbolisierte Heimat, Vergangenheit, und die völlig durch andere Dinge überspielte Liebe, die aufkeimte, um so mehr er an sie dachte.

Polt stand plötzlich neben ihm. Er kam aus der Höhle zum Anfang des „Festzeltes", eine der Sonnen stach Erik entgegen. Er war plötzlich blass geworden und sein momentaner Standort unterstrich das noch. Man sagt ja, jemand läuft grünblass an, und das ging hier schneller, als man will. „Was ist?", blies ihm der Anführer ins Gesicht. Er hatte seine Feiertagstracht an und wirkte noch mächtiger als sonst, die grüne Sonne machte seinen krausen Vollbart angsterregend giftig, oder wirkte er wie ein Trachtler aus fernen Welten? „Du wirst doch nicht schlapp machen, mein Freund", so dümpelte es aus seinem groben Gemüt. Erik grinste ihn an, was das Zeug hielt. Er kannte das von früher. Seine Zwänge hatten ihn oft so gedrückt und entmutigt, dass man es ihm ansah. Durch seine Ausbildungen und Auftritte war es ihm aber verwehrt, es sich anmerken zu lassen. Grinsen wirkte und lenkte ab, das war es, was die Leute sehen wollten, auch Polt war keiner, der in der Lage war, dies zu durchschauen. Komisch, dachte Erik für sich, hier habe ich keine Zwänge. Umso mehr er sich in die Richtung dachte, umso mehr schien sich diese Pandorabüchse zu öffnen. Rasch wandte er den Blick vor seinem Seelenabgrund ab und scharrte ihn zu. Und tatsächlich meldet sich die Seele oft nur, wenn es draußen nicht brennt, darum gibt es kaum seelische Leiden in Krisengebieten. Die Seele kommt nicht raus, zeigt ihr Leid nicht her, wenn der Mensch in irgendeinem Stress ist, sie wartet, bis man Zeit für sie hat. Falls ich zurück auf der Erde sein werde, wird es Zeit geben, nach dem Rechten zu schauen, redete Erik sich ein, mit dem Ziel, nun auch ja nicht in der Wartezeit von seiner Seele überrannt zu werden. Er ging die letzten Angstanfälle schnell durch und kam zu dem selbstberuhigenden Schluss, es ist nichts, ich kann abschalten. Für alles sind Erklärungen da, nichts kann mich direkt anklagen, und tiefer reinschauen? Nein! Nein! So kämpfte er vor sich hin, neben Polt, der nichts davon merkte, weil selbstverliebt, wie er war, anderes seine Sinne gefangen nahm. Eine Art Lautsprecher erlöste Erik von seinen inneren Angriffen, es war als schöbe sich ein Grabstein darüber. „Heute ist der Tag der Pontonen oder unserer", polterte ein Sprecher der Männer in seine Verstärkermaschine. Es klang ironisch. „In Kürze sehen wir sie, geschmückt wie ein Opferlamm: Laaaaaaaaa!!! – VINIA!!!" Erik war wie elektrisiert.

„Du stierst ja nach vorne wie ein Esel", meinte Specki, einer der glatzköpfigen der Männer, der plötzlich neben ihm stand. „Jetzt wirst du was erleben, Erik", und er rumpelte ihn gönnerhaft an. „Na klar", konstatierte Erik die Lage, und er fügte gekonnt, so wie man es hören wollte, dazu: „Ich glaub, mich juckt meine Stange schon gewaltig, keine Ahnung, vielleicht verschlinge ich den Bissen in einem Zug." „Öffentlich?" - „Na klar", gab Erik an. „Und die Pontonen, die sollen mal kommen. Ha!" So putschte Erik die Stimmung nun auf und sich ins Herz der „Männer". Sie tranken sich gegenseitig zu, ja in einen Rausch hinein. Polt kam schon wieder vorbei, um nach Erik zu sehen, auch diese Figur musste so etwas wie Nerven haben oder war es nur infantiles Gehabe? „Kottmann, wie ist der denn so", fragte er Erik höflich, so viel Vertrauen hatte er bereits in ihn. Schon früher hatte einer der „Männer" Erik gesteckt, dass Polt auf Kottmann steht. Das Gerücht, dass Erik „sie" schwängern wird, hatte sich bereits durchgesetzt. So schnell geht das, wenn es nur das Interesse der Individuen trifft. Eigentlich durfte das ja nicht sein, aber man ließ den Gedanken zu, weil es ja Wunschgedanken waren. Alles war aufgeheizt bis zum Bersten.

„Entweder Lavinia wurde jetzt den Pontonen übergeben, und die innere Aufladung der Meute, ergießt sich über jene, die doch viel stärker waren, besser ausgerüstet. Nicht auszudenken, das käme einem Massaker gleich. Viel eher aber könnte sich alles an Erik und seiner Crew auslassen, oder die Masse stürzt sich auf Lavinia, sie wird zwar gerettet, aber geschändet . . . Oder ich tu, was ich . . ." tickte Eriks Kopf wie eine Bombe lautlos laut, die nur noch zerplatzen wollte.

32

Lavinia benutzte die Zeit vor dem Countdown und dachte an Erik. Sie grub in ihren Erinnerungen nach seinem Gesicht, nach seiner Seele, seiner Zärte, seinem Verständnis. Absurd, ohne zu wissen, was ihr bevorstand.

Einst hatte Erik ihr ein Gedicht geschenkt, am Anfang ihrer Beziehung, nachdem er ihr einmal sehr nahe war, in einem Kornfeld. Sie hat diesen Vorfall gar nicht so tief erlebt, aber sie sah dadurch seine Sensibilität, seine Seele, und oft hat sie in stillen Minuten danach die Tiefe durch die Sätze dieses Gedichtes nachgeholt, die er im Moment des Geschehens fühlte. Wie begann es? ‚*Hingabe*' hieß es, das weiß ich noch: . . ."*Berührt, verstanden, Blicke. Hand in Hand steh'n sie im Korn. Und Balsam seiner Liebe macht sie frei zur Frau, sonst nichts.*" Lavinia atmete tief durch, als würde sie sich auf eine andere Welt einstimmen wollen. „Dann war was mit Milch und Kohlen: „*In warmer weißer Milch entbrannte Kohlen rot und gold, zerwühlte Löckchen fallen und kindlich stolz unnütze Scheu*". Ja! Das war mal. Hm . . . Aber wie ging das doch weiter? Ah, ja: „*Weil vor ihr kniet im Taumel der ihren Brüsten Wörter schenkt, mit Händen sie umschmeichelt, voller Demut küsst zum Fuß. – Da möcht' ihr Leib zerspringen um den, der sie dazu gemacht.*" Ihre Gesichtszüge wurden in diesem Moment wieder weicher, es tat ihr gut gerade in dieser Situation darüber nachzusinnen, was war und auch ein wenig darüber zu schmunzeln über die jungfräulichen Tage ihrer damaligen Beziehung. „Wie aber endete Eriks Gedicht? Irgendwas mit Lippen? Weil . . . Ach ja, jetzt kommt's wieder, wie oft habe ich es damals gesprochen:

„*Weil unter süßem Tasten der Mitte Lippen Feuchte drängt nach seiner Kraft und Zärte*".

Erik und seine Verehrung der schönen Frauen. Besonders die Beine, sagte er immer, machen ihn schwindlig. Sie bemerkte, dass sie schon eine ganze Weile laut vor sich hinsprach.

Ja, Erik war anders als die anderen, sanft, sensibel. O.k., ein kleiner Hang zum Fetischismus, aber gerade das machte es immer wieder spannend, stimmte sie sich zu. Er war keiner dieser robusten Mannsbilder, die von Frauenärschen tönten und pausige Busen grabschen wollten, keiner, der von „Weibern" sprach und sie als etwas benutzte. Nein, er war anders, er war ihr Erik, damals.

Dann schickte man sie auf die Bühne! Sie banden ihr eine Kette um den Hals, wie Jesus einen Kranz auf dem Haupt hatte. An drei Enden waren Verlängerungen angebracht, die an drei Haken an den Enden der Bühne festgebunden waren. Drei Ölglänzende klickten sie ein. So stand sie da in all ihrer Schönheit, ihren Träumen, geknickt, gedemütigt, stolz, Lavinia, bewegungsunfähig in der Mitte des Saales.

Nach der gespannten Stille brach dann das Toben los. Trommelwirbel und Lavinia-Rufe. Erik stand wie versteinert auf dem felsigen Unter-grund, seine Füße unbequem gesetzt und doch starr so verbleibend. Gefühl, Pflicht, Überlebensdrang wirbelten seine Sinne durcheinander, als er nun doch seine geliebte Lavinia in dieser Lage sehen musste. Sie war es also, mein Gott . . . Sein Herz schlug wild durcheinander beim Anblick dieser reinen Frau, dieser guten Frau, die einst schon fast seine Frau war. Was hatte man ihr alles angetan, er ertrug es nicht, daran zu denken.

Sie lächelte hilflos, mütterlich, und sie sah ungemein sexy aus.

In Erik glühten alle Lampen. Wie ein Computer seine Zahlenzeichen ordnet, arbeitete sein Geist. Alle Möglichkeiten, alle Folgen. Er musste es wagen, er musste, musste, musste, donnerte es in seinen Schläfen. Er musste in sie eindringen und Samen ablassen, bevor sie ihn daran hindern würden, bevor das Programm seinen Verlauf nahm. Jetzt war der Überraschungsmoment, jetzt grölte die Menge. Jetzt brauchten sie nur noch einen Helden, dem sie dann vertrauen würden, der ihr „Schuft" würde, ihr "verfluchter Hund", vielleicht sogar ihr Anführer oder ihr Opfer, was sie umbringen, schoss ein Gedanke dazwischen. „Es geht hier nicht um mich!", diesen Satz pumpte ihm nun sein Verstand in die Stirn, immer wieder, immer wieder.

Sein Vorhaben nahm Gestalt an. Auf der Bühne lockerten sie die Ketten, sodass sie sich in eine Art Sexschaukel absetzen konnte. Die schmutzigsten unter dieser Horde begannen unter Gesängen nach vorne zu laufen, und einige fingen an, sich vor Lavinia selbst zu befriedigen. Anfassen war verboten. Die Pontonen! Aber sonst war nichts verboten, an diesem „Fest der Vorfreude", wie sie es nannten. „Jetzt oder nie!", so preschte Erik nach vorne, sich selbst antreibend. Er war nicht mehr er, als er sie erreichte, ihr zärtlich übers Gesicht strich, sich nicht um sie kümmernd. Er schrie zu den Männern:

„Seid ihr geil!" „Oh, jaaa", klang es aus der Masse und den angespannten Muskeln die in der ersten Reihe entblößt ihrer Gier frönten. „Ich auch!", schrie Erik zurück. „Und ich werde euch zeigen, was euch bevorsteht - bald. Er wandte sich wieder Lavinia zu. „Mutti" nannte er sie nun verächtlich. Sah ihr wie ein Judas ins Gesicht, ergriff ihr Handgelenk, küsste ihr mitten im Gesicht herum, riss an ihrer Bekleidung herum und begann mit einem Messer, was an seinem Shortgürtel war, die Felle aufzureißen und beiseite zu zerren. Ein gekonnter Schlitz und das Baumwollspitzenhöschen, das sie von den „Männern" hatte, war in zwei Teile zerfallen und löste sich von ihr ab. Jetzt hob er unter tosendem Beifall der kochenden Menge ihre Scham ins Publikum und drang dann johlend in sie ein. Dreckiger geht's nicht mehr, pochte es durch seinen Sinn und es M U S S T E gelingen!

Es waren drei vier Schwünge, mehr nicht, schon floss sein Nass. Sie hatte keine Zeit erregt zu sein, nicht mal das Erregtsein einer Vergewaltigten erlebte sie. Doch eines begann sich durchzusetzen, dass jetzt ihre Rolle als Heilige der Pontonen zu Ende sein könnte, ja würde. Irgendwie wollte ein Bleigürtel von ihr fallen. Gleichzeitig ahnte sie Krieg und dann Erik, ja, er war es, was war das, sie war nicht in der Lage einzuordnen, was sich da an unfassbaren Ereignissen über sie stülpte. Die Männer stürmten auf die Bühne, griffen nach Lavinia, sodass die Situation aus dem Ruder zu laufen drohte. „Nein!“ brüllte Erik in den Lautsprecher. Er war wie losgebunden. Sein Samenerguss tat ihm unendlich gut, dem kann kein Mann entrinnen und trotzdem war er innerlich zerstört, dieses getan zu haben. Sentimentalität hätte nichts genutzt. Die Zeit lief ab und forderte Entscheide. Lavinia durfte nicht als Göttin sterben, dazu hatte er sich längst durchgerungen, seine Crew hatte Aufschub bekommen, und die Frauen wurden nicht geschändet. „Meint ihr, ich habe sie euch bereitet, damit die Pontonen uns abschlachten? Zurück! Bringt sie in Gewahrsam, bewacht sie strengstens. Seid gut zu ihr, und achtet darauf, dass mein Sperma in ihr bleibt, nicht dass diese Hur“, ihm tat der Hals bei diesem Wort weh, „ihn sich herauskratzt.“ Drei starke Kerle schleppten sie ab, Erik hatte sie wichtig gemacht. Sie hatten eine Aufgabe, der sie nun, so gelenkt, brav nachkamen. Und Eriks Freunde wussten, warum sie ihn auf diese Mission mitgenommen haben, trotz seiner für die meisten nicht nachvollziehbaren Zwänge. „Das ist ein Kerl“, raunte es durch die Menge. Die sexuell aufgeheizte Stimmung schlug wieder um in Freundschaftsgetue, Kottmann erinnerte Cluster an seine Nazifilme, denen die Stimmung so sehr ähnelte, und Ben Cluster meinte scherzhaft zu ihm: „Nun krieg dich wieder ein, hast wohl früher zu viel dieser Streifen gesehen“. - „Tja, ich wollte einfach verstehen, was da abging.“ - „So ein Schüchterner, aber oho“, sangen einige, ineinandergehakt, umhermarschierend. Dann nahm man Lavinias Kette, die sie vorher um den Hals hatte, und machte daraus eine Krone für Erik, setzte sie ihm auf und führte ihn unter Ehrengesängen umher. „Unser neuer Führer“, klang es aus hohlen Kehlen. Polt und Horban hatten keine Chance zum Aufhalten der verführten Masse. - Eines jedoch änderte sich, die beiden verbanden sich ab da wohl zu Freunden. - Erik fühlte sich wie einst Jesus, als er noch kurz vor seiner Hinrichtung mit einem Esel durch Jerusalem geführt und als König gepriesen wurde, denn er hatte es geschafft. Doch mit diesem Gefühl schwang die Angst, wie lange die durch das Szenario aufgeheizte Stimmung verbarg, dass die Rache der Pontonen furchtbar werden könnte.

33

Das Grün hörte auf, die Atmosphäre des Ronus war unter ihnen. Erleichterung machte sich breit, und doch war es in Erik kalt. Lavinia befand sich in einem weit entfernten Schiffsteil, und alles war anders, als er es jahrelang in seinen Träumen buchstabierte.

Eriks Herz war wund und seine Seele noch wunder, denn noch war gar nichts geschafft. Würden die Terroristen sie in den Griff kriegen oder würden sie das Spiel dieser Unmenschen beenden können?

Lavinia saß mit zerrissenen Kleidern, schmutzig und enttäuscht, leer in ihrer Kabine. Außer um sein eigenes Leben zu retten hatte in der Zeit nach dem Fest bis zum Abflug niemand Zeit. Jeder war mit der Flucht und mit sich beschäftigt. Das Summen des Schiffes beruhigte sie. An einem kleinen Waschbecken, aus dem Ronuswasser tröpfelte, versuchte sie, ihre Kratzer, Schwellungen und Blutergüsse zu säubern, dann legte sie sich unter eine Bettdecke, neue Kleider hatte sie noch nicht. Sie hatte aber auch nicht die geringste Lust, sich bemerkbar zu machen. In depressivem Gemütszustand hatte ihr Leben an Sinn verloren. Die Rettung, all das Vergangene, war nicht verarbeitet. Es klopfte an der Tür. Nein, nein, einfach still sein, ich will niemand sehen, hämmerte sie sich selbst ein. Das Klopfen verschwand. Lavinia stand aus dem schlichten Kabinenbett der Rakete auf, öffnete die Schränke der Kabine und griff sich eine Flasche Alkoholisches aus anderen Zeiten. Oder haben sie es extra für mich hineingestellt? „Hm, was für ein Geschmack." Die süßlich hochprozentige Flüssigkeit rann ihren Rachen hinunter und betäubte sie Glas für Glas. Endlich spürte sie wieder, was sie schon so lange vermisste, Ruhe, ihr Fleisch, Entspannung.

Als sie Stunden später aufwachte, lag ein Zettel unter der Tür. „Wollte nicht stören, wenn was ist, bin für dich da. Erik"

„Erik", was war das nur für ein Mensch. Auch nur einer wie alle? Die ganze Vergangenheit begann nun über ihr zu kreisen. Aber ohne ihn, wäre ich dann noch hier? Langsam begann sie zu rekonstruieren, was sich ereignet hatte, halb begann sie zu träumen, halb flog das Geschehene an ihr vorbei. Sie betastete ihre Beine, ihre Organe, alles war da. Dann schlief sie erneut ein vor Erschöpfung.

Auf allen Stationen herrschte Ruhe, man tat seine Pflicht, als wäre alles nie geschehen. Am nächsten Morgen wurde Lavinia von den Wahrheiten der letzten Wochen, so wie sie sie erlebte, so wie es gewesen sein musste, überflutet.

Bin ich jetzt von Erik schwanger? Das war ihr erster Gedanke. Da klopfte es wieder. Diesmal öffnete sie. „Schwoppmann, wie geht es?“ Sie sah das ruhige Gesicht des Crewarztes. Er kam in Begleitung einer Mitarbeiterin. „Das ist Mara.“ Eine schüchterne vollschlanke Dunkelblonde war an seiner Seite. Schwoppmann hatte etwas beruhigendes, väterliches an sich und dann dieser Schweizerdeutschakzent.

Nach einigem höflichen Geplänkel kam er zur Sache. Ach so: „Mara, wird dir etwas zum Anziehen holen.“ Die Beflissene stand auf, und dann saß sie allein Schwoppmann gegenüber. „Das, was Sie am meisten quälen wird, was wird aus Ihnen, was ist mit Ihrer Gebärmutter, sind Sie schwanger. . .“ Lavinia zuckte zusammen, als Schwoppman den Satz beendet hatte. „Schwanger, ich dachte, es wäre vorbei?“ - „Ja, es ist vorbei“, Schwoppmann legte seine Hand auf ihre Knie. „Ach so“, merkte Lavinia auf. Erik, die Pontonensache ist vorbei, aber . . .“ huschte es durch ihren wieder zurückkehrenden Verstand. Sie lächelte verschämt: „Bin ich schwanger?“ „Das kann gut sein, und ehrlich gesagt, wirkt Eriks Samen nur, wenn Sie empfänglich waren. Aber egal wie, Lavinia, wir kriegen das hin. Notfalls wird es eine etwas komplizierte Operation. Wenn Erik Sie aber schwängerte, . . .“ Lavinia unterbrach das Gespräch. „Ich möchte von niemandem ein Kind. Bitte tun Sie ihren Teil, Herr Doktor, bitte!“ Selten sah man sie so deutlich. Sie war eine ruhige bedächtige und intelligente Frau, doch in dieser Sache, kam etwas Bestimmtes aus ihr. „Keine Bange“, meinte Schwoppmann, bleiben Sie ganz ruhig, das war jetzt alles fast nicht tragbar für Sie.

„Was ist mit Santar“, kam es unvermutet aus Lavinia. Schwoppmann seufzte. „Sie haben das alles gar nicht mitbekommen.“ Sie nickte betreten. „Ist er hier?“ „Nein, nein, nein“, gab Schwoppmann zurück. „Er . . . Wollen Sie es wissen?“ „Ja.“ „Er, also, da muss ich von vorne anfangen. Lavinia. Der Schweizer zog sich einen Hocker heran und setzte sich vor Lavinias Bett, das All zog an ihnen vorbei, als er zu reden begann:

„Unsere Terrorleute und die Crew mit King waren sich ja bewusst, was die Männer jetzt wollten. Sie hätten Sie und die Frauen in ihre Gewalt gebracht. Erik zögerte das ja nur heraus, weil sie ihn wegen der Tat an dir zum Helden machten. Diese Momente der Gemeinsamkeit nutzte die Crew aus und gewann einige der „Männer“ dazu, die Rakete startklar zu machen, heimlich hatten jene längst im Vorfeld an ihr gebastelt, mit eigenen Zielen im Sinn. Im Moment überschlugen sich die gegenseitigen Erkenntnisse der unterschiedlichen Gruppen und deren Spontanziele, jeder wurde sich selbst zum Nächsten. Es war wie als wenn Feuer in ein Lager voller Chemikalien gelangt, alles konnte miteinander reagieren. Die Schäden an den Raumfahrzeugen waren geringer als gedacht, um das Ziel eines heimlichen Starts zu verfolgen. Da waren einige hervorragende Techniker unter den „Männern", und die hatten ein Lager voller Ersatzteile von früheren Landungen versteckt, das half, einen Start mit ihnen und den Frauen anzupeilen. So gerüstet und jetzt aber heimlich gegen den Rest ihrer Gesellen gewandt, schlichen „Männer" dieser Gruppe sich zu den Pontonen hinüber, denen man durch Horban, der sich dafür missbrauchen ließ, eine feierliche Rückkehr Lavinias versprach, damit jene ruhig waren. Wie lange wusste keiner, das Gros der „Männer" hatte nur noch seine Feier und seine Sexorgien im Sinn. Erik, seine Leute und die Überläufer bereits ganz anderes. Es war ein Spiel mit der besessenen Blindheit der „Männer" und den unerkannten Vorgängen der Abtrünnigen mit Eriks Leuten." – „Und dann?", fragte Lavinia. „Nach weniger Zeit war die Rakete zum Abflug bereit, was fehlte war nur der Code." - „Welcher Code?" - „Also, man wusste, dass die Pontonen einen Code haben, der irgendeine Verbindung zu den Leuten auf Undarium herstellen konnte. Er erklärte ihr die Geheimnisse des Codes, und sie erinnerte sich an all das, was man über die Terroristen in Erfahrung brachte und bringen wollte. „Fand man ihn?" - „Nein", Schwoppmann presste sein Lippen aufeinander, denn das war das Risiko der ganzen Sache. „Aber gut, es musste weitergehen, es lief wie am Schnürchen, bis . . ." - „Bis was?", fragte Lavinia. „Bis die Männer unter Horban und Polt, die Erik längst zu misstrauen begannen, Eriks Pläne erkannten, die Gegenwehr ausriefen und nun plötzlich mit ein paar schnell gefangengenommenen Technikern allein fortwollten, die sich auch kaum wehrten, war ihnen doch alles recht, um ihre Haut zu retten. Das Pikante war, dass King die „Männer" von Anfang an ja gar nicht dabeihaben wollte, obwohl er ihnen diffuse Hoffnungen machte, täuschte man sie, und sie fingen an, uns zu täuschen, als sie, zuerst von ihrer Gruppe dividiert, schneller wieder zusammenfanden, als man glauben wollte. Natürlich hatten sie gegen unsere Waffen, zu denen wir durch die anscheinend gemensamen Ziele geführt wurden, die ihnen fremd waren, keine Chance, aber einen Trumpf hatten sie, den sie nutzen wollten. Sie informierten die Pontonen über Eriks Vorhaben, und sie informierten sie auch über Eriks Auftritt, das was dann geschehen musste, würden sie zum Abflug nutzen, und es wirkte.

Null Komma nichts standen ganze Pontonenheere auf und richteten sich gegen King und die Crew. Erik wurde gefangen und soll öffentlich gehäutet werden und man fing Tamara Winston ein, die das neue Opfer der Pontonen werden sollte. Sie waren wie vernarrt auf sie.

Deshalb wiederum ließ das Interesse an der Crew und Erik wieder nach, und Erik konnte die Gelegenheit zum Ausbruch nutzen. Er wollte das Schiff dann separat bewachen, nachdem er auch Sie, Lavinia, wieder sicherte." „Ach da . . . ich wusste nicht mehr wer und was . . .", schalte sich Lavinia nun in die Darstellung ein. „Klar, aber Erik erwischte es zum zweiten Mal", fuhr Schwoppmann fort, zu erzählen. Lavinia schreckte hoch: „Wo ist er?" „Bleiben Sie ruhig, er ist hier. Man fasste ihn aber zunächst wieder." Lavinia lies sich wieder ins Bett gleiten, aus dem sie sich, mitgenommen von der Geschichte, aufgerappelt hatte. „Nach langen Verhandlungen", fuhr Schwoppmann fort, „konnte Erik sie überzeugen, dass nicht er, sondern die ‚Männer', die Bösen waren und mit dem Schiff davonwollten, was ja beweisbar war. Dies war ein Pokerspiel, indem wir alle verdammt Glück hatten. Die Pontonen zogen nun gegen die ‚Männer' los, und mitten in dem Getümmel sah man von fern Heere aufziehen, Staub heraufwirbeln, und mit der Zeit erkannte man einen Vorreiter in weißen Gewändern." - „Santar!", brach es aus Lavinia hervor wie aus einem Springbrunnen, wie als wenn Eisenbänder sich lösten. „Wo ist er?" - „Sie kamen, um dich zu befreien und dich als Königin der ‚Affenmenschen' unter Santar auszurufen." – „Ich träumte davon, ich bildet es mir ein, verrückt . . .", entgegnete ihm Lavinia. „Ja, Lavinia, Sie bekamen zwar nichts mit, weil Ihnen die Augen verbunden waren, aber Sie waren eine Zeitlang in Santars Hand. Auch Erik hatte er befreit, was nicht sehr schwer war, denn das Interesse der Pontonen an ihm ließ ja nach, seitdem sie die „Männer" hinter allem vermuten mussten. Doch dann geschah das Unerwartete: Eriks Leute, die durch die Kämpfe der Pontonen mit den ‚Männern' entlastet waren, vorfolgten das Geschehen und drangen wegen dir in das Lager Santars und seiner Grumurkunis ein. Großen Widerstand gab es nicht, denn jene waren ja mit den Pontonen und den ‚Männern' beschäftigt und hatten vor den Astronauten am wenigsten Angst, war ja ihr Anführer einer. Ja fast jeder kämpfte gegen irgendjemanden, ein Tohuwabohu, was Erik nutzte. Wie genau sie das aber schafften, keine Ahnung, ich war zu der Zeit mit der Rakete beschäftigt. Es durfte ja keiner . . ., und Verletzte gab es auch.

Erik war jedenfalls erfüllt von dem Gedanken, Sie nicht nochmal freizugeben." „Woher wissen Sie das?" „Er erzählte es mir danach", dann schwieg er sie an. Lavinia war sich ihrer Gefühle nicht sicher, überlegte eine Zeitlang und verdrängte, was nicht zu verarbeiten war. „Wie ging es weiter, ich erinnere mich an ohrenbetäubenden Lärm und Gestank." - „Ja, du wurdest herausgeholt aus Santars Lager und sofort in die Rakete verfrachtet. Ah, sorry, Sie." Lavinia schmunzelte: „Macht nichts." - „Alle liefen dorthinein, und dann passierte es." - „Was? Was passierte?" – „Die Pontonen fühlten sich von allen verraten und zündeten ihre Bomben. Das ganze Heer Santars geriet unter den Bombenhagel." - „Sind sie tot?" - „Sehr wahrscheinlich, aber sicher bin ich mir nicht." – „Und die Pontonen?" - „Die sind alle hin, kollektiver Selbstmord, Rache, Selbstverteidigung und alles auf einmal. Es war der Horror. Die Rakete stieß während dessen nach oben. Wie King das geschafft hat . . ." Schwoppmann schüttelte den Kopf und sah die Lippen wieder aufeinandergepresst, leer in den Raum. Die zischenden Bomben wurden immer kleiner unter ihnen und in ihrer Phantasie, denn man war schon weit entfernt.

Als Lavinia den Kopf erhob, merkte Schwoppmann, dass sie weinte, bitterlich weinte. Mit einem Mal strömten alle Gefühle der letzten Zeit aus ihr heraus. Ihr Körper schüttelte sich. Schwoppmann wollte sie umarmen, aber er zog es vor, nur seine Hand neben ihr liegen zu lassen, sodass sie seine Gegenwart spürte. „Gehen Sie jetzt!", bat sie ihn mit tränenverzerrtem Gesicht. „Gehen Sie jetzt!" Schwoppmann öffnete die Tür, als Mara wieder eintrat und ein paar Weltraumklamotten hereinbrachte und lautlos ablegte. Lavinia war allein. Sie atmete tief durch, ein zwei drei Mal, da kam es erneut über sie. Ihre Kehle schnürte sich zu. Ihr Rachen wurde steif, ihr Mund öffnete sich und begann zu zittern. Und im tiefen Ausatmen schluchzte sie das ganze Gift hinaus. Dann flossen Tränen über ihre Wangen. Sie wischte sie nicht weg. Es dauerte eine halbe Stunde, bis sie aus der Luke sah, in den Raum und ruhig wurde. Sie ließ alles noch mal und noch mal an sich vorbeiziehen und war sich klar, dass es nur noch eines gab, Schwoppmann aufzusuchen und sich untersuchen zu lassen. Auf keinen Fall ein Kind, nein, nein, nein. So trotzte sie dagegen an. Gefühle zu Santar, zu Erik, nein, nein, nein. - Und bitte kein Kind.

34

Nachdem Schwoppman feststellte, dass sie tatsächlich von Erik befruchtet war, der Pontonenalptraum also wirklich zu Ende war und sich ein Sohn Eriks in ihr bildete, zog sie es vor, das neue Leben abtreiben zu lassen. Schwoppmann wollte sie davon abbringen. Aber sie war hart und wurde immer härter. So geschah es, niemand wusste davon, alle waren mit sich beschäftigt und mit dem, was auf sie zukommen würde.

Von alledem erfuhr auch Erik nichts. Lavinia hatte es sich erbeten. Er möge selbst nachfragen, wenn es ihn interessierte.

Lavinia hatte ein längeres Gespräch mit Schwoppmann über Erik, den er hoch schätze. Er erkannte ihre Art, helfen zu wollen, ermunterte sie zu Abstand, warnte sie in gewisser Weise vor Erik, und dann sagte er: „Weißt du, Lavinia“, was euch anzieht, ist das, was ihr euch vielleicht nicht erfüllen könnt.“ - „Was meinen Sie?“, fragte sie mit offenem Mund zurück. Sie wusste nicht, warum er „du“ sagte, ließ es sich aber gefallen. „Du hoffst, endlich einmal schwach sein zu können, endlich jemand zum Anlehnen zu haben, das siehst du in ihm, er ist so patent, so aufgeweckt, und es sieht aus, als ob er das Leben in die Hand nehmen kann. Und doch weißt du, dass man sich an jedem anderen anlehnen kann, nicht aber an ihm, er würde darunter zerbrechen.“ „Ja, Dr. Schwoppmann, ich weiß, er will es genau machen, er will zu gut sein, und das bricht ihm das Genick.“ - „Und umgekehrt“, meinte der Arzt, der auch Erik sehr gut kannte, „sucht er in dir den Schoß, in dem er sein könnte, wie er ist, in dem er Fehler machen kann und anerkannt wird, in dem er loslassen kann.“ Lavinias Mundwinkel verzogen sich zu einem gequälten Lächeln. „Hm . . .“ - „Ja, Lavinia, das sucht er. Meinst du, du könntest ihm das bieten?“ Sie lächelte den gütigen Schwoppmann an und zuckte mit den Schultern. Du bist so korrekt, weil du ja immer stark sein willst, das merkst du vielleicht gar nicht, und letztlich hat er es schwer bei dir, obwohl er gerade das Gegenteil vermutet.“ - „Was?“ - „Dass er sich bei dir ausruhen kann, er selbst sein kann. Mädel, er will doch nur auch mal Fehler machen dürfen, ohne verdammt zu werden, dass tun doch schon seine inneren Instanzen und du?“ Er fasste sie am Arm und wollte sie umarmen, ihr sagen, dass sie schwach sein darf . . ., aber er beherrschte sich.

Nach einer Pause begann er wieder zu ihr zu sprechen: „Ich sehe aber, zwischen euch steht was.“ - „Ja.“ - „Es war zu viel, was alles war, für jeden von euch. Und glaube mir, das was Erik getan hat, war eine Höchstleistung!“ - „Eine tolle Höchstleistung“, erwiderte sie mit gesenktem Kopf. „Lavinia, denk darüber nach, du bist nicht dumm, du wirst selbst draufkommen. Denk über die Alternativen nach, hörst du.“ Irgendwie schien sie abwesend zu sein. „Ja, klar, Dr. Schwoppmann, bin ja nicht blöd, nur . . .“ Sie sahen sich an, als es an der Tür klopfte und Schwoppmann sich entschuldigte.

Die nächsten Stunden und Tage standen unter enormer Spannung. Schon am folgenden Tag war eine Sitzung in der Raummaschine anberaumt. Es ging darum, wie es mit den Terroristen weiterging. Lavinia aber dachte immer nur an Santar. Das aber mit zwiespältigem Gefühl. Sie würde nie mehr erfahren, ob er noch lebt, ob er sie wirklich liebte oder ob es ein Egoist war. Das stand im Raum wie die Frage, ihre eigentliche Aufgabe in der Mini-LB, die Terroristen zu fassen und unschädlich zu machen. In der Zusammenkunft, in der auch Erik war, gab es eigentlich nur ein Problem. Wie kommt man ohne den Code, den ja auf Ronus niemand fand, an Undarium heran. Der Code würde ihnen Zugang ermöglichen. Entweder würden sie dadurch auf Undarium quasi gebeamt, wie man früher in der Kultserie „ Raumschiff Enterprise“ spaßig verfolgen konnte, oder die Terroristen würden in die LB-Mini verschafft. Und dann? Es ging Stunden darum, wie dann zu verfahren wäre, bis alle merkten, dass man doch letztlich nicht an sie herankäme.

Lavinias Gedächtnis begann langsam wieder zu arbeiten. Die Gedanken sprangen, und sie erinnerte sich plötzlich an ein Gespräch, dem sie zuhörte, als die Spitzmänner, die Pontonen sich in ihrer Nähe unterhielten und als sie auf ein Display starrten und meinten, die Zeit sei noch nicht reif, auch wenn die Nummer da wäre. Neugierig pirschte sie sich nach ihrem Weggang an das Gerät. Es war in einem Schaltzentrum in der Pontonenstadt, in das man sie einmal kurzfristig verfrachtete, nachdem sie operiert war. Sie las eine Zeichenkombination, die wenige Sekunden danach verlöschte. Und sie erinnerte sich, dass sie damals schon meinte, sich diese merken zu müssen, obwohl sie nicht wusste, für was sie sie benötigen würde. Sie begann ihr Gedächtnis zu befragen, fing an auf Papier zu kritzeln und einigte sich schließlich mit ihrer Erinnerung auf das Zeichen

 _°**575.

„Liebe Kollegen und Kolleginnen, ich erinnere mich da an etwas.“ Dann nannte sie leiser werdend Namen von Pontonen und erzählte von Erik, von ihrer Angst, krank zu sein nach allem was war, usw.,

usw. Irgendwie verzettelte sie sich, dabei fielen undeutliche Worte. In Erik schlug es wie der Blitz ein, hatte Lavinia etwas aus seiner Vergangenheit erzählt. Seine Angst hatte ihn volle Breitseite erwischt.

Es war ja auch gerade Ruhe, und alles schien gut zu werden. Typisch! Klar, Lavinia war ja in einem anderen Schiff. Sie konnte alles Mögliche wissen. Jetzt war sie von ihm getrennt. Eine seltsame Spannung lag über ihnen. Erik fühlte sich bedroht. Er brachte es aber nicht fertig, jetzt rückzufragen, so wie seine Angst es plötzlich wieder diktierte, aus heiterem Himmel, mit voller der Sache überhaupt nicht angepasster Kraft. Dann buchstabierte Lavinia die Nummer der Pontonen. Eriks volle Aufmerksamkeit war gefordert. War das der Code, den sie so dringend suchten? Die Hitze des Gesprächs ließ ihn seine Angst verdrängen, die ihn wieder gefunden hatte. Man einigte sich, Gesprächsgruppen zu organisieren, um sich bald klarzuwerden, ob man den Code in den Weltraum schickte oder nicht, die Terrorgruppe, die Pilotengruppe, die Mathematiker und dann wieder alle zusammen.

Erik saß in seiner Kajüte, es schien alles über ihm zusammenzubrechen, er musste fit sein wie noch nie, es ging um den Höhepunkt seiner Mission. Sein Part war gefragt und jetzt, genau jetzt schlug seine Angst nach langer Pause zu. „Das hatte sie raus, diese Scheiß-Angst, mich in die unmöglichsten Situationen zu bringen." Und das Allerpeinlichste, er musste Lavinia fragen. Nein, niemals würde er jetzt nach alldem mit solch verrückten Fragen auf sie zugehen, niemals. Tick, tack, tick, tack, pochte die Angst. Er würde ihr einen Brief schreiben. Sie musste einfach verstehen. Er fing an zu formulieren, statt zu schlafen. Er war hellwach. „Liebe Lavinia, bitte sei mir nicht böse. Mich hat eine Angst überfallen, die ich nicht mehr loswerde. Klar weiß ich, dass viel zwischen uns liegt, es ist alles so peinlich, aber ich brauche jetzt deine Hilfe."

Dann erklärte er welches Wort ihm Angst machte, und dass er nun nicht mehr aus dem Kreisel rauskäme, sie wüsste über seine frühere Ärztin aus Straubing etwas über eine bestimmte Untersuchungsreihe, die er damals machen ließ und die er nur mit Mühe zu Ende brachte, wegen der er drei Jahre lang Angst- und Wiederholungsfragen die er damals an die damaligen Ärzte und auch an Lavinia stellte. Danach wäre er heilfroh gewesen, dass das Thema vom Tisch war, er kämpfte wie ein Bär darum, dass die dahinterliegende Angst nicht wieder aufbrach und jetzt, jetzt in der unmöglichsten Situation war es soweit. Immer wieder tickte ihm ein Teil des Namens durch sein Gehirn, den er von Lavinia gehört zu haben glaubte, außerdem hatte sie das Wort „krank" dazu gebraucht. Erik wusste, dass, mit normalem Menschenverstand gesehen, nichts sein konnte, alles war doch damals als harmlos abgeschlossen worden. Aber Lavinia wusste damals davon und jetzt. Es war unmöglich, er schrieb den Brief fünfmal und dann schlich er sich aus seiner Zelle hinunter auf das Deck, auf dem Lavinias Zimmer lag und schob den peinlichen Inhalt unter ihre Türe. Sorgfältig hatte er seine Ohren verstopft, um ja keine Laute zu hören. Es wäre ja katastrophal, wenn weitere Silben aus Lavinias Zimmer kämen, die ihm erneut Angst machten, womöglich müsste er dann alle Fragen neu formulieren. Aber es war still, nur furchtbare Gedanken kreisten in seinem Kopf, die er niederzudrücken hatte. Zurück in seinem Zimmer malte er sich angsterfüllt aus, wie Lavinia reagieren würde. Nein, sie müsste reif genug sein, das zu kapieren. Aber wie viele angeblich nette Bekannte hatte er schon gehabt, die ihn in der Angst einfach sitzen ließen, die sich verleugneten, als er sie am dringendsten brauchte. Nie hatte Erik kapiert, warum die Leute das taten. Diese Art Trauma wird ihn wohl bis zum Lebensende begleiten, das sie ihm zufügten, für das er keine Erklärung fand.

Er erlebte solche wie „Mörder", so weit ging er nach solchen Schlägen. „Woher wissen solche, ob ich mich nicht umbringe? Woher?" – Er brächte sich wohl nicht um, aber die Qualen, die er durchzustehen hatte, waren eine Art Selbstmord, den jene mit zu verantworten hätten, die Hilfe unterließen. Wenn er das allerdings jemand erzählte, wiegelte man ab: „Nein, die haben selbst nur Angst, sind überfordert, sich trauen sich dir den kleinen Finger nicht zu geben, weil sie Schisse haben, du nähmst dann den ganzen Arm, trau'n sich keine Grenzen setzen", bla, bla, bla, so empfand er es, wenn irgendjemand, der nicht so war, solche verteidigte. Für ihn waren das keine Argumente, denn er würde es ja sogar verzeihen, wenn ihm jemand bewies, dass er aus wissenschaftlicher Überzeugung so handelte usw., nachdem er ihn angehört hatte, aber einfach nicht zu antworten, das ist in Kauf genommener Mord, fühlte Erik. „Solche denken nicht so weit, Erik!", beruhigten Freunde ihn immer. „Falsch, ich sagte oder schrieb einigen dies ganz klar und trotzdem . . . Wer anderer Ansicht ist, wer etwas nicht versteht, sollte sich wenigstens auf ein klärendes Gespräch einlassen. Nicht verstehen ist eine Sache, nicht verstehen wollen eine völlig andere, in Kauf genommener Totschlag halt", verringerte er seine wütende, aus Sicht von Otto Normalverbraucher anmaßende Sicht, das wäre wie Mord.

Lavinia würde ihn sicher ansprechen, vorwarnen, wenn sie ihm nicht mehr helfen könnte oder wollte. Es könnte ja aber auch sein, dass ihre Psyche unter allem so gelitten hat, dass sie durchdreht, wenn sie solche „sinnlosen“ Fragen jetzt in dieser Situation erhielt. Das machte ihn mehr fertig als die eigentliche Angst, meinte er zeitweise zu glauben.

Erik kam jetzt langsam etwas zur Ruhe, bevor er sich schnell noch einen Plan machen konnte, wie er mit dem Code umgehen würde. Er war rasch in seiner Arbeitsweise. Es musste fixgehen, sonst käme er mit seinen Ängsten und seinen Aufgaben nicht klar. Er wurde sich klar, dass man es probieren müsste, und darauf ankommen lassen müsste. Man müsste das Risiko eingehen, die Terroristen mit dem Code ins Schiff zu holen, dass, was die Pontonen herausgefunden hatten, aber wohl wegen der Atmosphäre des Ronus nicht fertig brachten. Dann schlief er ein.

Am nächsten Morgen machte sich Unruhe breit, heute würde er Lavinia sehen. Würde sie den Brief vorher beantwortet haben? Wenn nicht, würde sich Furchtbares ereignen können, jedes Wörtchen was er hört, könnte ihm gelten, denn er hatte das Ganze ja jetzt wieder auferweckt. Er geriete in einen Teufelskreis. Irgendwie wollte er gar nicht aufstehen, dann sprang er auf, schlich sich an die Tür, worauf sein Herz bis zum Hals zu schlagen begann. Der Brief, er spitzte unter der Tür zu ihm herein. Ein Gefühl unendlichen Dankes mischte sich mit Nervosität, die sogar soweit ging, zu suggerieren: „Ach, hätte ich doch lieber die anfängliche Angst ausgehalten.“ - „Jetzt bloß nichts falsch machen und das geschenkte „Leben dürfen“ durch neue Ängste, die sich auf die Antwort setzen könnten, verschenken. Wieso geschenktes Leben? Komischerweise „wusste“ er die Antwort – ein Paradoxon der Angstkrankheit. Nachdem er sich vergewissert hatte, dass niemand draußen war, öffnete er und schnappte sich den Brief. Wieder im Raum vermerkte er peinlich genau die Uhrzeit und die Situation, er hasste sich, er verfiel in alte Methoden. Früher hatte er oft den ganzen Tag mitgeschrieben, was so geschah, um sich zu beweisen, dass irgend was, was geschah und in seinem Kopf Angst erzeugen wollte, doch nicht ihm galt. Das hatte er sich abgewöhnt, es hatte ihn den ganzen Flug nicht geplagt, und jetzt, tat er es wieder. Aber besser, als eine Stunde später, Angst zu bekommen, dass irgendwelche Geräusche, irgendwas mit dem Brief zu tun hatten, dass irgendjemand, ihm vielleicht zugerufen hätte, dass der Inhalt verbesserungswürdig sei oder, oder, oder, das war sein Leiden, das er erkannte, aber nicht beherrschte.

Doch es ging gut. Er öffnete und sah Lavinias Unterschrift. Ein Gefühl von Dankbarkeit schwappte erneut für eine Zehntelssekunde durch seinen Körper, wurde aber sofort verdrängt. Er musste Ihre Antwort lesen. Würde sie irgendwas Verwirrendes schreiben? Würde sie gar seine Angst bestätigen, oder anfangen, ihn auf den rechten Weg bringen zu wollen, jetzt zur völlig unpassenden Zeit? Nein, dass kann nicht sein, dachte er, nicht sie, sie weiß, wie falsch das im Moment wäre, atmete tief durch und las von neuer Hoffnung getragen, dass alles gut würde:

„Als ich“ das und das „sagte, meinte ich nicht dich, sondern“ dies und das überflog er ihre Erklärungen über sich selbst. „Deine Angelegenheit wurde meines Wissens vor vielen Jahren als harmlos geklärt. Du selbst hast mich damals dahin gehend informiert. Andere Leute sagten mir nie etwas darüber.“

Damit war alles präzise gesagt. Sein Puls wurde langsamer. Erschöpft setzte er sich zurück. Doch schon ging es zu einer Konferenz. Er wusste nicht, wie er Lavinia begegnen würde, sähe er sie. Es war einfach der Gipfel der Peinlichkeit, eine alte Liebe, die durch verrückte Ereignisse ins Wanken kam und eine lebensgefährliche Raumsituation mit seinen Fragen zu bekleckern. Aber er musste es wissen, dann würde er wieder normal ticken, dann könnte man ihn wieder gebrauchen. Was war denn schon dabei, wenn man ihm half. Und es war Lavinia. Die würde schon funktionieren, funktionieren . . . , was für ein Wort. Und ihm wurde geholfen. Lavinia funktionierte. Er ekelte sich vor seinem eigenen Denken, „Lavinia funktionierte“, dieser Scheiß Zwang!

Als er an ihrer Tür vorbei in den Konferenzsaal eilte, gerade noch getröstet durch ihren Brief, der ihm vorkam, als hätte er sie einen schweren Stein tragen lassen und als dürfte das nun nie mehr vorkommen, eilte Schwoppmann an ihm vorbei. „Hi Erik, hast du den Brief von Lavinia bekommen. Ich zweifle, ob der Inhalt stimmt.“ Es entspann sich ein Gespräch über den Code. Erik konnte aber nichts mehr aufnehmen. Er wurde bleich und zittrig. „Entschuldige, sagte er, ich muss auf Toilette, mir ist schlecht.“ „Kann ich helfen?“, hakte Schwoppmann nach. „Nein, ist schon gut“. In der Toilette angekommen, dachte er darüber nach, wie sehr Schwoppmann hätte helfen können. Er hätte doch nur fragen müssen, welchen Brief meintest du genau, einen wegen dem Code (Lavinia hatte im Zuge ihrer Arbeit an alle wichtigen Leute einen Brief verfasst, in dem es um ihre Erfahrungen bei den Pontonen ging, unglücklicherweise kam der bei Erik nie an) oder den, den ich von ihr wegen meiner Ängste erfragt hatte. Welchen Inhalt zweifelst du an. Ihn zerriss es förmlich, sollte er Schwoppmann da hineinziehen. Dabei wusste er doch, wie alles nur sein konnte. Er schämte sich zutiefst, doch er wankte, der Stress und die Wortzusammenhänge elektrisierten und trieben ihn zu Handlngen, Zwangshandlungen. Zurückeilen und Schwoppmann fragen, dann wäre die Sache aus der Welt. Aber er kannte sich, er würde die Antwort Schwoppmanns nicht fassen können, so war er durcheinander vor herzzerreißender Angst. Schwoppmann schreiben? Nein, das schafft er nicht, muss er aber, wenn . . . Andererseits, wenn Schwoppmann, wie ihm seine Angst einredete, Lavinias Brief meinte, dann wüsste sie auch davon. Es müsste alles über sie abzuklären sein. Er wurde etwas ruhiger, kümmerte sich um sein Geschäft auf der Toilette und machte sich Mut, es muss gehen, ich frage Lavinia noch mal und lasse Schwoppmann aus dem Spiel. Er fühlte, sich das leisten zu können, weil Lavinia doch wohl sicher nochmal antwortet.

Doch jetzt zur Besprechung gehen? Er fing an zu schwitzen, nach langem Hin und Her entschied er sich, aufs Zimmer zu gehen. Dort ratterte er einen neuen Brief an Lavinia herunter, wusch sich den Schweiß ab und nahm sich vor, ihn wieder bei ihr einzuwerfen, aber erst nach diesem Tag, falls durch die Besprechung noch etwas dazukam, sagte er sich. Für Erik war es in einer angstgeladenen Situation immer möglich, dass er Worte falsch aufschnappte, dass irgendeine Geste, ihm erneut Angst einjagte, besonders, wenn er Briefe abgesandt hatte meinte er die Leute seien nun „offen" und darauf aus, ihm Nachricht zu geben. Er erwartete von überallher irgendwelche Nachrichten. Solche Phasen waren grauenhaft. Früher schrieb er manchmal über 30 bis 40 Menschen. Es war eine nervenaufreibende Zeremonie, bis die Briefe erst mal im Briefkasten landeten. Was konnte alles passieren, dass sie ungültig in seinem Sinn machte? Beim Einwerfen könnte jemand vorbeigehen, der so ähnlich wie ein Empfänger aussah, schon jagten seine Fragen durchs Gehirn und verbanden sich mit Wortsilben, die von irgendwoher drangen, und schon war der Brief umsonst. Er musste diese Situation mit in einen neuen Text aufnehmen, der alles nochmal in Fragen stellte. In dem Brief war diese Situation ja dann noch nicht vermerkt, er müsste ihn öffnen und dazuschreiben, ob diese oder jene Person, die ihm Angst einjagte, ihn am Briefkasten sah und ob die Stimmen von ihm waren, und ob sie ihm etwas sagten, was ihre Antwort im Brief ungültig gemacht hätte. Es war nicht anders als bei den Zwänglern, die 300 Mal Tische abwischten, weil sich immer wieder ein Bakterium halten könnte, was dann alles verseuchen könnte. Außerdem bildete er sich immer wieder ein, manche Briefe könnten neben dem Kasten herausfallen und verloren gehen. Dann brauchte er oft Stunden, bis er alle Papierschnipsel um den Kasten herum aufgesammelt hatte, um festzustellen, dass sie nichts mit dem Brief zu tun hatten. Doch statt ihn zu beruhigen fanden sich da oft die verrücktesten Zettel, teils kaum lesbar, mit Daten, die ihn von ganz anderer Seite her beunruhigten. Oft ging er auf die Arbeit und ihn erreichte noch ein Anruf unbekannter Herkunft, dessen Namen er nicht mitbekam usw. usw. Wie oft hat er dann alle 35 Briefe neu schreiben müssen, nachdem gerade 35 eingeworfen wurden, nur um diesen Vorfall in allen neuen Briefen auch noch mal zu erfragen, herauszukriegen, ob einer von denen ihn vielleicht angerufen hat und ihm etwas Wichtiges zu seinen Ängsten sagen wollte. „Hast du mir durch den Schnipsel, durch einen Anruf etc., etc., den ich da und da fand, etwas mitteilen wollen?“ All das hielt er aus, all das war für ihn leichter, als die Angst zu ertragen, dass jemand etwas medizinisch Vernichtendes über ihn wissen könnte, er es aber nicht erfuhr.

Vor was hatte er eigentlich Angst, fragte er sich oft. Ja, davor, dass man ihm irgendwann gefährliche Dinge sagte, die er nicht mitbekam, die aber alle anderen mit der Zeit erfuhren und die die Spatzen von den Dächern pfeifen, nur er machte weiterhin Denkfehler oder waren es Fühlfehler, die er selbst noch nicht erkannte? Zum Beispiel, dass die Leute über seinen selbstverschuldeten Verfall (weil er vielleicht einmal nicht nachfragte) grinsen würden. Er schaffte es noch nicht, wieder trotzig zu sein, wie vor seinen Traumata und Erziehungstortouren. Welche Macht die Angst in Leute legte. Gesunder Trotz, ebenfalls mal zu „grinsen“, sich in Sicherheit zu wiegen und zu „grinsen“, statt alles als Anfeindung wahrzunehmen, was seine Angstgebiete betreffend geschah, das fehlte ihm noch sehr. Und dann war da der Fehlschluss, zu meinen, das doch nur noch dieses oder jenes zu erledigen sei, dann würde alles gut. Auch solches Denken hielt ihn ständig neu in seinem System fest. Es gab sicher noch andere Denk- und Fühlfehler, die sich ihm noch auftun würden.

„Schluss! Jetzt geht es nur um Schwoppmann und Lavinia, das krieg ich hin.“ Dass er den Brief geschrieben hatte und er die Übergabe vor sich hatte, beruhigte ihn, er fühlte sich schon „sauber“ und gerettet, weil die Dinge ja ihren Weg gehen würden. Schlimmer ist es, wenn der Brief dann abgesandt ist, was da alles passieren könnte, und dann hätte er keinen Brief mehr und müsste einen neuen schreiben, wenn neue Ängste auftraten, immer in der Gefahr, dass das Gegenüber ob der Briefflut wütend wird und die Verbindung ohne Worte gekappt wird. Das war seine größte Angst. Solange der Weg zum Fragen offen war, konnte er sich relativ schnell beruhigen, aber wehe, jemand antwortet nicht oder könnte, zu oft befragt, zumachen. Dann griff ihn die Angstlähmung, als pressten sich Marmorplatten von allen Seiten über ihn.

Lavinia hatte ihm in einem erneuten Brief, der ebenfalls sehr schnell zurückkam, erklärt, dass Schwoppmann von seinen Fragebriefen nichts weiß, dass er aber von ihren Briefen über den Code weiß und dass sie diesen harmlosen technischen Brief meinte, auch an ihn geschickt zu haben, es aber dann doch vergaß, weil seine Anfragen sie so beanspruchten, dass sie dachte, mit der Rücksendung sei alles getan. Sie schickte ihm dies und den Brief, den Schwoppmann meinte, mit ihren Erinnerungen an die Pontonen und den Code. Erik war erleichtert, er brauchte Schwoppmann da also nicht mehr hineinziehen. Aber seine Körperspannung war so enorm, dass jedes Staubkörnchen ihn verwirrte und sich immer neue Fallen auftaten, weswegen er Lavinia brauchte. Er ahnte, dass die Seele sprechen wollte, dass aber niemand da ist und dass sie deshalb mit ihren Ängsten mit aller Gewalt durchdrang und auf sich aufmerksam machte. Aber er konnte es nicht stoppen, zumal er ja funktionieren musste, er war in wichtige Arbeitsprozesse eingebunden, man zählte auf ihn, er konnte sich keine depressiven oder therapeutischen Phasen leisten, um zu versuchen, die Ängste auszuhalten usw. Die Besprechungen zogen sich hin, auch die letzte blieb ohne Ergebnis. Das ist der in der Sache liegende Konflikt, dachte er. Einerseits braucht so jemand ein eingebunden sein in Aufgaben in Beziehungen und andererseits führt genau das immer wieder zu Stressisutuationen, in denen er, wie jetzt wegen der Crewentscheidungen, die drängten, wieder in seine gewohnten Strukturen fällt, um den Alltag zu meistern, statt innehalten zu können, gegen den Zwang kämpfen zu können.

Die nächsten Tage passierten immer wieder Dinge, die ihn veranlassten noch mal an Lavinia zu schreiben, immer ging es gut, er bekam Antwort. Doch die nun immer neu gespannte Situation zwischen ihm und ihr jagte die Angst in Höhen, die er nicht mehr packte. Ein richtiger Angstkreisel war entstanden.

Ach würde doch jemand den Kreisel beenden, ihm sagen, dass er keine Antwort mehr bekäme. Nein bloß nicht, dann stände er alleine da, und das ist schlimmer als täglich zweimal zu schreiben. Er machte sich vor Lavinia so selten wie möglich, vermied jeden Kontakt, denn erst wenn die Sache in sicheren Tüchern wäre, könnte er Kontakt wieder vertragen. Vorher würde er doch nur alles, was passiert, auf sich beziehen und ständig neue Ängste heraufbeschwören.

Am 20. Februar 21 kam dann Eriks siebter Brief zurück. Er zitterte förmlich beim Öffnen, hatte sogar vergessen, die Situation zu protokollieren. Stimmen am Flur während des Öffnens, normalerweise eine Katastrophe, denn jemand könnte ihm ja etwas zuflüstern, was den Brief ungültig machte, so tickte seine Angst, waren ihm gleich, er ergab sich seinem Schicksal. Er ahnte, was eintrat. „Erik, so geht es nicht weiter“, las er, er wurde blass, seine ehemalige Freundin schreibt ihm, so, wie man einen kleinen Jungen behandelt.

Früher, als er mit ihr zusammen war, wussten beide von Angstsituationen zu persönlichen Situationen umzuschalten, so dass er seine Würde schnell wieder erhielt, wenngleich immer ein Stück auf der Strecke blieb, die Beziehung vergiftete, Kraft nahm, mit der andere an Beziehungen arbeiteten, sich zufrieden gaben, sublimierten, was sie nicht bekamen usw. Aber jetzt nach all dem? Sein Magen krampfte, als er weiterlas. „Ich werde dir jetzt nicht mehr antworten, weil“, und das schrieb sie ganz dick. Ein Gefühl der Dankbarkeit überkam ihm, während er weiterlas „du und ich ganz genau wissen, dass ich von deinen Ärzten nichts weiß, außer, dass du mir damals erzähltest, dass alles in Ordnung war. Ich erfuhr auch von niemand sonst irgendwas. Auch Schwopp . . .“ Alles, alle Winkel seiner Angst hatte sie berücksichtigt. Alle. Ihn überkam ein Gefühl von „gestreichelt werden“. Sie übernahm nicht seine vorgefertigten Sätze, die er den Antwortern anbot, damit er ja nicht durch die Ausdrucksweise der Antworten verwirrt wird. Schreibe, wenn . . . und schreibe, wenn nicht so . . . Nein, sie nahm die Dinge in die Hand, und das wirkte, zumindest jetzt, viel mehr, als wenn jemand nur proforma antwortet. Na gut, bevor jemand ausschweifte und ihn noch mehr verwirrte, war ihm lieber, jemand teilte ihm die Wahrheit in von ihm vorgefertigten Sätzen mit, aber das war ja nur ein Notbehelf. Wäre jemand in der Lage, seine Ängste wirklich zu erkennen und die Antwort in eigenen Worten zu formulieren, die trotzdem kurz und präzise genug waren, hätte das eine viel größere Wirkung. Lavinia tat das nun, sie nahm die Dinge in die Hand, aber nicht wie eine der Stolzen, nein, sie durchdachte alles genügend, war sich seiner wütenden Ängste sicher und zerstörte sie dann glaubhaft in gezielten Sätzen.

„Also bemühe dich nicht mehr, ich werde nicht mehr antworten, um mich und dich zu entlasten, Erik. Du bekommst aber noch drei Chancen, dann ist Schluss. Dreimal darfst du noch fragen, und wenn du es dann nicht schaffst, werde ich deine Anfragen mit immer dem gleichen Inhalt nicht mehr beantworten. Weil ich aber weiß, wie es dir geht, darfst du auch danach noch einmal im Monat anfragen. Du kannst sicher sein, dass ich dies dann sorgfältig beantworten werde. Das ist meine Grenze, und du brauchts keine Angst bekommen, weil ja in mir nichts ist, was dir Angst machen könnte. Und jetzt habe keine Angst, und bange nicht auf den Monat hin, als würde dann noch irgendwas von mir kommen. Nein, keine Angst Erik. Sei gewiss, dass ich dir auch in X Monaten nichts anderes schreiben würde, als hier in diesem Brief, dass . . ." Sie wiederholte alles sorgfältig und beendete dann den Brief mit den Worten: „Lieber Erik, du weißt, dass ich dich für voll nehme, ich weiß, dass du nicht der bist, der sich hier wie ein Irrer im Kreis dreht, mach dir also keine Gedanken, ich schaue nicht auf dich herab. Und jetzt wünsche ich dir, dass du kapierst, dass es heute und auch in einem Jahr von mir aus keinerlei Grund zur Sorge gibt. Ich habe dir hier auf dieser Seite alles geschrieben, was du wissen wolltest, und ich würde dir irgendwas Gefährliches von mir aus mitteilen, und zwar so oft, bis du mir bestätigst, dass du die Warnung erhalten hast. Aber es gibt nichts zu warnen, Erik. Sei also guten Mutes und kehre ins Leben zurück! Du kannst gern schon sofort auf weitere Anfragen verzichten, es ist alles geschrieben, und es gibt nichts hinzuzufügen, und selbst wenn, dann würde ich dir das von mir aus, ohne, dass du fragen musst, so lange SCHREIBEN bis du den Eingang bestätigst. Aber es ist nichts, Erik!"

Erik wusste nicht, wie ihm war. Seine kühnsten Träume hatte sie erraten. So eine Antwort hatte er noch nie erhalten. Angstkurven durchzuckten ihm bei dem Gedanken, was alles passieren könnte, jetzt, wo er bald keine Antwort mehr erhielt. Aber sie legten sich. Zunächst wäre er ja abgesichert, sie würde ihm noch dreimal antworten. Er konnte also ruhig daraufhin schreiben, er wurde nicht von dieser zusätzlichen Angst geplagt, dass man ihn deshalb verachten, links liegen lassen würde. Eine paradiesische Ruhe überfiel ihn. Und auch danach, wenn es ganz dick kommt, sie wäre ja da, einmal im Monat. Er wäre also nicht allein gelassen, obwohl er wusste, dass er in der Zwischenzeit kämpfen muss. Aber er hätte die Ruhe dazu, er würde sich wieder aufmachen können und verhaltenstechnisch an sich arbeiten. Er würde auch das, was er längst wusste, die wahren Gründe, die hinter seiner Angst steckten, wieder sehen können und dadurch die Angst aus den Angstmomenten hinausnehmen. Er würde wieder neu anfangen. Irgendwie kämpften sich Tränen seinen Brustkorb hinauf, Tränen der Erleichterung. Er hatte das Bedürfnis, sich hinzulegen, Kraft zu sammeln. Er hatte genug davon verloren in den letzten Tagen. Selbst da unten auf Ronus, selbst die gefährlichsten Situationen kosteten nicht so viel Kraft, wie das Kämpfen unter einer Angst, die zwanghaft wurde. Doch er musste raus, mitten in die wichtigste Konferenz hinein, die sich nach langer Verzögerung in der Sache des Codes anbahnte. Er würde Lavinia treffen. Nein, diesmal hätte er keine Angst, er hatte noch drei Briefe gut, es konnte passieren, was wollte, sein Angstspiegel sank, und damit würde er die Dinge schon einordnen können.

Ein Arzt hätte so was nicht in der Form schreiben können, denn mit dem muss er ja in Kontakt bleiben, man kann keinen Arzt einfach für den Rest des Lebens vergessen, aber all die, die seine Psyche sich wie mit einer Schlinge an Land zog, all die . . . Wahnsinn, was diese Lavinia fertig brachte. Trotzdem ist nicht jeder Fall gleich, gut dass niemand weiß, was ich eben dachte, ging es ihm durch den Kopf.

35

Als die Tür aufging und er eintrat, sahen ihn alle an, wie den Mann vom anderen Stern. Erik schämte sich, auch wenn er sich nur einbildete, alle wüssten, warum er so spät kam. Er verband es mit früheren Situationen.

Als Lavinia sich einst in Regensburg in seinem Wohnblock mit einer Nachbarin unterhielt, die selbst schon vor dem Selbstmord stand, rümpfte diese abfällig die Nase, als er nur kurz nachsah, wer da mit ihr spricht. Sie selbst war zu der Zeit oftmals so dreist, sich in alle Gespräche einzumischen, um sie zu übernehmen. Jetzt aber, damals also, rümpfte sie die Nase, so als ob Eriks Nachsehen so eine Art „Verbrechen" wäre, wie wenn ein Dieb seine Beute versteckt oder ein Mörder die abgehackten Hände. Ja, so glaubt ein Zwangskranker, dass man ihn ansähe. Die Leute verstehen es nicht, und dann reagieren sie so. Natürlich war es eine Angsthandlung, einem Gesunden wäre es womöglich egal, mit wem seine Frau, Freundin oder sein Besuch draußen vor der Tür erzählt. Aber für den Zwangskranken hätte ja irgendein Wort aus dem Pott seiner Ängste fallen können, das er mitbekäme. Schon wäre die Einbildung dominant, das Wort käme von irgendjemand, mit dem er schon mal zu tun hatte, und schon wäre die Panik komplett, da er ja nicht wüsste, von wem. Dies würde ihn weit zurückwerfen, er müsste womöglich alle seine Leute, vor denen er Angst hatte, nochmals aufsuchen. Davor hatte er Respekt, also lieber kurz nachsehen, wer da stand, um dann abschalten zu können, weil von dem ja nichs bezüglich seiner Ängste zu erwarten wäre. Natürlich könnte er seine Frau etc. danach befragen, aber erstens wäre auch das eine ekelhafte Zeremonie und zweitens, was, wenn sie nicht wüsste, mit wem sie da erzählt hat, wenn es z. B. ein Vertreter gewesen wäre? Ein Nichtzwängler hat kein Problem mit Gesichtern und Wörtern von klingelnden Zeugen Jehovas, Staubsaugervertretern oder Sammlern. Doch für Leute wie

Erik könnte jeder Fremde potenziell ja jemand sein, der etwas über ihn wissen konnte, loswerden wollte usw. Wenn er selbst jemand aber als fremd erkennen könnte, könnte er gefährliche Wörter eher verkraften. Ja, er hatte Personen, denen er „Wissen“ über ihn zutraute und anderen nicht. Warum das so war? Es waren einfach Gedankenverkettungen kompliziertester Art, die jemand gefährlich machten für ihn. Das war immer dann der Fall, wenn er glaubte, jemand könnte irgendwelche Verbindungen zur Wissensquelle, seinem Arzt, dessen Sprechstundenhilfen usw. zu haben. Der Fakt, dass es ein Arztgeheimnis gibt, spielte für ihn in dem Fall keine Rolle. Eine Ausrede der Angst war dann der „dumme“ Satz: Alle wissen es, es ist kein Geheimnis, nur ich bekam es wieder mal nicht mit und muss mich nun darum bemühen. Dies verstand niemand, der nicht mit der Funktionsweise der Zwangssystematik vertraut war, aber es hatte Kraft. Eine Hauptwurzel ist Schuld, so wie anderen Kindern in ihrer Frühzeit Dummheit oder Faulheit etc. eingeredet oder gepredigt wurde, ist es hier Schuld, mit der der Zwängler ein Leben lang kämpft oder sie vermeiden will.

Als Lavinia ihm erzählte, wie diese Nachbarin ihr gegenüber die Nase rümpfte, um sich ihrer, Lavinias Komplizienschaft gegenüber dem „Abgedrehten“, also ihm, sicher zu sein, wurde er damals ganz bleich. Lavinia erklärte ihm dann, dass sie auch schockiert war. Sie wäre sofort nochmal zu ihr gegangen und hätte ihr Bescheid gesagt. Erik hielt sie zurück, des Friedens willen. Später bekam diese Person selbst Ängste, wenn auch anderer Art. So tragisch das war, so sehr es ihm leid tat, so hoffte er, dass er dadurch etwas besser verstanden wurde, und er glaubt, es war so, es ist zuallermeist erst dann so.

Doch Erik erinnerte sich auch an eine Bekannte aus einem Hobbykreis, den er damals besuchte, die eigentlich keine Ahnung hatte und ihn doch verstand. Ohne aufzumucken kam sie seinen Fragen nach, die er x-mal in jenen Wochen stellte und die nicht gerade sehr geistreich klangen, sondern deutlich machten, an was er litt. Zwischendrin schrieb sie ihm ihre Gefühle, sie schrieb ihm sogar, dass sie ihn mochte und erzählte von neuen Plänen in der Gruppe. Das gab Kraft, Kraft, die er brauchte. Er erinnerte sich, wie er damals nicht nur den Absprung schaffte, sondern auch neu geladen, innerlich geglättet aus der Situation hervorging, weil es doch das war, was seine Seele eigentlich suchte, die Liebe und Anerkennung, auch wenn er zwischenzeitlich nicht so konnte, wie er wollte. Es war das, was ihm abging und was er immer wieder ausagieren musste, könnte man meinen.

Auch hier unter den Gesichtern, die er beim Eintreten überblickte, das wusste er, gab es solche und solche. Erik erinnerte sich an die alten bayrischen Landfrauen in den umliegenden Dörfern, mit denen er als Heranwachsender oft Bekanntschaft machte. Manchmal diskutierte er mit ihnen über Gott und die Welt, und immer wieder kam der Spruch: „Woaßt, Kloaner, oder später „junger Mann“, das sagten sie gern, „“es gibt überall soicherne und soicherne.“ Damals wusste er damit nichts anzufangen, und der Spruch hatte auch nichts mit seinen Zwängen zu tun, aber, abgewandelt darauf, war es eine ständige Ungewissheit, wer in einer Gruppe ein „soicherner“ oder ein „soicherner“ war. Manchmal in seinen schlimmsten Zeiten, nachdem ihn besonders viele getreten hatten, meinte er, er drehe nun wirklich durch und um ihn wären wirklich lauter Böse. Wie grauenhaft war es, wenn er hinter einer oft christlich-liebend eingestellten Schatulle das wahre Gesicht kennenlernte, wenn er die Person durch sein Leid unabsichtlich herausforderte. Da sprang die wahre „Fratze“, so fühlte er leidend, plötzlich und unerwartet heraus und behandelte ihn wie einen Kriminellen. Immer wieder fasste er nicht, was dahinter steckte. Erik fielen seine zwei Gedichte ein, die er aus Verzweiflung konstruierte, nach einer solchen Begegnung:

So eine

Sie war so bürgerlich
und wohlgenährt
voll Edelmut
und hellem Schein,
als würde täglich Weihnacht sein.

Und helfen täte sie,
sie sei ja Christ,
stets positiv
und weltgewandt,
auch Porzellan sei sie am Buddhahstand.

Wie Porzellan zerbrach
in Scherben scharf
die Maske dann,
als erstmals sie
des and’ren Leidens karge Fratze sah.

Zuerst verzögern - dann

ein falsches Ar-
gument im Hut
und Lügenwut,
und schweigend dachte sie ‚s wär' gut.

Der, der sie brauchte so -
wen int'ressiert's.
Der Absatz tritt
schon platt, was stört,
solang ihr stolzes Lächeln
ihre kleine Welt betört.

Drama

Was hab' ich dir getan, du Berg,
dass Geröll und Eis von dir
lebendig mich begruben?

Was hab' ich dir getan
an diesem Sommertag,
an dem ich Hilfe suchte,

an deinen Hängen, deinen Tälern,
als du erbrachst auf mich,
was niemals mir gehören sollte,
was gärte längst in dir,
was wie Gehölz verkreuz dich spreizte
und mich traf

zu einer Zeit,
da ein Fuß dies löste,
ein Fuß, der eine Stelle trat.

Jetzt schweigst du
und auch ich,
den du begrubst.

Warum, warum? Jemand sagte ihm mal, das mögen Leute sein, die gedankenlos, böse und egoistisch sind, aber da sind auch welche, die mehr Angst haben als du. Leute, die nicht kapieren, dass du ganz einfache Antworten verlangst. Leute die denken, das wäre zu einfach, die meinen, sie müssten dir Kompliziertestes erklären und die dann die Verantwortung dafür nicht mehr übernehmen können, wie sie glauben. So weisen sie dich zurück. Lange dachte er damals darüber nach, ob das der Grund sein könnte, wenn ihn jemand brüsk stehen lässt. Das wäre ja dann eines der tragischsten Missverständnisse. Aber sie hätten ja zumindest mit ihm darüber sprechen können. Schon hakte sein Entschuldigungsversuch wieder.

Viel Zeit hatte er nicht, um jetzt darüber nachzudenken. Schon hatte er etwas verlegen seinen Platz eingenommen in dem ovalen Konferenzraum der LB-Mini, dessen Kuppel wie ein irdischer Sommernachmittagshimmel nachgebildet und entsprechend beleuchtet war. Es ging um Undarium und die Terroristen. Natürlich, klar, deshalb war er ja da.

Neben ihm saßen der Reihe nach die Winston mit ihrem schwarzlackierten Igelkopf, Cluster und Kottmann. Auf der Bühne, eher ein Absatz vor den Stuhlreihen, die sich eng in den Raum schmiegten, King, der Kapitän. Linker Hand Wallister, der Techniker, und diverse Kollegen. Hinter ihm Schwoppmann, dessen Damen und andere Kollegen. Es herrschte ein gespenstische Ruhe, durchbrochen von noch gespenstischeren Gedankenvorlagen.

Einige befürworteten den Flug zu Undarium, um die Geheimnisse der Terroristen zu ergründen. Andere wollten heim, nichts wie heim, nach all dem Erlebten. Lavinia, die ganz links außen saß, schwieg in ihren Computer hinein und rechnete. „Passler! – Ich kenne Ihre Ideen, doch ohne Code nur Not", begann King zu dichten und lachte Erik herausfordernd, aber wohl doch eher freundlich an. „Sie sind doch Hobbydichter" - in solchen Konferenzen ging alles nur mit Sie ab – „dann verstehen Sie mich doch." Erik sondierte die Lage. Kottmann ergriff das Wort und gab zu, dass die Zahlenkombination, die sie neulich von Lavinia erfuhren, durchaus der Code sein könne. Er schilderte Eriks Plan, die Terroristen vom Undarium aufs Schiff zu beamen in allen Einzelheiten. Raunen ging durch die Reihen. Es gab unterschiedliche Berechnungen, wie viele dort ihr Unwesen trieben.

Kottmann schilderte, wie nah sie dem Ereignis wären, das schon die Pontonen austüftelten, aber das jene nicht durchführen konnten, weil sie noch nicht ganz so weit waren, sich weit genug weg von Ronus zu bewegen. Es begannen die bekannten Diskussionen in der Menge, was wohl wäre, wenn die eingeschleusten Bandenmitglieder, das Kommando in dem Raumschiff übernehmen würden. Erik schlenderte zu Lavinia hinüber. Sie reagierte freundlich. „Komm, setz dich. Ich prüfe gerade die Entfernungen nach." - „Entfernungen?" - „Na, die zum Undarium", gab sie zu verstehen. Später setzte man erneut Arbeitsgruppen ein, um verschiedene Szenarien durchzuspielen.

Eriks Gruppe wusste, wie sie mit den Hereingeholten verfahren würde, aber es blieb ein Risiko, ob sie den Code richtig einsetzen würden und ob sie nicht, wie schon zuvor viele Schiffe, dadurch irgendwo hin- geleitet würden, in neue langwierige Gefahren oder gar auf ein Abstellgleis, wie diese Männer es auch auf Ronus waren.

Letztlich gab es doch einen Konsens. Die Heimkehrwilligen und die Anhänger der von Eriks und seiner Gruppe aufgestellten Codetheorien taten sich zusammen und überstimmten die Gruppe derer, die einen Angriff wollten. Man einigte sich nach deutlichem Mehrheitsbescheid, nicht auf Undarium zuzufliegen und nach weiterem langen Ringen doch darauf, das Risiko zu wagen, Eriks Theorien zu folgen.

Die nächsten Tage wurden Code-days genannt und waren von Stille gekennzeichnet. Es wurde gerechnet, gedacht und ein wenig auch geträumt, von einem vermeintlichen Erfolg und einem ruhmreichen Rückkehren zur Erde.

36

Erik war schwer beschäftigt. Er hatte ein Ziel. Keines, um sich zu vergnügen, eines zum Überleben, es kam auf ihn an. Das waren beste Voraussetzungen, seine Angst mit Lavinia anzugehen. Trotz vieler kleiner Zweifel, ob er ihr sicherheitshalber noch mal schreiben sollte, weil er neulich eine angsterregende Silbe wahrnahm, die sie im Gespräch mit jemanden äußerte, und weil sie ihn dann sah und mit einem „Komm!“ zu sich bat, was er nicht erfüllen konnte, weil jemand ihn gerade in dem Moment um etwas bat, brachte er es fertig die Dinge den Dingen zuzuordnen, wo sie hingehören. Er wolle ihr nicht mehr schreiben, sondern ihr trauen. Sie, ja, gerade sie, würde sicher von selbst auf ihn zukommen, wenn noch irgendwas wäre. Dieses Vertrauen, fiel ihm nicht leicht, immer wieder wurde es von Ängsten torpediert, er wäre doch selbst schuld, wenn doch . . . und keiner würde ihn bedauern, wenn sie bezüglich irgendwelcher seiner Ängste „Komm!“ sagte . . ., und sie es vergaß, es noch mal zu sagen, weil niemand kann doch immer die Interessen eines anderen in sich wälzen (ein tragender Antrieb solcher Ängste), und dann wäre er schuld, wenn er vor den Augen der ihn nun berechtigt Auslachenden in sich zerfällt. Längst nicht immer schaffte er es ohne Hilfe aus so einem Kreisel.

Aber irgendwie, dank ein paar Menschen, die noch fühlten, wie man mit einem solchen umgehen kann, der momentan keine professionelle Hilfe hat und der Leistungen vollbringen muss, darf, kann und sollte, ging es weiter. Er erinnerte sich oft an Evelyn, die leidgeprüfte, die ihm immer produktiv begegnete, an Lavinia, die mutig und herzlich zugleich tat, was sie tun musste und eingrenzte, was einzugrenzen war, damit die Angst beiden nicht davoneilte. Grenzen, individuelles Mitdenken, Härte, gepaart mit Ausnahmen und Liebe, man kann es nicht oft genug wiederholen, das Rezept, um mit Menschen mit diesem Leiden umzugehen. Ihm fielen eine Handvoll solcher ein, die ihn durch ihr Handeln einerseits nicht neu traumatisierten, andererseits aber nicht zu willfährigen Dienern seiner Angst wurden. Ja, es gab auch liebevolle und/oder produktive Menschen, nicht nur Ablehnende, Hilflose oder Willfährige, wobei ihm Letztere noch tausendmal lieber waren.

Nachdem man den Code gesendet hatte, geschah das Unfassbare. fünfzig Hightech-Piraten standen im „Keller"-Raum der LB-M und wussten nicht, wie ihnen geschah. Nicht gleich. Nein, die Besatzung hatte nach der Eingabe schreckliche Stunden durchlitten. Das Schiff begann zu trudeln, einige wurden fast hinausgezogen, plumpsten dann wieder hinab. Es gab Verletzungen, und Todesangst machte sich breit. Besonders ein Ibrahim profilierte sich als wüstes Elend, er trug überall Wunden an seinem Körper, die eiterten, von früher waren und neu. Er war es, der auch Erik mit einem Messer verletzte im Hin und Her und der Hektik des Moments. Es war lange unklar, ob sie nun auf Undarium zutrieben oder gar dorthin „gebeamt" wurden und wahrscheinlich mangels Ausrüstungen umkommen würden, oder ob tatsächlich der erwartete Fang ins Netz ging. Aber was dann?

Er ging ins Netz! 50 Mann, darunter wenige Frauen. Sie waren haarlos, hatten riesige herausstehende Zähne, es mutete urzeitlich an, nur die Kleidung war die des 21. Jahrhunderts. Wie sich herausstellte, machte die Strahlung des Undarium sie so, der sie nun schon lange Zeit ausgesetzt waren. Es wurde behauptet, dies sei umkehrbar, nur, was die Zähne betrifft, hatte man seine Zweifel. Deshalb verstand man sie anfangs nicht, obwohl sie alle Englisch sprachen. Das Schreckliche war, dass sie mit modernsten Waffen ausgerüstet waren, doch noch stand ihnen der Schock der unerwarteten Umsiedlung ins Gesicht geschrieben.

Natürlich war die Crew der LB-Mini ausgerüstet und vorbereitet. Dort im Keller war ein riesiges unsichtbares Schutznetz, das man auf die ganze Gruppe niederließ. Es sollte Schüsse aus modernsten Waffen unschädlich machen. Sollte. Nach kurzer Zeit des anfänglichen Erfolgs stellte sich heraus, dass die Undarier Hightech-Spitzenwaffen bei sich trugen, wenn auch nur einige. Man schoss sich ein Loch durch die Schutzwand und fing an, sich Geiseln zu nehmen. Die Lage wurde höchst kritisch. Schon bei dem ersten Ausbruchversuch war es allerdings einer der rabiatesten Anführer, der von aufgestellten Scharfschützen der LB-M getroffen wurde. Das machte die Aufrührer konfus, so dass man sie wieder sicherstellen, den wenigen, die **gefährlichen** neuen Waffen sogar abnehmen konnte. Aber die Geiseln waren nun mit ihnen im Schutzbereich. Erik war es, der jetzt das Wort ergriff.

Er brachte den Aufrührern rüber, dass sie doch alle im gleichen Boot seien und er der Meinung wäre, man müsste jetzt zusammenarbeiten, statt sich zu bekämpfen. Er provozierte einen Diskurs mit einigen seiner Crew, den er vorher in langen Szenarien abgesprochen hatte, der dann zur Spaltung der Mannschaft führen sollte und den Eindringlingen glaubhaft machen sollte, was er dann vorhatte.

Mit Waffengewalt drängte er ein Halb seiner Mannschaft zurück, das Szenario sollte wie auf Messers Schneide aussehen. Sie wurden eingesperrt. Dann bat er die Aufständischen um Hilfe, sicherte dies ab, indem er die Geiseln zurückbekommen sollte und einige von denen als Geiseln nahm. Im Gegenzug sollten sie mit ihm eine neue Mannschaft bilden, die die Herrschaft über das Schiff übernahm und eigennützigen Zielen nacheifern könnte. Der Streich gelang, die Gier war größer als die Vorsicht.

Erik hatte alles was er wollte, jetzt hatten sie Hoffnung auf die Geiseln. Man bereitetet die Freilassung vor, sprach die Verhaltensweise ab und als der unsichtbare Vorhang geöffnet wurde und alles friedlich schien, man hatte die Hälfte der Mannschaft ja weggesperrt, aber die Verschließungen offen gelassen, traten die Undarier, also die irdischen Terroristen, die dort geherrscht hatten heraus. Zuerst wurden die Geiseln raus gelassen, dann die Geiseln derer frei gegeben. Zuletzt kam die Hauptgruppe. Alle hatten ihre Waffen abgelegt, als Zeichen des Friedens. In dem Moment brach die andere Hälfte der Mannschaft aus, so musste es scheinen und trennte die Gruppen. Sie spielten das so glaubhaft, dass es im Nachhinein nicht als abgesprochen gelten konnte. Sie ließen den Schutzvorhang herunter, der die „Undarier“ erneut einsperrte, riegelten die Löcher ab, sperrten die Restcrew unter Erik weg und gaben von nun an das Kommando.

Jetzt hatte man was man wollte. Man konnte in wochenlangen Verhören herausbekommen, was man wissen wollte. Später, so Eriks Plan für diesen Fall, sperrte King die andere Hälfte der Crew unter Erik auch in denselben Schutzraum ein, in dem die Undarier waren.

Das gab Gelegenheit, dass beide Gruppen sich austauschen konnten und dass Eriks Gruppe das herausbekam, was man mit Waffengewalt und Verhören nicht herauszubringen vermochte. Die ganze Lage entspannte sich. Man hatte Monate des Rückfluges, ja Jahre vor sich. Erik bewirkte Hoffnung bei den Aufständischen, Hoffnung in die Richtung, dass er mit einem Plan alle Gruppen vereinen würde. Dieser sah vor, dass die Gefangenen auf Erden in hohe Ämter eingesetzt würden, wissenschaftlicher und politischer Art und, dass King, der die andere Gruppe leitete, wohl dafür sorgen würde, „wenn wir kompromissbereit sind und mitmachen", infiltrierte er gekonnt. King hätte großen Einfluss auf die Weltpolitik über Verwandte und Beziehungen. Nach vielen Wochen hatte er die Terroristen weichgeklopft. Er wurde herausgeholt und es wurden langwierige Verhandlungen mit King vorgetäuscht, die dann in Zustimmung endeten.

Dann traten beide vor und verkündeten: Sie alle sind geschützt, wir haben uns mit Ihren Zielen vertraut gemacht und werden uns auf Erden dafür einsetzen, dass Sie Teile davon in entsprechenden Ämtern verwirklichen können. Und nun lasst uns die Rückkehr feiern. Lasst uns frei miteinander umgehen. Wir gehören zusammen. Wir sind Spezialisten, die die Welt braucht, und wir werden die Welt verändern. Der Raum und das Abenteuer machten trunken. Als King Erik im Toilettenraum traf, gratulierte er ihm. Erik meinte, ich sagte doch gleich, sie werden begierig sein nach Menschen und Zusammenhalt. Gehst du durch Bosten oder Berlin oder Moskau, so schaut dich keiner an, jeder misstraut dem anderen. Aber besteigst du bizarre Gipfel und begegnest dort jemand, dann bist du wie sein Bruder. Das leuchtete ein und das ging auf. Waren sie nicht alle weit mehr separiert als Bergsteiger, die sich trafen?

Was Erik übersah, auch auf der anderen Seite gab es jemand, dessen Karten verdeckt waren, der den Plan glaubte zu durchschauen. Aber er war krank, er hatte seine eigenen Rachegedanken im Sinn, er war der Außenseiter der Außenseiter und Erik war Gegenstand seines Hasses geworden. In der Gruppe war er unauffällig. Er nannte sich Ibrahim, hatte lockige schwarze Haare und ein arabisches Aussehen, nichts Besonderes, es waren noch drei Araber dabei, die aber voll mit dem Plan der anderen mitzogen. Es gab Russen und Chinesen, es gab alles in der Gruppe. Ibrahims Plan war nicht politisch, es war der Plan eines kranken Einzelgängers, der nicht wusste, aber spürte, wie Eriks Vorgehen alle blind machte, wie er meinte. Er hatte zwar keine anderen Vorschläge, nichts mit dem er seine Mitstreiter hätte gewinnen können. Aber in ihm gedieh Hass, und wie sich später heraus- stellen sollte, auch eine Menge Intelligenz.

Ibrahim war der, der auf dem Fest der Lustigste war. Man feierte den Rückflug und die neue Gemeinschaft. Es gab gute Brocken aus den Vorratslagern und Wein. Einige spielten Musik auf den wenigen mitgebrachten Instrumenten und auf selbst erdachten, die man aus allen möglichen Utensilien zu konstruieren wusste. Es erweckte den Anschein, das Schiff wankte durch den Weltraum, so ausgelassen wurde es.

Erik trank nicht viel, aber genug, um locker zu werden, und auch Lavinia tanzte mit ihm. Er genoss es, aber er spürte auch, dass es ein Tanz unter Vorbehalt war.

Am nächsten Tag klopfte es frühmorgens an seiner Tür. Sichtlich erschreckt trat Lavinia ein. Eriks Körper pulsierte. Noch vor Stunden hatte er ihren Körper nah an sich gedrückt, im Tanz erstmals wieder gespürt, und jetzt diese erschreckte Frau? Schnell richtete er sich etwas her, versuchte sich alle möglichen persönlichen oder jobgebundenen Szenarien vorzustellen. Lavinia bemerkte seine Unruhe und half ihm mit den Worten: „Es geht um die Lightbraker." Erik wurde ernst. „Die echte, die, die verschwunden ist?" Man hatte sich längst über das Schicksal der Ur-Lightbraker ausgetauscht. „Ja, um die", flüsterte sie energisch und ging auf ihn zu. Mit ihrem schlanken Finger wischte sie ihm etwas aus der Nacht aus dem Augenwinkel. „Auf dich muss man aufpassen, tzt . . ." Sie lächelten beide. „Also", begann sie, „ich habe in der Nacht auch etwas getan, nicht nur du bist hier der Macher", grinste sie ihn an. Eriks Augen öffneten sich „Waas?" - „Da ist doch dieser Typ mit den zu Vampirspitzen abgebrochenen Zähnen." „Der, der die Komplexe hat", fragte Erik. „Ja, der, dem die langen Zähne fehlten, um sich mit den anderen solidarisch zu zeigen, obwohl das Ganze ja eine Umweltfolge war", lachte sie zurück.

„Ich habe sie ihm etwas genommen", lächelte sie Erik an. „Was?" - „Die Komplexe." Er sah ihr in die Augen, wusste zuerst nicht ganz wo er dran war. „Du?" - „Tja, ich", schmunzelte sie. „Die Lightbraker wäre rückholbar." - „Was?", schrie Erik auf. „Ja, er versicherte dies glaubhaft und er wüsste auch wie. Aber dafür . . ." - „Du!", gab Erik blass zurück. „Nein, nicht schon wieder." Lavinia tat dieses Energische gut. Scheinbar liebte er sie wirklich. „Dazu brauche ich deine Hilfe." - „Wie? Was? Und was ist eigentlich mit deinem Kind?" fragte er und brachte alles durcheinander. „Keine Angst, Erik, das habe ich von Schwoppmann wegmachen lassen. Er meinte, das wäre viel zu gefährlich nach allem. Es ist jetzt alles o.k., beruhige dich also bitte." Was für eine Frau, dachte Erik bei sich. Natürlich trauerte er seinem Kind, dem des Festes auf dem Ronus, irgendwie etwas nach, aber er war weise genug, um zu verstehen, dass dies nötig war und dass alles andere zudem unpassend wäre, zumindest könnte man es so sehen.

„Ich werde ihm abringen wies geht, und ihm dafür meinen Körper anbieten", fuhr sie fort. „Nein", stach Erik zurück. „Nein, Lavinia, das wirst du nicht tun." - „Doch, Erik, es geht um meine Mama, um Gropper und viele andere." - „Glaubst du, die leben noch?", gab Erik zu verstehen. „Ich habe lange genug . . ." Erik unterbrach sie, „gerechnet" - „Ja was denn sonst", lächelte die weise Frau. „Sie könnten noch leben, könnten. Ob sie noch leben, wenn der Flug jetzt umgekehrt wird und sie zur Erde zurückkommen . . ." - „Bezweifelst du", setzte Erik nach. „Ja, es steht 0,1 zu 100, oder eher noch weniger." – „Warum?", fragte Erik und Lavinia erklärte ihm, was der Undarier mutmaßte über den Raum, in den sie rasten. „Du willst doch nicht etwa hier warten, jahrelang, um aus 0,1 0,2 zu Hundert zu machen?" „Nein Erik, ich weiß, das gäbe Ärger und es geht einfach nicht. Aber selbst wenn sie tot zurückkämen, wenn wir längst auf Erden sind, es sind meine Eltern."

Erik wurde nachdenklich, wollte er ihr diesen Trost doch nicht voreilig kaputt machen. „Und dafür willst du dich . . ." Er zögerte. „Natürlich nicht", gab sie zurück. Du wirst dich platzieren und zur rechten Zeit hereinkommen, wenn ich die Infos, wie es geht, habe. „Nein, nicht ich", sagte Erik. „Ich frage Kottmann, der macht das, mit mir wäre es zu gefährlich."

So planten sie alles perfekt durch, und so gelangte Lavinia tatsächlich an technische Informationen, wie auch der Flug der Lightbraker rückgängig gemacht werden konnte. Der um seinen Lohn gebrachte hatte keine Chance. Würde er es melden, wäre er dran, seine Kameraden würden es ihm möglicherweise nicht verzeihen, außerdem sei mit der Rückholung ein größeres Risiko verbunden, von dem er aber auch nichts wüsste, deshalb seine Angst. Davon abgesehen, setzte er weitere persönliche Hoffnungen in Lavinia, die ja unschuldig war, wie es aussah.

Erik und Kottmann nahmen mit ein paar aus ihrem Lager Besprechungen auf und fanden einen Weg der Risikobeschränkung. Man machte die Operation ein wenig unwahrscheinlicher, dafür aber risikoärmer, und niemand bekam etwas davon mit. Der Vampirzahn bemerkte aber letztlich in den nächsten Wochen doch, dass er von Lavinia geprellt wurde, und er musste bemerkt haben, dass Lavinia und Erik öfter zusammen waren. Das Gesindel findet sich immer, und so traf er in kurzer Zeit auf Ibrahim. Beide befreundeten sich und hatten von da an ein Ziel, die Rache an Erik, dem sie die Falle zuschrieben.

37

Während die Zeit und das Geschehen alle in ihren Bann zog, reiften in den Menschen im Inneren persönliche Dinge, von denen nie jemand erfahren wird oder die plötzlich Frucht hervorbringen, die alle überrascht. Lavinia hatte sich mehrfach mit Crewmitgliedern unterhalten. Natürlich ging es um Erik. Langsam, ganz langsam sickerten in ihr die Angelegenheiten im Herzen, die die letzte Zeit kennzeichneten. Sie konnte beginnen, die Dinge wieder an ihren Platz hinzubewegen, die auf anderen lagen, die dort nicht hinpassten, worauf sie gefallen waren. Dadurch reinigte sie ihre Seele, schuf Ordnung, ließ Luft hinein und wusch sich.

Statt Erik zu verachten, statt Vorsicht walten zu lassen, musste sie erkennen, dass er aus seiner Sicht alles getan hatte, was nötig war. Sie fasste es als grob auf, weil sie litt, weil ihre Gefühle zertreten wurden und geschunden waren, durch die Vorhaben der Pontonen, durch die Rabiatheit der „Männer". Und dann kam Erik, und was er tat, passte in diesen Rahmen, durch den sie die Welt sah, sodass sie ihn verabscheuen lernte, lernen musste, aus ihrer Situation heraus. Ein psychisch kranker und noch dazu grober, rabiater Kerl. Es war, als würde die Verschlagenheit und Zielstrebigkeit der Pontonen und die Abgebrühtheit der „Männer" einen Schatten auf alles werfen, was in ihrer Nähe war. Und so schien er ihr wie einer von denen, wie einer, der ihr nur Böses will. Jetzt aber erkannte sie, dass Sensibilität, Feinsinn und Zärte in dieser Zeit niemandem Hilfe gewesen wäre. Aber selbst das hätte sie wohl in jener besonderen Zeit nicht von ihrem Misstrauen geheilt.

Nun aber lebten sie. Eriks Bild veränderte sich in ihren Augen, und sein Handeln bekam neuen Sinn. Sie begann die Fürsorglichkeit hinter der groben Maske, die Erik aufsetzen musste, wieder zu erkennen. Nicht er, sie war das Problem, was sich zwischen beide stellte. Sie war geblendet von dem was geschah und nahm ihn verzerrt und falsch wahr. Sie fühlte sich, als hätte sie Unheimliches dazugelernt, für ihr ganzes Leben. Ein Gefühl der Zufriedenheit, der Hoffnung und Zuversicht legte sich über sie, und erstmals begann sie in ihrem Herzen wieder von einer Zukunft mit Erik zu träumen, leise, vorsichtig und nicht überstürzt, so nahm sie es sich vor.

Lavinia hatte ihr Zeitgefühl schon lange verloren. „Jetzt, ja jetzt will ich es wissen, ich will wissen, wann wir daheim sind." Ihre Gefühle spielten mit ihr verrückt, sie träumte von einer Hochzeitstafel, von Ernald, ihrem Großvater, und von der Rückkehr der Lightbraker, ihren Eltern, sie träumte von Kaffeegeruch, frisch gemähtem Rasen und lieben Menschen um sich, und in der Mitte aller stände ihr Erik. Sie bekam Durst und holte sich einen kalten Kaffee aus dem Vorrat.

Wann sind wir losgeflogen? Es war im Winter. Ja in dem Winter . . . Lavinia sah sich in ihrer Rückschau fast als kleines, unbeholfenes unreifes Mädchen. Sie war es damals nicht, aber das Erlebte stellte alles so dar. Also im Januar 2015, ja da begann ihre Mission. Bei dem Wort wurde es ihr ganz anders, wäre sie doch um Haaresbreite in eine tödliche Mission geraten. 2018 da war der Absturz auf Ronus und das Davoneilen der Hauptmaschine. Sie roch die grüne Luft, sie spürte die Abenteuer, sie dachte an das Pferd, nein, ein Pferd war es nicht, an das seltsame Wesen, mit dem sie unterwegs war, und sie sah die Pontonen über sich, die sie bannten und benutzen wollten. Was für eine Zeit!

Sie saß in einem Rundstuhl mit Lehne, der sich drehte in ihrer Kabine. Über einen Bildschirm konnte sie ins Universum sehen. Es schien ihr fast schwarz, aber sie nannte es lila und darin die silbernen Sterne. Die Zeit verschwamm ihr schon wieder. 2018, 2018 und dann? Dann . . . na klar, die Zeit auf Ronus bis zum überstürzten Abflug und dem Unglaublichen, was dann auf Ronus geschah, der Unklarheit über Santar, der sie nicht wollte, dann doch wollte und schließlich für seine Unsicherheit bezahlen musste.

Irgendwie lernte sie mit Erik was ein Gedankenstopp ist, das waren seine ersten Versuche in billigen Phobiebekämpfungsschmökern usw. Jetzt wandte sie dies an und meinte, die Tipps hauen bei ihr wenigstens hin. „STOPP!" Sie wollte sich nicht in die Welt Santars zurückbewegen. Nein, das würde ihr nicht gut tun. Sie wollte es nicht. „STOPP! Jahreszahl, Jahreszahl, Jahreszahl, 2018, ach ja, da war ich hängen geblieben. November, ja klar, im November 20 landete die Maschine mit Erik." Was dann alles geschah, spülte sie jetzt mit einem kräftigen Hinunterschlucken des Kaffeegetränks weg. Nicht noch mal alles durchkauen. Jetzt wollte sie schwelgen in Zukunftsvisionen. Also zwei Jahre Rückflug, wenn alles gut ging, dann ist es Juni 23. Ihr Kopf begann zu rattern, wie alt ist Ernald dann? Lavinia war ja wegen ihrer Rechenfähigkeit im Schiff, wegen ihres logischen Denkens bekannt. Aber Ernald? Sie fasste sich an den Kopf, es war alles wie weg. „Na ja, ob er noch lebte?" Das Karussell begann sich langsamer zu drehen und holte sie aus ihrer Euphorie „Und Garlind und Gropper und die anderen?" Sie sah die verhungernden Körper in dem luxuriösen Schiffsteil, der in die Ewigkeit vorstieß. Aber jetzt kehrt er zurück, und sie hatte das geschafft. Was müssen sie spüren, falls sie noch lebten? Welches Freudenfest wirbelte wohl ihre Körper durcheinander. Wird Mama ahnen, dass ich mithalf, sie zurückzuholen? Jede kleine Hoffnung euphorisiert, das wusste sie. Sie wusste aber auch, wie man sich dem Schicksal hingeben muss. War sie es nicht, die sich schon als Messias der Pontonen zu spüren begann, als sie für ihre Mitpontonen umoperiert wurde? Und sie wusste auch von den Problemen, die eine lebendige Rückholung sehr unwahrscheinlich machten.

38

Wochen verstrichen, jeder hatte zu tun, mancher philosophierte seine Zukunft in allen Schattierungen beim Anblick des ruhigen, aber übermächtigen Universums. Es gab auch kaum Probleme mit den Undariern. Gemeinsame Arbeit schafft scheinbar Frieden. Doch keiner kann erahnen, was hinter den Stirnen vor sich geht, wie Einzelne Niederlagen verarbeiten, und dass äußerer Frieden nicht gleich innerer Frieden sein muss.

Eines Tages, eines Arbeitstages der Crew, denn Tage gab es ja eigentlich nicht außerhalb eines Planeten, war Erik in den Versorgungsgängen des Schiffes unterwegs, es sollten mit Technikern Kontrollen ausgeführt werden. Erik war eigentlich nicht der Mann dafür, aber sein Interesse, jetzt, wo es ihm besser zu gehen schien, war immer ungebremst. Die Techniker verliefen sich, Erik war gerade dabei, eine Wendeltreppe hinabzugleiten, als unter ihm die Tür aufging. Funkelnde Augen blickten auf ihn, ein buschiger Bart und das dunkle Gesicht Ibrahims. Erik durchfuhr es wie ein Blitz. Es war kurz still, dann fasste sich Ibrahim als Erster: „Ah, das ist doch der Kranke, der Patient von der Engelmann!" Erik erstarrte. Alles hätte hier zum Gespräch werden können, aber das? Was hatte er damit zu tun. Was?

Noch hob ihn seine Laune der letzten Wochen. Er nickte nur und lächelte Ibrahim an, dessen Gesichtszüge ihm immer mehr wie eine Fratze des Bösen vorkamen, als er sich nach oben an der Leiter an ihm vorbeischlängelte. „Ja, und?“, das war alles, was Erik herausbrachte. „Nix und“, klang es von oben, und die Lucke schloss sich hinter Ibrahim. Sein Körper war unversehrt, es gab keinen Kampf, es gab kein Geschrei. Erik konnte seinen Gang zu Ende führen und verabschiedete sich früher als geplant von den Technikern, die ihn etwas verwundert ansahen. Eilig, als hätte er etwas vor, schritt er Richtung seines Raumes. Noch waren Angst und Wohlbefinden im Gleichgewicht, wenngleich es zuvor ein deutliches Übergewicht der Zufriedenheit gab.

Die Tür war zu. Er war allein und spürte, wie die innere Waage sich zusehends in die andere Richtung neigte. „Der Kranke von der Engelmann“, nein, „der Kranke – der Patient von der Engelmann“, sagte er. Erik fing an, sich die Begebenheit aufzuschreiben. Peinlich genau, als würde er dadurch einen Fluchtweg finden. Er fand aber nichts, ihm wurde nur etwas, was er längst in sich archiviert hatte, mit dem er den ganzen Flug überlebte, wieder lebendig, als finge es aus seinem Archiv hinaus zu kriechen an. Die Angst, dass Engelmann doch Anzeichen dieses Virus mit der langen Inkubationszeit festgestellt haben könnte, erwachte, wie ein Kind, was aus dem Tiefschlaf in den Tag hinein erwacht, Stück für Stück, immer bewusster. Nein, das lasse ich nicht zu, befahl er sich. Woher soll dieser Dreckskerl darüber etwas wissen. Schlagartig hob sich seine Stimmung, aber nur, damit er, als er aufstehen wollte, um sich etwas zu Trinken zu holen, erneut runtergezogen wurde. „Der Kranke.“ Hunderte von Malen wiederholte er dieses Wort in seinem Kopf, bis sein ganzer Kopf nur der „Kranke“ war. „Wenn alles mit rechten Dingen zugeht, kann dieser Araber nichts anderes wissen, als was ich auch weiß, aber . . .“ Es entstand eine lange Denkpause. Erik grübelte und grübelte über die Ursachen seiner Ängste nach. „Aber . . . Aber geht in mir alles mit rechten Dingen zu? Und wenn nicht, hat es dann Auswirkungen auf solche Ängste?“ Diese Gedanken zogen ihn tief hinunter, wie eine Wendeltreppe in ein Moor an deren Ende er in eben dieses eintaucht, um daran zu ersticken.

In der Folge fasste sich Erik wieder, schrieb die ganze Nacht an Argumenten, warum diese Aussage für ihn harmlos war. Erstens, zweitens, drittens usw. Erik wusste, dass er damals von Engelmann gesagt bekam, dass nichts sei. Er wusste, dass Schwoppmann in der Anfangsphase des Fluges vom Raumschiff aus die Engelmann erreichte und ihm sagte, dass sie doch für ihn wiederholte, dass nichts krank sei. Zwei klare Wahrheiten. Aber sie verschwanden immer wieder unter dem Müll des Erlebten. Als Erik damals bei der Engelmann war wurde so viel geredet, so viel. Erik erzählte ihr alle seine Ängste, sie erzählte ihm alle Möglichkeiten. Sie erzählte von anderen Leuten, die das hatten, was er hatte, sie erzählte und erzählte, um ihn zu beruhigen. Stattdessen, und das ist typisch für Menschen wie Erik, merkte er sich gar nichts Entlastendes. Er merkte sich nur die Krankheitszeichen, ja alles, was seine Seele später und heute befähigte, alles auf sich zu beziehen, um ihre frühkindlich verursachten Verwerfungen endlich loszuwerden, als wenn man sie klären könnte, wenn man diesen Dingen nachgeht. Und die zwei Aussagen „Bei Ihnen ist nichts", die wurden so klein, wie ein Wort eben klein sein kann, dabei wünschte er sie sich so groß wie eine ganze Großstadt. Wer könnte ihm helfen, das wieder auszugleichen? Wer machte ihm die vielen Worte des Zweifels klein und die Wahrheit groß?

Nein, es gab keinen. Erik wälzte sich in seiner Angst. Er schämte sich vor Lavinia, er schämte sich vor allen und vor Schwoppmann. Nein, den konnte er jetzt nicht noch mal holen, zumal, was wusste Schwoppmann schon von dem, was dieser Ibrahim wissen konnte. Geheimdienst, Spitzel, Einbrüche, er konnte alles wissen, alles! Erik fing zu schwitzen an, ihm wurde übel. Dann fasste er sich wieder: „So schwer kann das doch nicht sein!", fing er an, sich einzureden. Ibrahim ist doch ein Mensch, alle Streitigkeiten beiseitegeräumt, es ist doch nur ein Satz, den er von ihm hören müsste: „Das war doch nur, um dich zu ärgern, Erik. Ich weiß überhaupt nichts von einer Engelmann." Diesen Satz würde er ihm bestimmt sagen, wenn er ihn fragen würde. Vor dem fürchtete er sich am wenigsten. Klar, er hatte nichts zu verlieren. Erik wurde wie blind in der Einbildung, dieser Ibrahim würde ihm da raushelfen. Dann siegten doch wieder die Vernunftbahnen. Erik überlegte: Wenn die Engelmann zu ihm sagte, es sei nichts, dann war das ihre erste Aussage. Und diese Aussage hatte sie Schwoppmann sogar wiederholt. Irgendwie wollte seine Seele aber nicht durch solche Argumente ruhiggestellt werden. Diese kranke Kraft in ihm suchte wie eine Suchmaschine und fand plötzlich, dass es an Schwoppmanns Übermittlung Zweifel gab. Diese seien so kompliziert und verborgen, dass es ihm auch nichts nützen würde, Schwoppmann deshalb noch mal zu fragen. Er, Schwoppmann, würde das erst recht nicht mehr nachvollziehen können. Erik wusste, wie die sogenannt Normalen so was auffassen. Die Einzelheiten, die er nun anzweifelte, dürfte er gar niemand sagen,

heiten, die er nun anzweifelte, dürfte er gar niemand sagen, jeder würde lachen, aber für ihn wurden sie immer größer, genug, um seine Zuversicht, die er sich gerade zurecht bauen wollte, zum Einsturz zu bringen. Die ganze Nacht wägte er ab, es steht fity/fifty. Und das langt nicht, sich zu beruhigen. Er musste an Ibrahim ran.

Den Rest der Nacht verbrachte Erik damit, sich Pläne auszudenken, wie er die Antwort von dem „Undarier“ bekam (man nannte alle Rückgeführten Undarier, weil sie lange Zeit dort arbeiteten und lebten, real waren sie terroristisch angehauchte Astronauten). Als er eine Stunde vor Arbeitsbeginn einen Plan hatte, konnte er sich beruhigen. Der Plan stand, also wäre der Weg zu seiner Beruhigung schon bereitet. Sofort ließen die Schweißausbrüche nach, seine inneren Funktionen verlangsamten sich, und er drehte sich zur Seite und schlief noch etwas.

Die nächsten Tage ließen in Erik nur ein Ziel zu, er musste den Undarier zufällig treffen. Nur so, ja nur so, würde es zufällig aussehen, wenn er ihn fragen würde. Er würde ihn loben für die gute Zusammenarbeit. Er würde ihm dann anvertrauen, dass er an Ängsten leide und dass ihn seine Aussage neulich irritierte. Vielleicht würde Ibrahim ihm erzählen, wie er zu dieser Aussage kam. Vielleicht würde diese Antwort ihn so sehr berühren, dass er sie sich merken könnte, so dass er nicht noch mal fragen müsste. Das wäre das Beste. Und wenn die Antwort zu allgemein wäre, und wenn er sich diese Fakten nicht merken könnte, wenn sie mit allem möglichen verschwämmen, so wäre doch der Fakt, dass er geantwortet hatte, die Basis, dass Erik ihm danach seine Fragen schriftlich stellen konnte. Hätte er wenigstens einen Zettel, der ihn entlastet, würde er kämpfen können, alle nachherigen Einbrüche der Angst damit wegzukehren, redete er sich ein. Dann wären seine Erinnerung an Engelmann, die Schwoppmannantwort und dieser Zettel ein Dreifuß, der ihn gegen alle weiteren Zweifel bewahren könnte. Erik vergaß dabei, dass er so sehr er zweifelte, so sehr kindliches Vertrauen offenbaren wollte, in einen Terroristen, einen persönlich Beleidigten, Gedemütigten von ihm und seiner Crew. Das war Erik. Wie löste sich doch ein im normalen Leben straffer Charakter in diesen Situationen auf in kindlich naive Verzweiflung und Hoffnung.

Nachdem der Tag der Begegnung stattfand, eine einsame Stelle im Randteil des Schiffes, wurde Eriks Hoffnung restlos zerstört. Statt der Liebe, die er verpackt in diese Antwort erwartete, kam ihm Hass entgegen. „Schau, dass du weiterkommst!“ - „Aber bitte, Ibrahim . . .“ – „Willst einen neuen Kampf? Den kannst haben, du Bakterie!“ Erik begann zu zittern, wie kann jemand seine Not so ausnutzen, was meinte er mit Bakterie, einfach ein Schimpfwort oder wieder ein Hinweis? Er schrie dem Araber etwas lautes Gemeines nach und eilte davon, stolperte und kam auf der Schweißkante eines Metallträgers zum Sitzen, während ihm bedenklich schlecht wurde. Mit den Händen auf das kalte Metall sich abstützend, versuchte er sich zu beruhigen, seinen Atem zu kontrollieren, fließen zu lassen, was man halt so lernt für solche Fälle. Hass, Wut und Enttäuschung wechselten sich nun wirr nacheinander ab. Depression gewann den Kampf.

In seiner Verzweiflung wollte er die schwarzhaarige Tamara Winston um Hilfe bitten, und in kindlicher Einfalt, glaubte er, dass sie Ibrahim beruhigen und die Wahrheit erfahren könnte. Doch wie würde er dann von ihr loskommen? Sie wird mir helfen. Nein, dadurch werde ich mich ganz demütigen, und das ganze Schiff wird auf mich herabblicken. Erik wusste, dass Ibrahim ihm so übermäßige Angst einjagte, dass ein netter Mensch, der ihm jetzt half, unendliche neue Anläufe seiner Ängste ertragen musste, bis sich das beruhigt. So grübelte er weitere Tage, um eine Lösung zu finden. So viel er von anderen verlangte, so sehr fürchtete er sich, andere um etwas zu bitten, sie in seine Wiederholungen zu werfen. Wie sehr sehnte er sich nach einem anderen, der von sich aus die Initiative ergriff, der ihm seine Angst nahm, belästigend zu wirken, der in „in den Arm nahm“. Es war zum Verzweifeln. Ab und zu traf er natürlich Leute. „Was ist mit dir“, stellten sie ihm Fragen, auf die er nichts zu antworten wusste, „siehst nicht gut aus“, hieß es dann. Statt sein Leid ausschütten zu können, musste er Ausreden erfinden. Die würden doch alle gar nicht verstehen, was ihn bedrückte. Und auf Schnellschussrat konnte er verzichten. Wäre er ein kleines Licht, wäre es leichter, sinnierte er. Aber durch seine hervorstechende Rolle bei der Expedition . . . nein, das ist zu krass für die Gehirne der Menschen, ein Held, der hilfsbedürftig ist, das schnallen die nicht. Im Mittelalter der Erdzeit nannten sie solche nicht verstehbaren Menschen Hexen, nein, das war wieder was anderes. Oft fühlte sich Erik jedoch dem Verbrennen nahe, wenn er an Leute geriet, die nichts verstanden. Und wenn er seine Ängste für sich behielt, verbrannte er innerlich.

Erik fühlte in sich, er las Literatur, aber über diese Variante eines afrikanischen Virus, den er beherbergen könnte, fand sich in den begrenzten Nachschlagewerken nichts. Internet gab es hier nicht. So verfiel er Stunde um Stunde, bekam all die Zeichen, die man hat, wenn dieser Virus ausbrach. Immer noch kämpfte er gegen die Angst an. Seitenweise schrieb er sich Gegenargumente auf, die von Angstargumenten immer wieder eingeholt wurden. Lange konnte er nichts mehr verbergen, dann würde er wirklich daran sterben.

Nein!!!! Nein!!!! Ich will nicht sterben. Ich kann aber auch nicht heilen. Weil ja niemand weiß, was ich glaube zu haben, mich niemand behandelt. Dies alles war schlimmer als die schlimmste Krankheit, die jemand haben könnte. Niemand auf der Welt wusste, wie Erik litt nur aus krankhafter Angst heraus, ohne triftigen echten Grund.

Er musste etwas tun! Da klopfte es, er sah durch ein Guckloch, sah nur graue Locken, die dicht vor der Tür standen. Schwopp . . . . . . mann ging es ihm durch den Sinn. Der kurze Kampf, ob er öffnen sollte endete, mit seiner Hoffnung, dass es jetzt gut werden würde. Warum, wusste er auch nicht, aber er öffnete. „Danke, dass du kommst, Sie kommen." - „Bleib beim Du", konterte Schwoppmann leise und gefasst und lächelte. Das erste Lächeln seit langem, eines, das er annahm, das er in seinen leeren Hoffnungsbehälter packte.

Er setzte sich, ohne zu fragen auf den eingebauten Plastikstuhl. Erik nahm einen Hocker, zwischen ihnen stand der herausgebaute Tisch. Beide sahen sich an. Schwoppmann sah einen tief eingefallenen Blick, der unter langen schwarzen Haaren hoffend und zerschlagen zugleich auf ihn blickte. Und Erik sah das feste runde und freundliche Gesicht, des mit vielen Wassern gewaschenen Arztes, auf dem nun urplötzlich alle seine Hoffnungen lagen.

„Ist es wieder deine Angst?", tippte Schwoppmann vorsichtig an, was er längst bei Erik beobachtet hatte.

Erik machte den Mund auf und hörte nicht mehr auf, zu erzählen. Er erzählte sich alles von der Seele. Dann saß er fix und fertig vor Schwoppmann, als er merkte, dass dadurch doch noch nichts gewonnen war.

„Ich mach dir jetzt erst mal einen Tee, und willst du danach vielleicht etwas essen?" „Ja, o.k., aber erst einen Tee", gab Erik zurück, während er hoffte, dass Tee und Freundlichkeit heilend wirkten. Und das taten sie auch auf eine bestimmte Weise, aber die tiefe Depression, die seiner Angst folgte, wollte nicht weichen.

Beide erzählten während der Zubereitung über die Traumata, die Erik in der Kindheit erfuhr, und dass sie sich immer wieder wiederholen würden. Das nahm etwas von Eriks Spannung. Ist das, was passiert, nur eine leere Wiederholung?

Dann steckten sie gemeinsam die Fakten ab. Eine lange Liste von Bestätigungen, die Erik hatte, stand gegen die Äußerung Ibrahims. Erik musste die prozentuale Wahrscheinlichkeit begreifen, er musste merken, wer welche Motive hatte, und dass es letztlich sehr ungewiss war, dass Engelmann ihn immer betrogen hätte, aber Ibrahim die Wahrheit wüsste.

„Aber ich weiß Erik, genau das ist das, was in deiner Seele vorgeht, was sie glauben will, gegen was sie kämpft. Deine Eltern hatten nie Zeit für dich, so wie du warst, sie haben dich immer betrogen, nicht mit irgendwelchen Wahrheiten usw., sondern was ihre Liebe betrifft. Sie gaben sie dir nur, wenn du Leistung brachtest oder einfach so warst, wie sie es nötig hatten. Dein Vater ist tot und kann dir gar nichts mehr geben und er gab dir auch kaum etwas, dazu hatte er viel zu viel zu tun, von dem er meinte, es sei wichtiger, und du spieltest ja längst den Souveränen und du warst schon so souverän, dass er sich dumm vorgekommen wäre, dir Liebe schenken zu müssen, und deine Mutter steckt fest. Sie muss sich selbst schützen und wird dir nie mehr helfen können. Somit bist du betrogen, um die größte Wahrheit, die es im Leben eines Menschen gibt, um die unvoreingenommene Liebe, die ein neuer Mensch zu bekommen hat, um gesund heranzuwachsen." - „Aber ich hätte mich geschämt, nicht so . . .", wie sagtest du?" - „souverän" - „ja, nicht so souverän zu sein." - „Das ist es ja gerade, Erik. -

„Erik, es ist nicht so, dass ich dir nur, weil es meine Pflicht ist, helfe, ich habe viel gelesen und habe mir viel über dich den Kopf zerbrochen. Du hast als Kind einen Schutz angenommen, du hast dich abgegrenzt von dem, was von außen auf dich zukam. Du hast dir auch Selbstbilder gemacht, die dich tragen sollten, und diese Bilder zerbrachen immer wieder. Eben zerbricht es wieder." - „Ja, ich weiß." „Du leidest, weil es sein könnte, dass das Böse in dir steckt, was du durch die Art deiner Erziehung immer glauben musstest. Das macht dich fertig, nicht die geringe Wahrscheinlichkeit, dass dieser Terrorist in Besitz der Wahrheit wäre." Erik nickte. Das tat gut.

Schwoppmann stand auf, wühlte irgendwo herum, holte einen Zettel, auf dem standen zwei Buchtitel „Grundformen der Angst" und „Wege aus dem Chaos", das eine von einem Riemann und das andere von Heinz-Peter Röhr.

„Ach ja", setzte Schwoppmann fort, „da ist noch das Buch von Alexander Lowen: ‚Narzissmus, die Verleugnung des wahren Selbst'. Und das zweite Buch von Röhr ‚Narzissmus, das innere Gefängnis'." - „Ah, das kenne ich auch", gab Erik freudig zurück. „Hab ich mehrmals gelesen, ist gut."

„Ich rate dir", meinte Schwoppmann nun, „diese Bücher immer wieder zu lesen. Glaub mir, du wirst sie alle paar Jahre neu verstehen. „Sind die nicht zu alt?" - „Na ja", schmunzelte Schwoppmann, wie lange rasen wir hier schon durchs All? Und kurz vor der Abfahrt habe ich Sie auch nicht gelesen." - „Wie kommst du, oh sorry, Sie" - „sag ruhig du", meinte Schwoppmann, und wer ihn genau angesehen hätte, hätte eine Träne in seinem linken Auge hervorkommen wollen sehen. Aber Erik blickte in seinen eigenen Schoß. „Danke." - „Also, wie kommst du eigentlich dazu, diese Dinge zu lesen?" - „Nun, Erik, das bleibt vorerst mein Geheimnis!" Erik ging es, wie wenn ein Stein durch seine Kehle endlich hindurchkam. Hatte Schwoppmann etwa ähnliche Probleme gehabt oder jemand in der Familie, der in diese Richtung litt? Klar, das sagte doch schon Lavinia immer zu ihm, dich kann nur jemand verstehen, der so was selbst erlebt hat, bild dir nicht ein, dass andere . . ." - „Ja, und was sagen diese Bücher aus", wollte Erik nun wissen, um die Situation zu entwirren, in der er Schwoppmann am liebsten an die Seite gekuschelt wäre und ihn ganz fest gedrückt hätte. Oder wollte er von ihm gedrückt werden? Dabei war doch das ganze Gespräch ein einziges Drücken. „O.k., Erik, ich bin mir nicht ganz sicher, aber vielleicht kann man sagen, dass du eine schizoide Abwehr aufgebaut hast und aus der Einsamkeit deiner Situationen eine Umkehr gemacht hast und diese Besonderheit auf deinen Körper projiziert hast, ihn zu etwas gemacht hast, wofür es sich einzig lohnt zu kämpfen, weil er, wenn er makellos ist, dich vor allem beschützt, was man dir antat, was deine Seele verunstaltete oder was man dir nicht antat, so könnte man es auch sagen.

Dann glaube ich, Erik, dass du nicht nur Dinge angetan bekamst, dass du auch sehr empfindlich bist, hautlos quasi, und dass du all das, was dir als Kind widerfuhr nicht verkraftet hast und abgewehrt hast. Dadurch wurdest du in gewisser Weise einsam, selbstbezogen, du hattest die Aufgabe, deinen Körper sauberzuerhalten, sonst nichts, wenn das gelang, konntest du alles Elend, was du erfahren hast und erfährst, abschütteln. Aber durch deine Sensibilität und Dünnhäutigkeit bildeten sich immer mehr paranoide Ideen, die dich ständig belasten und dein ‚Lebensziel' zerstörten."

„Narzisstisch, bedeutet das nicht, dass ich keinen Zugang zu meinen Gefühlen habe und nach einem Selbstbild lebe, was nicht mit der Realität übereinstimmt?" - „Ja, ein wenig ist das wohl so, wenn du es schon selbst sagst." - „Aber, ich habe Gefühle!" - „Natürlich hast du sie und du hast sogar größeren Zugang dazu als andere. Viele solcher Menschen, waren Künstler und brachten Kunst hervor, die man sich aus den 0815 Menschen nicht vorstellen kann", fuhr Schwoppmann fort.

„Aber, was soll ich denn nun tun", fuhr Erik fort. „Speicher erst mal alles, was dir an Gutem widerfährt, und gib deinem Leben Gelegenheit, Gutes zu erfahren. Speichere es und vergrößere es in dir, hake es nicht einfach ab.

Dann lies die Bücher, die ich nannte, vielleicht gibt es auch neuere“, lächelte er demütig über sich und seine Tipps. „Ich glaube, dort wirst du beschrieben, und ich kann mir jedes Wort sparen. Riemann unter dem Thema ‚schizoide Charaktere' und das Buch ‚Wege aus dem Chaos', musst du unbedingt gelesen haben, fuhr er mit erneuter Begeisterung fort. Es gibt Leute, die ebenfalls narzisstisch sind, Erik, die ziehen ihre Ideen aber knallhart durch. Ihr Bild von sich geht weit über das Bild der Realität hinaus, aber es fällt nicht zusammen. Du hast dir auch Bilder von dir gemacht, die dich halten sollten, aber sie brechen ständig ein, deine Angstabwehr funktioniert nicht. Es gibt Stufen von Narzissmus, Erik, ein wenig sind wir es alle usw., erst dann kommt die sogenannte „borderline“, das heißt Grenzstufe, und danach kommen die krankhaften oder sogar gefährlichen Stufen bis hin zum Psychopathen und Paranoiden, die gar nichts mehr spüren, weil ihre Abwehr dicht wie Beton ist.“ - „Das sind doch oft Verbrecher?“ - „Richtig, aber das hat nichts mit dir zu tun. Auch schizoide Menschen können in der Radikalform zu Verbrechern werden. Lass dich davon nicht irritieren. Das wollte ich dir damit nicht sagen. Wasser kann erfrischen, kann den Durst stillen, kann nerven, wenn es ständig wo runtertröpfelt, kann überschwemmen und kann töten. Na ja, du bist dabei ungefähr da, wo es nervt, weil es ständig tröpfelt, wenn ich das mal einfach so laienhaft sagen darf“, beendete Schwoppman seinen Gedankengang.

„Gut, teilweise weiß ich das ja alles“, meinte Erik freundlich, aber ich muss mir dessen immer wieder klar werden. Und ich werde die Bücher lesen, wenn's die noch gibt.“

„Du gehst jetzt auf deine Kabine und versuchst dir klar zu machen, in welchem psychologischen Rahmen deine Ängste auftreten, und dass die Unordnung, die die nicht gut abgelaufenen Kindheitserlebnisse in dir hinterließ, einfach wehtut und sich irgendwo festmachen will, aufgeräumt werden will.“

„Na ja, ich werde ja sogar von diversen Angehörigen deshalb angegriffen, wenn ich darüber sprechen möchte.“ – „Na klar, die verstehen das nicht. Die meinen, du willst deine Eltern fertig machen, dabei willst du doch nur verstehen, was letztlich bewirkte, dass du krank wurdest, oder sagen wir“, verbesserte sich Schwoppman schnell, um ihn nicht in unnötige Angst wegen dem Wort krank zu stürzen, „anfällig für diese seelische Krankheit wurdest, die sich nach deinem späteren Trauma im Krieg auszubilden begann. Dass du schizoide und narzisstische und paranoide Anteile hast und Symptome von Borderline, das sind doch Fakten, und das muss doch woherkommen, und es kommt wohl nicht allein daher, dass du zu dünnhäutig bist, obwohl, das glaube ich, bei dir auch eine große Rolle spielte, warum du dichtmachtest und so als Kind einige Entwicklungsstufen übersprungen hast, die nötig gewesen wären. Deine Eltern hätten dies erkennen können, aber sie waren so sehr mit sich selbst beschäftigt." - „Woher weißt du das alles?" - „Hm, ich kann gut beobachten, einiges hast du mir ja auch schon erzählt, Erik."

Erik begann nun ein x-tes Mal seine Kindheit und die vielen Traumatas, die er dort erlebte, durchzuerzählen. Schwoppmann erwies sich auch in diesem Fall als geduldiger Zuhörer. Hätte er mit seinen Eltern darüber sprechen können, dachte er sich, hätte er es da aufarbeiten können, wo es möglich wäre. So wiederholt er es ständig und macht sich damit zum Gespött, der arme Kerl. Das ging in Schwoppmann vor, der selbst das späte Glück hatte, mit seinen Eltern und einem weltberühmten Psychologen an seine Geschichte gehen zu können. Aber das war erledigt. Er hatte es überwunden und einen gesunden Respekt davor, es wieder auszupacken, was wiederum zeigt, dass es doch noch irgendwo in ihm schwelte. Nein, er konnte jetzt anderen helfen und dabei sich.

„Wie viele könnten ihm helfen, wenn sie sich als Licht in seiner Seele niederlassen würden. Wie viele? Aber was passiert? Sie sind erschreckt, verstehen sein Handeln nicht, ziehen sich zurück und glauben noch, das wäre die richtige Methode. Klar brauchen seine angstvollen Wiederholungen Grenzen, der schafft das nicht allein, bis jetzt noch nicht. Aber wenn er einfach links liegen gelassen wird, wird in seiner Seele all das zerstört, was er dringend bräuchte, um die gesunden Anteile in ihm auszubauen. Ein Konflikt ist das schon, wenn man dem Zwang eines Erik nicht nachgeben will, aber seiner Seele durch helfen, also Ausnahmen machen, Licht verschaffen möchte. Und dem ist die Welt nicht gewachsen."

Schwoppmann sah in das geschaffte, wenn auch etwas getröstete Gesicht Eriks und wusste genau, wenn er jetzt wüsste, dass Ibrahim gelogen hatte, würde es innerhalb einer Stunde aufblühen. Erik würde wieder leben und am Leben teilnehmen können, was so wichtig für seine inneren Felder wäre, was heilen würde, immer wieder ein wenig. Aber diesmal, muss er wohl warten, bis er zurück auf Erden wäre. Das bedrückte Schwoppman zunehmend, so dass er Eriks vielen Worten nicht mehr folgen konnte. Mit Erik wäre während der Zeit der Angst nicht mehr viel anzufangen, auch das wusste Schwoppmann, er würde weder durch das Leben zur Normalität geführt werden können, noch würde er neue Vorsätze sein Verhalten betreffend üben können. Er würde einfach stecken bleiben. Das ist das Verdienst Ibrahims, seines Feindes, und das zweifelhafte Verdienst vieler Menschen, die sich Leuten wie Erik gegenüber so aus der Verantwortung drücken oder die einfach gar nichts verstehen oder die sich gar einbilden, selbst Verhaltenstherapeuten spielen zu können, die Desensibilisierungen durchführen, genauso als ob ein Laie eine Blinddarmoperation durchführt.

„Erik, es ist spät geworden." - „Ja, ich weiß, ich schäme mich auch so sehr, das können Sie, ach, das kannst du dir nicht vorstellen." - „Bleib ruhig bei dem Du Erik, komm mal her . . .". Schwoppmann ging auf Erik zu und umarmte ihn fest und langanhaltend. „Erik, du bist nicht verloren. Und du bist nicht schuld. Nein, du bist nicht schuld. Ich bin bei dir, und wir werden beide daran arbeiten, dass du mit dem Müll deines Introjektes, deiner angstmachenden Gefühle aus deiner Kindheit, deinem Mangel an gespeicherter, vorbehaltsloser Liebe und was noch alles in dir tobt, zurechtkommst. Mehr als das versprechen kann ich jetzt nicht, und das macht mich auch etwas müde, verstehst du?" - „Ja." Er sah Schwoppmann lange an und wurde ruhig dadurch, ruhiger als zuvor.

Schwoppmann schloss seine Kabine ab und versank in seinem Stuhl. Er fühlte und er wusste, wie Erik nun leiden würde. Er zweifelte, ob das vorangegangene Gespräch ihm JETZT helfen würde. Vielleicht auf Dauer, vielleicht auch, weil er spüren musste, dass jemand da ist, der ihn einigermaßen versteht. Aber . . .

Zwei Tage grübelte der sonst so humorvolle und entscheidungsfreudige Schwoppmann über alles nach. Dann stand er auf.

Er fragte sich durch die Belegschaft nach einem kleinen Sprachaufnahmegerät, was er bald bei einer der jüngeren Crewmitglieder fand. Ungesehen schnallte er es sich um den Leib und steuerte, vorher seine Arztkleidung übergezogen, ein paar Schläuche heraushängend und ein Schreibbrett in der Hand Richtung Großraumbüro. Dort war er auch Ibrahim.

„Ibrahim, ich brauche Sie dringend in einer wichtigen Angelegenheit", heuchelte er ihm gekonnt vor. Der Lockenkopf mit seinen dominanten Lippen sah ihn misstrauisch an, erhob sich aber dann und folgte artig.

„Gehen wir hier hinein", Schwoppmann öffnete eine Seitentür in einen Abstellraum, der gerade Platz für zwei Personen bot und in dem es mäuschenstill war. Sie standen sich gegenüber, und eine seltsame Spannung nahm zwischen beiden Platz. Schwoppmann aber brach das Schweigen schnell und etwas hektisch:

„Sie haben doch beim Eintritt in die Kapsel einen Kampf mit Erik, einem unserer Leute gehabt." - „Jjja", kam es, irgendwie ein wenig überheblich und doch unsicher aus dem Araber. „Es wurde soeben festgestellt“, das Gesicht des Arabers nahm angespanntere Züge der Aufmerksamkeit an, „dass Erik an einer seltenen afrikanischen hochansteckenden Virusgeschichte leidet und womöglich sterben wird. Wir haben ihn bereits total isoliert.“ - „Waas?“ - „Ibrahim, Sie haben Wundkontakt mit ihm gehabt und sind somit primär gefährdet, die Krankheit ist über Tröpfchen nicht übertragbar, aber jeder Blutkontakt ist höchst gefährlich.“ Ibrahim sackte etwas in sich zusammen, fing zu überlegen an und sprudelte dann laut und deutlich hervor: „Sie wollen mich ärgern, stimmt's.“ Schwoppman wurde etwas unwohl, wusste er doch nicht, was jetzt für Argumente kämen. Käme er seinem Trick auf die Spur? Doch in der Folge zog sich Schwoppmanns Gesicht wieder auseinander, zu einem zufriedenen Grinsen, was niemand außer er selbst merkte. „Heeerr Docktor“, kam es aus Ibrahim, der dessen einfachen Trick, die Zusammenhänge, die so einfach zu erklären gewesen wären, nicht merkte. Ja, so werden solche Leute, wenn es plötzlich um sie selbst geht. „Heeer Dokktor, ich weiß zufällig von Engelmann“, Schwoppmann unterbrach, trat noch näher an ihn heran, packte ihn am Hemd, wie einen, den man verhauen will, nur etwas sanfter: „Was wissen Sie von Engelmann“, hauchte er ihm ins Gesicht. „Sie müssen wissen, wir haben dort oben und auch früher auf der Erden spioniert. Überrascht Sie das?“ - „Mich überrascht nichts!“ „O.k. Sie haben spioniert und was bitte hat das mit Eriks lebensgefährlicher Krankheit zu tun, vor der ich Sie warnen muss?“ - „Na ja“ – Pause - „Ich weiß von Engelmann.“ - „Haben Sie mit ihr gesprochen?“ - „Nein, wir haben Zugang zu ihren Akten bekommen, das kann ich Ihnen später . . .“ - „Interessiert mich nicht“, heuchelte Schwoppmann gekonnt. „Jedenfalls“, fuhr der schwarzhaarige vor ihm fort, und seine Stimme wurde derb und bestimmend, „steht da drin, dass Erik NICHT an irgendeiner virologischen Krankheit leidet!“

„Wenn du recht hast, sei froh“, wandte sich Schwoppmann der Tür zu als sei er enttäuscht von dieser Antwort. Ibrahim grinste, denn er fühlte, wie die Todesangst wich, weil Schwoppmann das so hinnahm. Dem Schweizer ging in Blitzesschnelle durch den Kopf, wie dieser Kerl Erik fertigmachte und er fügte berechnend hinzu: „Dann kommen Sie monatlich einmal zu uns, und auf der Erde lassen Sie sich im Speziallabors untersuchen, denn wir haben andere Infos, nach denen Sie in akuter Gefahr sind, wie auch Erik.“ - „Ich weiß nichts von irgendeiner Krankheit! Nie und nirgends habe ich so was gelesen oder gehört“, schrie Ibrahim, so dass Arbeiter von innen in den Raum drangen. „Schwoppmann, alles klar?“ „Schon gut“, sagte er, schaltete sein Aufnahmegerät aus und verließ ohne Ibrahim noch eines Blickes zu würdigen das Feld. Schwoppmann wusste, was er tat war nicht ganz sauber, aber was war das, was Ibrahim tat? Wer zog solche Menschen, die sich an Menschen wie Erik austoben, je zur Rechenschaft? Wie konnte er es wagen, Erik mit Brocken, die einen angst- und zwangskranken Menschen das Leben nehmen können, angst zu machen und ihn dann mit Gewalt von sich zu schütteln? Nein, dieser Ibrahim hatte genug Schuld auf sich geladen, jetzt war die Zeit gekommen, in der er büßen sollte. Schwoppmann wusste genau, wie er sich rechtlich aus der Affäre ziehen könnte, dazu war er lange genug Arzt, zumal ja Ibrahim selbst der Informant war. So hatte er ihn am Wickel.

Die nächsten Tage kam ein geduckter Ibrahim mehrmals ins Labor und bat um diese und jene Untersuchung, ließ sie schweigsam über sich ergehen und musste dann zur Kenntnis nehmen, dass die hier möglichen Untersuchungen nicht endgültig sind und die Beruhigung nur eine fünfzigprozentige Sicherheit ergäbe und dass er bis zur Rückkehr auf die Erde warten müsste, um ein eindeutiges Laborergebnis zu bekommen. Eine lange Rache des Schweizers.

Erik nun, längst in Besitz des Datenträgers, war wie gelähmt, aber freudig gelähmt. Wer eine Angsterkrankung hat, weiß, wie heim-tückisch die Angst selbst bei Beweisen, die entlasten, zurückkehren kann. Er hörte die erlösenden Worte Ibrahims einmal an. Stellte das Gerät in die Ecke und fing an, diese Wahrheit zu verdauen. Ein, zwei Tage, dass es erst mal in den rasenden Kopf hineinkam. Mehrmals ging er zu Schwoppmann und verlangte Infos über den Gesprächsablauf. Schwoppmann wusste, wie schnell Erik wieder verwirrt wurde, und sagte ihm immer nur den gleichen Satz, und irgendwie stimmt dieser ja auch: „Erik, alles was war, ist auf deinem Datenträger aufgezeichnet. Irgendetwas anderes war nicht! Für mich bist du also pumperlgesund!“ Er ahmte den bayrischen Dialekt nach, der in Eriks Heimat gesprochen wurde. „Geh hin und freu dich des Lebens.“

Das war gut gemeint, und Erik hatte auch schon Tränen wegen der Güte Schwoppmanns vergossen, aber wenn einer es zu gut meint, schleicht sich die Angst besonders gern von irgendwo ein, sie redet einem ein, so gut kann es nicht sein. Aber was blieb ihm, nur die Aufnahme, und die hörte er sich nun immer und immer wieder an. Einmal, als seine Kräfte beinahe versagten, er sich schämte, wie die Angst ihn nur so kleinmachen kann, als Dank dafür, dass Schwoppmann sich als solch ein Freund erwiesen hatte, siegte dann doch seine gesunde Struktur wieder und die Liebe, die der Schweizer Arzt in ihm gesät hatte. Er stellte das Gerät in eine Ecke, weit weg und wusste, o.k. es ist gut, es ist alles gut. Einen ganzen Tag verbrachte er noch in der Schlafecke und ließ alles sinken, dann fing sein Gehirn wieder an zu wühlen, aber diesmal ging er hinaus, andere Eindrücke auf die entlastenden Gedanken laden, nannte er dies innerlich. Tag für Tag wurde es besser mit ihm, bald war er wieder voll in das Leben an Bord verwickelt, und er fing in seinem Herzen auch wieder an, Lavinia zu suchen, es lebte wieder, als hätte man Betonsteine, wie sie einen Kran beschweren, von ihm genommen.

Eines Tages saß er in dem Raum, den man „earth-relax“ nannte. UV-Strahlen, blauer Himmel, Palmen, Meeresrauschen, und immer ein paar der Schönen aus der Crew waren dort anzutreffen. Man musste sich ja auch in den Tiefen des Alls erholen. Als diese Wünsche wieder in ihm aufstiegen, die Wünsche, die die Beine der Mädchen in ihm entfachten, erinnerte er sich an sein Gedicht, was er vor langen, langen Jahren einmal schrieb: „Wie hieß es gleich? Filben, ja Filben, so nannte er insgeheim die verführerischsten Teile einer Frau, ihre Beine. Jedenfalls für ihn.

Oh, ihr rauchbraun schwarzen Beine,
Filben gar, zu wunderschön,

dass ich euch nicht schmiegen kann
an mein wundes Herz alleine,

schlangenhafte warme Beine,
schneidet mich wie Scheren spitz

durch mein aufgebroch'nes Fleisch,
süß geknüpft an eure Leine.

Himmelstöchter! Tippelnd feine!

Er musste innerlich lachen: „Himmelstöchter“, daran dachte er damals nicht, als es diesen Text aus ihm presste. Jetzt lagen sie neben ihm zwei . . ., drei waren es, Himmelstöchter im Sinne des Wortes, die sich da sonnten und schwiegen und ihre langen feinen Filben von sich streckten, angebräunt, farbig lackiert, eine sogar beringt. Und nach oben zu wurden sie immer weicher, bis sie unter dem Rand der knappen Wäsche der Phantasie überlassen wurden, diese Beine. Er wunderte sich selbst, wie schnell in ihm Sehnsucht aufstieg, wenn er sich nur einigermaßen von Angst frei fühlte. Ein

Therapeut sagte ihm mal früher, er rette sich in diese Welt, weil . . .

„Ach, keine Lust, . . .
Ja, ich . . .
Nein,
Lavinia.
Wieso bin ich ihr dann treu und womöglich liebe ich sie.

Liebe? Ist es nicht so, dass ich jetzt sofort zu einer von denen gehen würde und . . .

Nein, nicht schwängern, nein, nein, das bin nicht ich. Nein . . . Das ist doch keine Liebe, das ist doch eher . . . Und all das sollte man in sich abschalten.

Aber ihre Beine . . . „

Beinfetischist, nennt man so was, ging es ihm durch den Kopf, als er den Kopf auf der Matte zurechtrückte. Ich bin aber kein Fetischist, so einer, der nur mit seinem Fetisch kann. Ha! Wie oft war Lavinia dankbar, wie ich zu ihr war, obwohl, so oft war ich es gar nicht, bis jetzt. Auf dem Planeten. Igitt. Erik verdrängte die Erinnerung an Ronus. „Du hast das schon richtig gemacht auf Ronus", versuchte eine Stimme in ihm, ihn zu trösten.

Klar, ich liebe Lavinia, würden die Leute sagen, aber ich liebe auch diese Beine hier. Ich könnte alles für sie tun, für sie tun? Ne, mit keiner möchte ich zusammen sein, so wie mit Lavinia. Oder doch? Aber in ihren Beinen verstecken, vor Gott und der Welt? Eriks Körper begann sich zu bewegen, er unterdrückte dies aber sofort wieder und ließ seinen Blick nicht mehr schweifen. Ihm fielen die sämtlichen Deutungen von Psychologen zu diesem Thema ein. Ihm fiel ein, dass die heilende Kraft dieser Phantasien fast so stark war wie die Kraft der Zwänge. Aber die Zwänge siegten immer. Sie versauten mir immer alle Bekanntschaften, in denen ich das hätte genießen können, was meine Seele suchte. Auch gut. Alles wäre für irgendwas gut, beruhigte er sich. Jetzt bekam er auch etwas Angst, irgendwelche alten Ängste könnten sich seiner bemächtigen. Die Schönheiten haben sich verzogen, bis auf eine. Ihm wurde schwindlig, bis auf die. Was könnte die jetzt loslassen, was ihm Angst machen könnte, so wühlten seine Gedanken in ihm. Wie würde die reagieren, wenn ich sie aus Angst was fragen müsste? Daran würde ich schnell erkennen, was sie für ein Mensch in der Tiefe ist. Von zehn Menschen helfen vielleicht drei. Ach was, jedenfalls die Wenigeren. Aber viel nicht. Mehr verhärten sich. Schluss! Er wies seine Gedanken zurecht, die nicht recht wussten, wohin sie wandern sollten.

Rebecca kam aus Israel ins Programm. Er hatte sie nie vorher gesehen, hatte kaum Kontakt mit ihr, und dann unterhielt er sich mit ihr eine Stunde allein im „earth-relax“ über das, was sie ahnte, was ihre Probleme würden, wenn sie wieder zurück auf der Erde sei. Niedliche Probleme dachte er bei sich. Er konnte ihr helfen, die Dinge klarer zu sehen, sie bedankte sich artig und entschwand dann ebenfalls. Im Herzen erfüllt von der Nähe, die er genossen hatte, im Fleische frustriert darüber, dass er keinen Mut hatte, ihr zu sagen, dass . . ., lag er allein da. Keinen Mut. Hm? War es kein Mut? Quatsch, hätte ich wirklich was von ihr gewollt, wäre es eine andere Situation gewesen, hätte ich sie auch angesprochen. Aber doch nicht hier. Es war nicht kein Mut, nein, es war eine ganz normale Entscheidung, Rebecca ziehen zu lassen. Man hat Mut, wenn man genau weiß, was man will und die Situation dazu die Möglichkeit bietet, dann hat man Mut oder keinen. Erik hör auf, dir den Quatsch einzureden, von wegen keinem Mut. Du bist nur schlau und machst keinen Quatsch, da, wo er nicht hingehört, und das bezeichne bitte nicht als kein Mut. Er stand auf und hatte in seiner Kabine mit sich zu tun. Danach ging er ins Restaurant. Nachts sollte er über Akten sitzen und dem Käpt'n helfen.

39

Vorgriff

Lavinias Haar fiel an der gebügelten braunen Hose hinunter. Ihre Hände umfassten eine alte grau beige Strickjacke mit geknoteten großen Kleiderknöpfen. Der Greis saß wie gelähmt auf dem alten Sofa mit den gedrechselten dunkelbraunen Armlehnen. Garlind, seine Tochter hatte es einst gekauft, in einem Antiquitätenladen und Lavinia wusste, auch Erik saß schon auf diesem Sofa, früher, als alles noch ganz anders war, und das war das Schlimmste. Die anderen im Zimmer waren still, als sie in Ernalds Schoß Zuflucht suchte. Er war ihr Großvater und er gab ihr Halt. „Du bist nicht schuld Lavinia!“, hörte sie zum x-ten Mal. „Du kannst nichts dafür, dass dieser Bastard von Spitzzahn, dieser Gangster vom Undarium sauer war, dass er dich nicht bekam“, sagte Billa, in dem sie sich Lavinia von einem Hocker aus zuwandte. „Du und dein . . .“ - „Axel“, sagte Lavinia still. „. . . ihr habt euch“, schluchzte sie in sich hinein und heulte kurz auf dabei. „Bin ja froh, Billa . . .“ Wieder überkam sie ein Weinkrampf. Ernald strich mit seinen faltigen, vom Leben gezeichneten Händen durch ihr Haar, ihr volles Haar, das nichts von dem inneren Kummer preisgab.

Billa stand nun auf, nahm Lavinias Kopf in beide Hände, so dass sie sich aufrichten musste „und das mit Erik . . .“, setzte sie an. Grollend unter Tränen fuhr Lavinia dazwischen: „Nur, weil er diese Angstkrankheit hatte, nur weil er eine furchtbare Kindheit hatte.“ Sie machte eine Pause, „soll er jetzt tot sein. Ich könnte diesen gefühllosen Ibrahim mit seinem Spitzzahnfreund eigenhändig . . . Sie haben sich zusammengetan um . . .“

„Hör auf, Lavinia, er ist tot, und das müssen wir kapieren!“ „Nein, ich glaube es nicht, der Schleudersitz löste sich viel später als diese Verbrecher es geplant hatten. Ich war nebenan, wir waren schon durch die Erdatmosphäre, als der Knall losging. Ich stürzte sofort hinüber an Eriks Platz, als es technisch möglich war . . .“

„Niemand kann das überleben Lavinia, niemand.“ Billa ließ ihr Gesicht los, setzte sich resignierend zurück auf ihren Hocker. „Außer, wir waren schon tief genug, der Sitz konnte in der extra eingestellten Geschwindigkeit nach unten fliegen und die Kälte konnte Erik nichts anhaben und . . .“ schoss es durch Lavinias Kopf, dann gab sie auf, vor lauter Missgeschicken, die da noch passieren hätten können, die sie sehr wohl auch kannte, und vor dem Glück, was sein müsste, wäre ihre Hoffnung berechtigt.

Axel, Billas Mann, den sie damals im Stillen in dem Rot-Kreuz-Zentrum kennenlernte, nachdem sie ihren Job als Buchhändlerin verlor, ein sanfter Mediziner der ersten Klasse, zwar ohne Titel, aber weiser als manch ein Kollege, erklärte Lavinia noch mal, dass Erik in jeder Zeitung als Retter des Universums steht und ihr Name immer gleich daneben. Sie sollte und könne stolz darauf sein, dass ein Großteil der Terroristen durch seine Verfahrensweise nun in das internationale Spaceprogramm integriert sind, und dass Ibrahim seine gerechte Strafe für diese heimtückische Rache an Erik und letztlich auch an Lavinia bekam, als er mit ca. 30 Prozent der Rebellen einen Aufstand anführte, der zum Tod des Verteidigungsministers führte und letztlich auch zu seinem Tod, einem grausamen, einsamen Tod, durch sich selbst bekriegende Aufständische, die das Ende von Verteidigungsminister Wortman wollten oder nicht wollten. „Die Aufständischen selbst, die die anderer Meinung waren, spießten ihn mit Lanzen auf“, die sie in den Gängen des Ministeriums zu fassen bekamen, das sie zunächst erobert hatten. „Tja“, meinte Axel dann „Wenn die alten europäischen Ritter das erfahren würden, deren Lanzen hier ausgestellt waren, dann wären sie heute wohl noch stolz auf diese Rache an dem Araber." - „Aber Axel", mahnte Billa, „keinen Rassismus! Die Araber sind genauso gut oder schlecht wie alle anderen auch." Axel fasste sich wieder: „Darum ging es mir doch gar nicht." „Na?", spottete Billa und fuhr fort: „Ich weiß schon, Axel, er hat verdient, was er bekam." Alle nickten.

Lavinia dachte über Erik und Billa nach. Noch kein schlechtes Wort von Billa, seitdem sie vor drei Wochen sicher auf der Erde landete. April 2023, dem 9. April 23. All die Wiedersehensfreude, die Ehrungen, das Gefühl, festen Boden unter den Füßen zu haben, zog nochmal an ihr vorbei, und dann eine Wut, die wie von Fakten untermauert, von ihr Besitz nahm.

„In vier Wochen fliege ich nach Süd-Amerika." „Warum dorthin?", kam es allenthalben. „Du berechnest zuviel", meinte Ben Cluster aus der Crew wohlwollend. Evelyn ergänzte die trotzdem gespenstische Situation mit dem Wort: „Du hast auch ein Gefühl, dass er dort ist, oder?"

„Was machst du da?", fragte Ben, Billas inzwischen zum aufmerksamen Jungen herangewachsener Sohn, schüchtern. Niemand sonst hakte hier nach. „Warum nach Süd-Amerika?", wiederholte er, als wisse er schon warum sie fliege. Und Liddi, die inzwischen in der Pubertät war, fügte hinzu: „Echt?", und sah Billa an, die mit ihren langen blonden Haaren und dem ebenmäßigen Gesicht ihr unerreichtes Vorbild geworden war. „Ach Liddi", setzte Lavinia an. „Willste mit?" - „Nee", sagte sie verlegen vor sich hin. „Nicht?" - „Vielleicht", und sie sah verdutzt zu ihrer Mutter auf. „Und die Schule?", korrigierte Billa leise. Liddi lächelte Lavinia an, diese berühmte Halbschwester ihrer Mutter, die da plötzlich wieder in ihrem Leben auftauchte, jetzt, als sie alt genug war, ihre Person einzuordnen.

„Du glaubst nicht an seinen Tod?", warf Evelyn ein, die bisher geschwiegen hatte, war sie ja auch die Fremde in dieser Gesellschaft. Lavinia wusste von Eriks Mailfreundin und lud sie kurzerhand ein. Sie wusste, wie die beiden sich einst halfen, als jeder sein psychisches Päckchen mit sich herumschleppte und niemand da war. „Hm . . .", Lavinia schüttelte den Kopf. Jetzt musste auch Evelyn Tränen verdrücken und fing dann lauthals zu schluchzen an. „Er hat mir immer geholfen, immer, wenn ich ihn brauchte. Dabei hätte er selbst jemanden gebraucht, aber da war niemand. Gut, wir hätten uns verlieben können, immer mehr . . .", sie stockte, „aber Liebe ist kein Heilmittel - nur etwas vorübergehendes - und", jetzt sah sie zu Lavinia auf, „Ich wollte ihn dir nicht nehmen, ich wusste doch, auf welche Weise er dich liebt." Lavinia erstarrte, als Evelyn fortfuhr: „Ich weiß, du warst immer da für ihn, aber konntest du ihm mit deiner

Logik wirklich helfen? Und mit deiner Liebe, die doch Entsprechung suchte und so oft nicht fand, weil er damit überfordert war, weil er wieder zumachte, um sich zu schützen?" - „Ja, Evelyn, ich war schon da, aber wie oft war ich machtlos und kam mir unnütz vor, oder ich driftete in die Krankenschwesterrolle ab, die unserer Beziehung gar nicht bekam." Beide schwiegen. Lavinia erinnerte sich an die langen Zeiten, in denen sie von Erik getrennt war, dann sah sie ihn wieder ganz nah vor Augen.

Jemand holte die Torten und Schwoppmann runzelte die Stirne. In einer Ecke saßen Tamara Winston, Ben Cluster und Kottmann, die engsten Mitarbeiter von Erik, und diskutierten über technische Belange des von den „Undariern" heimlich inszenierten Abschusses von Erik, während und nach dem Eintritt in die Erdatmosphäre. Immer wieder wechselte das Gesrpäch von diesem Trauma um Erik zu dem Fest, wieder heil auf Erden angekommen zu sein. Niemand hatte wirklich alles verdaut, aber man sprach eben.

Im Fernsehen, den Ben plötzlich lautdrehte und der die ganze Wand des großen Raumes einnahm, lief ein Bericht über Jorg, also Spitzzahn, der von den Sicherheitsexperten in die Mangel genommen wurde, der aber beharrlich schweigt. „Ihr Schweigen wird Ihnen nichts helfen", erwiderte ein Beamter, „und Amerika wird Mittel und Wege finden, die Todesstrafe allein wegen Ihnen wieder einzuführen", versuchte man ihn einzuschüchtern, während man die eigene Hilflosigkeit demonstrierte.

King, der Käpt'n der LB-Mini, murmelte ein „na, na" in sich hinein und stoppte sich, als er auf einigen Mündern der Anwesenden ein schmerzvolles Zustimmen erblickte.

Die Kuchen waren vom Feinsten, und Kaffeeduft erfüllte die Räume, während immer wieder eine launische Aprilsonne ins Zimmer lugte.

Billa saß neben Lavinia, und Evelyn kam und beteuerte immer wieder, wie viel Respekt sie vor Erik nun hat, nachdem seine Leistungen während seiner Abwesenheit und nach seinem vermeintlichen Tod durch die Sender der Welt erzählt wurden. Lavinia meinte: „Ich wusste es auch ohne Leistungen, dass er o.k. ist", und warf Billa einen prüfenden Blick zu, den sie eigentlich gar nicht wollte. Evelyn sah gespannt in die Runde. „Durch ihn habe ich meine Verlustängste in den Griff bekommen, eine neue Beziehung gefunden und das tiefste Tal überwinden können, alles in der Zeit, Billa, als du . . ." Billa unterbrach diese gewagte Äußerung Evelyns. „Ich weiß, ich wollte ihn nicht ernst nehmen, und ich fand Gründe genug durch seine Erkrankung. Bitte, Lavinia, entschuldige!" - „Hm", Lavinia nickte. Evelyn streichelte Lavinia über ihr Haar und trennte die Haarsträhnen voneinander: „Nun vergib ihr doch.“ - „Wenn er ihr auch vergeben hätte“, bremste sie den Dialog. „Er hätte ihr sicher einen Angstbrief mit irgendeiner Frage geschickt und sofort alles vergessen, wenn sie geantwortet hätte“, setzte Evelyn hinzu, die ihn zeitweise besser zu verstehen schien als Lavinia. Alles schwieg. „Ich hätte ihn beantwortet“, überwand sich Billa „und es tut mir leid, das von damals, ehrlich.“ Lavinia nahm ihre Hand. „Wir wissen doch alle, dass Beantworten von Zwangsfragen keine Lösung sein kann, auch das Streicheln eines Krebskranken löst nicht sein Krebsproblem, weil man ja ein krankes System streichelt, etwas, was manche bei Zwangskranken vehement ablehnen.“ - „Oh, doch, es könnte seine Abwehr stärken, weil er sich aufgehoben fühlt“, meinte Axel. „Schon“, nickte Lavinia, „so als Nebeneffekt.“ - „Und solche Nebeneffekte könnte es auch beim Antworten auf die Fragen eines Angstkranken geben“, sagte Axel. „Inwiefern?“ - „Na ja, Billa, wenn er fühlt, dass er nicht abgestoßen wird. Nur weil er ein krankes System in sich trägt, bedeutet das Eingehen auf es (streicheln) nicht, dass man das System unterstützt, es ist schließlich mit ihm verwachsen, genauso wie Krebs mit einer Person verwachsen sein kann. Hier weiß jeder, dass er die Person streichelt, nicht die Krankheit. Allein das könnte heilend wirken.“ Alle sahen sich an. „Und wenn er, der angenommene Krebskranke, auf irgendwelche Pillen vertraut, von denen wir wissen, dass sie wohl nichts helfen, würden wir es ihm auch nicht nehmen“, fügte er hinzu. Alle wägten ab, was hier geäußert wurde. „Das klingt ja, als hättet ihr ihn aufgegeben“, setzte Billa erneut ein. „Billa“, wollte Axel fortfahren. „Nein, nein, lass sie nur, Axel“, gab Lavinia zu verstehen. „Es ist gut, was sie sagt.“ Jetzt weinte auch Billa, und die drei Frauen hielten sich die Hände und wischten sich gegenseitig die Tränen ab.

Ernald schien dem Ganzen nicht folgen zu können, er war von seinem Rollstuhl aufgestanden, während ihn scheint's seine Bibelforschervergangenheit einholte, und er las plötzlich allen aus dem Römerbrief die Worte des Apostels Paulus vor: „. . .denn die Schöpfung ist der Nichtigkeit unterworfen worden . . ., denn die sehnsüchtige Erwartung der Schöpfung harrt auf die Offenbarung der Söhne Gottes.“ Dann verband er das Gelesene mit den Problemen der Pontonen, über die unterdessen längst alle hier Bescheid wussten. Auch sie mussten Operationen vornehmen, um von ihrem Fluch erlöst zu werden. Die Söhne Gottes werden im Nu verwandelt und vollkommene Geschöpfe, die mit Jesus die Nationen auch heilen, aber nicht durch Operationen, sondern durch die Früchte der Bäume, von der die Offenbarung des Johannes spricht. Dies wird 1000 Jahre in Anspruch nehmen, fügte er hinzu. So wird das verlorene Glück auf Erden wieder hergestellt, und Erik wird von den Toten auferstehen, und die Menschen brauchen sich vor dieser „Operation" nicht fürchten, wie Lavinia auf Ronus, die deswegen so viel mitmachte und sich auch des Kindes von Erik entledigen musste. „Das war nicht gut, Lavinia", mahnte Ernald, bibelforscherisch. „Ja, Ernald, dann hätte ich jetzt wenigstens einen kleinen Erik." Opa Ernald strahlte sie an, und sie beließ es dabei. Aber Opa, ich werde den richtigen Erik wiederfinden!", setzte sie dann hinzu. Ernald neigte den Kopf, als würde er zustimmen. In Wirklichkeit überkam ihn eine tiefe Traurigkeit.

Alle schwiegen, weil es peinlich war, wie der alte Mann das Thema wechselte und dann doch bewies, wie er alles verfolgt zu haben schien. Nur die Kinder machten große Augen und hatten sich zu seinen Füßen geschart. Sie hatten keinen Weihnachtsmann mehr, das hatte ihnen Ernald mit seiner Art von Religiosität versalzen, aber sie hatten einen Opa Ernald, der ihnen mit glühenden Wangen diese Bibelauslegungen erzählt, die den Kindern einleuchtete, weil sie so einfach und klar waren. Auch darauf wusste Ernald eine Antwort. Immer wieder sagte er Billa: „Und wenn ihr das Reich Gottes nicht annehmt, wie die kleinen Kinder." Ja, wenn ein Kind Ernald hört, ist es keine Vergewaltigung mit Religion, kein zu Frühes Aufpfropfen von Dingen, die ein Kind noch nicht versteht. Es kommt nicht auf die Sache an, ob man eine Religion für schädlich hält, sondern darauf, wie die Sache übertragen wird, wie man mit dem Skalpell unverfälschter, fundamentaler Religion umgeht.

Inzwischen hatte sich Schwoppmann neben Ernald gesetzt. Er klopfte Ernald auf die Schulter: „Und wenn Erik noch lebt?" –

„Dann . . .", wollte Ernald fortfahren, „dann müssen wir ihm helfen, ja, ja", beendete Ernald seinen Exkurs.

„Darf ich euch ein Gedicht von Erik vorlesen" fragte Lavinia etwas schüchtern. Keiner vermochte es ihr abzuschlagen.

Gewinn
oder stirb!
(Über die einsame „Nacht" eines Fragezwänglers)

Zu wissen,
warum es dunkelt
und alle Lichter
verstummen,
macht es leichter,
doch das neue Leben

wird nur der sehen,
der sich ihm stellt
und weiß,
dass Finsternis
nicht tötet,
nur fast
und manchmal,
und weiß,
dass es sich drehen wird,
irgendwann,
und weiß,
dass die Sonne
scheinen wird,
wenn es
vorbei ist.

Wer nur dasteht
und es versteh'n will
und es dreh'n will,
erfriert.

Auch den gerechten Zorn
auf die,
die nur Steine
in den Weg legten,
musst du schlucken,
um zu überleben.

Selbst deine Siege
zu feiern
ist sinnlos,
weil man den Winter
nirgends versteht
am Äquator,
weil niemand
jemals verstehen wird
und du
für sie nur lächeln sollst
und sie lieben musst,
während sie zuschauen
und den Kopf schütteln.

„Das fand man in seinem Bordcomputer?“, fragte Schwoppmann wissend. „Ja, Herr Dr.“, bestätigte Lavinia, wieder ins Herr Doktor verfallen. Er war einfach der Herr Doktor, sie brachte das Du, das er ihr längst angeboten hatte, nicht fertig und sie kämpfte gegen neue Tränen. Die Runde schwieg, wie in einer Andacht.

„Ich war ja auch lange Zeit ziemlich fertig“, begann Schwoppmann das Thema zu wechseln. „Ich hatte euch doch von dem Trick erzählt, wie ich Erik half, als Ibrahim ihn in Angst und Bangen versetzte und nicht antwortete. Tja, bin ich nun an seinem vermeintlichen Tod mit schuldig?“ - „Genauso wenig wie Lavinia“, ging King, der Käpt'n auf ihn zu. „Keiner von euch wollte Schlechtes.“ - „Immerhin“, so führte Schwoppmann nun fort, „scheint die LB, das Original, nun auf dem Rückweg zu sein“. Lavinia lächelte gekünstelt, ob der Tatsache, dass sie diesem Spitzzahn damals abrang, diesen Vorgang einzuleiten, ihn mit ihrem Körper lockte und täuschte und wütend machte, letztlich auch auf Erik. „Erik, im Tausch gegen meine Eltern und ein ganzes Raumschiff? Aber auch wohl nur, um sie zu beerdigen.“ - „Ob sie noch leben“, traute sich Liddi fragen, und Axel warf ihr einen Blick zu, als solle sie schweigen.

„Scheiße, Scheiße, Scheiße!“ schrie Lavinia in den Raum, Worte der Verzweiflung, die man von ihr sonst nie gewohnt war, aber auch Worte des Aufarbeitenwollens.

Im Laufe des Tages nahm Schwoppmann Lavinia aus der Runde hinaus. „Lavinia, ich weiß, du wärst jetzt zwar gern bei den anderen.“ Sie sah ihn verblüfft an, und in ihrer versöhnenden Art meinte sie: „Ach, macht nichts. Um was geht's denn, Herr Dr. Schwoppmann?“ Schwoppmann legte den Arm um sie: „Lavinia, das macht schon was, du bist zwar sehr höflich, aber steh zu dir, das wird auch Erik...“ „Oh, Entschuldigung.“ - „Was Erik?“ - „Ich meinte, lebte er noch, das würde ihm gut tun.“ - „Was?“ - „. . . wenn du direkter zu ihm bist. Weißt du, Leute, die Zwänge haben, haben oft ein Haltproblem und da wird nicht besser, wenn sie ein zu weiches Umfeld haben. Oft fehlt Ihnen auch die Liebe, dazu ist es gut, solche Menschen wie dich um sich zu haben.“ Er lächelte sie an und wurde verlegen. Beide steckten dies schnell weg. „Wieso Halt, Herr Doktor?“ - „Nun ja, in Eriks Fall war sein Halt in der Familie, anfangs zwar zu viel und zu schwer verdaulich, so unweise wie dieser Halt gegeben wurde, aber als er die Eltern dann verlor, fehlte er ganz. Bei anderen fehlte er von Anfang an. Auch Kinder, die gar keinen Halt bekommen, können tyrannisch mit sich und anderen umgehen, haltsuchend. Lavinia, nimm mir das nicht übel, ich mag euch alle beide, und ich habe wenig Zeit, bei euch zu sein, zumal Erik . . .“ - „Noch nicht wieder da ist?" - „Ich wünsche dir, dass es so ist!" - „Wie?" - „Na ja, so, dass er NOCH nicht wieder da ist." „Setz dich doch" - „O.K." Es war Ernalds Arbeitszimmer, in dem sie saßen. Lavinia auf einer Rundbank und der Arzt auf einem Bürostuhl aus den 90er Jahren. „Du möchtest mit mir über Erik sprechen?", verfiel sie wieder ins Du. Ihre Augen strahlten, trotz der Rüge eben. „Ja", sagte der Mann mit dem erfahrenen weichen Gesicht und Körper, der Hinterkopfglatze und dem geföhnten lichten Haar, was seine Locken immer mehr verlor: „Glaubst du . . ." - „Lavinia, ich glaube nichts, aber ich wünschte und ich weiß, dass ein gewisser Prozentsatz Wahrheit an deinen Hoffnungen ist. Ich will einfach . . .", sie beugte ihren Körper nach vorne, um näher an seinem Mund zu sein, um jedes Wort mitzubekommen. „Was?" - „Ich habe lange über Eriks Vergangenheit nachgedacht, ich habe viel darüber gelesen und weiß auch aus meiner Vergangenheit einiges zu dem Thema zu sagen. Und ich glaube, Erik ist auch auf dem Weg, das zu kapieren. Aber was reden wir hier", unterbrach er sich selbst. „Fahren Sie fort, Herr Doktor, ich will es wissen, auch wenn er tot sein sollte. Vielleicht gerade auch dann." Schwoppmann lächelte zurück.

„Also, geh einfach mal weg von dem verallgemeinernden Satz Zwangserkrankung. Vielleicht gibt es das für eine Anzahl Menschen, mag schon sein. Es gibt so viele Fälle wie Menschen. Doch Erik ist tief in seiner Persönlichkeit gestört, dafür kann er nichts. Dies stammt aus seiner frühen Elternsituation und den Umständen. Seine Eltern müssen nicht böse gewesen sein, nein, sie waren auch bestimmten Umständen ausgesetzt und brachten Charaktere mit, die sie prägten, Probleme, die sie antrieben, Dinge, über sie sie nie Bescheid wussten. Damals sah man noch nicht so auf so was, und heute kriegst du das in die Alten nicht mehr rein. Erik hat sich Eigenschaften angelernt, mit denen er von früh auf mit allem umgehen konnte. Er hat nie verdrängt. Das tun Neurotiker gern, aber Neurosen entstehen im späteren Kindesalter. Er hat das Böse seiner frühen Tage aufgespalten, in gut und böse. So war er es los. Zumindest immer wieder. Und weißt du was, auch das innere kleine Kind, was viele Menschen verloren haben, behielt er, nur es trat in den Hintergrund, wenn die böse Seite vorherrschte, und es kam hervor, wenn er sie wegschieben konnte. Darum ist er ja auch so genial, liebenswert, kreativ, wie du ihn kennst." Ein Lächeln huschte über Lavinias Gesichtszüge, und Schwoppmann fühlte sich sicher, fortfahren zu können, wobei es ihm bei dieser Diagnose nicht ganz so wohl war, es war eben nur seine. Immerhin stellte sie einige Dinge heraus, die interessant waren.

„Er hat auch Selbstbilder aufgebaut, die weit über die Realität hinausgehen, und sein Ich ist nicht stark genug, diese aufrechtzuerhalten, so wäre er eigentlich ein Narzisst, der durch die Liebe zu seinem Selbstbild lebt, weil er sich selbst nicht lieben kann. All das haute bei ihm aber nicht so hin. Man nennt so was „borderline", jedenfalls nach Alexander Lowen, der im vergangenen Jahrhundert lebte und darüber schrieb. Ich bin halt ein Fan von ihm", schmunzelte Schwoppmann. Lavinia erschrak, Schwoppmann merkte dies und erklärte ihr, dass es hier viele Abstufungen gibt und Erik ganz sicher nicht mit den Verbrechern zu tun habe, die sehr schwer borderline- gestört sind. Nein, er hat nur das Problem, schnell sehr wertlos von sich zu denken und dann wieder in höchsten Tönen. Was meinst du, warum er hier in dem Programm mitmachte? Weil er sehr hoch von sich denkt, und er hat ja auch was auf dem Kasten, das durften wir alle erleben. Dann bricht er wieder zusammen." Schwoppmann brauchte dies nicht zu erklären. „Ich weiß, ich weiß.", erlöste ihn Lavinia.

„Durch sein Fragen nimmt er, um es einmal psychologisch auszudrücken, von der Seele her Rache an seinen Eltern, obwohl er das natürlich rein objektiv nicht tut und auch nicht vorhat, und wir alle, die ihm helfen oder auch nicht, müssen das spüren. Menschen, die die Zusammenhänge nicht kennen, lassen ihn dann fallen, verkennen aber, dass diese Rache nicht aus einem Rächer kommt, sondern aus einem hilflosen ‚Kind', seiner verletzten Seele. Die Leute sollen nun mal machen, was er nie bekam." - „Was meinen Sie?" - „Ihm gute Eltern zu sein, die für ihn da sind, auch wenn er regrediert und in frühe Zeiten zurückfällt. Er versucht im Zwang, die innere Ablehnung seiner selbst, die in ihm gespeichert ist, zu prüfen. Dafür sucht er sich waghalsige Experimente, zu allen möglichen und unmöglichen Zeiten, immer wenn die Seele drängt und eine Erinnerung an die Auslöser auftaucht. Es ist nämlich so, dass sein Schock, damals mit der afrikanischen Infektion, die man vermutete und die gar nicht war, seine Infektionsangst auslöste." - „Du weißt, von was ich spreche?" - „Ja, Herr Doktor, ich kenne die Geschichte zur Genüge." - „Weißt du, welche unmögliche Situation er im All aufsuchte? Nach dem Start unserer Mission im Weltraum versuchte er durch mich die Engelmann, seine frühere Ärztin zu erreichen." - „Um die x-te Bestätigung seiner Gesundheit einzuholen." „Ich weiß, aber er vermied es, mir Einzelheiten zu schildern, und ich war dann auch still, wollte ja nichts aufbrechen, was er sich bemühte, im Griff zu haben."

„Na ja, wir halfen ihm, damals." - „Sie!" - „Schon recht, Lavinia." - „Das hatte ja auch Erfolg." - „Im Gegensatz zu der Theorie, dass solche Antworten bei irgendwelchen typischen Zwänglern zur Verstärkung des Zwanges beitragen, die ich durchaus gelten lasse, beweist das Beispiel Eriks, das solch eine Hilfe, wenn sie auch nicht zur Heilung beiträgt, doch befähigt, danach längere Zeit wieder Verantwortung übernehmen zu können, und mit uns zu leben und Höchstleistungen zu vollbringen." - „Tja, das mach mal jemandem klar", antwortete Lavinia resigniert. Psychologisch gesehen, fühlt er sich danach angenommen. Da das aber durch so eine Hilfe nicht sein kann, wenn dann nur indirekt dadurch, dass er merkt, es gibt Menschen, die bei ihm sind, treten danach oft vermehrt Zwänge auf, das hatten wir auch bei ihm. Aber es besteht auch die Chance, dass er es schluckt und sich die Dinge zum Vorteil drehen." - „Ja, Herr Doktor Schwoppmann", leitete Lavinia ein, ich habe auch den Eindruck, dass er förmlich mit den Leuten, die er fragt verschmilzt, um sich tragen zu lassen, weil er es als Kind nicht erleben konnte." - „Man nennt dies auch projektive Identifikation. Er verlegt Teile seines Selbst in andere, Teile, die ihn zu sehr belästigen, weil sie unverarbeitete Kindheitssituationen in sich bergen. Dann hat er sie los, aber nicht die anderen, an denen haftet er dann", so setzte der Mann fort. „Gleichzeitig", erwiderte Lavinia, „will er aber gar keine Verschmelzung, sondern Freiheit. Freiheit von allen Leuten, um sein Bild zu erhalten, über den Dingen zu stehen und von niemanden abhängig zu sein, um nie wieder erleben zu müssen, was ihn in seiner Kindheit prägte." - „Und das zerreißt ihn." - „Ja." Das wusste Lavinia von ihm.

„Herr Doktor, das ist nun ein Punkt, den spüre ich auch im Zusammensein mit ihm." - „Das glaube ich. Bei ihm ist vieles Pathologische nur auf sein Zwangsgebiet verlagert, aber manchmal tritt es auch nach außen. Bei anderen Patienten, den typischen ohne Zwänge, denen, die nur durch die Persönlichkeitsstörung auffallen, liegt die Pathologie meist im Beziehungssektor. Aber was wolltest du sagen?" „Ja, ich meine, immer wieder zu spüren, wie er will, dass ich bei ihm bin, aber ihn trotzdem walten und schalten lasse, dann scheint er mir am glücklichsten." - „Du musst bedenken", setzte Schwoppmann fort, er ist eher der schizoide Typ, und er hat genug erlebt, um diesem Namen gerecht zu werden. Das, was ihn damals überschüttete, als ihn seine Eltern im ehemals jugoslawischen Krisengebiet gebaren, war zuviel." - „Aber andere halten das doch aus?" - „Lavinia, das ist das, was viele nicht bedenken und nicht verstehen. Erik hat eine genetische Anlage zur Dünnhäutigkeit, ich meine seelische Dünnhäutigkeit. Es ist wie als wäre er ständig in einer lauten Innenstadt oder einer Baustelle. Er muss sich schützen, und das prägt dann seine Persönlichkeit. Hier kommen also Innen und Außen zusammen, dann wird man krank. Lese den alten Riemann ‚Grundformen der Angst' unter ‚schizoid' und du wirst deinen Erik wiedererkennen." - „Ich glaube, das Buch hat Ernald irgendwo stehen, das interessiert mich jetzt, oder ich nehm's mit auf die Reise, verbesserte sie sich." Schwoppmann lächelte gönnerhaft. Wie hätte er auch auf ihre praktisch aus der Luft gegriffenen Hoffnungen reagieren sollen, Erik irgendwo in Süd-Amerika zu finden, wegen ein paar Berechnungen zum Wiedereintritt, die völlig falsch sein konnten und ihren liebenden Gefühlen. Er glaubte es einfach ihr zuliebe, denn es konnte sie im Moment niemand davon abbringen..

„Jetzt verstehe ich auch, warum er immer so gerecht ist und das durchzieht. Ich meine, das schätze ich ja an ihm, aber manchmal . . ." - „Und damit verletzt er die Leute, und dann sind sie wieder bös auf ihn, und er begreift es nicht. Er kann sich gar nicht mehr vorstellen, wie andere Leute leben, er sieht nur noch seine Verletzungen und die Hilfe, die er bitter verdient hätte. Aber andere Leute tragen auch Verletzungen mit sich, haben Abwehrsysteme aufgebaut, die er nicht kennt." - „Sie verdrängen." - „Richtig, Lavinia. Sie tragen Masken, und Erik reißt sie ihnen vom Leib, vom Gesicht, dann werden die wütend." - „Interessenkonflikte, und keiner kapiert die Not des anderen." - „So ist es." - „Vielleicht ist es aber auch manchmal so", fuhr nun Lavinia fort, „dass Leute seine Fragen einfach nicht kapieren, obwohl sie so einfach geschrieben sind?" - „Du meinst", wusste Schwoppmann, „die Leute vermuten dahinter viel tiefere Fragen, die sie überfordern würden und lehnen ihn daher brüsk ab?" - „Ja, so könnte es doch auch sein. Dabei will er doch nur so einfache Sachen wissen." - „Aber genau das kapieren die Leute nicht." - „Was für schwerwiegende Missverständnisse." - „Na ja, Lavinia, die Leute, die das nicht kapieren, könnten ja auch mal fragen, statt einfach zu zu machen, also ganz entschuldigt sind sie nicht." Er grinste sie an.

„Weißt du, Lavinia, nun haben wir ihm viel geholfen. Und es war auch nötig, vielleicht wird es immer nötig sein, denn es gibt Strukturen, die wir nicht aufweichen können, dann kann man nur noch helfen, wie man einem Krebskranken mit Schmerzmitteln hilft, die ihn auch nicht gesunden. Das ist es, was die Menschen draußen lernen sollten. Und ich werde da kraft meiner ärztlichen Aufgaben noch viel tun! Solange ich kann", fügte er hinzu." - „Danke." Es entstand eine Pause. Schwoppmann sah den wohlgeformten Körper Lavinias und empfand Zuneigung zu ihr. Sie sah den alternden Schwoppmann und sah ihren Großvater und Vater in ihm, die ähnlich zugänglich waren, wenn auch mit anderen Schwerpunkten. Doch Schwoppmann hatte noch etwas auf dem Herzen.

„Kann ich mit dir noch weiter sprechen?“ - „Ja“. - „Also, jetzt haben wir genug über Mitgefühl geredet.“ Lavinia nickte verständnisvoll. „Was wäre zu tun?“ - „Genau, Lavinia. Was kann man tun, um ihm eventuell den Weg zur Heilung zu weisen.“ In dem Moment wurde beiden bewusst, dass sie einen womöglichen Toten heilen wollten, aber keiner wagte sich, das einzubringen.

Lavinia wusste, dass Erik benachteiligt war, dass er es schwerer als alle anderen hatte und dass wohl niemand nachvollziehen konnte, wie schwer er es hatte. Es wäre kein Versagen, wenn er es nie schaffen würde, seine Ängste zu lösen. Und das, was Schwoppmann für ihn tat, war doch auch eine Lösung, womöglich die edelste. Aber um in dieser Welt zu gewinnen, bedurfte es eines Plans. Dieser Plan wäre eine Lebensaufgabe, eine Lernaufgabe, die da lautet: So jemand muss eine Lösung finden, das Leben ohne Zwang und ohne Abwehrverhalten zu bewältigen.

Seine bisherige Abwehr zu eliminieren hieße, Verantwortung zu übernehmen und nicht mehr aggressiv andere für das büßen zu lassen, was an einem „verbrochen“ wurde. „Man muss lernen“, meinte Schwoppmann, „die innere Realität nicht mehr mit der äußeren zu koppeln.“

Schwoppmann erklärte Lavinia, dass hier ein Trauerprozess einsetzen müsse, dass dieser aber nicht bedeutet, zu jammern, wie schlecht es einem ginge, sondern zu trauern, mit dem Ziel, sich damit abzufinden, dass man so fühlt, wie man fühlt, innerlich, und nicht mehr den Kampf außen aufzunehmen. „Man muss quasi auf seinen Stolz verzichten.“ - „Stolz? Erik war nie stolz.“ - „Das meine ich auch nicht Lavinia“, erklärte der Doktor. „Ich meine den Stolz, es geschafft zu haben, seine innere Realität an anderen geradegerückt zu haben.“ -„Na ja, das schafft er ja auch nie.“ - „Genau, weil sich dabei innen drin nichts ändert, und das, was er äußerlich geschafft hat verfliegt und neu als Herausforderung auf ihn zukommt, ein ewiger Kreislauf.“ -„Nein“, fuhr Schwoppmann fort, „er muss betrauern lernen, dass er so war wie er war, und er müsste all die Verluste, die sein so sein, wie er war nach sich ziehen, annehmen, als sein Los.“ - „Wow, das ist schwer für einen Menschen wie Erik“, folgerte die Mathematikerin.

„Ja, erst dann ist er von dem Fluch befreit, aber man ist gezeichnet für alle Zeiten und so kann man nicht leben. Man muss sich die Zeichnung abnehmen lassen, das Gekennzeichnetsein abgeben.“ - „Wie meinen Sie das?“ - „Wie in einem der dir vorhin empfohlenen Bücher deutlich gezeigt, muss man sich von ‚Salbenheilern’ behandeln lassen, also etwas tun, zu dem man selbst nichts hinzutun kann! Man muss sich also der Allgemeinheit, dem Normalen anvertrauen. Ja sagen zu dem, was ist, auch wenn es jetzt noch trauriger erscheint. Sobald man wieder zu dem alten Mechanismus zurückgreift ist sofort die ganze Abwehr wieder da. Einen Rückfall darf es nicht geben. Du musst dir das Ganze als System vorstellen, es ergreift die Macht, oder es wird abgesetzt." - „Das leuchtet ein", verstand Lavinia. „Es ist an mancher Stelle ein wenig mit der Macht des Alkohols vergleichbar, Lavinia." - „Daran habe ich auch schon gedacht."

„Wie soll das heilen?" - „Lavinia, wenn man glaubt, es nun überwunden zu haben und es vergessen zu können, ist es die beste Methode, einen massiven Rückfall zu erleiden. Man wird und darf nie vergessen, wie krank man in der Seele ist. Wer vergisst, wird rückfällig." - „Klingt seltsam."

„Ja, du hast recht, klingt seltsam, ist aber so. Wer sein ‚so sein' in der Welt nicht akzeptiert, wer es vergisst usw. ist ja trotzdem seelisch gezeichnet, und die Abwehr dagegen, die man sich möglicherweise schon als Kleinstkind anlernte, um damit fertig zu werden, wird immer wieder durchkommen, sobald man vergisst. Warum? Weil man nicht mit Leid leben will. Aber nur wenn man das Leben mit dem Leid akzeptiert, wenn man sich so annimmt, wie man ist, nur so, ganz bewusst, verzichtet man auf die Abwehr, die einem ja selbst zum Leid geworden ist. Man braucht eine Weile, um das zu verstehen. Denke immer wieder darüber nach, wenn du Erik jemals wieder treffen solltest. Ich glaube daran, Lavinia. Die Chance ist da. Ich wünsche dir wirklich viel Erfolg auf deiner Reise. Wer weiß, ob Erik sich irgendwo auf der Welt erst wieder fängt, wer weiß, ob er sich hier nicht meldet, weil er relativ angstlos irgendwo lebt, wo er meint, alles vergessen zu können." Lavinia wurde etwas blass. „Nein, nicht dich, das glaube ich nicht, Lavinia, du weißt schon, was ich meine." Er lächelte sie gütig an.

Komischerweise ließ ihr zäher Glaube Erik zu finden in dem Maße nach, in dem Schwoppmann es gutmütigerweise zu glauben vorgab. Ein komischer Effekt.

„Aber", so verfiel Lavinia erneut in das Psychogespräch, „er würde immer wieder denken, jetzt haben sie mich', das waren immer seine Worte, wenn er Angst bekam." - „Ja, jetzt haben sie ihn, damit meinte er, sie hätten das Böse in ihm entdeckt, und er muss es abwehren, bevor er von ihnen verworfen wird." - „Genau! Eine Magersüchtige sagte mal zu mir, dass sie meine, sie schädigen sich wohl auch lieber selbst, ehe es wieder andere tun können." - „Damit, dass er es abwehrt, gibt er aber auch zu, dass er böse sein könnte." -

„Genial, stimmt", schluckte Lavinia. Er stiehlt von allen möglichen Leuten, die durch diesen Vorgang seine Eltern werden, symbolisch diese Art Liebe, die er von ihnen nicht bekam, aber seine innere Struktur wird immer fester, weil dies alles so unwirklich ist. Er baut damit an einem Größenselbst, was nicht der Realität entspricht, das nennt man narzisstisch." - „Ja, ich weiß, Narzissmus ist nicht der, der sich selbst liebt, wie man so sagt, sondern der, der sich selbst nicht lieben kann, der aber ein Bild von sich aufbaut und es liebt. Das Krankhafte ist, wenn dieses Bild nicht mit der Realität übereinstimmt, und tragisch wird es auch, wenn es immer wieder zusammenfällt." - „Und, Lavinia, ist das Bild Eriks real? Ist es real, dass er innerlich böse ist und dass er sich immer wieder beweisen muss, dass er es nicht ist?" - „Nein, nein . . . nein." - „Trotzdem hegt und pflegt er dieses Bild, solange er so handelt. Es wird allerdings verdammt schwer, die an andere verteilten Selbstanteile wieder zurückzuholen. Und wenn jemand ständig „weggeschmissen" wird, weil er Zwangsfragen stellt, verfestigt sich dann nicht auch genau das innere Bild, ich muss ein Böser sein?

Die Aufgabe ist, den Schrecken, das Gift zu akzeptieren, zu akzeptieren, dass man voller Angst und Unverarbeitetem ist, was schon das kleine Kind nicht verkraftete, was aber von außen nach innen kommt, und was nicht er selbst ist. Nur wenn er das begreift, muss er nichts mehr richten. Er braucht dann nur noch trauern, dass er mit diesen Eindrücken leben muss, die er aber nicht zu bekämpfen braucht, nicht bekämpfen darf, weil sie sonst zur Realität werden, statt nur zu der Last. Ach ich rede mich schon wieder tot", Schwoppmann lächelte verlegen. Wenn ich zu lange darüber nachdenke, verschwimmt alles. „Das wird es wohl sein, warum Erik immer wieder scheiterte. Es verschwimmt alles, und übrig bleibt sein angelerntes stabiles Abwehrsystem, was aus dem Elend, das in ihm abgelagert ist, Realität macht, weil er es annimmt, anstatt darüber zu trauern, es als von außen in ihn gekommen zu betrachten, als Last, die ihn immer drücken wird, die aber nicht er ist."

„Ja, er müsste irgendwann merken, dass er unschuldig ist. Er weiß es, wie oft haben wir darüber gesprochen, aber er fühlt es nicht." - „Klar, weil er die angebliche Schuld ja bekämpft.

Lerne ihm, zu sagen, ICH BIN WILLKOMMEN, UND ZWAR SO, WIE ICH BIN MIT ALL DEN VERWUNDUNGEN UND NÖTEN. Das ist der Satz der Sätze. Er wird ihm unnütz vorkommen, aber diesen Satz braucht er, um das zu lernen, was wir eben besprachen.

So wird dies mit der Zeit Teil seines persönlichen Lebenssinnes, statt die Abwehr, die nichts als Zeitfresser ist, als das Hamsterrad, auf dem er sich dreht.

Und dann, dann erkennt er vielleicht seine wirkliche Schuld, die wir ihm aber nicht auflasten wollen, dass er nämlich furchtbare Bilder von sich selbst und Anderen hat, so furchtbar, dass er sich und anderen nicht über den Weg traut. - Das zur Theorie, Lavinia. Praktisch müsste er etwas haben, für das er diese neuen Einstellungen durchzieht. Eine Frau, die liebt aber auch fordert", so tastete er sich an Lavinia. „Und eine, die er so lieben kann, dass diese Liebe ihm wichtiger wird, als sein krankes Innenleben. Nebenbei gesagt trifft dies auch auf Lebensziele, Lebensgewohnheiten usw. zu." Lavinia wollte wissen, ob dies eine gesunde Liebe sei, weil: „Ich las, dass solche Menschen Fetische haben können, die ihnen geben, was sie sonst vermissen." Schwoppmann lächelte: „Lavinia, haben wir doch alle, viele wissen es nur nicht, und bei anderen spielen sie keine große Rolle . . ." Irgendwie wollte er sich nicht weiter darauf einlassen. Er wusste auch, dass er erst mit sich selbst klar kommen muss, ehe er . . . und trotzdem, brauchte er etwas, was ihn zog . . .

„Wenn er das schaffen sollte, wird er auch irgendwann die Beteiligung seiner Eltern einordnen können, Versöhnung versuchen können, weil er ein neuer Erik ist, einer der nicht mehr von diesen Eltern abhängig sein muss", fügte er noch an.

Lavinia saß wie betäubt da. „Jetzt, wo wir alles wissen, ist er tot." Der Arzt fasste sie an der Hand, da fingen Tränen an, aus ihr zu sickern. Lavinia sackte in seinen Armen zusammen, und alles, was sie die Jahre so tapfer getragen hatte, schien sie nun zu ersticken. Sie weinte es lauthals heraus, und Schwoppmann blieb bei ihr.

Es war schon spät abends, als er sie zurückschickte. Nur Ernald saß noch in seinem Stuhl. „Lavinia, geht's dir gut?" - „Ja, Opa", sie presste die Lippen unregelmäßig zusammen. „Und dir?" Er blinzelte sie an, als wüsste er alles, was Schwoppmann mit ihr besprach. „Gute Nacht, Ernald." - „Gute Nacht, mein Kind".

40

Ein Jahr fast, studierte Lavinia Weltkarten. Sie war überzeugt, Erik in Südamerika zu treffen. Es war eine fanatische Überzeugung, eine liebende, eine verzweifelte und für sie auch eine reale, und dafür sammelte sie immer wieder Argumente.

Es quälte sie, was Schwoppmann mit ihr besprach:

Eriks Vollkommenheitsanspruch an sie. Würde er sie denn wirklich lieben, wenn er immer so sehr auf, die diversen Unvollkommenheiten ihres Körpers sah, die er nicht tolerieren könne?

Ich müsste begreifen, sagte Schwoppmann damals, dass er sich selbst so streng betrachtet und dass du, besonders, wenn ihr zusammenlebt, zu einem Teil seiner Sicht auf sich wirst. Bröckeln an dir Dinge, die für ihn Halt darstellen, MUSS dieser Halt wiederhergestellt werden. Erst dann kann er wieder all seine guten Eigenschaften leben. Erst dann kann er dir wieder beweisen, dass er ein treuer Partner ist, erst dann. So bedenklich so ein System ist, du kannst ihn nicht ändern, indem du mit dem System auf ihn einschlägst, meinte Schwoppmann. Geh ein Stück mit ihm. Und dann wies Schwoppmann sie auf ein frühes Gedicht Eriks hin, was den Nagel auch in dieser Frage auf den Kopf trifft. Es heißt: „Das Erste", und sie erinnerte sich nun daran:

„Den Bösen aburteilen. Macht der Böse nicht das Gleiche? Ertrage s e i n e Wahrheit, und er wird aufmerken, wenn du verstehst, wie es dazu kam. Das ist das Erste."

Heute würde sie sich nicht mehr von einem kranken System angegriffen fühlen, in der Ehre gekränkt usw. Dieses System war so tot, wie ein Krückstock. Sie musste ihm den Krückstock lassen. Würde er gehen lernen, würde er ihn womöglich allein weglegen. **Und er selbst war ja nicht sein Krückstock!** Darum liebte sie ihn auch. Außerdem, wie viele Frauen sehnen sich nach Männern, die sie wirklich richtig anschauen? Alles hat zwei Seiten. Trauer hilft begreifen, dachte sie sich, und wie.

Wieso sollte er bei dem Abschuss auf dem Rettungssitz gestorben sein, trieben sie ihre Gedanken weiter. Wieso? Wieso sollte nicht einmal etwas funktionieren, wo er doch im seelischen Bereich so viel Pech hatte. „Lieber Gott, lass ihn doch einmal Glück gehabt haben", betete sie immer wieder und war sich der Verspätung dieses Flehens bewusst. Sie hatte in der Folge wenig Kontakte und verabschiedete sich auch nicht als sie den Flieger nahm. Sie wurde eine Frau mit einem Ziel, das nur ihr gehörte.

Ach so, bei Ernald kam sie kurz vor dem Abflug als Einzigen vorbei. Sie liebte ihren Großvater, diesen gläubigen alten Mann, der so ganz wie ein Zeuge Jehovas war und doch so ganz wie ein Mensch, ganz allein ein Mensch, der für sich steht. Nicht so, wie manche, die während sie irgendein Gottesgebot stringent beachten andere, weit wichtigere dabei vergessen, gar nicht daran denken, dass sie solche gerade übertreten, um das ihnen bewusste zu halten und nicht in der

Lage sind, mit der Vielzahl von Geboten umzugehen, so wie man mit dem Einmaleins umgeht, oder so, nicht des Einmaleines willen, sondern um damit komplizierte Ziele zu verwirklichen, z. B., wenn wir wieder bei Gottesgeboten sind, um zu leben wie ein Mensch im Bilde Gottes, sich aber seiner Unvollkommenheit bewusst, und auch dessen, dass genau dafür Jesus starb. Er starb nicht, damit wir dafür perfekte Gebotehalter werden müssen und unser Menschschein daran verlieren. „Sicher wünschte er sich, dass wir seine Gebobe verinnerlichen, damit jonglieren können, während wir leben, uns unseres unvollkommenen Zustandes bewusst, aber nicht ihn hassend, indem wir aus dem Leben fliehen."

„Vielleicht lässt es Jehova so zu", sagte Ernald auch immer wieder, wenn Lavinia das Gespräch darauf brachte. „Was?", wollte sie einmal wissen, „dass sie ‚Soldaten Christi' sind, ein Prophet Gottes in der Endzeit, der die Welt warnt vor ihrem verderblichen Lauf. Und ein solcher Prophet muss hart sein." - „Aber Christen sollten doch an der Liebe erkannt werden", warnte Lavinia. „Es ist auch Liebe, wenn man um zwei Ecken denkt und auch wenn man dabei übersieht, was sich im nahen Umfeld oft abspielt, weil man das große Ganze sieht. Es ist ihre Art von Liebe, und so vollkommen manche sich sehen, so sind sie doch genauso fehlerhaft, wie jemand, der es andersherum zu begreifen versucht." Er wird wissen, was er sagt, dachte Lavinia oft und umarmte ihn nach solchen Gesprächen, anerkennend, dass er für sie da war, ganz für sie, aber auch das große Ganze, den Sinn hinter allem zu verstehen versuchte, auch wenn er selbst kein ‚Soldat' war. Er eignete sich nicht dazu, er war zu schwächlich, wäre wohl bei der Musterung durchgefallen, grinste er sie einmal an. Doch er liebte seinen Gott und scheute sich nirgends, davon zu sprechen. Ach was wird der Gott für ein Problem haben, wenn er richten wird, eines Tages, sinnierte sie vor sich hin, bevor sie dann bei Ernald klingelte. Aber das darf wohl nicht der Menschen Problem sein. Jeder Einzelne ist angehalten, das zu tun, was sein Leben an Erfüllung möglich macht, was er für richtig erkennt und sich der Religion zuzuwenden, die dem Wort Gottes in grundlegenden Fragen am nächsten ist. Irgendwie kam sie sich vor, als bekehre sie sich gerade selbst, jetzt, bevor sie klingelte. „Ja." „ . . ." „ Lavinia meine liebe, komm rein . . ."

Eine halbe Stunde später öffnete sich die Tür wieder, diesmal nach außen, und sie bestieg das Taxi, was mit all ihrem Gepäck beladen noch wartete und sie zum Flughafen brachte.

41

Rückblende

Eriks Gedanken waren bei Lavinia, jetzt vor dem Wiedereintritt in die Erdatmosphäre. Es gab sonst nichts weiter zu tun, außer Angst zu haben und zu hoffen, zu beten, vielleicht? Dies war keine krankhafte Angst, nein, reale, und fast alle die Haudegen in der Lightbraker hatten sie, so sehr sie auch wussten, dass eigentlich nichts passieren dürfte. Die Probleme der amerikanischen Raumfähren der früheren Jahrzehnte waren gelöst, aber . . . der Respekt vor den Gefahren blieb, genauso wie jedes sichere Flugzeug wusste, dass die Landung und der Start gefährlicher waren als der Flug.

Im Herzen fasst er Lavinia bei der Hand, das hatten sie so ausgemacht. als jeder seinen Platz einnahm, der sie voneinander trennte.

Dann ging es auch schon los, man spürt es, wenn das Schiff durch diesen Gürtel rast, sich erhitzt, um dann wie durch ein Wunder heil auf die blaue Heimat zuzusteuern.

Erik hielt sich an seinem Sitz fest, er merkte wie er sich verbissen ankrallte, obwohl er bestens gesichert war. Was war mit ihm los? Manchmal, sagen Leute, ahnt ein Mensch etwas, bevor es eintritt. Und tatsächlich wurde es plötzlich verdammt kalt, eiskalt. Ist es so, wenn man verglüht, dachte er, das Gehirn voll dieser Gefahren des Wiedereintritts. Sein Bewusstsein ließ nach, war er schon im Jenseits? Gibt es doch eines. Hatten die Katholiken doch recht, die daran glaubten? Er erschrak vor seinen eigenen Gedanken, kam immer wieder kurz zu sich und alles um ihn war blau, hellblau. Verglühen, Hölle, Seele, Jenseits, nein! Das war Himmel! Wie lange würde sein Sauerstoff reichen, bis er erstickt, da riss ihm eine Böe alles vom Mund. Er rang nach Luft, rang, rang und atmete schwer, es tat weh, aber er war nicht im Weltraum, er flog aufs Meer zu, so schien es.

Die im Raumschiff merkten nichts, sie waren mit dem Eintritt in die geliebte Erde beschäftigt, wohl auf und mit allem versorgt von dem planmäßig sinkenden Hightechraumschiff.

Erneute Panik, dann der Blick nach unten, kein Meer, alles irgendwie grün, grün, so weit das Auge reichte, das war Eriks Sturz in die Tiefe, allein.

Noch immer waren seine Hände wie erstarrt und hielten einen Stuhl fest, der längst nicht mehr da war. Über ihm Streifen, der Fallschirm, der Notfallschirm, er musste handeln. Er musste weitere öffnen, sonst . . .

Traumwandlerisch griffen seine Hände nach den richtigen Stellen, er flog sanfter, weich. Es war vorbei. Etwas war vorbei, durchzuckte es sein Hirn, aber was kam? Unter ihm wurde das Grün deutlicher, es war Wald, Urwald! Von dem Meer, was er aus großer Höhe zu sehen glaubte, weit und breit nichts mehr.

Sein Magen krampfte. Im Meer ginge der Tod schneller, vielleicht entdeckte ihn sogar ein Schiff, aber im Urwald? Sollte er nun ganz allein dort unten umkommen, unauffindbar? Kurz dachte er, er löste einfach den Schirm und stürzt in den Tod. Nein, wie er kam, war der Gedanke weg. Seine Kämpfernatur hoffte, hoffte und wartete. Es war wunderschön, dieser sanfte Abflug, ohne irgendjemand, ganz allein, mit Gott und seiner Welt, aus der Bilderbuchperspektive, einer, die wohl auf keiner Ansichtskarte vermerkt war, einer, die ein jähes Ende haben könnte.

Gott, ob er an mich denkt? Wer weiß. „Gott!“, schrie er, aber seine Stimme verhallte. Das konnte er nicht gehört haben. Er erinnerte sich an den Namen Gottes, Lavinia erzählte ihm manchmal davon, aber es war ihm peinlich, ihn auszusprechen, und als er die Kronen der Bäume zu erkennen glaubte, verging ihm auch dieser Exkurs ins Unsichtbare. Noch immer flog er mit einer leichten Brise auch seitwärts. Keine Lavinia, keine Lightbraker, kein Regierungsempfang, keine Ehrungen, kein Feiern mit der Crew, nichts. Aber er lebte. Noch, durchfuhr es ihn immer wieder. Freude kam auf, er lebte! Komischerweise stellte er dies immer wieder neu fest, ja diese Erkenntnis durchflutete ihn. Wo aber waren die anderen? Explodiert? War er der einzige Überlebende? Oder war er als einziger rausgeflogen und die anderen machten sich nun Sorgen? Lavinia. Sein Körper fühlte bei diesem Namen ein angsterfülltes Kneifen.

Wo war er, er handelte instinktiv, steuerte auf ein Ziel zu, was ihm gut erschien, während sein Kopf weiter dachte, dachte, dachte. Wo war er nur? Todesangst wechselte mit Euphorie. Irgendwie kam ihm, dass die Landung in Mittelamerika stattfinden sollte, ist er nach Südamerika abgedriftet? Gibt es in Mittelamerika auch diese weiten Urwälder? Waren sie überhaupt weit? Wurde er getäuscht, oder war der Wald weiter, als er es sich ausmalen konnte. War er verloren. Einige kahle Astreste schienen den Schirm aufzuhalten, aber er rutschte durch sie hindurch, immer tiefer, tiefer, schon heimelig nah, dann der Aufprall. „Aua!! Seine Pobacke tat entsetzlich weh. Sonst war der Aufprall weich, auf einer Art reisigübersäten Boden, aber alles vertrocknet oder verbrannt oder verhumust, blödes Wort, egal, denn aus seiner Hose rann Blut. Er fühlte ein Loch im Po, aber nicht größer als der kleine Finger. Was sollte er tun, er zog sich aus, presste, sich dabei verrenkend, an der Stelle herum, damit möglichst Schmutz heraus blutete und verband sich mit einem Unterhemd. Es wird werden, dachte er, die Unterwäsche verhinderte dass viel Schmutz hineinkam und es war nicht tief, er fühlte immer wieder nach und gab dann einigermaßen beruhigt auf, „nichts gebrochen, nicht sehr tief", sagte er immer wieder vor sich her, als gäbe es keine anderen Probleme. Und erst jetzt merkte er, wie seine Beine zitterten. Er war die Erde nicht mehr gewohnt, und dann noch dieses Absturztrauma. „Scheiße, Scheiße, Scheiße!" Wie hatte er sich auf diesen blauen Planeten gefreut, die Annehmlichkeiten, das Wiedersehen, ein neues Leben mit Lavinia, usw. Und jetzt Blut, Schmerzen, Todesangst.

Todesangst? Die kannte er doch schon, doch diese fühlte sich anders an als die, die er durch seine Seelenverwerfungen hatte. Es fehlte etwas, und etwas war stärker.

Die Schuld fehlte, die Schuld, die ihn sonst immer so niederwarf. Schuld, Schuld, ja Schuld, die ist es, die mich fertig machte. Er spürte Lebensgeist in ihm, keine Schuld, nein sogar so was wie das Gegenteil, und das gab Kraft, das war anders als sonst. Doch die jetzige Angst fuhr noch tiefer viel tiefer als je zuvor in ihn, eine andere Angst, er mochte sie lieber, weil sie ohne Schuld war, aber sie hatte etwas, was er noch nicht kannte, etwas Gewaltiges . . .

Langsam begann er das Wirrwarr der Urwaldstimmen wahrzunehmen, er war nicht allein, da lebte viel um ihn. Gefährliches auch? Schon wieder durchzuckten ihn Panikstöße. Aber er lebte ja noch, „nicht jeder Quadratmeter Urwald ist gefährlich, nein, nein . . . nein". Der Panik folgte ein Wonnegefühl, wie schön war es hier, war es das Paradies? Seltsame Stimmen, heimeliges Gegurre und Geknacke, kein Mensch, keine Panik, keine Phobie, kein Zwang. Keine Phobie, was denke ich da? Ich werde wie noch nie im Leben vermeiden. Raubtiere zum Beispiel, Schlangen, Schlamm . . . So fühlt es sich also an, wenn man unter Phobien leidet, die gar keine sind, die jeder auf der Welt als normale Vermeidung einsieht. Schlangen meiden, aber nicht aus krankhafter Angst. Verrückt alles! In seinem Kopf tanzten plötzlich der Reihe nach alle Paniken der letzten Wochen an, und genauso schnell knallte Erik Deckel darauf. Er hatte alle „erledigt", wie er das nannte, er musste nichts tun und außerdem, die Unsicherheit, die half hier nichts. Hier konnte er niemand fragen, hier musste er den Stopp leben. Hier durfte er die Tröstungen, die er ja für alles eingeholt hatte, dichtmachen, er musste es tun, ihm blieb nichts anderes, Grübeln hatte keinen Sinn, er konnte nichts ändern. Also lieber sofort Schluss machen und sich in der Gewissheit befinden, dass alles erledigt sei, als vielleicht doch noch auf irgendeine Lücke zu stoßen und sich dann hier, wo er nichts tun konnte, verrückt zu machen. Nein, nein! Großes Glücksgefühl überkam ihn. Er hatte alles geregelt, nichts war offen, nichts war zu fragen. Trotzdem quälten ihn die vermeintlichen Lücken, seine Angstgedanken suchten wie Pfadfinder danach. „Schluss! Nein! Schluss!“, sagte er sich immer wieder vor, richtete den Blick nach vorne, sah die Gegenwart an und überwand die Angst seiner Seele, indem er sich auf die Angst konzentrierte, die sein durfte. Er genoss es, Angst zu haben, die sein durfte. Angst ohne Schuld ist halb so schlimm, beschloss er, halb so schlimm – auch wenn sie ihm bis ins Mark drang und eigentlich viel schlimmer sein müsste. Dann baute er sich Bilder auf, wie sie ihn finden würden. Warum waren hier kahle Baumriesen, warum dieser Reisighumus oder was das war?

Durch einen Wipfel schien die Sonne auf ihn. Obwohl er eigentlich kaum stehen konnte, hielt ihn Adrenalin aufrecht, erst jetzt setzte er sich. „Au!“ Das tat weh, hatte er doch glatt seinen Po vergessen. Er lehnte sich an einen Baumstamm, aber das war zu anstrengend. Also legte er sich so, dass die Sonne sein Gesicht erreichte. Schweiß rann ihm überall am Körper hinunter, es war warm hier und in der Sonne noch wärmer. Aber sie tröstete ihn, streichelte ihn und weckte Erinnerungen an andere Zeiten. Nichts dergleichen konnten die Sonnen des Ronus, nichts dergleichen, dachte er sich dankbar und schlief ein. Wie lang wusste er nicht, irgendwelche Stechmücken weckten ihn. Hektisch vertrieb er sie, hoffend, dass sie ihm nichts getan hatten. Es war Abend. Die Realität hatte ihn eingeholt, er sah die Sterne aufgehen und ihm schien es unvorstellbar, dass er diesen einst näher war, als jeder Mensch, jedes Getier auf diesem heimatlichen Planeten. Heimatlich? Aber auch auf den Planeten und Flugbahnen, auf denen er flog, waren die Sterne, und sie waren genauso weit weg wie diese hier, andere vielleicht. Sterne, überall Sterne, und hier Bäume, überall Bäume. Und in mir überall Blutkörperchen. Er berührte seine Wunde. Sie hielt dicht.

ERIK PASSLER HATTE GLÜCK IM UNGLÜCK. ER BEFAND SICH IM AMAZONASDSCHUNGEL BRASILIENS IN DER NÄHE PERUS. BALD SOLLTE ER ZUFLÜSSE FINDEN, PFADE UND VERBINDUNGEN.

Wie er sich ernähren musste, hatte er oft gelernt. Er baute sich aus Holzresten ein Boot und ernährte sich so wie man das für den Urwald lernt. Er trieb den Amazonas abwärts, das war die schnellste Methode dachte er, aber es war gefährlich, er trieb immer tiefer in den Dschungel hinein, bis er in einem Nebenarm Hütten entdeckte. Es waren Fischer aus dem Westen, die ihn wieder stromaufwärts über einen anderen Arm in eine größere Siedlung mitnahmen. Das Land stieg dort an, und man erklärte ihm, dass hinter diesen und jenen Hügeln ein Berg wäre, von dem aus man die Kordilleren sehen könnte. Sein Landeplatz sei wohl der Ausläufer eines Buschbrandes gewesen, der sich ausgelöst durch skrupellose Geschäftemacher vor 6 Jahren hier ausbreitete und Schneisen schlug, der Brandherd war weit entfernt.

Erik lebt inmitten dieser Familienclans, brachte ihnen vieles bei und lernte von ihnen. Jeder versuchte dem anderen Brocken seiner Sprache anzuvertrauen. Erik war geschickt im Improvisieren. Zeitgefühl verlor er hier in dieser Einsamkeit, in diesem kleinen Paradies, in dem er doch spürte, dass der Bibelspruch stimmte „Im Schweiße deines Angesichts wirst du dein Brot essen." Fisch, dachte er, Fisch und Drogen. Drogen? Na ja nicht aus Amerika von irgendwelchen Händlern. Nein, diese Leute kannten den Urwald wie ihre Westentasche, und genauso wie sie Heilkräuter benutzten, über die die andere Welt sich nur wundern würde, so kannten sie auch alles, was ihnen einen Rausch bereitet, und es wurde genutzt. Schamanen, die es im Umkreis geben sollte, würden mit entsprechenden Drogen Zutritt zu den Geistern bekommen, auch das erzählte man ihm.

Immer wieder nahm man ihn mit zum Fischen. Die Frauen waren dort großteils die Fischer, und man amüsierte sich unter den Dschungeldamen über Eriks Vorsicht und Unwissenheit, dabei wusste er doch soviel, hatte er sich früher immer eingebildet. Aber wer würde gern in dem Wasser stehen, in das diese Urwaldlianen (Fischerfrauen) Gift schütten. Dieses Gift kommt wieder aus Pflanzen, genauso wie die Drogen und die Medikamente dieser Leute. Alle Fische im Umkreis werden so betäubt, sagte man ihm, als er das erste Mal dabei war. „Warum lebt ihr dann noch? – Ihr esst doch diese Fische?" Er begann zu zweifeln. „Haaaha, hoki, tuwa, hillawwaaaahahaha", oder so ähnlich klang es, wenn eine Meute jener Eingeborenenfrauen über ihn lachten. Er lernte, dass dieses Gift langt, die Fische zu betäuben, damit man sie leicht fangen kann, aber niemals einen Menschen, der den Fisch isst, töten würde. Bei den Giftpfeilen, mit denen sie auf größere Säuger zielen, es gibt davon weniger, an die man herankommt, als man sich als Laie vorstellen kann, ist es schon anders, das Gift ist stärker, was den Affen im Baum lähmt. Aber auch das sei kein Problem, es ist aus den umliegenden Pflanzen und . . ., dann folgte eine Erklärung, der er zunächst nicht folgen konnte. Gestenreich versuchten die Jäger ihm klarzumachen, dass sich das Gift beim Erhitzen des Fleisches völlig zersetzt, und sie deshalb noch alle lebten. Wieder begann dieses „hillawwaaahahahah" der sich amüsierenden Mitglieder der Gemeinschaft.

So vergingen die Tage, die Wochen, und die Bindung wurde enger zwischen diesem Fremden und den Ansässigen. So schwer der Abschied von diesen herzensguten Fischern war, er musste weg, er konnte doch nicht sein restliches Leben hier verbringen. Das erste Mal spürte er wieder so was wie Schuld, die er aber annahm, verarbeiten konnte, nicht wie seine krankhafte Schuld, die ihn zurzeit in Ruhe ließ. Der ständige Kampf zu Überleben, Sehnsucht, teils auch Unterernährung (weil er nicht alles in sich aufnehmen wollte, was man ihm anbot), taten ihren Teil. Nach Nordwesten würde er ziehen. Das Land kannte er nun gut.

Schließlich kam er in der Welt an. Noch nicht seine, sehr tief gelegen und ein fremdes Klima, aber hier traf er die Menschen, die er kannte, sie waren nicht besser als diese Fischer, nein, im Gegenteil, aber er kannte sie. Gebildete, Händler, Weltreisende. Iquitos, das ist die Stadt im Urwald mit dem Hafen, an dem die Amazonasschifffahrt begann, nach Osten zu. Wie er sie erreichte, „lassen wir das", sagte er sich. „Man kann sie normalerweise nur mit einem Flugzeug erreichen oder über den Amazonas." Aber er war da, mitten im Dschungel und doch unter weit über 400 000 Menschen, die dort lebten und arbeiteten. Er wurde unterrichtet, dass das, was er Dschungel nannte, den er überwinden musste, zunehmend gar kein echter mehr war, die Gegend wurde immer mehr kommerzialisiert, seitdem dort Erdöl das Thema Nummer eins wurde.

Eine furchtbare Stadt, wenn man ihre Vergangenheit ansieht, viele Niedergänge, der Kautschukboom ging an ihr vorbei, als man ihn anderswo günstiger anbauen lernte. Zuvor war es eine Kriegsstadt, eine Verteidigungsbastion für Indios, die sich nicht bekehren ließen, sagte man ihm. „Und jetzt nimmt der Tourismus immer mehr zu. Die Leute sollen sich wie Urwaldbezwinger fühlen, dieses Gefühl verkaufen wir. Du hast dich doch auch so gefühlt", grinste der große nordisch aussehende Fischhändler. Erik erinnerte sich an die abenteuerliche absurde Weise, wie er die Stadt erreichte, davon wollte er nichts erzählen, auch dem Fischhändler nicht, dem Mann, dem sich Erik als Weltenbummler mit Pechphasen ausgab. Er hatte zwei reizende Töchter, Ilqua und Mirona, von einer Eingeborenen, die Swens Frau war. Erik begann irgendwie aufzuleben, beim Anblick dieser Schönen, sie hatten schlanke braune Beine und schmale Hüften, ganz anders als ihre behäbigere Mutter, die aber herzensgut war. War dies eine kleine Familie, in die er hineinleben und alles vergessen sollte?

Er verdiente Geld mit Sven und konnte seine Geheimnisse bei sich behalten. Er liebte diese Abgeschiedenheit. Angst blieb weitgehend aus, oder besser gesagt, er schaffte es, sie in den Griff zu kriegen, wenn sie aufzuflammen drohte. Vor Sven bekam er Angst, er war Europäer, könnte er irgendeine Verbindung zu den Leuten haben, vor denen er Angst hatte, zur Engelmann? „Ich bin doof", sagte er sich immer wieder, aber wenn ich will, könnte ich ihn doch fragen. Es ist doch nicht verboten, ihn zu fragen, seit wann er hier ist, wo er her- kommt, zu wem er Kontakte pflegt. So könnte man einkreisen, ob die Gefahr besteht, dass er mit Engelmann . . . Erik biss sich auf die Zunge. Was, wenn ich die Antwort habe und die Angst nicht weicht, und der Zwang einsetzt, diese Antworten ständig wiederholen zu müssen?

Nein, das durfte nicht geschehen, niemals. So hielt er sich zurück und seine Angst quälte ihn jeden Morgen. Dann, eines Tages, gab es einen Feiertag dieser Leute, der auf einen alten Gebietsheiligen zurückging, halb katholisch, halb indianisch. Und da geschah es, dass Sven viel getrunken hatte und über seine Vergangenheit „predigte". Seitdem wusste Erik, dass er länger hier war, als die Sache mit Engelmann war, als der Ursprung seiner Ängste war und dass er aus Wut vor seiner skandinavischen Verwandtschaft keinen Kontakt mehr zu seiner Vergangenheit pflegte. Damit brüstete er sich unter dem Alkoholeinfluss, das ging rein, so wie Erik es brauchte. Und wenn er nicht fragen musste, konnte er sich Antworten auch merken. Sie kamen natürlich und waren von daher wiederholungsresistent. Komisch aber wahr, so ist das bei Zwangskranken, dachte er öfter in solchen Situationen.

Irgendwann musste Sven nach Bogota, geschäftlich, politisch oder wer weiß warum. Erik durchschaute Svens Politik nicht ganz, und er wollte sie auch nicht durchschauen. Die Beine der Töchter waren paradiesisch, für einen wie Erik, aber ihr Leben war irgendwo wie eine süßliche Oase inmitten eines Tümpels voller Unbekanntem. Nein, da konnte er noch so entbrennen, das waren keine Gegenüber für ihn. So fiel es ihm leichter, in Bogota die Flugpläne nach Caracas zu betrachten und sich spontan zu entscheiden, jetzt nach Osten zu starten an die andere Seite des Kontinents, dem Osten Nordamerikas etwas näher kommend und doch noch geschützt. Von dort geradeaus nach New York oder sonst wo hin, vielleicht nach Florida oder zu dem Raumfahrtlandezentrum in Mittelamerika. Egal, kommt Zeit kommt Rat. Mit Lavinia hatte er es sich verscherzt, nein, er glaubte schon, dass . . ., aber irgendwie zog ihn nichts hektisch zurück. Sollten sie ruhig alle glauben, er sei tot, er brauchte diese Zeit, diese Zeit der Besinnung, bevor er in sein altes Leben, vielleicht sogar in Sehnsüchte, vielleicht aber auch in einen verhängnisvollen Trott zurückkehren würde. Erik wurde jetzt zum Weltenbummler, und er hatte zu allem Lust, nur nicht, sich zu erkennen zu geben. Er genoss diese Phase, diese ungeplante Phase, in die er sich von allein nie begeben hätte. Aber nun war es so. Warum Caracas? Nun in Bogota, stand eine Maschine, eine wunderschöne Maschine und überall Aufrufe „Caracas“. Irgendwie zog ihn das an, magisch. Geld hatte er von Sven, und so entschloss er sich, Sven zu sagen, dass er fortgehe. Er wollte damit auch von dem Netzwerk fliehen, das Sven mit irgendeiner Mafia, die in die Regierungen verfilzt war verband. Nicht umsonst bekam er ständig harte Dollars für seine immer als harmlos betrachteten Dienste, die er für Sven verrichtete.

42

Es war Ende Mai 24 als Erik in Caracas landen sollte.

Als Erstes wollte er einen Zahnarzt aufsuchen, denn das war lange fällig. Er hatte inzwischen so viel durchlebt, dass ihm seine Angst, sich dort in Angstfragen zu verwickeln, nicht sehr plagte. Außerdem gab es dort keine Vergangenheit, die ihn in die Mühlen der Angst hätte transportieren können. Mit etwas Glück könnte es gut- gehen, es musste gutgehen, sagte er sich.

Natürlich wusste er, was ihn dort erwarten könnte, Angst wegen der Hygiene, Ansteckungsangst, Röntgenbilder, denen er nicht traute, Plomben, die nicht fest waren oder doch, Löcher, die er übersehen haben könnte. Nächte vor dem Spiegel usw. Aber das war früher, so was erlebte er ziemlich zu Beginn seiner Angstkarriere. Auf diese banalen Gebiete verlagerte sich seine Angst, als er nach ein zwei Jahren Panik auf das Trauma mit den unheimlichen Viren meinte, sie verdrängt zu haben, denn in ihm war längst ein fataler Mechanismus geboren. Doch auch seine Zahnängste hatten sich langsam aufgelöst. Irgendwie hatte er es geschafft, sich zu sagen, egal, ob er alles sah, es ist sowieso besser, wenn ein Loch nicht sofort behandelt wird, so wird guter Zahn geschont und in einem Jahr bin ich sowieso wieder dort. Das hatte ihm geholfen, diese Pingeligkeit, die ihm viele Lebensstunden kostete, hinter sich zu lassen, Zähne Zähne sein zu lassen. Heute weiß er, dass genau dieses Argument seine Verlassenwerdenangst abschwächte, die sich jahrelang in dieser Form äußerte, bevor er zum Nachdenken darüber kam, dass er ja doch aufgehoben ist und in der Zwischenzeit nichts Schlimmes passieren konnte, weil diese Zwischenzeit ja begrenzt war. Ob das andere kapieren, raste es durch seinen Sinn. Eher wohl nicht, denn sie werden es mit normalen Ängsten vergleichen, nichts ahnend, mit welcher Kraft Zwänge einschlagen, wenn sie es tun.

Die Hygiene beim Zahnarzt, ja, da konnte die Angst hineinfahren. Aber wenn er möglichst dazu schwieg, die Dinge geschehen ließ, könnte er es schaffen, das Vertrauen zu behalten, dass schon alles richtig gelaufen war. Sobald er anfing zu fragen, setzte der Zwang ein, und das wollte und musste er vermeiden, denn dann, wenn ein Satz einmal gesprochen war, könnten sich 1000 Angstlügen an ihn reihen, die er nicht mehr loswürde. Er kannte sich und hoffte darauf, dass dieses Mal alles ohne eine Frage vorüberging und dass er danach vertrauen könnte, weil nichts gesagt wurde, und weil ein gewisses Grundvertrauen in ihm war, wenn es niemand antastete. So funktionierte das Ganze nun mal. Und wie er darum kämpfte, das waren die Kämpfe, die niemand sah, die er ständig gewann. Von wegen, er gäbe sich seinen Ängsten nur hin.

Mein Gott, es ist der schönste Landeanflug, es gäbe so viel zu sehen, und meine Gedanken sind wieder sonstwo, sagte er sich selbst. Es war, als würde er eine Rakete abgeschossen haben, die nun so lange durch seinen Kopf kreist, bis er nichts von diesem Landeanflug hatte. Tatsächlich fuhren alle Ängste, die er je hatte, wie am Fließband durch sein Hirn, als er die Kordillerenausläufer um das Flugzeug kreisen sah, die Hänge, die Siedlungen, die von hier oben alle ganz friedlich aussahen. Verdammt, beim Fallschirmabsturz, war es da nicht ähnlich? Das Meer lenkte ihn ab, es hatte etwas Zerstreuendes, Beruhigendes. Aber das hielt nicht lange an, denn schon machte sich wirkliche Angst in Form eines schwummrigen Gefühls breit, als der Vogel zur Landung ansetzte, jeder hätte hier Angst, beruhigte er sich, und tatsächlich schwanden die pathologischen Ängste, während wirkliche Bedenken sich in das Ruckeln der südamerikanischen Maschine mischten. Einige Momente wusste er nicht mehr, woher das ungute Gefühl kam, von der normalen Angst bei der Landung oder dem, was ihm womöglich bevorstand, oder von den pathologischen Ängsten der Vergangenheit, die ihn gerade noch belagerten. Woher kam nun Erleichterung? Weil die Landung scheinbar glückte oder weil die Angstspitze, die ihn belagerte, abflaute, erfolgreich von ihm bekämpft wurde? Und dann, dann war sie am Boden, die Maschine. Jetzt nur noch bremsen. So geschah es, und eine Last fiel von seinen Schultern, als wenn die ganze Last der kommenden Wochen, die sein Denken vorwegnahm, das belebte Land, was ihn verwirrte, von ihm fiel. Jetzt durfte er die Flügel hängen lassen, wie sein Flieger. Er war da, er brauchte keine Angst mehr haben, jetzt kam die Realität, die man wieder händeln konnte. Auschecken, erste Eindrücke, Dinge, auf die er achten musste, unbekannte Wege, die goldene Sonne, und schon sah er die ersten glitzernden Zahnarztschilder an den Eingängen. Überall Zahnarztschilder, Zahnarztschilder. Schon wieder war er gefangen, überwältigt und verängstigt. Nein, er hatte natürlich vor den Schmerzen beim Zahnarzt nicht mehr oder weniger Angst als der Normalbürger, sagte er sich, eher weniger, er war hart ihm Nehmen, wenn etwas nur dadurch in Ordnung kam. In Ordnung musste alles sein oder irgendwann kommen. Chaos, Unsicherheit, das waren seine „Schmerzen", und sie traten jetzt hier in der Stadt erneut in den Fokus seines Denkes, weil ja abgespeichert war, was alles passieren könnte.

Irgendwie hatte er sich im Weltraum, im Dschungel beruhigt. Hier konnte an dem, was in Ordnung war nichts mehr rühren. Jetzt musste er schon die Ruhe zurückholen und Gründe mauern, die ihm dabei unterstützten, den Dingen standzuhalten. Hier in der Stadt, hier könnte man telefonieren, hier könnte man diesen und jenen aufsuchen. Hier könnte man Tickets lösen, hier war alles offen, darum tauten auch alle Ängste wieder auf. Er musste seine Grenzen neu aufbauen, die Sicherheit der Abgeschiedenheit war weg in der er sich mit viell Mühen angstfrei geschaufelt hatte. Er war guten Mutes, es würde ihm gelingen, aber zuerst musste dieser Zahnarztbesuch durchgezogen werden, und vielleicht war es nur das, was ihn so schnell in seine Auch-Wirklichkeit, die Angst zurückwarf.

Er hatte keine Angst vor dem Alleinsein, keine Beziehungsängste, wie mancher sie hat. Wirkliche Gefahren ging er anstatt zu fliehen an, aber davor, dass in seinen Angstgebieten alles möglich sein könnte, dass er eine Möglichkeit nicht wahrnehmen könnte, sich dadurch ins Unglück stürzen würde, das fürchtete er auf pathologische Weise. Alles, was Borderlinepatienten oder Schizoide, Neurotiker in ihren Beziehungen, ihrem Umfeld auslebten, litten, schien in seinem Körperangstgebäude versteckt zu sein und darin zu wüten. Dort drin war er schizoid im Sinne des Wortes. Dort entwickelte er seine paranoiden Ideen und dort verfolgte er seine Angst und sie ihn.

Alles Leid der Welt und alle Unvollkommenheit, die ein Mensch haben kann, tobten sich in diesem Rahmen in ihm aus. Nach außen schien er reif, gefasst, hatte alles im Griff, bis ebendiesen seinen Angstrahmen, in dem es brodelte.

Irgendwie fand er einen Zahnarzt, der sein Handwerk ruhig und sicher ausführte, es gab keine langen Gespräche, ein „Alles in Ordnung" am Schluss und die Verabschiedung, sachlich korrekt. „Ja, es ist alles in Ordnung", sagte der Doktor laut und deutlich zu Erik und verschwand danach ruhig und gelassen, so konnte er ihm glauben. Angst hatte er vor den Nuschlern, die Fremdwörter gebrauchen, die alles in Frage stellten, die Belehrungen von sich gaben, ohne gefragt worden zu sein, und obwohl es dazu keinen Anlass gab. Einmal hatte er einen Arzt, den er aus Angst befragte, und statt eine kurze, klare. laute Antwort zu geben, fing dieser an zu philosophieren und ihm klarmachen zu wollen, dass es X andere Krankheitchen geben könnte usw. Erik verließ solche Zeitgenossen statt mit einer gelöschten Angst, der normalen oder pathologischen, wegen der er überhaupt dort hinging, mit zehn neuen. Nein, das war diesmal nicht so. Dankbar, glücklich und hoffend, dass er diesen „Ist- in-Ordnung-Zustand" in sich halten konnte, verließ er den Block. Wie taub ging er durch die Straßen „Ist in Ordnung – ist in Ordnung – ist in Ordnung." Als er weit genug vom Ort des Geschehens weg war, ließ dieses Hämmern nach. Er setzte sich, schrieb sich auf, was gesagt wurde, verschloss den Zettel und war froh, dass in seiner Nähe nicht Gespräche stattfanden, die ihn irritieren könnten. Seine Angst brächte es fertig, diese Gespräche auf die letzten Worte des Arztes zu übertragen und in seinem Sinn alles durcheinander zu bringen. Oft genug musste er dann zurück, Fragen wiederholen, wobei es in ihm brannte, jede Ruhe und Gelassenheit weg war. Diesmal ging es, es ging! Es ging! Sein Inneres wurde immer beschwingter. Er sah plötzlich die Geschäfte, die Frauen, das Leben. Es war herrlich, einen Arzt verlassen und glücklich zu sein, zu leben. Das, was diese anderen alle immer haben, denen ihre Kräfte für Wichtigeres blieben. Es war ihm gelungen, in diesem Moment.

Caracas zählte wohl gut über 4,5 Millionen Einwohner mit zunehmender Tendenz. Die Anrüchigkeit dieser Stadt wurde durch den Tourismus durchlöchert. Anderswo in der Welt herrschten Gefahren, die man früher nicht kannte, so dass die Gefahren dieser Stadt kleiner wurden und sie Menschen anzog. Trotzdem mied man weiterhin die meisten Viertel, besonders nachts. Elend, Historie, Reichtum, alles bot diese Metropole im Norden Südamerikas, in Venezuela, so las man in Touristeninformationen, die sich je nach Regime immer wieder etwas änderten, einmal „zurück zum Sozialismus", zu einer Diktatur, die so tut, als wäre sie keine, und dann wieder in die Hände der Kapitalisten, die so tun, als gäben sie Freiheit. Wohl war es Freiheit, Freiheit von vielen Rechten, die jeder Mensch eigentlich haben sollte, um menschlich leben zu können, so könnte man es zynisch auch ausdrücken. Also auch eine Diktatur, der man es nicht ansah, weil sie an höheren Schichten ja demonstrierte, wie „frei" diese Weltanschauung ist. Und heute, 2024, ist da alles anders? Es ist dieselbe Sonne, die hier seit Jahrzehnten auf die Menschen scheint. Erik hatte sich in den letzten Wochen schon fast eingelebt, bummelte gern durch den Park Central, und er begann sich für das Nachtleben zu interessieren, sonst wäre er nicht Erik. In seiner Jugend gab es das nicht, er war zu sehr mit den Zielen seiner Eltern beschäftigt, und wohl auch deshalb und wegen der Art, wie man ihn für sich erzog, war er nicht reif genug, damit richtig umzugehen, auch gab es das dort wo er war, nicht. Er war ein Spätstarter, mit allen Nachteilen. Aber auch Vorteile gab es, er wusste mit Gefahren umzugehen. Und seine Ängste hielten ihm, so makaber das klang, vor vielem zurück, in das andere hineingeraten könnten. Und außerdem, war hier,wo er war, nicht auch immer wieder, je nach Regime, ein Ausschweifen und ein Zurückhalten, das die Vergnügungswelt lähmte oder antrieb?

Aber sich von duftenden Damen und lauter Musik die Angst aus dem Körper treiben zu lassen, das praktizierte er, und oft gelang es nach vielen Stunden eines solchen Abends endlich, früh im Morgengrauen. Dann war er völlig gelöst, frei wie ein Vogel, so wie die anderen immer. Vergessen hatte er dabei wohl, dass die anderen zwar immer frei von der Art Ängste waren, die er mit sich trug, dass sie aber auch ihre Depressionen und Beziehungs- sowie Lebensängste hatten, die er kaum spürte. Für ihn gab es meist nur die pathologische Angst oder davon völlig freies Empfinden. Würde er sich den wirklichen Ängsten aussetzen können . . . Darüber wäre nachzudenken. Irgendwie war sein Leben darauf ausgerichtet, alles gekonnt zu meistern und auszuschalten. Er war der Macher, nicht umsonst war er verantwortlich in das Raumfahrtprogramm eingegliedert. Doch all das war immer am Kippen, oder werde ich noch ganz kippen? Ahnte er, dass er das nicht sein Leben lang durchhalten könnte?

Manchmal fragte er sich, war er überhaupt beziehungsfähig?

Evelyn, die er so „liebte", warf ihm in ihrer liebenswürdigen Art, sie durfte ihm Vorwürfe machen, einmal vor, er gebrauche die Frauen nur, um sein inneres zerfallendes Gebäude aufzupuschen. Sobald sie mehr wollten, würde er zwangsläufig versagen, dies würde ihn überfordern. Aber warum lieben ihn manche Frauen, die seine Schwächen kennen? „Ja klar, du gibst alles“, sagte Evelyn mit ihren weisen Augen. Alles? „Im sicheren Unterbewusstsein, dass auch diese Beziehung dich nicht festhalten wird, kannst du alles geben.“ Ist das Spielerei? Nein, er würde nie spielen, er ist kein Spieler. „Nein, du bist grundehrlich, Erik, sonst wärst du gleich durchschaut. Du bist auch kein Narzisst, nein, nein, Erik, du nicht. Und das, wo du meinst, du seist einer . . . O.k., das ist etwas komplizierter.“ Ich kann also alles geben, flogen ihm Evelyns Worte durch den Sinn, bin aber trotzdem kein Spieler, sondern grundehrlich. Aber mein Leben ist zerschnitten von tiefsten Ängsten und daraus folgenden Hilferufen und ungerechten Stigmatisierungen durch viele Menschen. „In mir ist komprimiert“, fing er an, nein:

Komprimiert sind in mir drin
die Daten, wie ich wirklich bin.

Doch rostig pfeift durch mein Gehäuse Angst und Pflicht.

Zwang bläst mir wie kalter Wind,
wenn **er** mir in der Not bestimmt.

Und Unglück schaltet alles aus, was Leben wär‘.

Glück ist manchmal nahe dran,
auch jemand, der entschlüsseln kann,

dann wird aus Digital und Rost und Raum und Zeit

die Kunst, für etwas da zu sein,
und Wärme, Mut noch obendrein.

Selbst längst verscholl‘ne Liebesfeuer öffnen sich

aus komprimierter Null und Eins
wie allerliebste Bilder scheint‘s

mit dem Programm ganz in mir drin, was sich nur ziert;

weil’s Leben es verschlüsselt hat,
tickt meine Hülle nur noch matt.

Und wenn ich dann doch mal für ein paar Sekunden lebe, packe ich die komprimierte Lebenslust, die größte Sensibilität und das Wissen über die Psyche eines anderen aus und lass es in einem dankbaren Himmel des Glücks wirken, ohne je abzudriften, während ich immer am Boden bleibe, eine Kombination, die aus meinem Elend erwuchs und die wohl die Ehrlichkeit ist, von der Evelyn sprach.

Beziehungen, Menschen hätten da helfen können, statt der Traum von der Überfrau, der allgegenwärtig schien und an der dies und das so viel von dem zu symbolisieren schien, was ihm vom Leben abhanden kam. - Aber Menschen ließ Erik kaum zu nah an sich heran. Sie hätten Unruhe in seine mühevoll ständig herzustellende Ordnung bringen können. Dadurch gewann er ein Äußeres, was den Leuten suspekt wurde, vielen Leuten, nicht allen, nicht denen, die das hilfsbedürftige Kind dahinter sahen und seine Aufrichtigkeit. Nein, die mochten ihn. Aber es waren zu wenig, um ihn da herauszureißen. Vielmehr musste er es sich oft gefallen lassen, als gefährlich eingeschätzt zu werden, was seine Seele immer mehr in das Loch drängte, was nicht heilte. Dabei war er einer der Sanftesten, die es auf Erden, na ja sagen wir unter 100 gibt, wenn man ihn kannte. Einer, der den Abstand nur suchte, um nicht erdrückt zu werden von den Eindrücken, Gefühlen und Unordnungen der Welt, für die seine Seele zu zerbrechlich war, vom Säuglingsalter an. In Diskos trug er oft Ohrstöpsel, immer öfter auch draußen. Komisch, im Weltraum, vergaß er sowas. Er wollte oft nicht hören, was ihn hätte verwirren können, seinen kindlichen inneren Halt hätte stören können, denn das hätte ihm wieder Tage, manchmal Monate gekostet, besonders, wenn Menschen ihm beim Neuordnen dabei nicht helfen würden, weil sie glaubten, man dürfe einem solchen nicht helfen, wenn er ihrer Ansicht nach dumme Fragen stellte und dabei alles durcheinanderbrachte. Natürlich ist es prinzipiell richtig, es wird nicht besser, wenn man hilft. Aber es geht auch nicht weg, wenn man nicht hilft. Man nimmt ihm dadurch nur Stunden der Ruhe, Stunden, in denen er vielleicht so zur Ruhe kommen könnte, dass man ihn erreichen könnte, dass man ihn in die Richtung bringen könnte, die Heilung zuzulassen, hin ins freiwillige Durchschreiten der Täler, die er meidet, gegen die er zu perfekte Abwehrsysteme erfunden hatte, die er nicht lassen kann. Letztlich, wer wusste schon genau, wie es richtig ginge? Immer wieder arbeiteten Wissenschaftler begierig daran, herauszubekommen, ob die Zwänge nicht doch durch einen körperlichen Defekt kämen. Erik fühlte, in seinem Fall nein. Liebe – Liebe kann nie verkehrt sein, und das sollten sich all die, die urteilen, vor Augen halten, wenn sie nicht mehr weiterwissen! - So grollte er oft, weil man ihn zu oft im Stich ließ. Liebe ist nicht immer weich, Liebe ist Liebe.

Er erinnerte sich, wie er sich früher öfters über Lavinia wunderte, die mitten in der Stadt von nichts was mitbekam, die Leuten zuhörte und doch nichts aufnahm. „Was? Das habe ich gar nicht mitbekommen", waren ihre Worte, während sie, anscheinend wach, Leute beobachtete. Bei ihm unmöglich, er bekam jede Silbe mit, jeden Windzug, vielleicht sogar jeden Gedanken der anderen. Das war es, was die, die über ihn spotteten, nicht sahen. Natürlich wäre er beinahe Künstler geworden, seine Gedichte zeugen davon. Er erledigte seine Aufgaben in der Lightbraker zu aller Zufriedenheit, weil er Dinge sah, die andere nicht sahen. Aber er war gehandikapt. Und deshalb die Stöpsel, die er sich sofort nach dem Arzt besorgte und wieder einsteckte. Es schien, als ob er nichts verdrängen konnte, als ob alles immer da wäre, immer, immer. Man konnte sein inneres Kind entdecken, in günstigen Momenten, ein Kind voller Kreativität, Sensibilität und Wachheit, wie sie manch andere längst verloren haben, weil sie zumachen, verdrängen können, und damit viel verlieren und viel gewinnen. Denn wenn die innere Unruhe ihn zu belästigen beginnt - sein Introjekt tat seinen Teil dazu - all die unaufgearbeiteten Kindheitsverstimmungen - dann beginnt das Gute in den Hintergrund zu treten, und das Böse muss ausgerottet werden. Meist ist er sich dessen nicht bewusst, dessen ist man sich nicht bewusst. Das Böse erscheint dann in belästigenden Gedanken, Ängsten usw. Er wusste, dass Ärzte auch dafür Tabletten hätten. Seinem zarten inneren Kind schon wieder den Mund verstopfen, diesmal mit Psychopharmaka? Nein, nein, nein! Aber tat er nicht das Gleiche, wenn er ihm sein Angstabwehrsystem anbot? Er fühlte sich in die Enge getrieben, wenn er so dachte, besann sich auf das Leben, auf andere Dinge, zum Beispiel, dass ihn langsam doch Heimweh zu beschäftigen begann. Ach Heimweh, welch ein wunderbarer Schmerz, gegen SEINE allgegenwärtigen Schmerzen.

Also, warum länger auf diesem Menschenknäuel der Gegensätze bleiben, dieser Stadt Caracas. Die besuchbaren Diskos kannte er, sodass er weitere gar nicht erst aufsuchte, so viele waren das angesichts der Größe der Stadt gar nicht. Ja, ja, die fremden Frauen, die anders aussahen wie daheim, denen einiges fehlte, was die blonden Europäerinnen hatten, die aber auch viel zu zeigen wussten, was anzieht, was neu ist, die hielten ihn fest. Eigentlich nicht die Frauen, denn sie erschienen ihm leer, ihre Silhouetten waren es, das was man ihn sie hineinträumen konnte, das was ihre Beine, ihre Gesichtszüge versprachen, um seine Verluste aufzufüllen, aufzufüllen, bis er erkannte, dass diese Äußerlichkeiten das kaum halten konnten. Meist erkannte er dies schneller als seine Frauen, so verletzte er nie, war offen und ehrlich, zog sich zurück oder bekam sogar Zwänge,die ihn trennten, ehe er damit verletzen konnte. Er war kein Casanova, genauso wenig, wie er ein Narzisst war, und doch . . . Und dann der Jazz, der Original-Jazz dieser Zone, wenn einem die Melancholie packte, nach all dem Gesehenen, was einem doch nicht gehörte. Dann tat Jazz gut, manchmal tat es auch ein Gedichtband von Hermann Hesse, den er liebte, weil seine Gedichte etwas in sich trugen, etwas Melancholisches, meinte er jedenfalls und empfahl sie gern weiter. Er hatte sogar einen dabei und las hier und da auf einer schattigen Treppe darin, öfter aber schrieb er seine eigenen Gedichte auf, in kurzen Stichworten, die Finger abzählend, wie schon die Alten des Genres es taten. Wer weiß, was die . . . wie die . . . er hatte seinen eigenen Stil, die Takte zu zählen, sich die Form für seine Gedanken zu schaffen, und er wusste, das muss er noch lernen, wenn er mal 100 wäre . . ., dann aber, ob er dann noch Gedichte machte, oder ob ein Gedicht auf seinem Grabstein stände, fragte er sich, als die untergehende Sonne durch Häuserschluchten hindurch ihr warmes Orange auf der Steintreppe entfaltete, auf der er saß und den Abend herankommen sah.

Einmal war er nahe daran, sich auf mehr als auf Zärtlichkeiten mit einer der Damen, die er sich aussuchte, einzulassen. Es waren wenige, die für ihn in Frage kamen. Solche hatten alle ein Muster, was zu seinem passte. Lebenslustige, die an nichts anderes dachten, als zu lachen und verwöhnt zu werden, waren ihm suspekt, und solche sahen ihn aber auch kaum an. Doch es gab sie immer wieder, seine Frauen, die das Leben und dieses andere in sich trugen, die in ihm ein Gegenüber fanden, wie in keinem anderen Mann, die ihn verstanden und die es auch vermochten, sich wieder zu trennen. Für sie war er schön und sie für ihn, das hatte er auch gelernt. Es gibt kein Schön an und für sich, all die Mühe um das Schön an und für sich war sinnlos. Na ja, nicht ganz, klar. Schön war man aber immer, wenn es einem gutging und wenn einen die Person betrachtete, die das mag, was man ist, und genau das zeigt sich im Äußeren, die Antennen des Gegenübers stellen es fest. „Lieber leid ich süßen Schmerz, als wär' nur kalter Wind im Herz“, sagte er sich, wenn er sich trennte, denn er war keiner, der täuschte, er spielte immer mit offenen Karten, und deshalb fand er immer wieder ein Gegenüber, das ihn mochte. Er kostete sie, er durchlebte sie, er ließ sie durch seine Seele gehen und betrat die ihre, äußerlich und innerlich, und immer war es auch die Ästhetik, die seine Phantasien und seine

Liebe beflügelte, als wenn diese ihm das Recht auf Zutritt zu einem Du gab, während alles andere ihn bremste, Angst machte, besonders auch Geziertheit. Trotz all seinem Ästhetikempfinden liebte er einfache, kameradschaftlich fühlenden Frauen, die ihn auflockerten, wie eine Harke den Garten.

. . . Doch sein Herz wurde nicht getröstet, oder immer nur für kurze Zeit. Warum ging er nicht weiter? Er wollte trotz all diesem Verlangen, das ihn verzehren konnte, sein Herz für etwas freihalten. Er hatte Angst vor Schuldgefühlen, davon kannte er genug. Lavinia flog in ihm herum, manchmal wähnte er sie versteckt wie einen Schmetterling unter einem schützenden Grasbüschel, aber sie war da, und damit verbunden, das Wahre, das Tiefe, das Familiäre, all das, was er in sich vermisste. Verrückt? Wohl oder übel ist etwas in einem Menschen ver-rückt, nicht mehr auf dem Platz, wo es hingehört, der das mitmachte, was Erik mitgemacht hat. Manchmal geriet er in unerklärliche Wut, sie hätte ihn verlassen. Aber ihre Erzählungen aus der Bibel hatten an einer Stelle in ihm Fuß gefasst, er spürte, dass die Gesetze dieses Gottes zwar einengend erschienen, gerade was seine sexuelle Freiheit betraf, dass dahinter aber irgendeine Weisheit stecken musste, darum versuchte er mit Hilfe dieser Gesetze einen ganz persönlichen Weg für sich zu schaffen. Und hatte dieser Weg ihn nicht bisher geschützt, auch wenn er immer mehr lernte, mit dem Einmaleins, den „Gesetzen" umzugehen, statt sich davon dirigieren zu lassen. So wie ein Handwerker mit seinem Werkzeugkasten umgeht? Er könnte Lavinia mit reinem ganzen Herzen in ihr Herz schauen, wäre sie jetzt da, weil er seine Schritte zügelte, weil er nicht noch eine Sucht wollte, die, jeder Frau zu verfallen und sie womöglich auszunutzen und liegen zu lassen. Man konnte so viel mit einer Frau erleben, ohne sie auszunutzen, auszusaugen und ihr letztlich Schmerzen zu bereiten. Nein, manche hatten keine Skrupel, aber so weit sinken wollte er erst recht nicht. Es gab keinen Grund, zu glauben, Lavinia hätte ihn verlassen, zu der Zeit, als er mit ihr zusammen war. Aber dieses Gefühl, was jetzt wieder aufkam, obwohl er wusste, dass ihn niemand verlassen hat, trieb ihn immer wieder durch die wenigen Nobelviertel der Stadt, die Beine und das Antlitz der Schönen im Blick, die da vor ihm lustzuwandeln schienen. Leer war dieses Unterfangen und gefährlich, er beherrschte sich und näherte sich doch immer wieder an. Wenn er nur den Anschein von Wärme durch die Körper der Schönen in sich aufnahm, auch wenn all das ein Verfallsdatum trug, ehe es begann, wäre es besser als nur kalter Wind im Herz, klang es in ihm immer wieder. Seine Leere war wie ein Haken, der zog, besonders jetzt, wo er hier ohne Aufgaben war, ohne Verantwortung und zum Glück noch ohne Zwang. Nur irgendeine Kleinigkeit, und er könnte ihm all das Scheinglück nehmen und mit Allmacht seine Seele übernehmen und die Leere auf seine Weise auszufüllen suchen. Noch aber waren das Altrote, das Cordonbleu, das Liquid, Ozono, Millenium usw. seine Ablenkung. Diskos und Tanzpaläste, in denen er seinen Gefühlen Platz geben konnte, wenn auch oft nur wie einer Hoffnung, die ihm immer um Nasenlänge davoneilen würde.

Aufgrund der großen Kriminalität war Vorsicht geboten, und so kannte er die Orte, wo er sein konnte, es war schon eine kleine Heimat in der Fremde. Den Verkehr und Gestank dieses Schmelztiegels verschlief er meist. Ein Kontrastprogramm zu den Jahren im All, ein Durchhänger, den er brauchte, der ihm aber zunehmend unheimlich wurde.

Neulich hätte er beinahe sein Leben verloren in einem Mietwagen, den er sich ausnahmsweise auslieh. Der Verkehr in Caracas ist so gefährlich wie Felsklettern ohne Seil oder noch gefährlicher. Die Wohnsilos sind aus Angst vor stetig präsenter Kriminalität bis in die oberen Etagen vergittert, schönste Berghänge, urwaldähnliche Pflanzen, Meer und verkommene oder unterdrückte Menschenmassen. Wie lange hält man diesen Widerspruch aus, wenn man keine Aufgabe hat und kein Familienleben, was einem davon ablenkt?

Früh morgens, wenn noch nicht alles mit Marktständen verstellt ist, wandelte er oft allein, müde etwas ängstlich die Prachtstraßen der Kolonialzeit ab, schloss sich dann in sein Hotel ein, verstopfte sich die Ohren und schlief, bräunte sich nachmittags in der Sonne und duselte weiter. Es war angenehm hier im Mai, Juni, nie über 30 Grad, immer mild, kaum regneten sich einmal aufziehende Wolken ab, und da er etwas erhöht wohnte, spürte er die Last des Smogs nicht so wie unten.

Immer wieder begegnete er den vielen Schildern für plastische Chirurgie. Kaum zu glauben, in so einer Stadt. Aber der Markt muss da sein. Rein und raus, wie wenn man zum Frisör geht, so geht das hier ab und so sieht es auch aus. Er dachte oft an Lavinia und ihre kleinen Mängel, nie würde sie in so eine Sache investieren, waren ihre Worte. Sie war schön, aber sie stoppte seine ästhetischen Höhenflüge. Hier hatte er genug dieser Frauen gesehen, die darauf Wert legten. Hier hätte er solchen verfallen können. Doch . . . er . . . schlief über seinem Grübeln ein.

Ein lauer, doch eher schwüler Wind blies über die Dachterrasse ins Zimmer. Heute würde er noch nach Las Mercedes gehen, das heißt, mit dem Taxi fahren und evtl. Abschied nehmen von Caracas.

Wie, wohin, ließ er offen bis zur letzten Minute. So streng er mit seiner Angst in sich war, so locker verstand er zu leben, wenn er denn lebte und derzeit tat er es, jedenfalls mehr als sonst. Doch immer beschlich ihn das Gefühl, es könnte alles nur ein Tunnel sein, in dem er geschützt lebte, der jederzeit enden könnte. Aber nun hatte er sich hier eingerichtet und schaffte es, er war es vom All gewohnt, die Ängste zurückzudrängen, zu verschieben und sich zu besänftigen, dass doch nichts Schlimmes anstände. Neue Auslöser gab es in der Szene, in der er war wenig. Natürlich erinnerten ihn genügend Gesichter an Gesichter daheim, die Menschen waren sich ähnlicher als sie wahrhaben wollten. Aber Wahrscheinlichkeitsrechnungen, und das süße Leben, halfen ihm, alles an seinen Platz zurückzudrängen, am nächsten Tag wartete doch so viel Schönes . . .

Im El Casa war alles wie gewohnt. Erik kannte diese Edeldisko in Las Mercedes und einige Bedienungen kannten ihn wohl auch schon. Egal, er ließ sich davon nicht beirren. Hier waren Leute aus den verschiedensten Gründen, jeder hatte seinen Grund hier her zu gehen, und die Angestellten wussten dies, ja, sie werden es schon wissen, grummelte er in sich hinein, um seine Bedenken, sich durchschaut vorzukommen, zu vertreiben. Sein Grund war edel, er heilte sich dort, und er benutzte dieses Flair als einen Tunnel, der ihn nach außen schützte und nach innen so gefangen nahm, dass er die Zeiten ohne Angst ausweiten konnte, zuletzt war ihm dies nur in der Lightbraker gelungen, auf andere Weise, weil er gebraucht wurde, weil die Aufgabe alles forderte, und weil er trotz allem dort aufgehoben war, in der Dichte des Alls. Verrückt. Ja, verrückt, heißt nicht immer plem-plem, sondern kann auch ver- rückt heißen. Jemand steht nicht da, wo man meint, dass jemand stehen müsste. Und Leute wie Erik wurden in ihrer Kindheit ja auch verrückt gemacht. Wenn man jemandem seine Gefühle nicht abnimmt, wenn man sie stattdessen madig macht, oft unmerklich, dann sitzt so jemand hier und ist doch dort, er ist ver-rückt und entwickelt Dinge, die dem gleichen können, was Erik in sich trägt.

Er suchte heute nicht die Jazz-Lounge, auch nicht die Kellerecke, in der Original-Jazz gespielt wurde, erst recht nicht die Rockmusik, dort in dieser Westernhöhle, die er manchmal aufsuchte, wenn er seinen Kopf reinigen wollte, ihn zog auch nicht der Götzentempel der Jugend an, in dem sie um Stangen tanzten, halbnackt angebetet von den anderen, die sich im Takt wogen. Nein, dazu braucht man eine bestimmte Stimmung. Es ist eine ganz bestimmte Art von Sublimierung sexueller Gefühle, von Gefühlen des Alleinseins und von Gefühlen, wir sind was Besonderes, wir sind hier, ach was, was spinn ich schon wieder, dachte er sich, als er in den Saal, der ich schon wieder, dachte er sich, als er in den Saal, der Tanzpalast hieß, eintrat. Hier war alles Fox, manchmal auch Walzer und Tango, und immer flatterten die Seidenkleider entlang der Melodie, die das Stampfen des Taktes begleitete. Und da schmiegten sich die exotischsten Beine der dort geborenen oder anderer Südamerikanerinnen und die von Mischlingen der ganzen Welt unter engen Minikleidern an die Körper von Männern aller Couleur. Die Musik vereinte, verführte viele in Träume, die oft kurz und derb endeten, wenn sie gegen Morgen aufwachten oder die in irgendwelchen Autositzen, Hotelbetten ihren hocherotischen oder tieftraurigen Höhepunkt fanden. Aber das war wohl ihr Traum, das ständige Hoffen auf solche Träume. Erik erschrak, war er weit von dem entfernt, was er jenen zuschrieb?

Und doch kam er mit sich überein, er würde sich auf keine dieser sexuell einlassen, niemals, nein, beteuerte er, und er wusste warum. Er wusste, wie Ängste und Zwänge zuschlagen würden, würde er . . .

So frisch sortiert, suchte er nach dem Gesicht, was ihn bezaubern könnte, nach den Beinen, die ihn inspirieren würden, die ihn alles tun ließen, wenn er nur ihnen gehören würde, falls nicht seine Abwehr gegen sexuelles Ausleben genauso groß wäre, wie sein tiefes Verlangen danach, das meist durch entsprechendes Accessoire geweckt wurde.

Der Erostempel war groß und unübersichtlich, und er hatte einen tropischen Garten oben an seiner höchsten Stelle, mit Blick auf die Hänge von Caracas. Ein trügerischer Blick in ein Paradies, was gar keines war. Der Imbiss darin schmeckte, der Wind blies lau und angenehm, nur ließ sich hier im Moment niemand sehen, der das Ganze mit Leben erfüllen würde. Warum war er hier draußen? Doch, diese und jene verliefen sich ebenfalls, aber sie waren unter seinem Niveau. Ist doch egal, sagten ihm Stimmen, die Hauptsache, Nähe! Aber er kämpfte diesen Gedanken nieder, nein, Erik, nein. Andere waren in Begleitung und schenkten ihm nur einen Zehntelsekundenblick, der sich dann wieder in den jeweiligen Begleiter verkroch. In der unmittelbaren Umgebung gab es, in die Disko integriert, Minihotels, für Stunden mietbar, um sie herum Wasserspiele, Leuchten, Strahler, die die Umgebung in der Nacht verzauberten.

Lieber wieder rein, bremste er sich, verließ die einsame Negride dort in der Ecke, die ihn immer wieder sehnsüchtig und abwertend, oder war sie einfach selbst über irgendwas enttäuscht, ansah. Es wird unterdessen anderes Publikum da sein, und tatsächlich hüpfte er fröhlich mit einer sehr dunkelhäutigen spanisch angehauchten

Dame, die eine patente Mischung Niveau und Burschikosität besaß seine Sambaschritte ab, als er plötzlich erstarrte.

Am Eingangsbereich der Lobby unterhielten sich, man sah das durch große Spiegel oder waren es Videotafeln an den Seiten und der Decke - ja hier war alles sehr nobel - gestenreich, zwei Damen. Die eine kleinere, schmuckbehangen mit einem roten Mini bis knapp über die feisten Waden und das runde Knie, küsste die andere und verschwand. Schade, durchfuhr es ihn, denn seine Tänzerin war nichts zum Hinkuscheln beim Tanzen, sie strengte ihn an, obgleich er ihre Burschikosität mochte, aber nicht jetzt, doch der Tanz war noch nicht zu Ende und die Spiegel waren weiterhin interessant, war doch da noch eine von den beiden. Sie schien noch da zu sein. Jetzt sah er sie wieder durch die Decke huschen. Sie trug ein knöchellanges cremefarbenes Kleid mit enger Taille, braune Haare mit blonden Strähnchen, ziemlich europäisch, das Haar war so weiblich raffiniert hoch gesteckt, dass ihm anders wurde, angenehm anders. Und glitzernder Schmuck verschönte es nochmals und hielt die Frisur. Dann war sie weg. Irgendwohin. Er fand sie nicht mehr, verließ den Großraum und hing in der Rockhöhle rum, das haute rein. Rockmusik reinigt, tröstet und baut auf. Allerdings machte ihn niemand dort an. Menschen, die den Rock ständig brauchten, waren andere Menschen wie er, dachte er sich und verwarf es wieder.

Neugierig schlich er sich nach fast einer Stunde in den Tanzsaal zurück, wie als wäre es ein Neuanfang. Jetzt war er schwer bevölkert, und da war sie wieder, die Schöne, mit der Engelsfigur, der bezaubernden Hochsteckfrisur und ihre weiche schlanke Hand schmiegte sich, allerdings ohne erotische Betonung, um einen Bürohengst, so reihte er ihren Tanzpartner ein. Ein anständiger, biederer Typ, der sich hier nur verirrt hat. Wer weiß? Irgendwas zog ihn magisch an, der Jagdtrieb? Mehr noch, fühlte er, mehr. Er kämpfte sich durch die Menge, als ein neuer Takt anklang. Er sah die Feine den Kopf schütteln. Der Tänzer von vorhin schlich sich davon, jetzt, knapp vor ihr, durchfuhr es ihn wie der Blitz: LAVINIA! Nein, das konnte nicht sein, nein! Sein Herz wollte zerspringen. Allein hier drin, was führte sie hierher? Er wurde unsicher, versteckte sich, zitterte und machte sich groß in einem. Nein, nicht über den Weg laufen, nein, so nicht. Die Dame setzte sich. Ja, sie muss es sein. Sie ist es! Wie Kojoten blickten umstehende Männer auf sie. Die Luft war voller Drähte, würde man alle Blicke sichtbar machen können. Er richtete sein weißes Hemd mit den dicken Nähten, aus dem sein schwarzes Haar, sein gebräuntes Gesicht dominant heraussah. Weiß machte ihn göttlich, er wusste das, und seine Edeljeans mit den schlanken schwarzen Cowboystiefeln passte ihm, vervollständigte die Erscheinung. Wenn er gut drauf war, zog er die Klamotten an, dann traute er sich, sonst kam er sich, obwohl das ja alles nichts Besonderes war, zu aufgetakelt vor. Seine Seele konnte mit seinem Aussehen dann nicht Schritt halten. Jetzt war er froh, dass er heute so gekleidet war, saufroh, saufroh. Seine Erwartungen begannen ihn aufzuputschen.

Stolz ging er auf die Frau, seine Lavinia, zu, verbeugte sich und zog sie galant auf die marmorne Fläche. Sie stutzte, wehrte sich ein wenig, ließ dann aber nach, sah verwirrt in die Runde. Erik? Ja! Und schon gab es kein Entrinnen mehr. Wiener Walzer war angesagt, und lief schon überlaut an, auf besonderen Wunsch von Eleonore, tönte es durch den Lautsprecher. Ein kleiner Witz kam dazu, weil sich der Discjockey wohl etwas blöd vorkam, bei diesem Takt, und dann übertönte er alles. Das Licht wurde heruntergedreht, lila Scheinwerfer machten Lavinias Kleid schwarz, lila und dann wieder cremefarben, wie es war. Wiener Walzer in Caracas, mit Lavinia, ohne mit ihr gesprochen zu haben, unvermittelt, unerwartet, es war göttlich, und das nach alledem, was beide zu durchleben hatten. Nach einigen Runden schrie er ihr ins Ohr: „Ich liebe dich", hörte sie es? Sie tanzte, sie bündelte alle Kräfte, es geschickt zu tun und sie tat es geschickt. Um sie herum machte sich Platz auf, man wich vor ihren weiten Schwüngen und der Stimmung, die sie ausstrahlten, die alle in den Bann zog, man beobachtete das Paar, das wie von einem anderen Planeten zu kommen schien, und keiner wusste, wie wahr das war. Als die Musik ausklang, brach Beifall los, wie er ihn noch nie erlebt hatte. In spanischer Sprache begann man ihnen zuzurufen „La viva Amore", es lebe die Liebe! So wirklich muss dieser Tanz auf alle gewirkt haben.

Sichtlich aufgelöst, nahmen die beiden all das entgegen und verließen unter den würdigenden Blicken der Besucher die glühende Fläche. Hälse drehten sich nach ihnen um, doch dann stürzten die Leute wieder auf die Bahn, um den wilden Klängen zu huldigen, die nun einsetzten. Menschen sind sich auch schnell selbst wieder genug.

„Komm!" Erik wusste, wohin er wollte. In den grandiosen Garten am Hang der Baulichkeit, in dem er vorhin selbst eine etwas heruntergekommene an sich geschmiegt haben wollte, so schmerzte ihn die Einsamkeit, und es doch bleiben ließ. Nein, nichts unter deiner Würde, das setzte sich dann doch durch in ihm. Stolz auf sich, bot er Lavinia Platz an. Erstmals lächelte sie ihn an, so vertraut, wie im Traum. Dann standen sie beide auf und umarmten sich. Erik presste ihre Taille so sehr an sich, dass sie meinte: „Hey, die brauch ich noch." Schnell ließ er los, „sorry", und verlor sich in ihrem glücklichen Gesicht.

Bis 2 Uhr nachts erzählten sie sich an dieser schönen Stelle, der schönsten, die man sich vorstellen kann, wenn das Glück mit dabei ist. An einer Stelle, herausgehoben von der Kriminalität der darunter liegenden Stadt, herausgehoben von allem Bösen, was sie beide erlebten, von den Gefahren, denen sie gegenüberstanden, von den Trennungen, die sie glaubten erleben zu müssen. Dann rief Lavinia die mit dem roten Kleid an. Erik genoss es, wie sie begeistert über alles erzählte, erstmals konnte das Ganze in ihm etwas sacken, kurz, für kurze Zeit, denn es war ja erst am beginnen.

„Das ist die Familie, mit der ich befreundet bin, erzähl dir später mehr darüber. Wir waren in der Oper, und da bekam ihr Sohn Fieber und Kopfweh. Orpa setzte mich hier ab." - „Orpa" heißt die?" - „Ja." Lavinia lächelte. „Ja", wie sie das sagte. Er hätte sie aufsaugen können, in diesem Moment. „Orpa meinte, ich würde mich hier wohlfühlen, bis sie mich gegen Morgen abholen würde. Ist doch lieb?"

Aber wie kamst du nach Caracas?". Erik fieberte dieser Antwort entgegen. „Ich wäre jetzt wieder heimgeflogen", entgegnete sie. „Darum wollte mir Orpa ja auch noch diesen Abend gönnen." Orpa, die mit dem roten Mini. Erik war noch etwas seinen vergangenen Wochen verhaftet. Wow, jetzt werde ich auch noch mit der bekannt gemacht. Vorhin war sie etwas Anziehendes, Fremdes, was ich gern erobert hätte, jetzt werde ich womöglich in den Kreis ihrer Freunde eingereiht. Erik war ein Beobachter, er beobachtete aber auch sich selbst haargenau. „Ganz Südamerika habe ich nach dir durchkämmt", fuhr Lavinia fort und sah ihn an wie ein Wunder, das vor ihr saß. Wie musste sie ihn doch lieben, erfuhr er jetzt auch gefühlsmäßig. „Keiner glaubte an dich, Erik, keiner, nur Schwoppmann glaubte . . ., aber es war wohl eher Mut machen als glauben." - „Geht's dem gut?" - „Ja." -„Und wie war das mit er Lightbraker?", überschlugen sich seine Fragen, während er ihr immer wieder seine Geschichte erzählte. „Ich wollt dir doch erst erzählen, wie ich hierher kam", unterbrach sie ihn, und wieder lächelte sie ihn so unwiderstehlich an. „Vor sechs Wochen umfuhr ich diese Gegend, ich wollte eigentlich gar nicht hierher, wo sollte ich denn noch überallhin, ich war mutlos. Dann geschah das Unfassbare, wir wurden überfallen." - „Von wem?" – „Von Bootpiraten." Eriks Gesichtszüge erstarrten. „Die kleine Jacht, die ich gemietet hatte, wurde ausgeraubt, das Personal verteidigte sie bis zuletzt, dann konnten sie fliehen und . . ." - „Was dann?" - „Ach, das ist zu kompliziert". Lavinias Blick verfinsterte sich etwas. „Jedenfalls war ich schließlich in einer Polizeiwache, und

Olaf, Orpas Mann, ich meine, das erfuhr ich erst später, war bei mir. Nachdem alles geklärt war, holte ihn seine Frau von der Arbeit ab, und da sprang der Funke über. Wir mochten uns vom ersten Moment an, und so blieb ich bei ihnen."

Noch lange hatten sich die Glücklichen zu erzählen, die Nacht kreiste um die Stadt und begann sich schon zu verlieren, das Eis der Nachtfalter war längst in den Bechern vertrocknet, der Wein schal geworden. „Mutig, mutig, von dir, Lavinia, allein in den Musiktempel zu gehen, ich kenn dich gar nicht wieder." Dann fügte er noch hinzu: „Freut mich". So war er, eifersuchtslos und lieb, aber das hing wohl auch etwas mit mir zusammen, überlegte Lavinia geschwind. „Tja Erik, als du weg warst, brach für mich die Welt zusammen . . ." Erik lauschte diesen Worten angespannt, trotz der langen Nacht. Waren sie die Basis für die Zukunft? Dann erzählte sie, wie sie in dem Jahr vor Südamerika reifte, weil Schwoppmann ihr half, und wie sie sich abzufinden begann, ohne ihn, Erik, leben zu müssen. Wie sie begann, selbst zu leben, Schwoppmanns und Eriks Ratschläge von früher im Sinn, der ihr immer wieder ihre Schwächen punkto Anhänglichkeit vor Augen führte, mehr als genug, denn das war der Unterschied zwischen beiden, der anzog und zur Überbrückung mahnte. Und wie jetzt alles anders kam, als es ihr alle Befürchtungen lehrten, und wie sie jetzt weise, frei, selbstbestimmt und trotzdem mit Erik zusammen war. Kurz blickte sie ihn fragend an, als ob sie hören möchte, wie er eigentlich darüber denkt. Erik stand auf, legte den Arm um sie und sagte nur: „Danke, danke dass du da bist", da legte sie den Kopf auf seine Schultern und sog ebenfalls erstmals in sich hinein, welches Glück sich da aufzutun begann.

Dann führte Erik sie in eine der Suiten, von denen er immer geträumt hatte, die er nie selbst aufsuchte. Das Geld war ihm gleichgültig, erfüllte sich doch in diesem Moment alles, was man nicht für alles Geld der Welt kaufen konnte. Lavinia war nicht von dieser Orpafamilie abgeholt worden. Sie war bei ihm. „Hast du Orpa . . .?" - „Abgesagt? – Na klar." - „Woher wusstest du . . .?" - „Ach, Erik . . ." Er grinste, sie war wirklich „groß" geworden.

Zuerst schliefen sie Arm in Arm ein, auf großen, weichen Kissen. Ihr Gesicht muss weithin vor Glück gestrahlt haben in diesen Momenten. Sie wachten aber bald wieder auf, genossen es, sich gegenseitig zu necken, zu streicheln, da anzufassen, wo die Kleider immer selbstverständlicher geöffnet wurden und schlürften frischen Champagner dazu. Erik schenkte ihr unendliche Zärte, und das immer mit dem Gefühl, diesmal nicht damit aufhören zu müssen, wenn er meinte, es führe zu weit. Es war ein neues Gefühl für ihn, ein unglaubliches. Und er war froh, dass es so war, wie es war, und dass er sich dies für diesen Morgen aufbewahrt hatte.

Lavinia gab sich ihm auf eine Weise hin, die ihn immer mehr wach machte, die die Stunden in diesem Appartementteil zu den schönsten seines Lebens machte. Nun konnte man sich nach jahrelanger gegenseitiger Suche fallen lassen, sich geben, was füreinander aufbewahrt war, was bei jedem der beiden auf seine Art x-tausendmal angeträumt wurde und warten musste, auf diese Suit in Caracas, hoch über allem, geschützt und frei zugleich, weit enthoben ihres eigenen Elendes, was sie durchgekämpft hatten, bestanden hatten, bis hierher . . .

E n d e

Nachschlag:

Ernald lag in seinem Garten. Er konnte nicht mehr gehen. Immer wieder besuchten ihn Billa und Lavinia und die Kinder, die sein Ein und Alles wurden, je älter und schwächer er wurde.

Es würde jeden Tag aus sein können, da blickte er in den Himmel, wie damals an diesem Indian Summer Tag, als die Greifvögel seinen Blick gefangen hielten und er alles verloren glaubte in der Weite des Alls.

Der Himmel war leer und schön zugleich. Da wurde es wieder ganz laut, dieses seltsame Brummen, was er seit Tagen in seinem Kopf spürte. Billas Sohn Ben war da. In der Stube arbeitete artig ein Angestellter.

Das Brummen kam immer näher, und Ben erzählte Ernald von einem riesigen Schiff, was sich am Himmel näherte. Er sah es im Internet ganz klar, beteuerte er Ernald. Da klingelte das Telefon. Erik war dran und tobte vor Freude. „Ben, die Lightbraker umkreist die Erde. Die Behörden wurden ja von uns darauf vorbereitet und wissen, wie sie sie runterbringen. Die Einsatzkommandos überschlagen sich, du glaubst nicht, was los ist."

Ben ließ das Telefon fallen und eilte zu dem immer noch im Garten liegenden Opa zurück.

Dessen Gesicht war zuversichtlich und matt als Ben erzählte, wie er das Gesehene bestätigt bekam. Sie war da, und Ben sah sie ganz deutlich in der Wiederholung des Live-Streifens der Weltraumbehörde, wissend, dass sich nun große schlaue Leute damit beschäftigen würden, und er womöglich seinen Opa Gropper und Oma Garlind wiedersehen würde, vielleicht tot, wohl eher, aber . . .

Ernald rief nach ihm: „Ben, ist sie noch da?" - „Ja, Ernald, sie umkreist die Erde, und Erik kümmert sich drum", kürzte er ab.

„Aber es brummt so in mir." - „Lass es brummen, Opa", erwiderte der Knabe in sorgloser Unschuld. „Es ist die Lightbraker", fing der Greis mit letzter Mühe an, in sich hineinzureden. „Garlind, Gropper meine Kind dd err r."

Dann hörte er zu atmen auf. Etwas was an seinem Tod die Schuld trug, glaubte er, brummen zu hören, zur gleichen Zeit, als Ben ihm die Wahrheit über seinen letzten Wunsch bestätigte.

Erklärung:

Das Schiff der Ur-Lightbraker wurde durch Lavinias Versprechungen an den Terroristen Spitzzahn von Spitzzahn und seinen Kumpels im All zurückgeholt, ihr Kurs wurde geändert, sodass sie erscheinen konnte. Die Strecke war zurücklegbar, denn noch unerklärlicherweise stieß sie nicht die ganze Zeit in die Weiten des Alls vor, sondern umkreiste eine Planetenansammlung, die man hier noch nicht kannte, bis die Technik der Undarium-Terroristen sie wieder auf Kurs brachte, als diese damals von Erik auf die zurückkehrende Mini-Lightbraker gebeamt wurden.

Und Lavinia erklärte Ernald an seinem Grab noch lange, wie alles war. Und Erik forschte noch Jahre seines Lebens nach diesen Planeten, bis er loslies.

Erst nach ihm würde man sie erkunden. Und als seine Ziele nachließen, fing er an zu schreiben . . . Neue Ziele, ohne sie kann man gegen den sich immer aufdrängenden Pseudohalt durch Zwänge nicht resistent sein, denn die Freiheit würde nur dazu beitragen, sich damit das Leben wegzunehmen.

Ziele sind ja schließlich auch Zwänge, Zwänge, die man will, die die anderen wertschätzen, mit denen man nicht aufs Abstellgleis gerät. Viel Glück, Erik.

Dialog

Zwei imaginäre Reporter befragen nun einen wichtigen Arzt einer wichtigen Klinik in unserem wichtigen Land:

„Herr Professor Dr. R . . . aaa, ich mein Professor Dr. Schert mich den Dreck!“

„Ja bitte.“

„Wenn Sie nun den Roman gelesen hätten . . .“

„So einen Quatsch pflege ich nicht zu lesen.“

„Aber Sie sehen doch, wie viel Mühe sich der Autor machte, zu erklären, wie viel Liebe und Geduld derart Geschädigte benötigen.“

„Wenn Sie diese unnütz beschriebenen Seiten meinen.“

„Na ja, was würden Sie denn vorschlagen, wenn einer es trotz aller Liebe und allen Versuchen nicht schafft, vom Zwang wegzukommen?“

„So einer gehört längst aus seinem ‚Rollstuhl‘ herausgezogen und ins kalte Nordseewasser geschmissen. Verhaltenstherapie oder Müllkübel, verstehen Sie. Sie werden mal sehen, wie der heilt!“

„Und wenn nicht?“

„Ist das etwa mein Problem?“

„Aber was täten Sie dann mit so einem? Immerhin sind Sie Professor der großen deutschen, äääh . . . Klinik für Besserwisser“.

„Klinik für Alleinwissende.. Was ich täte. Es gibt doch Gas. Ähh . . . was red ich denn, ich meine entsprechende Medikamente, um sie uns vom Hals zu halten.“

„Aber dann wäre Erik nicht mit im Weltall gewesen, hätte nicht . . .“

„Und Sie meinen auf einen Erik mehr oder weniger kommt es an?“

„Ja, aber der Autor dieses Buches, wäre auch nicht . . .“

„Den hab ich schon längst in die Hölle geschickt. Lebt der noch? Da seh'n Sie mal, meine Methoden sind genial.“

„Ja, Herr Professor Dr.,wie war gleich Ihr Name?“

„'Scher mich nicht drum', aus der berühmten Deutschen ...“

„Hat er Vergangenheit gesagt?“ - „Nein, er meinte wohl Klinik.“ - „Ein Glück für uns, sonst wären wir jetzt auch noch dran.“

Dieser Vorfall ist nicht übertrieben, sondern stammt dem Sinne nach aus dem tragischen Erfahrungsschatz eines Angst- und Zwangskranken mit den Herren einer großen deutschen Klinik.

Lieber Leser,

wenn Sie sich über die Romanhandlung hinaus dafür interessieren, was hinter Zwängen, wie Erik sie hatte, steckt, hier noch fortführende Anmerkungen zum Verständnis und ein paar Rückgriffe in Ungesagtes aus dem Roman.

Im Zweifelsfall sollte nicht ausschließlich der Rat eines wirtschaftlich denkenden Arztes, eines Infoblättchens oder der einer von sich überzeugten Nachbarin gelten, sondern der Rat, den die Liebe gibt; und noch mal, Liebe ist nicht nur weich, aber sie wird im Zweifelsfall abwägen und Härte nicht wie ein Schema durchziehen.

Wer so leidet, braucht gerade all das, was ein soziales Netz bieten würde, aber er tut oft aus seiner Not heraus nichts mehr dafür, und andere haben auch kein Mitleid mit ihm, weil sie seine Angstattacken nicht verstehen und erst recht nicht seine Angstabwehrmethode. Das mag weiteres seltsames Verhalten nach sich ziehen, die Spirale dreht sich dann nach unten, anders als im Roman. Mitarbeiten-können in einer Gemeinschaft, ohne dem Soll eines Gesunden ausgesetzt zu sein, wirkte heilend, ist aber in unserer Gesellschaft kaum möglich. Als gutes Beispiel dient der Film „Beautiful Mind". Als verzweifelter Ruf an die Gesellschaft, dieses weitere Gedicht über einen Aufschreibzwängler, der gewisse Lebensgebiete nicht anders fassen kann, als durch immer neue schriftliche Bestätigungen:

Der Aufschreibzwang

Gemieden sein, weil man sich quält,
getuschelt wird, weil man es wählt,

statt durchzudreh'n ein Ritual
zu seinem Schutz fatal zu üben

sich nicht zu begnügen,
dem „wird schon gut sein" nicht zu fügen.

Doch statt gerade dem zu geben,
was ihm fehlt, um auch zu leben,

verweigert man ihm, was er bräuchte,
als wenn man ein Insekt verscheuchte.

Und zu diesem wird er dann,

weil man so nicht heilen kann,
wodurch das Volk bestätigt sich
beim Rumgeplapper fürchterlich.

Ob wahrer Christ, ob Atheist,
meist wünscht man sich, dass sich verpisst
ein solcher, den man nicht versteht,
hängt ihn doch höher, seht nur, seht,

wie selbst jetzt er Zettel schreibt,
bis zum Tod „Verrückter" bleibt,

weil er diesen Halt nur hatte
als einzig Heilendes, als Watte.

Statt Liebe, Anseh'n, Zusichsteh'n,
nirgends ohne Stift hingeh'n!

Was and're von sich einfach wissen,
verschwimmt bei ihm wie weggerissen,

Und jetzt, wo ihr nicht helfen mochtet,
endet es wie nach dem Kriege.

Da, wo sie war,
sucht niemals mehr er nach der Liebe.

Solche hab'n den Lebensmut von ihm verschlissen,
abgerissen, weggeschmissen.

Nur weil für ihn die Kraft nicht langte für all die Angst, die um ihn rankte.

Eriks Mutter und andere Verwandte sagten sich ganz vom ihm los. Sie begriffen sein Leben nicht, sie konnten es nicht in ihres einordnen, es hätte an ihrem Leben genagt, es ungerade gemacht.

Die Tragödie musste ihren Lauf nehmen und endete schließlich mit dem Tod der Mutter. Langsam wuchs Gras darüber und er konnte sogar vor ihrem Grab stehen und ihr danken, dass sie ihm durch ihre Starrheit gezeigt hatte, dass seine Früherfahrungen tatsächlich auch durch sie erzeugt wurden, denn dadurch, dass sie Ihre Ablehnung Eriks und das Nein zur Aufarbeitung des Stoffes, bis zum Lebensende aufrechterhält, ja sogar besonders pflegte, bewies sie das, ihre Härte, worüber er mit ihr nie sprechen konnte, letztlich doch noch. Sie fügte ihrem Sohn als Kind erst recht Schaden zu, wenn er nicht so war, wie er laut ihre sein sollte, wenn sie ihn sogar noch im Alter fallen ließ. Besser hätte sie es ihm nicht belegen können, dass hier von Anfang an etwas nicht stimmte.

Manchmal weinte er ihrem eigenen Leben eine unsichtbare Träne nach, etwas was ihm früher unmöglich erschien. Doch seinen Vater hatte er nie kennen gelernt. Wie er war, bleibt offen . . . Vielleicht hatte er das, was Lavinia an ihm liebte, von ihm, ihm wurde warm ums Herz bei dem Gedanken. Es musste doch auch etwas Gutes geben, von dem er zehren konnte. Er musste über die guten Seiten seiner Verwandten nachdenken. Jeder braucht „gute" Verwandte und müsste er sie notfalls nachträglich in sich selbst gut machen, wenn nichts in seinem Herzen dabei hochkommt, an dem er sich festhalten kann. Und um so eine Situation zu schaffen, müssen Eltern wahrhaft keine „Verbrecher" sein. Ein Auto braucht auch keinen Totalzusammenstoß, um unbrauchbar zu werden. Wenn sensibelste Technik auf gute Ölzufuhr angewiesen ist, langt ein winziges Leck in der Ölleitung, um Wertvollstes zu zerstören.

„Ein von den Eltern nie „Anerkannter", jemand, dessen Bedürfnisse und Realitäten sich nicht auf die rechte Weise ergänzten, rennt wie einer durch die Gegend, der eine Leiche im Keller hat und wird deshalb nie froh. Als Kind, aber auch als Erwachsener bringt es ein solcher Mensch, wenn er auch durch große Sensibilität gekennzeichnet ist, nur schwerlich fertig, die Schuld (Beteiligung) in den Eltern zu sehen (ohne ihnen die Schuld geben zu müssen) und wird sich immer wieder selbst anklagen, und wenn weitere Traumata bestimmte Lebensecken zerstörten, die besonders wichtig waren, versuchen, WENIGSTENS dieses Gebiet in Ordnung zu zwängen. Du bist nicht schuld! Du bist nicht schuld! Du bist nicht schuld, kann es das sein, was Vertraute ihnen nicht nur durch Worte näher bringen müssten?

Eriks Kindheit wurde zu einer Abgabe von Leistung und einem Empfangen von Lohn. Ein System ersetzte das bedingungslose, gefühlsmäßige Vertrauen zu den Eltern, die den Umschwung damals nicht mal merkten. Er hatte auch nie das ES gelebt, er kannte nur das ÜBER-ICH, das Gehorchen müssen. Auch so bildete sich kein festes ICH heraus, was sich aus der erfolgreichen Auseinandersetzung beider Instanzen formen kann, nur das übersah man unglücklicherweise bei ihm, keiner nahm es ihm ab, denn er hatte eine exzellente Schulung, eine Maske mitbekommen, die einem festen ICH unglaublich ähnlich sah.

Was ein so geprägter „Zwingender“ lernen muss, ist, . . . ich kann es nicht lassen, also ganz kurz:

Eigentlich unterstellt so jemand, wie Erik, seinem Umfeld und sich selbst totale Unzuverlässigkeit, ständigen Meinungswechsel und fiese Gewissenlosigkeit. Dieser seiner inneren Realität begegnet er lauter und ehrlich durch seine Not und seine Fragen. Nach außen aber wirkt dies wohl für unsichere Menschen beleidigend und erniedrigend. Entsprechend reagieren sie durch Kontaktabbruch und eisiges Schweigen. Der so Erkrankte bekommt dadurch quasi noch mehr Schläge von außen, und die Welt erscheint immer unzuverlässiger, der Motor der Pathologie wird angetrieben. Eine Tragik. Die allerwenigsten derer, die sich durch solche Fragen angegriffen vorkommen, weil sie nicht merken, dass eigentlich der Fragende sich selbst bloßstellte, haben die Güte, zu erklären, warum sie jeden Kontakt einstellen und sich nicht mehr äußern. Über Jahre muss der Erkrankte selbst darauf kommen, wenn er nicht vorher strauchelt, mangels Wärme und Unterstützung.

Es ist wie mit dem Schwimmenlernen, jemand tut sich aus unterschiedlichsten Gründen schwer damit und wird von ungeduldigen Zeitgenossen über eine Mauer hinunter ins kalte Nordseehafenwasser geworfen. Das ist die Antwort der Hälfte der Leute, die mit so etwas konfrontiert werden. Andere statten den Hilflosen über und über mit Rettungsreifen aus und fragen aber auch nicht danach, was diese bewirken. Schon viel besser, denn er wird auf jeden Fall überleben und vielleicht leitet ihn die Güte dieser Menchen an, selbst schwimmen zu lernen, aber letztlich ist auch das nicht vollkommen. Eine vorzügliche Methode wäre, unter Aufsicht, auch mit Rettungsreifen Lernschritte zu gehen, das haben nur die wenigsten intuitiv begriffen, indem sie dem Zwang Grenzen setzen, den Betroffenen aber nicht wegwerfen, anschweigen usw. Eine Frau sagte: „Ich werde Ihren Fragen nicht mehr nachkommen können, aber einmal im Monat dürfen Sie anfragen. Übertreiben Sie, haben Sie mich verloren.“ Hier muss der Betroffene selbst „schwimmen lernen in der Zwischenzeit“, wird aber nicht fallen gelassen.

Ursächlich kann in solch schweren Fällen wohl auch ein narzisstischer Missbrauch die Gefühlswelt des Opfers (heute sagt man ‚des Überlebenden‘) zerstört haben, sodass ein so Erkrankter vor allem sich selbst und auch anderen ständig misstraut, allerdings nur auf dem Angstgebiet, was durch Traumata ausgelöst wurde. Andere Lebensgebiete sind geschützt, zumal eine solche Erziehung, wie bei Erik angedeutet, die mit Zuckerbrot und Peitsche arbeitete, dem Kind also durchaus auch Werkzeuge zu einem selbstbewussten Leben mitgeben kann. Man muss nicht in Bausch und Bogen verteufeln. Um so schwerer wird es aber für Außenstehende, das traurig-tragische Geschehen zu begreifen.

Am liebsten wäre es Erik gewesen, wenn er all den Leuten, mit denen er angstmäßig je zu tun hatte, jede Woche neu hätte sagen können, sie sollten ihm freiwillig von sich aus Warnbriefe senden, wenn sie von irgendwas auf seinem Angstgebiet wissen würden, von dem sie aufgrund ihrer Untersuchungen an Erik oder durch andere erfahren haben . Er oder ein so Erkrankter würde die Warnung immer und immer wieder wollen, so lange, bis er den Eingang wirklich bestätigt, um sicherzustellen, dass sie auch nirgends verloren ginge. Das zeigt, wie unsicher so jemand sich gegenüber und anderen gegenüber geworden ist, in der Folge von Erziehungsfehlern und ausgelöst auf einem bestimmten Gebiet der Angst durch vielleicht sogar wiederholte ähnliche Traumata und wohl auch durch eine innere entsprechende Disposition.

Was nun viele, auch gelehrtre Zeitgenossen wollen, ist, so etwas auf keinen Fall zu unterstützen, um dem Kranken damit zu beweisen, wie weit er vom Gesunden entfernt ist. „Ich unterstütze kein krankes System," sagte eine intellektuelle und ernsthaft dafür kämpfende Bekannte, als es darum ging, ob man einem, der voller Angst ist, auch mal auf seine Weise helfen sollte oder nicht. Und das klingt so verständlich! Doch was bedeutet das in Wirklichkeit? Es heißt, man treibt den Zwang mit Zwang aus! Mich erinnert das daran, dass in ordentlichen Bürgern immer wieder mal der Gedanke auf kommt, extreme Parteien mit deren Mitteln zu elemenieren. Weise Politiker setzten dagegen, dass es doch viel besser sei, Umstände zu schaffen, die das Volk dazu veranlassen, freiwillig von solchen Partein zu lassen. Auch für manchen (vielleicht nicht in jedem Fall) angst- oder zwangskranken Menschen ist es weiser, ihm Anreize zu bieten, für die er kämpfen kann, von sich aus. Außerdem unterstützt man, wenn man einem Menschen hilft, kein „krankes System", sondern einen Menschen, der bisher noch keinen gangbareren Weg fand. Man streichelt ja auch keinen Krebs, wenn man einen Krebskranken streichelt. Dass man dem psychisch Kranken ein Ziel, was ihn persönlich „zieht" oft nur schwer bieten kann, sollte demütig machen, nicht hochmütig und ebenfalls zwanghaft, vorschreibend, endgültig, radikal usw. Dass ich das schreibe, bedeutet nicht, dass es viele Fälle von Zwang gibt, die vielleicht derber, konkreter und direkter angefasst werden müssen. Dass mir auch bitte keiner unterstellt, die gängigen Methoden abzulehnen, ich lehne nur ab, sie als göttliches Allheilmittel jedem **Zwängler** <u>aufzuzwängen</u> und ihn bei Ablehnung als nutzlosen Fall abzustempeln und unmenschlich zu behandeln und dies noch unter das unwissende Volk zu bringen, das es dankbar und plump nachahmt, was ein Therapeut vielleicht im Einzelfall, meist unter gegenseitiger Absprache mit Fingerspitzengefühldurchziehen könnte.

Lieber Romanleser, nach dem Ende dieser Geschichte bleiben trotzdem viele Fragen zu der Erkrankung von Erik offen. Wie geht man mit unterdrückten Gefühlen um? Bringt es etwas, sich ihnen zu stellen, wie kommt man überhaupt darauf, welche das sind usw. usw.

Zu gern hätte ich meinen existierenden autobiographischen Anhang mit veröffentlicht, der dem Eriks in manchen Passagen sehr ähnelt. Wie Sie sehen, fing ich ja auch damit an. Aber ich hinkte zu sehr zwischen der Veröffentlichung eines Fachbuches, eines Erfahrungsberichtes oder einfach eines Lesebuchs, das außer Spannung noch Nachdenkenswertes enthielt. Ich entschied mich dann für Letzteres.

Ich wünsche allen Betroffenen, ihren Weg zu finden, und ich danke allen sozial eingestellten Menschen für ihre Achtung, die sie vor oder vielleicht auch nach diesem Roman, Zwangskranken entgegenbrachten bzw. entgegenbringen werden. Und ich wünschte, dass vielleicht bisher Nichteingeweihte anfangen, durch diesen Lesestoff mitzudiskutieren.

Zwangskranke sind nicht kriminell veranlagt, nicht zwangsläufig Psychopathen, keine Dummen, die noch dazu meist nicht nur Zwänge haben, sondern andere tragische psychische Störungen, durch die die Zwänge als Neben- oder Hauptphänomen auftreten. Mitgefühl sollte aber konstruktiv sein. Dadurch, dass man ihnen hilft, Teil der Gesellschaft zu bleiben, setzt man mehr Heilung in Gang als durch blindwütige Verhaltensregulierung, womöglich noch mit dem egoistischen Ziel, selbst von ihren Zwängen verschont zu bleiben, wobei wiederum gilt: Es gibt wertvolle Räume, und die liegen zwischen einem sogenannten Co-Süchtigen, der Schreck aller Therapeuten, der dem Zwängler ergeben alles erfüllt und einem, der blindwütig verhaltentherapeutisch mit seiner Härte auftrumpft und tottritt, was er meint so richtig zu machen.

Und wenn es nicht gelingt, zu helfen, mag es sein, dass ein so Erkrankter ganz persönliche, abstrakte Wege, findet, um seinen Kopf über Wasser zu bekommen oder gar einen Strand anzusteuern für ein paar Minuten oder gar noch ein paar Jahre Leben. Mein eigener Therapeut sagte einmal, als ich ihn auf die bizarren Dinge ansprach, die einen aus den Zwängen hervorlocken könnten: „Machen Sie was

Sie wollen. Vieles kann eine Therapie wieder heilen, aber an Ihre Zwänge kommt kaum einer heran."

Der Autor

ATHENEMEDIA

Literatur, die bewegt!

NEU

www.athene-media.de